schäfer verlag

Vier weitere Heinrich-Gerhard-Fälle sind in diesem Verlag erschienen:
Schwälmer Tanz, 322 Seiten (ISBN 3-000-16731-5)
Die Spur des Mädchens, 322 Seiten (ISBN 3-93948200-5)
Froschkönig, 322 Seiten (ISBN 3-939482-01-3)
Benjamin, 272 Seiten (ISBN 3-939482-02-1)

Henning Schäfer, Jahrgang 1942, liebt wie sein Held im Roman seine nordhessische Heimat, die er auf ausgedehnten Spaziergängen durchstreift. Der pensionierte Arzt und Vater dreier Kinder lebt mit seiner Frau auf einem alten Gutshof und frönt dort seinen Leidenschaften Malerei, klassischer Musik und natürlich dem Schreiben.

Henning Schäfer

Übers Grab hinaus

Roman

schäfer verlag

Erstausgabe 11/2009

Umschlagbild: Caspar David Friedrich
Druck: Druckerei Hubert & Co., Göttingen
ISBN 3-939482-06-4
EAN 978-3-939482-06-2

Prolog

Mein Freund ist tot. Fast ein Jahr ist es nun schon her, dass er sich von Franziska und mir mit dem gütigen Lächeln, das stets um seine Lippen spielte, verabschiedete. »Ich werde euch für einige Zeit verlassen«, hatte er in seiner ruhigen Art erklärt, »werde mich für ein paar Wochen zurückziehen. Mein Arzt hat mir eine Kur verordnet, in einem kleinen Bad im Allgäu. Die Grippe im letzten Monat – sie hat mir mehr zu schaffen gemacht, als ich das für möglich gehalten hätte.«

»In der Tat, du siehst schlecht aus«, hatte ich ihm geantwortet, »eine Kur wird dir gut tun.«

»Ja, sie wird mir helfen, ganz bestimmt.« Nach einem sanften Händedruck für mich und einer stummen Umarmung Franziskas war er gegangen, still, ohne Aufhebens und – das erfuhren wir erst später – für immer.

Knapp vier Wochen danach hatte uns ein Brief erreicht. Zu diesem Zeitpunkt war mein Freund bereits tot. Durch die Direktion einer onkologischen Klinik des Kurortes, in den er gereist war, wurden wir von seinem Ableben unterrichtet. Er sei, teilte man mit, einem seit Monaten bekannten Krebsleiden erlegen. Würdevoll und mit sich im Reinen habe er diese Welt verlassen, sein Tod sei für ihn eine Erlösung von schwerem Leid gewesen.

Dem Klinikschreiben war ein handgeschriebener Briefbogen beigefügt, dessen Schrift ich sofort als die meines Freundes erkannte. Es waren nur wenige Sätze des Abschieds und des Werbens um Verständnis, uns nichts von seiner Krankheit erzählt zu haben. Er wolle uns und auch wir sollten ihn so im Gedächtnis behalten, wie wir uns in all den Jahren unserer Freundschaft kennen, schätzen und lieben gelernt hatten. Kein sentimentales Abschiednehmen, kein wehklagendes Bedauern oder Mitleid sollten die Erinnerung an diese Zeit trüben.

In einem Postskriptum kündete er die Zusendung eines Paketes in den nächsten Tagen an. Es enthielte einige von ihm beschriebene Blätter, deren Veröffentlichung ihm sehr am Herzen läge. Für die Eigenmächtigkeit, die er sich dabei herausgenommen habe, bitte er um Vergebung, ohne jedoch zu verraten, um was es eigentlich ging.

Als dann, von einem Paketdienst eines Morgens geliefert, die angekündigte Sendung vor mir lag, staunte ich nicht schlecht über den Umfang ihres Inhalts. In einem flachen Karton waren, sorgfältig verschnürt, vier maschinengeschriebene Papierbündel nebeneinander gelagert, obendrauf war ein Brief gelegt. Sein knapper Inhalt lautete: »Lieber Heiner, ich hoffe, du nimmst es mir nicht übel, dass ich mir die Freiheit genommen habe, einige der Erlebnisse, die du mir, deinem stillen, genügsamen Zuhörer in Gesprächen anvertraut hast, aufzuzeichnen. Mein Naturell hat es mir nie erlaubt, mich in der gleichen Weise, wie du es vermagst, dem Leben zu öffnen, mich voller Wissbegier dem Aufspüren seiner Geheimnisse und Unwägbarkeiten, so wie du es liebst, hinzugeben. Auch wenn ich deshalb gewisse Aspekte des Lebens nur aus zweiter Hand empfing, fesselte mich doch stets die Fülle und Buntheit des Gehörten. Ich sog es auf mit der Gier eines Dürstenden, speicherte es und machte es mir zu Eigen, so als wäre es mir selbst widerfahren. Vor allem deine Einbindungen in die Schicksale anderer, deine Verwicklungen in diverse Kriminalfälle faszinierten mich. Ich beschloss, sie aufzuschreiben, sie ein wenig literarisch aufzuarbeiten – mehr als einmal hast du mir bescheinigt, dass ich dafür eine gewissen Begabung besitze – und sie der Nachwelt zu erhalten. Dabei habe ich mich bemüht, das Geschehen unverfälscht, so wie du es erzählt hast, wiederzugeben und nur hier und da etwas zu ergänzen, wenn es zum Verständnis der Abläufe notwendig war.

Nun liegt es also vor dir, mein Werk – oder besser gesagt unser gemeinsames Werk. Nichts würde ich mir mehr wünschen, als dass du es als sichtbares Band einer auch über den Tod hinaus uns verbindenden Freundschaft anderen zugänglich machst und es veröffentlichst. Welch ein Trost wäre es für mich, in deinen Geschichten weiterleben zu können. Einen Scheck zur Begleichung anfallender Druck- und Vertriebskosten habe ich beigelegt.«

Noch am selben Tag begannen Franziska und ich, die Aufzeichnungen des Freundes durchzulesen. Es war ein seltsames Gefühl, Eigenerlebtem in den Worten und Empfindungen eines anderen wiederzubegegnen, zumal der Freund, seiner Zuneigung nachgebend, Franziska und mich teilweise in einem so günstigen Licht darstellte, dass es uns verlegen machte. Sich selbst erwähnte er in seiner Bescheidenheit kein einziges Mal.

Angesichts des sehr großzügig bemessenen Geldbetrags war es nicht schwer, einen Verlag zu finden, der die Herausgabe der Manuskripte übernahm. Knapp zwei Monate nach dem Tod des Freundes erschienen seine Aufzeichnungen in vier Taschenbänden auf dem Buchmarkt.

Jetzt, da er nicht mehr lebt, ist es an mir, das Begonnene in seinem Geist fortzusetzen und meine Erlebnisse von nun an selbst aufzuschreiben. Er hätte es so gewollt, da bin ich mir sicher, hätte darauf bestanden, dass ich sein Werk weiterführe, vor allem, da das jetzige Geschehen das vorherige an Schrecken und Wirkung noch um einiges übertraf.

1

Bisher hatte ich es meist dem Zufall zu verdanken, dass ich in eine dubiose, manchmal auch kriminelle Sache hineingeschlittert war, gelegentlich auch meiner Neugier, die mich die Nase in Dinge stecken ließ, die mich im Grunde nichts angingen. Diesmal jedoch war es, anders als sonst, die Polizei selbst, die mich in diese Geschichte hineinzog.

Es war an einem Donnerstagabend, das weiß ich noch. Gerade hatte ich die Theaterutensilien, die wir an diesem Wochenende brauchen würden, in den Koffer gepackt, als das Telefon klingelte.

»Heinrich Gerhard«, meldete ich mich.

»Hallo, Heiner.« Kriminalhauptkommissar Montags Stimme klang freundlich. Nichts von dem ironisch kritisierenden Unterton früherer Anrufe, die meist dem Zweck dienten, mich zu ermahnen, die Finger aus polizeilichen Ermittlungen herauszulassen. »Was macht Franziska?«, fragte er mit ungewohnter Konzilianz, »Geht es ihr gut?«

»Danke, meiner Frau geht's blendend.« Es war deutlich, Karl Montag, den alle Charly nannten, wollte etwas von mir. Ich ließ ihn ein wenig zappeln, fragte meinerseits, wie es Beate ging. Kurz war ich sogar versucht, mich nach dem Wohlergehen der Kinder zu erkundigen.

Überrascht von meiner Bereitschaft, mich auf seine unverbindliche Konversation einzulassen, versicherte er mir, seine Frau fühle sich wohl und ließe im Übrigen grüßen. Dann aber, von einem Moment auf den anderen, war er des Kaffeetantengeplänkels überdrüssig und kam auf den Grund seines Anrufs zu sprechen.

»Du fährst doch morgen mit der Theatergruppe ins

Trainingslager?« Es war eher eine Feststellung als eine Frage.

»Trainingslager! Wie sich das anhört!« Mir gefiel dieser Ausdruck nicht, er klang nach Drill und Disziplinierung. Die Bezeichnung Probenwochenende wäre mir passender erschienen. »Ja, wir treffen uns, um noch einmal intensiv zusammen zu üben. Es sind nur noch zwei Wochen bis zur Aufführung unseren neuen Stücks. Aber woher weißt du davon?«

»Martin Jakob hat mir's erzählt, mein Nachbar. Er ist auch der Grund, warum ich dich anrufe.« Seine Stimme hatte hörbar einen besorgten Unterton angenommen.

»Martin? Wie soll ich das verstehen?«

»Wenn ich's doch nur selbst verstünde.« Ein tiefes Luftholen verriet Charlys Ratlosigkeit. Drei, vier Sekunden vergingen, ehe er, um Nachdruck bemüht, bat: »Heiner, ich brauche deine Hilfe.«

»Ich soll dir helfen? Warum ausgerechnet ich?«

»Zum einen, weil du Martin kennst. Er ist immerhin Mitglied eurer Theatergruppe. Zum anderen verfügst du nach deiner langjährigen Arzttätigkeit wie die meisten deines Berufs über einiges an Menschenkenntnis. Du besitzt, das hast du schon mehrfach bewiesen, ein Gespür dafür, wenn etwas an einer Sache faul ist.«

»Du meinst, da könnte etwas faul sein mit Martin?« Ich schüttelte den Kopf und wunderte mich, aber eher über die Tatsache, dass es die Polizei war, die mich um Hilfe bat.

»Nein, nein«, wehrte Charly ab, als ich eine diesbezügliche Bemerkung machte, »ich spreche nicht als Polizist – zumindest im Moment noch nicht. Ich mache mir einfach Sorgen um meinen Nachbarn.«

»Aber ich verstehe noch immer nicht, was du von mir willst.«

»Nun, Martins Verhalten in den letzten Tagen gibt Anlass, mir ernsthafte Gedanken über ihn zu machen.«

»Inwiefern?«

»Wie soll ich's dir erklären? – Du weißt, wir sind oft zusammen, Martin und ich, schon durch unsere gemeinsame lokalpolitische Tätigkeit. Bisher haben wir eine enge und herzliche Nachbarschaft gepflegt ...«. Charly zögerte.

»Was heißt bisher?«, hakte ich nach.

»Nun, seit einigen Tagen ist Martin völlig verändert. Er zieht sich zurück, meidet den Kontakt mit mir. Und wenn wir dann doch mal einige Worte miteinander wechseln, dann ist er gegenüber früher nicht wiederzuerkennen. Etwas bedrückt ihn, oder vielmehr belastet ihn. Etwas, mit dem er nicht fertig wird.«

»Aber, Charly, jeder hat mal Probleme im Leben. Vielleicht hat er Liebeskummer.« Ein Vermutung, die gar nicht so abwegig war, denn alle in der Theatergruppe wussten, dass Martin sich verstärkt um eine feste Beziehung bemühte. Oft genug hatten wir ihn damit aufgezogen und ihm unsere Vermittlungsdienste angeboten. Immerhin war er weit über die Vierzig, es wurde also Zeit für eine Bindung.

»Nein, nein«, Charly klang sicher, »da steckt was anderes dahinter, etwas Schwerwiegenderes, etwas, das ihn in seinen Grundfesten erschüttert.«

»Auch eine enttäuschte Liebe kann einen Mann ...«

»Heiner, du sprichst mit einem erfahrenen Polizisten. Ich hoffe, du traust mir zu, einen Liebeskummer von einem echten Schicksalsschlag zu unterscheiden. Genau das ist passiert. Etwas ist in sein Leben getreten, das ihn komplett aus der Bahn geworfen hat.«

»Also gut«, räumte ich ein, »wahrscheinlich kannst du das besser beurteilen als ich. Bei der letzten Theaterprobe jedenfalls war er noch völlig normal. Er hat gelacht wie immer, war für jeden Spaß zu haben. Allerdings ist das schon zwei Wochen her, dass ich Martin zuletzt gesehen habe. Er hatte sich für einige Tage von den Proben abgemeldet, wollte irgendwo hinfahren, weil er etwas zu erledigen hatte.«

»Ja, er war verreist. Für eine Woche. Als er dann wieder kam, war er wie verwandelt, so wie ich es dir gerade beschrieben habe.«

»Möglicherweise hängt sein verändertes Verhalten mit dieser Reise zusammen. Weißt du denn, wo er gewesen ist?«

»Nein, keine Ahnung. Er hat mir nicht gesagt, wohin er fuhr. Ich nehme an, seine Abreise hatte einen privaten Hintergrund. Aber du kennst ihn ja: Man kann mit ihm über alles und jeden reden, nur über Persönliches, über seine Familie und Verwandtschaft spricht er nicht.«

»Ja, das ist wahr«, bestätigte ich. Obwohl Martin nun schon seit knapp einem Jahr zu unserem Theaterensemble gehörte, wusste ich aus seinem familiären Umfeld so gut wie nichts. Er hatte es immer vermieden, darüber zu reden, war entsprechenden Fragen regelrecht aus dem Weg gegangen. Verwundert, dass mir das erst jetzt auffiel, schwieg ich einen Augenblick, ehe ich fragte: »Und wie, Charly, kann ich dir helfen?«

Der Hauptkommissar räusperte sich, bevor er mir antwortete. Er befand sich offenbar auf der Suche nach der richtigen Balance. Auf der einen Seite war er an meiner Mitwirkung interessiert, andererseits wollte er es unbedingt vermeiden, den Anschein zu geben, die Polizei ersuche mich, einen Laien, um seine Mithilfe. »Wie wäre es«, begann er vorsichtig, »wenn du im Verlauf eures dreitägigen Theaterwochenendes heimlich ein Auge auf ihn werfen könntest, ihn beobachten und sehen könntest, ob ich mit meiner Einschätzung richtig liege. Ich habe gehört, ihr probt in einem abgelegenen Waldhaus, irgendwo oberhalb von Hitzelrode. Da ist die Gruppe zwangsläufig eng zusammen. Es dürfte für dich doch nicht schwer sein, einen Eindruck zu gewinnen, der meine Wahrnehmungen entweder bestätigt oder zerstreut.«

»Falls Martin überhaupt mitfährt – nach dem, was du erzählt hast.«

»Ich glaube schon, dass er mitfahren wird. Es widerspricht seiner Art, jemanden im Stich zu lassen. Da müsste es schon dick für ihn kommen.«

Ich seufzte. »Na, warten wir es ab. Wenn er uns also wie geplant begleitet, verspreche ich dir, ihm meine besondere Aufmerksamkeit zu widmen – natürlich unauffällig. Sollte ich etwas in der von dir angedeuteten Richtung beobachten, wirst du es bei meiner Rückkehr erfahren.«

Eines wollte ich noch von Charly wissen: »Wieso bist du eigentlich so sehr an Martins Schicksal interessiert, abgesehen davon, dass er dein Nachbar und Freund ist? Witterst du einen kriminellen Hintergrund in seinem Verhalten?«

»Nun, auszuschließen ist das nicht. Irgendetwas setzt ihn unter Druck?«

»Du denkst an Erpressung?«

»Zum Beispiel. – Aber, Heiner, um Gottes willen, keine Ermittlungen deinerseits. Lass ihn nicht einmal erkennen, dass du ihn beobachtest. Es geht mir einzig und allein darum, dass du dir ein Bild von seiner momentanen Verfassung verschaffst. Du sollst mir lediglich bei der Entscheidung helfen, ob es die Sache wert ist, etwas zu unternehmen oder nicht. Ich will um jeden Preis vermeiden, amtliche Nachforschungen in Gang zu setzen, die am Ende zu einem völlig harmlosen Ergebnis führen und von dem Betroffenen als unerwünschte Einmischung in seine Privatsphäre empfunden werden. Ich hoffe, du verstehst das?«

»Verlass dich darauf, Charly, ich werde diskret sein. Aber sag mir noch: Gibt es denn irgendeinen Anhaltspunkt, was es sein könnte, das Martin so zu schaffen macht?«

»Nein, nicht den geringsten. Als ich diesbezüglich bei ihm vorsichtig auf den Busch klopfte, blockte er völlig ab und schwieg. Ich habe nicht den leisesten Schimmer, was ihn bewegt.«

Noch einmal versicherte ich ihm, Augen und Ohren offen zu halten. Dann legte ich auf. Vom Schlafzimmerschrank holte ich den kleinen Rucksack und die Reisetasche herunter und begann, nachdenklich Wäsche und Kleidung für das Wochenende zusammenzusuchen.

2

Die Luft war voller Gerüche, voller Geräusche. Unter der milden Witterung der vergangenen Wochen waren die Vegetation und mit ihr die wintermüden Menschen zu neuem Leben erwacht. Das Zwitschern der Vögel mischte sich mit dem Brummen der Rasenmäher, die, stotternd noch nach der langen Ruhe, dem wachsenden Gras zu Leibe zu rücken begannen. Obwohl erst Mitte März, trugen die Lindenbäume bereits dicke Knospen und in den kleinen Beeten vor den Häusern blühten Primeln und Osterglocken.

Seit Tagen schon kehrten die Zugvögel aus ihren Winterquartieren zurück und zogen, früher als sonst, in Richtung Norden. Schwärme von Wildgänsen und Kranichen waren in der vergangenen Woche über das Dorf geflogen. Ihr grelles Schreien hatte mich mehr als einmal den Kopf heben und ihrem Zug sehnsuchtsvoll hinterherblicken lassen.

Wir hatten beschlossen, zu dem Waldhaus zu wandern. Ähnlich wie es Sportvereine taten, die in gemeinschaftlichem Naturerleben ein Zusammenschweißen ihrer Akteure anstrebten, wollten auch wir uns mit einem Fußmarsch durch die aus dem Winterschlaf erwachenden Wälder auf die bevorstehenden Proben einstimmen.

Martin Jakob war pünktlich an diesem Freitagmorgen. Gut fünfzehn Minuten vor der vereinbarten Zeit fuhr sein Wagen auf den Hof des alten Bauernhauses in Oberhone, das Franziska und ich seit nun schon mehr als zwanzig Jahren bewohnten. Von hier aus sollte – so hatten wir es verabredet – die Wanderung angetreten werden. Mein Sohn Matthias, als Redakteur bei der Lokalzeitung beschäftigt, hatte sich als Einziger der Theatergruppe an diesem Werktag nicht freinehmen können. Er würde später mit dem Auto nachkommen und das Gepäck mitbringen.

Auch Susann, seine Frau, war diesmal nicht mit dabei. Wir hatten meine Schwiegertochter von vornherein nicht für dieses Theaterstück eingeplant. Ihre Schwangerschaft, deren Endphase in die Aufführungszeit fiel, hatte Vorrang. Sie sollte schließlich alles dafür tun, Franziska und mir ein gesundes Enkelkind zu schenken.

Auf den ersten Blick wirkte Martin wie immer. Voller Unternehmungslust entstieg er dem Fahrzeug, holte vom Rücksitz die Reisetasche und platzierte sie schwungvoll auf dem Haufen der gestapelten Gepäckstücke. Er begrüßte uns mit Handschlag, deutete auf seine sportliche Kleidung und den kleinen Rucksack und verkündete mit forscher Stimme: »Ich bin bereit. Von mir aus können wir starten.«

Als wir uns dann pünktlich auf den Weg machten – eine Tatsache, die mich als Regisseur des Ensembles aufs äußerste verwunderte, kam zu den Proben in der Regel doch immer einer verspätet –, hatte uns die Frühlingsahnung in eine heitere Aufbruchstimmung versetzt, die in lebhaftem Reden, gelöstem Lachen und zügigem Dahinschreiten ihren Ausdruck fand.

Erst als wir die Werra überquerten, das Flusstal verließen, und hinter Jestädt den Berghang hinaufkeuchten, verstummten die Gespräche mehr und mehr. Der steile Anstieg forderte seinen Tribut, der Atem wurde in gleichem Maße schneller, wie sich die Schritte verlangsamten. Der Blick fixierte sich zunehmend auf den schmalen Pfad, der zum Gipfel der bewaldeten Hörne emporführte.

Bisher hatte ich nur wenig Gelegenheit, Martin Jakob, so wie von Charly Montag gewünscht, zu beobachten. Karla hatte mich schon vom Beginn unserer Wanderung an in ein Gespräch verwickelt. Eigentlich war es kein Gespräch, eher ein Aufarbeiten eines Ereignisses, das Karla tief betroffen hatte. Ich hörte ihr zu und beschränkte mich auf ein paar kurze Einflechtungen, die darauf abzielten, ihr meine Anteilnahme zu zeigen.

Ihr Hund war vor einigen Tagen gestorben, hatte wegen eines Hirntumors eingeschläfert werden müssen. Noch einmal jetzt, während wir am Rande eines Tannenwäldchens entlangschritten, ließ sie die Trauer über das Geschehene von sich Besitz ergreifen, erzählte, mit Tränen kämpfend, von ihrem Max, dem temperamentvollen schwarzen Fellknäuel, den sich tot vorzustellen ihr unmöglich war. Dann jedoch, sprunghaft plötzlich, als sei nun das Kapitel abgeschlossen, begann sie von der kleinen Hündin Maxi zu berichten, die jetzt die Stelle von Max eingenommen hatte. Einmal mehr war ich verblüfft über die Heftigkeit, mit der sich Menschen an das Lebendige klammern, wenn sie mit dem Tod in Berührung kommen.

Auf dem Gipfel der Hörne, fünfhundert Meter hoch und – so glaubte ich es auf der Haut zu spüren – der wärmenden Sonne einen halben Kilometer näher, rasteten wir und verzehrten das in Rucksäcken mitgeführte Frühstücksbrot. Martin hatte sich mit Bernd und Herbert auf einer flachen Felsplatte niedergelassen, die Frauen saßen etwas abseits auf einem Baumstamm und palaverten miteinander. Die eine sprach zu der anderen, diese mit jener und jede mit jeder. Dass ihre Sprachwege sich dabei kreuzten und ihre Worte und Sätze umeinanderpurzelten wie stiebende Schneeflocken, störte sie nicht im Geringsten.

Ich hatte mich etwas abseits gestellt, wollte die schöne Aussicht auf das unter uns liegende Flusstal genießen, aber auch einen unbemerkten Blick auf Martin werfen. Mein erster flüchtiger Eindruck während der Wanderung – wenn ich denn einmal zu ihm hingesehen hatte – war der einer großen Ausgelassenheit seinerseits gewesen. Sowohl in der Bewegung als auch beim Sprechen hatte er sich lebhaft gegeben und seine temperamentvollen Reden mit gestenreichen Gebärden begleitet. Beileibe nichts Ungewöhnliches für ihn. Seine offene, fröhliche Art hatte uns seinerzeit sofort für ihn eingenommen und uns die Entscheidung leicht gemacht, ihn in unsere Theatergruppe aufzunehmen.

Es war nach der Aufführung eines Kriminalstückes gewesen – gerade mal ein Jahr mochte das her sein –, als er nach der Vorstellung hinter die Bühne gekommen war und den Wunsch geäußert hatte, bei uns mitwirken zu können. Er habe zwar keine große Theatererfahrung, lediglich in seiner Schulzeit habe er einmal eine kleine Rolle in einem Weihnachtsstück gespielt, aber er versprach, Begeisterung und Fleiß für die Proben und das Einstudieren der Texte mitzubringen.

Von Anfang an war uns dieser liebenswerte Mitvierziger, der über soviel natürlichen Charme verfügte, willkommen – unter anderem auch deshalb, weil wir gerade einen männlichen Akteur diesen Alters suchten. So war Martin Jakob ein Mitglied in der Laienschauspielgruppe des Kulturkreises Oberhone geworden.

Ein Wind war aufgekommen, eher eine frische Brise, die vom Fluss den Berg heraufstieg und die Wipfel der laublosen Bäume bewegte. Ich ging hinüber zu der windgeschützen Felsplatte und setzte mich zu den anderen. Das Gespräch drehte sich – wie so oft unter Männern – um den Fußball. Besonders die fragwürdige Einkaufspolitik eines deutschen Bundesligavereins wurde vehement diskutiert. Pros und Kontras wurden vorgetragen, entschuldigende Begründungen und anklagende Einwände ins Feld geführt. Auch Martin beteiligte sich an dem hitzigen Disput und verteidigte mit heißem Herzen die exzessiven Geldtransfers des Clubs.

Erst jetzt, als ich ihm direkt gegenübersaß, fiel mir auf, wie übertrieben sein Agieren und Gestikulieren an diesem Morgen war. Mit pathetischer Überzeugung führte er reichlich spekulative und fragwürdige Tatsachen an, die seine Argumentation überzogen, geradezu aufgesetzt wirken ließen.

Das war nicht der Martin, den ich kannte. Zwar liebte er es, sich lebhaft, bisweilen auch mit großer Geste zu artikulieren, aber das, was er hier zur Schau stellte, war anders. Zugegeben, es waren nur Nuancen – kleine Überhöhungen in der Stimmführung, ungewohnte Formulierungen und Ausreißer in der Wortwahl –, aber sie reichten aus, um sein Gehabe unecht erscheinen zu lassen.

Bernd und Herbert schienen von dem, was ich glaubte beobachtet zu haben, nichts zu bemerken. Sie genossen das angeregte Debattieren und hatten ihre Freude an dem freundschaftlichen Streitgespräch.

Kurz kamen mir Zweifel, ob ich nicht, sensibilisiert durch das vorangegangene Telefonat mit Charly, etwas in Martin hineininterpretierte? Etwas, das in Wirklichkeit nicht existierte? Aber schnell wischte ich die Bedenken zur Seite. Es war nicht zu übersehen, dass Martins Verhalten sich verändert hatte. Seine Ungezwungenheit, seine Natürlichkeit waren verloren gegangen. In dem Bemühen, dies zu verbergen, uns vorzugaukeln, er sei noch der alte, hatte er sich einen Mantel überbordender Fröhlichkeit und Redseligkeit übergeworfen. Er spielte eine Rolle, spielte sich selbst, so wie er glaubte, dass wir ihn sahen und kannten. Der Grund, warum er dies tat, war für mich offensichtlich. Er wollte etwas vor uns verheimlichen, wollte verschleiern, wie es wirklich um ihn stand.

Charly hatte Recht: Martin trug an einer Last, einer Bürde, die er aber, so wie es aussah, alleine schultern wollte. Etwas war ihm widerfahren, etwas mit ihm geschehen, das schwerer wog als nur ein Ärgernis oder eine Missbilligkeit, die man anderen anvertrauen konnte und deren Ausräumung zusammen mit Freunden hätte diskutiert werden können. Nun begann auch ich mir Sorgen um den Theaterkollegen und Freund zu machen.

Da die Frauen sich zum Weitergehen rüsteten – ohne

freilich ihre Gespräche zu unterbrechen –, packten wir die Reste des Imbisses in die Rucksäcke und setzten gemeinsam unsere Wanderung fort.

Der Weg verlief über den schmalen Grat des Gebirgszugs, stieg kurz hinunter auf ein breites Plateau, um sich dann, steiler noch als zuvor, in engen Kehren zum Hohestein hinaufzuwinden. Die Aussicht von hier oben war – anders als in Hochgebirgen, in denen sich das Auge oft in schwindelnden Abgründen verlor – von einer stillen, besänftigenden Schönheit. Immer wieder blieben wir stehen und ließen den Blick die dicht bewaldeten Hänge hinunter zur Werra gleiten, deren Wasser in spiegelnden Windungen der kleinen, durch den Dunst des Morgens gerade noch erkennbaren Stadt Bad Sooden-Allendorf entgegenfloss. Diese Bergregion mit ihren Wäldern, Felsformationen und eingeschnittenen Tälern wird von der einheimischen Bevölkerung »Hessische Schweiz« genannt, eine liebevolle Übertreibung, die aber dem Zauber dieser Landschaft durchaus gerecht wird.

Nach knapp vierstündiger Wanderung war das Waldhaus erreicht. Wir waren müde, der Geist träge, der Körper erschöpft. Also beschlossen wir, zunächst eine ausgiebige Mittagsruhe zu pflegen. Anschließend sollte dann, erfrischt und konzentriert, mit den Theaterproben begonnen werden. Ich freute mich auf beides.

3

Das Waldhaus, das wir für das Probenwochenende angemietet hatten, war ein einfaches, quadratisches Holzgebäude, gezimmert aus ungehobelten Balken, mit einem flachen, teerpappenbeschichteten Schrägdach und bretterverkleideten Wänden. Grüne Fensterläden mit aufgemalten Jagdmotiven, etliche Rehbockgehörne und ein mächtiges Hirschgeweih unmittelbar über dem Eingang verrieten die waidmännische Bestimmung. Einstmals als Wetterschutz für Jagdgesellschaften errichtet, war das Haus später zu einem Aufenthalts- und Schulungsgebäude der örtlichen Jägervereinigung umfunktioniert worden. Man hatte kleine Schlafnischen abgeteilt, eine Küchenecke eingebaut und sanitäre Einrichtungen geschaffen. So war ein Kleinod entstanden, das nicht nur von Jägern genutzt wurde, sondern auch von anderen, die in der Abgeschiedenheit des Bergwaldes Ruhe und Ungestörtheit suchten.

Aus ebendiesem Grund hatten wir uns dafür entschieden, die kommenden Tage in diesem Haus zu verbringen. Hier oben würden wir unbehelligt arbeiten können, frei von Hektik, ohne Fernsehen und Computer – nichts, das uns ablenken und davon abbringen konnte, die Proben voranzutreiben.

Wir waren zwölf Personen, sechs Frauen und sechs Männer, die alle unterschiedlichen Berufsgruppen angehörten und seit nunmehr neun Jahren miteinander Theater spielten. Es war die Freude an der Darstellung und die Lust am gemeinsamen Agieren, die uns damals bewogen hatte, eine Laienschauspieltruppe zu gründen und ihr den pompösen Namen »Kulturkreis Oberhone« zu geben.

Dabei erwies es sich seinerzeit als regelrechter Glücksfall, dass wir in einem leerstehenden, einstmals als Düngemittellager genutzten Dachboden auf Anhieb einen geeigneten Aufführungsort finden konnten. Zwar kostete die Renovierung des großen Fachwerkraumes in den Folgejahren jede Menge Schweiß und auch den einen oder anderen

Euro, aber wir gingen mit Begeisterung an die Arbeit, bauten unser kleines Theater aus und richteten es mit viel Liebe ein. So mussten die rohgemauerten Wände isoliert werden, bevor eine Heizung installiert werden konnte. Podeste für eine ansteigende Bestuhlung waren zu zimmern, ausrangierte Stühle zu organisieren und heranzukarren. Und schließlich die Bühne, das Prachtstück des saalartigen Raumes. Das einfache Holzpodium der ersten Spielzeit wurde nach und nach zu einer geräumigen Spielfläche vergrößert, die am Ende die gesamte Breite des Dachbodens einnahm. Unterteilt von den mächtigen Stützbalken des Fachwerkes verfügten wir schließlich über Haupt- und Seitenbühnen in verschiedenen Ebenen, die mit untereinander verschiebbaren Elementen schnell und variabel verändert werden konnten. Wir waren stolz auf das, was wir geschaffen hatten, auf die prächtige Bühnenkulisse, das urige Raumambiente und die Wohlfühlatmosphäre, die für stets ausgebuchte Vorstellungen im »Dachbodentheater« sorgten.

Das Stück, das wir gerade probten und das in zwei Wochen zur Aufführung kommen sollte, wich etwas von dem ab, was wir sonst zu spielen pflegten. Hatten wir bisher hauptsächlich Komödien, gelegentlich auch eine Kriminalgeschichte oder eine Politsatire auf die Bühne gebracht, so wagten wir uns diesmal – aus besonderem Anlass – an einen gewichtigeren, ernsthaften Stoff, der uns bis an die Grenzen unserer Laienschauspielkunst bringen würde.

Wir spielten »Wie im Himmel«, eine Theaterfassung des bekannten Pollak-Films. Es ging in diesem anrührenden Stück unter anderem um die Kraft, die von einer Gemeinschaft, hier einem dörflichen Chor, ausgehen kann, wenn es darum geht, dem Einzelnen Mut zu machen, sich selbst zu finden und zu verwirklichen. Dieses Sujet war wie geschaffen für das Dorfjubiläum, das in diesem Jahr in Oberhone gefeiert wurde. Zum 750. Mal nämlich jährte sich die erstmalige Erwähnung des kleinen nordhessischen Ortes, ein Ereignis, das im Rahmen einer Festwoche gewürdigt werden sollte und zu dessen Gelingen die Dorfvereine aufgerufen waren, ihren Beitrag zu leisten.

Die Bauchschmerzen, die die hohen Anforderungen des Stücks einigen Ensemblemitgliedern bereitet hatten, waren mit zunehmender Beherrschung des Textes und dem Hineinleben in die Rolle verschwunden. Nun galt es, am Feinschliff zu arbeiten. Dynamische Steigerungen waren einzufügen, Übertreibungen zurückzunehmen. Die Szenenfolgen, die Einsätze und Auftritte mussten wieder und wieder geübt werden, solange, bis jeder von uns die Abläufe im Schlaf beherrschte.

An diesem ersten Tag im Waldhaus blieben wir nach dem Abendessen nicht mehr lange zusammen. Die Proben waren intensiv und anstrengend gewesen, die morgendliche Wanderung saß uns noch in den Knochen. Am Nachmittag war Matthias mit dem Auto gekommen, er hatte neben dem Gepäck auch den Proviant und die Getränke gebracht.

Ein knappes Stündchen noch hockten wir um den großen Holztisch, tranken zwei, drei Biere und ließen den Abend ruhig ausklingen. Noch vor Mitternacht waren dann alle in ihren Schlafräumen verschwunden.

Das Zimmerchen, das ich mit Franziska teilte, war schmal. Zwei Holzpritschen als Schlafstätten, eine über der anderen, der Raum davor so eng, dass ein Ausziehen nur möglich war, wenn sich der eine in die Ecke verdrückte und dem anderen dadurch Platz machte. Als wir schließlich in unseren Betten lagen, dauerte es kaum zwei Minuten, bis Franziskas tiefe Atemzüge von unten zu mir heraufdrangen.

Ich beneidete meine Frau um die Gabe, von einem auf den anderen Moment einschlafen zu können.

Ich löschte das Licht. Eine Weile noch lag ich wach und sah durch das winzige Fensterchen hinaus in den Sternenhimmel der mondlosen Nacht. Von den Bäumen war nichts zu erkennen, dazu war es zu dunkel, aber das Schlagen der Äste gegen das Haus verriet den böigen Wind, der im Laufe des Abends aufgekommen war.

Es war ein fruchtbares, ein engagiertes Arbeiten gewesen an diesem Nachmittag. Alle waren zuversichtlich, was das Gelingen des gemeinsamen Projekts betraf. Jeder glaubte inzwischen an den Erfolg der bevorstehenden Aufführung.

Nur Martin hatte sich von der euphorischen Stimmung des Ensembles nicht einfangen lassen. Er hatte, ungewohnt still jetzt, seinen Part mehr oder weniger heruntergespielt, ohne Hingabe, ohne die konzentrierte Ernsthaftigkeit, die er sonst bei den Proben an den Tag zu legen pflegte. Mehr als einmal war sein Blick unstet umhergewandert, hatte sich gedankenverloren auf einen fernen Punkt fixiert. Nicht nur mir, auch den anderen musste aufgefallen sein: Er war überhaupt nicht bei der Sache.

Ein Geräusch ließ mich aufhorchen. Es dauerte einen Moment, bis ich begriff: Jemand hatte die Haustür geschlossen. Es war nur ein leises Klacken, wie es entsteht, wenn einer sich bemüht, das Schloss mit großer Vorsicht oder auch Heimlichkeit einschnappen zu lassen. Ich hatte es nur deshalb hören können, weil unser Schlafraum unmittelbar neben dem Eingangsbereich lag.

Behutsam, darauf bedacht, Franziska nicht zu wecken, ließ ich mich aus dem Bett gleiten und trat ans Fenster. Wer konnte das sein? Hatte jemand das Haus verlassen oder war jemand gekommen? Ich versuchte, etwas in der Dunkelheit zu erkennen. Doch vergeblich. Das bisschen Sternenlicht von vorhin war nun verschwunden, es war stockduster. Wahrscheinlich waren Wolken aufgezogen.

Ein plötzlich aufflackerndes Licht ließ mich den Kopf zur Seite drehen. Dort, fünf Meter höchstens vom Haus entfernt, bemerkte ich eine Gestalt, die ein angezündetes Streichholz in der Hand hielt. Im schwachen Schein der im Wind hin und herzuckenden Flamme war ein Gesicht nicht zu erkennen.

Drei, vier Sekunden, nicht länger, brannte das Zündholz, dann verlöschte es. Undurchdringliche Schwärze legte sich wieder über die Konturen. Obwohl ich wusste, wohin ich zu blicken hatte – nicht einmal einen Schemen konnte ich mehr ausmachen. Unbeweglich verharrte ich, die Stirn gegen das Glas gepresst, und starrte hinaus in die Richtung, in der ich die Gestalt stehen gesehen hatte.

Da – da war es wieder, das Leuchten, aber es war anders jetzt als vorhin. Eine Glut diesmal, keine Flamme, ein rundes, rhythmisch aufglühendes Rot, wie es im wechselnden an- und abschwellenden Luftstrom entsteht. Es dauerte einen Moment, bis ich erkannte, was da draußen vor sich ging, bis ich begriff, dass jemand vor dem Haus stand und eine Pfeife rauchte. Und ich wusste augenblicklich, wer es war.

Kurz war ich versucht, zu Martin hinauszutreten. Die Gelegenheit war günstig, wir waren allein, unbeobachtet von den anderen. Ich konnte ihm meine Besorgnis mitteilen, ihn um eine Erklärung wegen seines veränderten Verhaltens bitten. Dann aber rief ich mir Charlys Mahnung in Erinnerung, seine Bitte, Martin Jakob nur zu beobachten und nichts zu unternehmen.

Also legte ich mich wieder hin, zog die Decke bis über

die Ohren und versuchte einzuschlafen. Doch die Gedanken ließen mich nicht los. Was mochte Martin bewegen, da draußen im Dunkeln zu stehen, alleine zwischen den windgepeitschten Bäumen? Was war es, das ihn vom Schlaf abhielt?

Ich nahm mir vor, trotz Charlys Mahnung morgen mit Martin zu reden. Vielleicht wartete er ja nur darauf, dass ihn jemand ansprach. Lange noch lag ich da und wartete auf das erneute Schnappen der Haustür. Aber alles blieb still. Schließlich schlief ich ein.

4

In meinen Träumen war ich dann doch zu Martin hinausgegangen, in die Nacht und den Sturm, hatte mich vor ihn gestellt und ihn angefleht, sich mir anzuvertrauen und von der Last, die er trug, zu erzählen. An seine Antwort konnte ich mich nicht erinnern, wusste nicht einmal, ob er überhaupt geantwortet hatte oder stumm geblieben war. Doch plötzlich musste er mich gepackt, mich geschüttelt haben – wieder und wieder – immer heftiger...

Franziska stand neben dem Bett und zerrte an meinem Arm. »Wach auf, Heinrich, wach endlich auf! Es ist kurz vor neun. In zehn Minuten sollen die Proben beginnen.«

»Die Proben?« Ich setzte mich auf, stieß mir den Kopf an der Schräge der Zimmerdecke. Dann, nach einigen Sekunden begriff ich: »Die Proben – mein Gott, ich habe verschlafen.«

Ich sprang aus dem Bett, küsste flüchtig meine Frau

und begann, mich an dem kleinen Handwaschbecken zu waschen. »Ich habe lange wach gelegen heute Nacht.« Ich erzählte Franziska von Martin, wie ich ihn draußen beobachtet hatte, erzählte von meinem Traum. »Erst gegen Morgen bin ich eingeschlafen. Du hättest mich früher wecken sollen.«

»Ich hab's ja versucht. Wollte dich auf die zärtliche Weise wachkriegen. Aber vergeblich. Erst später dann, mit Brachialgewalt, ist es mir gelungen, dich zu wecken.«

»Habe ich geschnarcht?«

»Und wie! Mich wundert's, dass rings um das Haus noch Bäume stehen.«

Ich tat beschämt und schlüpfte in die Hose. Schon auf dem Weg aus dem Zimmer drehte sich Franziska zu mir um: »Übrigens, Martin ist verschwunden.«

»Martin? – Aber ich habe doch noch eben ...«. Dann fiel mir ein, dass ich geträumt hatte. »Wieso ist Martin verschwunden?«

»Komm raus zu den anderen, da erzähl ich's dir. Und beeil dich jetzt. Ich gieße schon mal Kaffee ein und schmier dir ein Brot.«

Als ich mich kurz darauf an den Tisch setzte, empfingen mich die verwunderten Blicke meiner Mitspieler. Ein Zuspätkommen meinerseits, das war man nicht gewohnt. Brigitte konnte sich eine ironische Begrüßung nicht verkneifen: »Schau an, der Herr Regisseur kommt auch schon. Als letzter zwar, aber immerhin noch in der Zeit.« Ich konnte ihren Spott und den darin enthaltenen Vorwurf verstehen, war ich es doch gewesen, der gestern Abend alle eindringlich daran erinnert hatte, nicht später als neun auf der Matte zu stehen, um pünktlich mit dem Proben beginnen zu können.

Jetzt aber interessierte mich zuallererst, was mit Martin war. Obwohl – Franziskas Mitteilung hatte mich nicht wirklich überrascht. Nicht, dass ich vorausgesehen hätte, dass er verschwinden könnte, nein, das nicht. Aber ich hatte sehr wohl bemerkt, dass sich in ihm etwas aufstaute, über das er zunehmend die Kontrolle verlor. So wie eine vor der Eruption stehende Fumarole, deren Brodeln und Dampfen die unter der Oberfläche wirkenden Kräfte erahnen ließ.

»Was ist mit Martin?«, fragte ich und sah Franziska an.

»Er ist fort, mit dem Auto. Das hier lag auf dem Tisch.«

Ich nahm das Papier, das sie mir zuschob, und las: »Ich bin krank, fühle mich außerstande, die Proben fortzusetzen. Muss meinen Hausarzt aufsuchen. Dazu nehme ich den Wagen. Ich sorge dafür, dass das Auto am Sonntag wieder da ist. Martin!«

Ich ließ das Blatt sinken. Martin krank? Nun, dass jemand erkrankte, war nicht ungewöhnlich. Aber warum hatte er mich, den ärztlichen Freund, nicht um Rat gefragt?

»Nicht wahr, das erklärt einiges.« Bedeutungsvoll blickte mich Monika an.

»Wie meinst du das?«

»Nun, Martins Auftreten gestern. Das muss dir doch auch aufgefallen sein. Auf der Wanderung hier herauf war er lebhaft, geradezu aufgedreht. Später dann bei den Proben genau das Gegenteil: Er wirkte unkonzentriert, wie abwesend. Jetzt, wo wir von seiner Krankheit wissen, wird das Ganze verständlich.« Zum Unterstreichen ihrer Erkenntnis hob sie die Hände und mutmaßte: »Ich wette, er leidet unter einem Mageninfekt. Sprunghafte Stimmungswechsel sind typisch für solche Erkrankungen.«

Zustimmendes Nicken ringsum. Diese Auslegung leuchtete ein, damit waren alle einverstanden. Für einen Augenblick verspürte ich Lust, mich ihrer Deutung anzuschließen und Martins Absonderlichkeiten einem organischen Leiden zuzuschreiben. Aber das wäre zu einfach gewesen. Die Art, wie Martin sich verhalten hatte, war nicht mit einer Krankheit – egal ob körperlicher oder seelischer Natur – zu erklären. Das, was er gezeigt hatte, war die Reaktion auf etwas, das ihm zu schaffen machte. So wie man reagiert, wenn man mit einer Sache konfrontiert wird, mit der man nicht klar kommt.

»Wann ist er denn gefahren?«, wollte ich wissen.

»Keine Ahnung.« Christine zuckte die Schultern. »Ich war als Erste auf, bereits vor sieben. Da waren er und das Auto schon weg.«

»Ich nehme an, er hat den Wagen ohne Motor den abschüssigen Weg hinunterlaufen lassen«, vermutete Bernd. »Ob er das aus Rücksicht auf unseren Schlaf tat oder ob er sein Abfahren verheimlichen wollte – das weiß nur er.«

»Wie auch immer«, beendete ich das Gespräch und stand auf. »Es ist neun Uhr.« Ich trank im Stehen meinen Kaffee aus, nahm das Manuskript von der Fensterbank und betrat die provisorische Bühne, die wir uns im hinteren Teil des Raumes eingerichtet hatten. Mit der gewohnten Zögerlichkeit – schließlich mussten die angeschnittenen Themen noch zu Ende diskutiert werden – folgten auch die anderen. Nicht einmal eine Viertelstunde über der angesetzten Zeit konnten wir mit den Proben beginnen.

Martins Ausfall wog weniger schwer, als wir zunächst befürchtet hatten. Seine Rolle war nicht groß, die wenigen Sätze, die er zu sagen hatte, sprach ein anderer mit. Es ging gut voran, das Stück wuchs in uns und wir wuchsen in ihm.

Der gelegentliche Blick aus dem Fenster erleichterte uns die Probenarbeit im Hütteninneren, denn draußen goss es wie aus Kübeln, ein dichter, grauer Vorhang verhüllte Wald und Himmel. Der nächtliche Wind war abgeflaut, kein Zweig schlug mehr gegen die Hauswand. Nur das ständige Prasseln des Regens auf das Dach begleitete unser Spiel.

Ein Gefühl des Wohlbehagens breitete sich in uns aus, eine Geborgenheit, die nicht nur der anheimelnde Raum vermittelte. So wie die Mitglieder des Chores in unserem Stück, erlebten auch wir die Sicherheit und die Kraft, die vom Miteinander einer Gemeinschaft ausgehen. Wir fühlten uns stark an diesem Morgen, alle und jeder – und wir wurden immer stärker, je weiter die Proben voranschritten.

Am Sonntagnachmittag kamen wie verabredet Partner und Bekannte zum Waldhaus heraufgefahren, um uns abzuholen. Angesichts des anhaltenden Schlechtwetters hatten wir darauf verzichtet, zurückzuwandern. Wir zogen den Heimweg im trockenen Auto vor.

Als mein Wagen vorgefahren kam, wusste ich, dass Martin Wort gehalten hatte. Er hatte dafür gesorgt, dass das ausgeliehene Fahrzeug für unseren Rücktransport wieder zur Verfügung stand.

Rolf, der es brachte, berichtete, dass Martin am Samstag die Autos zunächst auf unserem Hof ausgetauscht hatte. Danach sei er zu ihm gekommen, habe ihm meine Wagenschlüssel gegeben und ihn gebeten, am Sonntag zum Waldhaus zu fahren. Er selbst sei krank und müsse ins Bett. »Und tatsächlich, Martin hat alles andere als gesund ausgesehen. Natürlich habe ich zugesagt, euch abzuholen.«

Wir beschlossen, nach dem konzentrierten Arbeiten in den vergangenen Tagen für den Rest der Woche mit den Proben zu pausieren. Wir waren voll im Soll, was das Einüben des Stücks betraf, weiter noch, als wir es erwartet hatten. Das Zusammenspiel klappte bereits hervorragend, die

Texte waren bestens aufeinander abgestimmt. Nun war es wichtig, die besprochenen Dinge im eigenen Rollenstudium umzusetzen und zu vertiefen. Auch würde uns ein bisschen Abstand voneinander nach dem engen Aufeinanderhocken im Waldhaus guttun.

Am Dienstag brachte mir die Post einen Brief vom Magistrat der Stadt Eschwege. »Herrn Dr. Heinrich Gerhard« stand formal und drohend auf dem weißen Umschlag. Da es nicht die erste Zustellung dieser Art war, die im Laufe der letzten Jahre in unser Haus geflattert kam, erriet ich leicht ihren Inhalt. Es würde ein weiteres Strafmandat sein in der langen Reihe der Parksünden, die in mich immer wieder verblüffender Leichtfertigkeit von meiner Frau und den Töchtern begangen wurden. Meist handelte es sich dabei um Parkzeitüberschreitungen, gelegentlich aber auch um das Abstellen des Autos an unerlaubten Plätzen. Es gab Zeiten, da waren die Eingänge solcher Bußgeldbescheide fast ebenso häufig wie das vierteljährliche Erscheinen des Kirchenblättchens. – Und natürlich war für jede Übertretung eine Entschuldigung bei der Hand: Meist musste die schwere Einkaufstasche herhalten. Auch die Wartezeiten in den Geschäften waren schuld, genauso wie zufällig getroffenen Bekannte, denen man nicht hatte entrinnen können.

Ich öffnete den Brief und fand meine Annahme bestätigt. Wegen Überziehung der erlaubten Parkzeit waren 15 Euro fällig, zu zahlen an die Stadtkasse in Eschwege. Da sich beide Töchter seit Wochen in Köln, ihrem Studienort, aufhielten, mein Sohn, dem Vater gleich, stets auf die Einhaltung der städtischen Parkordnung bedacht war, blieb eigentlich nur Franziska als Verursacherin übrig.

Ich ging auf die Suche nach meiner Frau, in der erhobenen Hand den Zahlungsbescheid und auf der Zunge eine Belehrung, wobei ich noch schwankte, ob ich der Unbelehrbaren zornig oder ironisch gegenübertreten sollte.

Ich fand Franziska im Bad. Sie hockte vor der Waschmaschine und stopfte meine Wäsche in die geöffnete Trommel. Kurz sah sie auf, als ich den Raum betrat, und lächelte mir zu, dann widmete sie sich wieder ihrer Arbeit. »Die Sachen vom Wochenende«, sie deutete auf den noch halbvollen Wäschekorb. »Da kommt einiges zusammen.« Noch einmal drehte sie den Kopf zu mir hin. Dabei bemerkte sie das Blatt, das ich in der längst nicht mehr erhobenen Hand hielt.

»Ist das für mich?«, fragte sie, eine fast schon rhetorische Frage, denn ich bekam selten, nahezu nie Post. Franziska hingegen musste manchmal Berge von postalischen Zustellungen durchsehen und sortieren. Ihr Reiseunternehmen brachte es mit sich, dass sie neben der Geschäftskorrespondenz mit Werbe- und Verkaufsangeboten nur so überhäuft wurde – eine tägliche Papiermenge, die zu empfangen lästig, die zu lesen unerträglich war.

Ich hockte mich neben meine Frau und hielt ihr die gefaltete Zahlungsaufforderung vor die Nase. »Ja, Post für dich. Deine Freunde vom Magistrat haben geschrieben. Du hast die Parkzeit überzogen, hier steht es schwarz auf weiß.« Ich klopfte auf das Schreiben der Stadt und versuchte, streng zu wirken.

Franziska schluckte. »Schon wieder?« Sie griff nach dem Brief und entfaltete ihn.

»Ja, schon wieder.« Ich strich ihr seufzend übers Haar, verzichtete auf die Belehrung und stand auf. Es brachte nichts, ihr gegenüber rationale Argumente anzuführen, ihr vorzurechnen, wie viel sie und ihre Töchter in den letzten

Jahren der Stadt schon an Strafgeldern gezahlt hatten. Mit meiner »männlich vernünftigen Sichtweise«, wie sie diesbezügliche Vorhaltungen abzuqualifizieren pflegte, brauchte ich ihr nicht zu kommen. Resigniert winkte ich ab und schickte mich an, das Bad zu verlassen.

»Meinst du nicht auch, man sollte sich erst einmal alles richtig durchlesen, ehe man einen anderen beschuldigt?« Franziskas Frage klang unschuldsvoll, doch der Vorwurf darin war unüberhörbar. Ich drehte mich zu ihr um.

»Hier, das Schreiben – es ist nicht an mich, sondern an dich gerichtet.« Sie erhob sich und trat, den Brief hin und her wedelnd, auf mich zu. Sie deutete auf die Adresse.

»Das hat nichts zu sagen. Nicht der Falschparker, sondern der Eigner des Fahrzeugs wird angeschrieben.«

»Aber wenn ich es doch diesmal nicht gewesen bin, es gar nicht gewesen sein kann.«

»Willst du damit sagen, dass ich ...?«

»Nein, auch du kommst nicht in Frage – ganz abgesehen davon, dass ich mir dich als Parksünder nur sehr schwer vorstellen kann. Nein, wir beide haben ein absolut wasserdichtes Alibi.«

»Wie soll ich das verstehen?«

»Schau auf's Datum, dann wirst du's verstehen.« Sie reichte mir den Brief. »An dem angegebenen Tag waren wir im Waldhaus und haben geprobt. Keiner von uns konnte also den Wagen in der Stadt geparkt haben.«

Ich überflog das Schreiben ein zweites Mal, las es diesmal jedoch genauer. Tatsächlich, Franziska hatte Recht. Die Überziehung der Parkzeit um mehr als eine Stunde war von der Politesse am jetzigen Samstag registriert worden, dem Tag, an dem wir mit der Theatergruppe zusammen waren. Die aufgeführte Nummer bewies, dass es mein Auto war, das auf dem kleinen Parkplatz hinter der Schlossmühle unerlaubt lange gestanden hatte, laut Parkscheibe von Viertel nach neun bis mindestens 11.34 Uhr, dem Zeitpunkt der Überprüfung.

»Wie kann das sein?« Etwas ratlos blickte ich meine Frau an. »Ob sich die Politesse im Datum geirrt hat? Am Sonnabend können wir doch unmöglich gefahren sein.«

»Heinrich!« Vorwurf und Nachsicht mischten sich in Franziskas Stimme. »Denk doch mal nach. Gerade hast du mich belehrt, dass nicht der Fahrer beim Falschparken notiert wird, sondern das Fahrzeug, damit später der Besitzer ermittelt werden kann. Geh also davon aus, dass dein Auto tatsächlich zu der angegebenen Zeit hinter der Schlossmühle stand.«

»Aber wer hat es denn dann gefahren, wenn nicht wir?« Ich saß noch immer auf der Leitung.

»Mein Gott, Heinrich, gerade mal drei Tage ist das her und du hast es schon vergessen. Weißt du denn nicht mehr, dass Martin am Samstagmorgen mit dem Wagen zum Arzt gefahren ist?«

»Ja richtig – Martin.« Jetzt fiel es mir wieder ein. Martin hatte das Fahrzeug genommen, weil er sich krank gefühlt hatte und sich in medizinische Behandlung begeben wollte. »Er muss das Auto an der Mühle abgestellt und dabei die Parkzeit überschritten haben. Aber kannst du mir sagen, warum Martin da unten geparkt hat. Sein Arzt wohnt doch am anderen Ende der Stadt.«

»Vielleicht wollte er gleich ins Krankenhaus?«

»Und weshalb parkt der dann gut einen Kilometer von der Klinik entfernt?«

»Keine Ahnung.« Jetzt sah Franziska ratlos aus. »Möglicherweise hat er in die Bücherei gewollt.«

Der Schluss lag nahe, schließlich war die Stadtbibliothek im Gebäude der alten Schlossmühle untergebracht. Doch ich bezweifelte, dass Martin dorthin gegangen war. Immerhin hatte er Rolf gegenüber geäußert, er sei so krank, dass er ins Bett müsse. Da war ihm bestimmt nicht nach Büchern zumute gewesen.

»Egal wie«, beendete ich die Spekulationen und schwenkte den Bußgeldbescheid. »Das hier werde ich erst einmal bezahlen. Später kann ich dann immer noch mit Martin über die Angelegenheit sprechen und eine Klärung herbeiführen. Ich bin gespannt, was er dazu zu sagen hat.«

5

Am nächsten Morgen wählte ich nochmals Karl Montags Dienststelle an. Ich hatte Charly schon einmal zu erreichen versucht, gleich am Tag unserer Rückkehr aus dem Waldhaus, hatte ihm von Martin erzählen wollen, von meinen Eindrücken und Beobachtungen. Aber der Hauptkommissar war, wie ich vom diensthabenden Beamten erfuhr, wegen eines brisanten Falls für zwei Tage zum Präsidium nach Kassel abgeordnet worden. Er wurde frühestens am Mittwochvormittag in Eschwege zurückerwartet.

Nach zweimaligem Verbinden hatte ich Charly schließlich am Telefon. Er wirkte gehetzt, in Eile, offensichtlich hatte ich ihn aus einer Besprechung herausgeholt.

»Ja«, bestätigte er, als ich ihn darauf ansprach, »wir haben da eine kitzlige Ermittlung, die uns ganz schön auf Trab hält. Aber jetzt, wo du ansrufst – was ist eigentlich mit Martin los? Er kam schon am Samstag wieder nach Hause.«

»Er wurde krank.« Ich berichtete von Martins überstürztem Aufbruch, von seiner schriftlichen Nachricht, er wolle zum Arzt. »Ein bisschen habe ich mich schon gewundert, dass er mich nicht um Hilfe gebeten hat. Ich habe immer – und das weiß er – einige Medikamente dabei. – Aber sag, wie geht's ihm denn? Liegt er noch im Bett?«

»Im Bett?« Charlys Stimme klang erstaunt. »Martin hat nie im Bett gelegen. Am Samstag gegen Mittag kam er heim, eine Stunde später ist er schon wieder weggefahren. Ich war im Garten, habe sein Kommen und Gehen mitverfolgt. Wenn er wirklich krank war, hat er es zumindest gut zu verbergen gewusst.«

»Er ist weggefahren? Und wohin?«

»Ich habe ihn gefragt, aber die Antwort war ausweichend, wie so oft in letzter Zeit. Er habe etwas zu erledigen, das war alles, was er verriet. Keine Andeutung über Ziel und Zweck der Reise. Bisher jedenfalls ist er noch nicht zurückgekommen.«

»Das ist allerdings seltsam – passt aber zu seinem sonderlichen Verhalten.«

»Dann glaubst du also auch, dass irgendetwas mit ihm nicht stimmt?«

»Ja. Er kaut auf etwas herum, das er so nicht schlucken kann.« Ich schilderte Martins merkwürdiges Verhalten während der Wanderung und der Proben, erzählte kurz von der Nacht, als er draußen alleine im Sturm gestanden hatte.

»Ich habe den Eindruck, er sieht sich einem Berg gegenüber – was auch immer das sein mag –, dessen Ausmaß ihm Angst macht und von dem er nicht weiß, ob er ihn bewältigen kann.«

»Und daran verzweifelt er?«

»Nein, das nicht. Er ist nicht depressiv, wenn du das

meinst. Was ihn beschäftigt, bedrückt ihn zwar, aber es erdrückt ihn nicht. Aus seinem Verhalten ist eher Aufbegehren als Resignation herauszuspüren. Er wirkt, als sei er auf dem Sprung, eine Sache aufzuklären, die er nicht begreift. – Ich weiß nicht, ob du verstehst was ich meine. Es ist verdammt schwer, über Reaktionen zu sprechen, ohne ihre Auslöser zu kennen.«

»Doch, Heiner, doch. Ich weiß, was du sagen willst. Aber jetzt, wo wir beide festgestellt haben, dass etwas mit Martin ist, dass er womöglich Hilfe braucht, kann ich nicht länger mehr zusehen. Sobald er zurückkommt, werde ich mit ihm sprechen, offen und unverblümt.«

»Als Freund oder als Polizist?«

»Immer vorrangig als Freund, das solltest du wissen.«

Mit dem Versprechen, uns gegenseitig auf dem Laufenden zu halten, beendeten wir das Gespräch.

Eine Weile noch stand ich da, hielt das Telefon in der Hand, und dachte über das soeben Gehörte nach. Was hatte uns Martin da vorgespielt? Seine Erkrankung, von der er angeblich so betroffen war, dass er sich außerstande fühlte, mit uns weiterzuproben, die ihn aber nicht davon abgehalten hatte, noch am selben Tag eine Reise anzutreten. Warum hatte er uns angelogen?

Und dann das Abstellen des Autos hinter der Schlossmühle. Lag die Vermutung nicht nahe, dass er doch in die Bibliothek gegangen war, jetzt, nachdem sich die Krankheit als simuliert erwies? Aber was wollte er dort? Hatte er etwas gesucht, etwas nachschlagen wollen, es gleich an Ort und Stelle gelesen, vielleicht auch ausgeliehen? Viele, zu viele ungelöste Fragen.

Ich öffnete die Haustür und trat ins Freie. Eine plötzliche Unruhe hatte mich erfasst, ein Gefühl, das ich von früher

her kannte, wenn ich, zwanghaft manchmal, einer Sache auf den Grund gehen musste, ihren Ausgang unbedingt wissen wollte. Ich spürte, dass mich diese geheimnisvolle Angelegenheit um Martin zu fesseln begann, begriff, dass ich wieder einmal einen Punkt erreicht hatte, an dem ich der Versuchung nicht widerstehen konnte, Antworten auf die Fragen zu suchen.

Wollte ich wissen, ob Martin tatsächlich in der Bibliothek gewesen war, so blieb mir nichts anderes übrig, als dorthin zu fahren und nachzuforschen. Was hielt mich davon ab, es gleich zu tun?

Ich parkte auf dem kleinen Platz hinter der Mühle, dort, wo vor einer halben Woche mein Auto schon einmal gestanden hatte. Aus dem Handschuhfach nahm ich die Parkscheibe und stellte die Ankunftszeit ein.

Hatte Martin nicht gewusst, dass an dieser Stelle nur Kurzparken gestattet war? Oder hatte er damit gerechnet, innerhalb der erlaubten Stunde mit dem, was er vorhatte, fertig zu sein?

Ich stieg aus und trat an das Eisengeländer, das die Parkfläche zum Fluss hin absicherte. Es war ein stiller, friedlicher Ort hier unten am Wasser. Abgeschirmt durch den mächtigen Bau der ehemaligen Mühle drang kaum etwas vom Lärm der nahen Hauptstraße bis hierhin.

Fasziniert wie jedesmal, wenn ich an dieser Stelle stand, blickte ich in die schäumende Kaskade, in der sich das Wasser des Mühlengrabens in die Werra ergoss, schaute hinauf zu den hohen Giebeln des Landgrafenschlosses und fragte mich, wie Martin am Samstag auf dieses schöne Bild reagiert haben mochte. Hatte er es überhaupt wahrgenommen

– oder war er zielgerichtet zu dem Ort geeilt, den aufzusuchen er sich vorgenommen hatte? Aber was war sein Ziel gewesen? Die Bücherei? Nun, ich würde es gleich erfahren.

Ich nahm den vorderen Eingang, stieg über die geflieste Steintreppe hinauf zum ersten Stock und betrat durch eine Glastür die Räume der städtischen Bibliothek. Ich kam gerne hierhin, liebe Büchereien im Allgemeinen – aber diese ganz besonders. Durch das alte Mühlengebäude mit seinen niedrigen Decken, den dunklen Balken und den Sprossenfenstern zum Fluss hin weht noch der Geist vergangener Jahrhunderte. Hier, wo die Schlossherren das Getreide mahlen ließen, scheint der Geruch des zerriebenen Korns noch immer in der Luft zu hängen. Man ist versucht, mit dem Finger den Mehlstaub zu suchen, der sich auf Büchern und Regalen abgelagert haben könnte.

Rechterhand gleich hinter der Eingangstür saßen zwei Frauen vor ihren Computern und registrierten die Ausleihe und Rückgabe der Bücher. Ich kannte beide, Frau Leonhäuser, die Leiterin der Bibliothek, und auch die andere Dame, die gerade dabei war, einen Berg von Gelesenem entgegenzunehmen, den ein junger Mann vor ihr aufstapelte.

Einen Moment zögerte ich. Mir war klar, dass ich Fingerspitzengefühl brauchen würde, wollte ich etwas erfahren. Frau Leonhäuser würde, da war ich mir sicher, trotz ihrer stets hilfsbereiten Art auf einem genauen Beachten der Datenschutzvorschriften bestehen. Das war sie ihrem Amt und ihrer Position schuldig. Auf der anderen Seite – wir waren uns nicht fremd, die Bibliothekarin und ich. Als eifriger Leser war ich häufig Gast in ihrer Bücherei, so wie sie regelmäßig unser Theater besuchte. Es musste doch möglich sein, während einer Unterhaltung das eine oder andere aus ihr herauszubekommen, vor allem, wenn es mir gelang, das Gespräch in die richtige Richtung zu lenken.

Ich ging auf Frau Leonhäuser zu und reichte ihr die Hand. »Sie sind also wieder dabei – in zwei Wochen beim Theater«, sprach ich sie an. »Ich habe Ihren Namen auf der Anmeldeliste gesehen.«

»Ja, ich freue mich schon darauf. Bisher habe ich noch kein Stück Ihrer Truppe versäumt. Man kann immer so schön lachen im ‚Dachbodentheater'.«

»Diesmal wird es etwas ernster zugehen«, informierte ich sie, »Sie wissen ja, das Dorfjubiläum – da erwartet man etwas Gewichtiges. Aber es bleiben noch genügend Szenen, in denen man zumindest schmunzeln kann.«

»Das sagte Ihr Kollege auch. Herr Jakob war am Samstag hier. Wir haben uns kurz über das Stück unterhalten.«

»Martin Jakob war hier?« Überrascht von der Plötzlichkeit, mit der sich mir die Gelegenheit eröffnete, über Martin zu sprechen, stand ich einige Augenblicke verblüfft da. Dann begriff ich die Chance und spielte den Ball zurück, der mir so unerwartet zugeworfen war. »Also, Martin war schon da? Dann hätte ich mir ja den Weg hierher sparen können. Er hat sicher alles mitgenommen?«

»Nein, er hat nur einige Kopien gemacht. Das Buch hat er dagelassen. Brauchen Sie es denn?«

»Ja«, schwindelte ich, wobei es mir nicht leicht fiel, dieser freundlichen Frau gegenüber die Unwahrheit zu sagen, »ich benötige daraus einige Angaben für das neue Theaterstück, an dem ich gerade schreibe – das, was wir eventuell im November aufführen wollen.« Ich hoffte, der Köder, den ich auslegte, war stark genug. Dem Geruch der Bühne konnte, das wusste ich, Frau Leonhäuser nur schwer widerstehen. Wie richtig ich mit meiner Einschätzung lag, erfuhr ich nur wenig später, als sie mich fragte: »Wie, das Stück spielt im Kloster?«

Das Theater und alles, was damit zu tun hatte, war eine der großen Leidenschaften der Bibliothekarin. Ich nahm an, dass auch sie, wie die meisten Menschen, insgeheim davon träumte, einmal in einer großen Rolle auf der Bühne stehen zu dürfen. Jetzt aber begnügte sie sich damit, die Szenerie des vermeintlichen Klosterstücks vor ihren Augen auferstehen zu lassen: »Dunkle Mauern, Kerzenschein, tiefstes Mittelalter – dazu die lodernden Scheiterhaufen. Das könnte ein wirkungsvolles Bild werden.« Es war deutlich, sie hatte Ecos »Der Name der Rose« gelesen und gesehen.

Ich griff ihre Frage auf. Dabei bemühte ich mich, sie nicht merken zu lassen, dass ich keine Ahnung hatte, was sie meinte. »Im Kloster? – Ja, das wäre eine Möglichkeit. Hat denn Herr Jakob nur die Kopien ...?«

»Ja, vier Seiten hat er sich herauskopiert. Das schien ihm zu reichen.«

»Na, ob das genug ist?« Ich spielte den Skeptischen. »Es ist immer ein Problem, einzelne Passagen aus dem Kontext herauszulösen. So erschließt sich oft nicht der Sinn des ganzen Werks.«

»Dann nehmen Sie das Buch doch einfach mit und studieren es in Ruhe zu Hause.«

Ich tat erfreut, lobte ihren Gedanken und bewirkte, dass Frau Leonhäuser aufstand und mich am Arm fasste. »Kommen Sie, ich zeige Ihnen, wo das Buch steht. Herr Jakob hatte einige Schwierigkeiten, es zu finden.«

Während wir gemeinsam die Treppe hinauf zur Sachbuchabteilung stiegen, erklärte sie: »Er hat nämlich, was im Grunde nur logisch ist, unter der Rubrik ‚Religion‘ gesucht, dort allerdings vergeblich. Deshalb kam er zu mir und bat mich um Hilfe. Bei der ‚Heimatkunde' haben wir es schließlich gefunden.«

»Na, da hätte ich es ebenfalls nicht vermutet«, tat ich, als wüsste ich Bescheid.

Inzwischen waren wir vor einem breiten, mannshohen Regal angekommen, dessen seitliche Signatur Auskunft über den Buchbestand gab. In den Fächern reihten sich Schriften, Bildbände und anderweitige Publikationen, die für die Region von Bedeutung waren – oder zumindest von ihren Verfassern für bedeutend angesehen wurden.

Ganz oben standen, wie es sich in einer städtischen Bücherei gehörte, die Zeugnisse und Abhandlungen, die sich mit der Kreisstadt Eschwege befassten. Darunter rangierten, nach steigender Entfernung geordnet, der hiesige Landkreis, die Region Nordhessen und schließlich das Mutterland Hessen selbst.

Mit geübtem Griff fasste die Bibliothekarin in das Regal und zog ein kaum mehr als hundertfünfzig Seiten enthaltendes Bändchen heraus. Ich spürte, wie sich, ohne dass ich es wollte, mein Puls beschleunigte, als sie mir das kleine Schriftwerk hinhielt.

Es war ein unauffälliges Büchlein, nichts, das ins Auge fiel. Auf einem hellgrauen Einband stand in mattschwarzer, antiquierter Schrift ein Titel, der in seiner nüchternen Sachlichkeit zur kargen äußeren Aufmachung passte: »Klöster zwischen Fulda und Werra«. Der Band war nahezu ungelesen, das merkte ich, als ich ihn aufblätterte. Dem Deckblatt war zu entnehmen, dass ein Herrmann Honsel ihn 1971 herausgegeben hatte.

Auf dem Weg die Treppe hinunter sah mich Frau Leonhäuser an. »Das suchten Sie doch?« Ihr war mein erstaunter

Blick nicht entgangen, als ich das unscheinbare Bändchen aufgeschlagen hatte.

»Ja.« Ich war froh, diesmal nicht lügen zu müssen. »Genau das habe ich gesucht. Danke, dass Sie mir geholfen haben. Ohne Sie hätte ich es nie gefunden.«

6

Unschlüssig hielt Franziska das kleine Bändchen in den Händen. Sie besah es sich von allen Seiten und wiegte dabei zweifelnd den Kopf. »Und du bist sicher – deswegen war Martin in der Bücherei?«

»Frau Leonhäuser behauptet es jedenfalls.«

»Und wenn sie sich irrt?«

»Warum sollte sie sich irren. Sie hat es ihm schließlich selbst aus dem Regal herausgesucht.« Ich schenkte Kaffee nach, vielleicht eine Geste der eigenen Unsicherheit, denn auch mir erschien meine Entdeckung ausgesprochen unspektakulär und fragwürdig. Ich konnte nur schwer glauben, dass der Inhalt dieses Büchleins für Martin eine solche Bedeutung besaß, dass er deswegen seine Freunde bei den Proben im Stich gelassen hatte.

Wir saßen in einer windgeschützten Ecke hinter unserem Haus, die Gesichter der wärmenden Märzsonne zugewandt, und suchten gemeinsam nach einer Erklärung, warum Martin gerade auf dieses Buch aus war. »Er soll ausdrücklich nach Schriften über heimische Klöster gefragt haben«, informierte ich Franziska und erzählte, wie Frau Leonhäuser helfen musste, das Gewünschte im Heimatkunderegal zu finden. »Sie hat ihm auch die Kopien gemacht.«

»Kopien? Was hat denn Martin kopieren lassen?«

»Das weiß ich nicht. Laut Bibliothekarin sollen es vier Seiten gewesen sein.«

»Hieraus?« Sie klopfte auf den grauen Einband. Ich nickte.

»Und du hast nicht nachgefragt, welche Seiten das waren?«

»Nein. Mit einer so konkreten Frage hätte ich nur Argwohn geweckt. Ich war mir irgendwie sicher, dass ich nach dem Lesen des Buchs wissen würde, was Martin daran interessierte.«

»Hast du denn schon einmal reingeschaut?« Sie hielt das Bändchen hoch.

»Nur flüchtig. Es scheint eine detailverliebte Auflistung von Klöstern unserer Region zu sein.«

»Detailverliebt, weiß Gott, der passende Ausdruck – detailverliebt und knochentrocken.« Franziska schnaubte. »Ich weiß gar nicht, wer so etwas liest.« Sie schlug wahllos eine Seite auf und tippte mit dem Finger auf das Papier. »Da ist so ziemlich jede Einzelheit aufgeführt, die von einem Kloster bekannt ist: Das Geschichtliche sowieso, das Jahr der Erbauung, die Weihung der Kapelle, die Stiftung eines Kreuzes. Dann aber auch alles über den Orden, seine Lehren, seine Ziele – sogar die Patres und Nonnen des jeweiligen Klosters sind namentlich erwähnt. Dieser Hermann Honsel hat sich viel Mühe gemacht, das alles zusammenzutragen.«

»Wahrscheinlich ein pensionierter Lehrer«, vermutete ich. »Nach seiner Zurruhesetzung füllt er das Vakuum mit der Katalogisierung von Klöstern.«

Franziska legte das Büchlein aufgeschlagen auf den Tisch. Noch einmal deutete sie darauf und schüttelte den Kopf: »Was das allerdings mit Martin zu tun hat und den

Problemen, die wir bei ihm vermuten, das weiß ich beim besten Willen nicht.«

»Auch mir erschließt sich im Moment kein Zusammenhang«, gestand ich, »aber vielleicht kommt die Erkenntnis, wenn ich das Buch genau studiert habe.«

»Wenn wir nur wüssten, was er kopiert hat?«

Eine Zeitlang saßen wir stumm da, tranken aus unseren Kaffeebechern und schauten auf das vor uns liegende Land. Überall, wohin man jetzt sah, zeigte sich zartes Grün. Das Gras wuchs bereits so üppig, dass schon bald die Tiere zum Weiden aus den Ställen gelassen werden konnten. Auf den Feldern keimte die Saat und auch die Büsche am nahen Flussufer hatten einen ersten Schimmer von Grün.

Ich schloss die Augen und dachte an den Anfang – die Ankunft im Paradies, wie wir es später scherzhaft nannten. Fast zweieinhalb Jahrzehnte lag der Tag nun schon zurück, an dem wir mit Kind und Kegel – um genau zu sein, mit drei Kindern und einem randvollen Möbelwagen – in Oberhone angekommen waren. Berufsbedingt hatte uns der Weg hierher in den äußersten Nordosten Hessens geführt, wir waren meiner neuen Arztstelle in der Kreisstadt Eschwege hinterhergezogen.

Franziska hatte, sozusagen als Voraustrupp der Familie, auf der Suche nach einer Wohnmöglichkeit das ziemlich heruntergekommene Bauernhaus am Ortsrand des Dorfes entdeckt. Begeistert von der alten Bausubstanz und der wundervollen Lage inmitten von Wiesen hatte sie sich aus einem Bauchgefühl heraus, wie es ihre Art ist, sofort für das große Anwesen entschieden und den Kaufvertrag, quasi im Alleingang, spruchreif gemacht. Wir, der Rest der Familie, Kinder gleichermaßen wie Ehemann, teilten ihre Begeisterung, als wir unser neues Heim zum ersten Mal sahen: Das langgestreckte Fachwerkhaus mit den schweren, dunklen Balken und den weiß verputzten Gefachen, den backsteingemauerten Stall auf der anderen Seite des Hofes. Alles war zwar reichlich pflege- und renovierungsbedürftig, auch der verwahrloste Garten, aber das hatte uns nicht abgeschreckt – im Gegenteil. Voller Enthusiasmus hatten wir die Herausforderung angenommen, das Verwohnte bewohnbar und das Verwilderte urbar zu machen. So war in den Folgejahren tatsächlich das Paradies entstanden, das wir von Anfang an in diesem schönen Flecken Erde gefunden zu haben glaubten.

Eine Bewegung und ein Geräusch neben mir ließen mich die Augen öffnen. Ich drehte den Kopf und schaute zu meiner Frau. Franziska war aufgestanden, das Scharren der Stuhlbeine auf dem Steinboden hatte mich aus meinen Erinnerungen geweckt. Reglos verharrte sie jetzt, auf ihren Handflächen ruhte das Klosterbändchen. Mit äußerster Behutsamkeit, bemüht, jede Bewegung zu vermeiden, hielt sie das kleine Buch, so als sei es eine kostbare, zerbrechliche Porzellanschale, die es zu schützen galt. Den Blick fest darauf gerichtet, verfolgte sie gebannt das langsame Aufblättern der Seiten. Wie eine asiatische Priesterin stand sie da, bereit, ein heiliges Opfer darzubringen.

»Was treibst du da?« Nun erhob auch ich mich, um zu sehen, was ihre Augen so fesselte. Aber ich sah nichts als das aufgeschlagene Buch, dessen Seiten inzwischen zur Ruhe gekommen waren.

»Sieh dir das an«, hauchte Franziska, ohne den Blick von dem Objekt ihrer Betrachtung zu wenden. »Verstehst du, was ich entdeckt habe?«

Ich beugte den Kopf über die aufgeblätterten Seiten und versuchte, in ihnen zu lesen. »Ein Benoniterkloster«, stellte ich fest, »eines der vielen beschriebenen Klöster in diesem Buch. Warum hast du gerade das aufgeschlagen?«

Nun sah mich meine Frau doch an, mit einem Blick, der mir so vertraut war und den ich im Grunde liebte, auch wenn er mir signalisierte, dass ich mal wieder nichts verstand. Das resignierte Hinseufzen meines Namens, das ihm stets zu folgen pflegte, ließ nicht lange auf sich warten. »Ach, Heinrich, begreifst du wirklich nicht?«

Ich schüttelte den Kopf und forderte sie auf – etwas unwirsch vielleicht, schließlich, welcher Mann lässt sich gerne von seiner Frau der Begriffsstutzigkeit überführen: »Sag endlich, was du meinst. Was zelebrierst du hier eigentlich?«

Milde blickte mich Franziska an. »Na gut, ich will's noch einmal vorführen. Damit du's auch verstehst.« Feierlich langsam klappte sie nun das Büchlein zu und ließ es geschlossen eine Weile zwischen ihren Fingern ruhen. Dann, wie ein Zauberer, der sich vor dem Kunststück auf die magischen Kräfte zu konzentrieren vorgibt, hielt sie die Arme in leichter Beugung vor dem Körper. Dazu senkte sie den Kopf, als wolle sie in sich hineinhören.

Halb amüsiert, halb fasziniert schaute ich ihrer Inszenierung zu, gespannt, was dabei herauskommen würde.

Franziska richtete sich auf. Die Arme waren nun ganz gestreckt, die Hände hielten das noch immer geschlossene Buch in unbeweglicher Starre. Eine Weile blieb sie so, bevor sie mit den Spitzen der Daumen über die Ränder der Einbanddeckel fuhr und sie soweit nach unten zog, bis sie flach auf den Handtellern lagen. Unter einem leisen, kaum hörbaren Rauschen fächerten sich die Blätter des Büchleins auf, bildeten flüchtig einen anmutigen Bogen, ehe sie wie in Zeitlupe zu den Seiten hin aufeinandersanken.

Franziska hatte das Schauspiel mit andächtiger Aufmerksamkeit verfolgt. Jetzt wandte sie sich mir zu, ihre Augen glänzten. »Na, was ist? Weißt du nun Bescheid?«

»Nein, überhaupt nicht. Sieht ja schön aus, wie sich so ein Buch aufblättert – aber ich habe nicht die geringste Ahnung, was mir das sagen soll.«

»Komm näher, schau's dir an, dann wirst du's erkennen.«

Ich kam mir vor wie ein Schüler, der mit Geduld und Nachsicht an die Lösung einer einfachen Aufgabe herangeführt wird. Noch einmal also bog ich den Kopf über die Hände meiner Frau und senkte den Blick auf das, was vor mir lag. »Mein Gott«, entfuhr es mir, »das ist ja ...« Erregt deutete ich auf die aufgeschlagenen Seiten. Endlich begriff auch ich.

»Hier, machen wir's noch einmal«, schlug Franziska vor, »zur Sicherheit.« Sie wiederholte den Vorgang und wieder fielen die Seiten in der gleichen Weise wie vorher aufeinander. Nun gab es keinen Zweifel mehr, ein Zufall war ausgeschlossen. Es war das gleiche Bild, das mir in die Augen sprang, der gleiche Text wie die beiden Male zuvor.

»Dir ist klar, was das zu bedeuten hat?« Mit der ihrem Geschlecht eigenen Intuition, dem Gespür um männliche Empfindlichkeiten, gab sie mir die Chance, das auszusprechen, was sie längst wusste.

Voller Eifer ergriff ich die Gelegenheit, die Lösung lag ja auf der Hand: »Hier, an dieser Stelle schlägt sich das Buch immer wieder spontan auf. Diesen Abschnitt muss jemand sehr intensiv gelesen haben. Was meinst du, ob es Martin war?«

»Davon können wir ausgehen. Wenn man dieses Klosterbüchlein durchblättert, merkt man, dass es bisher kaum benutzt worden ist. Es gibt keine Knicke, nirgends Eselsohren. Die Seiten liegen fast noch so aneinander wie nach dem Drucken. Bis auf diese Stelle eben. Da wir wissen, dass Martin Kopien gemacht hat, das Buch also flach auf dem Kopierer gelegen haben muss, ist es wahrscheinlich, dass es diese Stelle ist, die ihn interessiert hat. Meiner Meinung nach kannst du dir sparen, den ganzen Band zu lesen.« Sie klopfte mit dem Handrücken auf die Seiten. »Das hier, da bin ich mir sicher, ist das, was Martin gesucht hat.«

»Ja«, stimmte ich ihr zu, »so und nicht anders muss es sein.« Ich nahm ihr das Büchlein aus den Händen und betrachtete das Aufgeschlagene. Es war eine Abbildung, die zuerst ins Auge fiel, ein Schwarz-Weiß-Foto, aufgenommen von einem erhöhten Punkt, einem nahen Hügel vielleicht. Man sah von oben auf ziegelgedeckte Dächer, mehrere Gebäude waren in einem Rechteck um einen geräumigen Hof angeordnet. Ganz augenscheinlich handelte es sich um einen ehemaligen Gutshof, deutlich waren die flachen Stallgebäude hinter dem großen, zweistöckigen Herrenhaus zu erkennen. Auf einer Erhebung etwas abseits stand eine kleine Kapelle mit einem achtseitigen Türmchen, in dem eine Glocke hing. Dieses Bauwerk war das einzige, das auf die jetzige kirchliche Nutzung hinwies.

»Kloster Bielstein«, las ich vor, »ein Haus der Benoniter in der Nähe von Großalmerode. Eine eher unbedeutende Dependance des Ordens. Gerade sechs Mönche leben dort.«

»Kannst du mir sagen, welches Interesse Martin an einem solchen Objekt hat?«

»Nein, kann ich nicht, bis jetzt jedenfalls noch nicht. Aber wir sollten versuchen, es herauszufinden.«

In den folgenden Minuten gingen Franziska und ich gemeinsam den Text der vier Seiten durch, die sich mit dem Kloster befassten. Es war tatsächlich früher ein landwirtschaftliches Gehöft gewesen, so wie ich es beim Ansehen der Fotografie vermutet hatte, ein »Gut Bielstein«, das Mitte des vergangenen Jahrhunderts von dem Orden erworben worden war. Schon bald nach dem Kauf hatte man die Feldbestellung und Viehhaltung aufgegeben, lediglich die umgebenden Gartenflächen wurden noch von den Mönchen zum Anbau von Gemüse, Kartoffeln und Kräutern genutzt. Ansonsten war das Kloster ein Ort der Stille, in dem Gebet, Meditation und Sammlung das Leben bestimmten. Seine einsame Lage in einem Waldtal, einige Kilometer von der nächsten menschlichen Siedlung entfernt, schienen es zu prädestinieren, von der Öffentlichkeit kaum wahrgenommen zu werden. Weder Franziska noch ich hatten jemals vorher etwas von einem »Kloster Bielstein« gehört.

Seit kurzem aber – so informierte ein wahrscheinlich später bei einem Neudruck eingefügter Satz – hatte sich das Kloster aus seiner selbstgewählten Weltabgeschiedenheit etwas herausbewegt, hatte sein Tor einen Spalt der Allgemeinheit geöffnet. Unter dem Motto »Mitleben im Konvent« waren Außenstehende, gleich welcher Konfession, dazu aufgerufen, den klösterlichen Alltag kennenzulernen, zusammen mit den Mönchen die Exerzitien abzuhalten und bei den gemeinsamen Mahlzeiten erbauliche Gespräche zu führen. Vier kleine Zimmer standen den Gästen dafür zum Wohnen und Übernachten zur Verfügung.

Wir gingen die Seiten sorgfältig durch. Ich las vor, Franziska hakte ein, wenn etwas undeutlich oder missverständlich war. Wir studierten jedes Wort, jeden Satz. Doch so viel wir auch lasen, nichts gab uns Aufschluss darüber, was Martin mit diesem Kloster zu tun hatte. Nirgends unter den zahlreichen Patres und Fratres, die in all den Jahren dort gewohnt hatten, tauchte der Name Jakob auf.

So intensiv wir auch nach einer Verbindung suchten, wir fanden keine.

»Ob wir uns irren?« Ich legte das Buch auf den Tisch und trat an den Rand der Terrasse. Hunderte von Staren hatten sich auf der Nachbarwiese niedergelassen, rhythmisch hüpften sie hin und her und suchten den Boden nach Futter ab. In der Ferne, dicht unter dem Weinberg, trabten zwei Reiter über die Felder, zwei bewegte Punkte, denen ich mit den Augen folgte.

»Nein«, ich drehte mich zu Franziska um, »wir irren uns nicht. Auch wenn wir nichts gefunden haben, ich bin mir sicher, dass wir uns nicht täuschen. Der Inhalt dieses Buches muss für Martin eine Bedeutung haben, wie sonst wäre sein Verhalten zu erklären. Er, der stets Zuverlässige, verlässt unter einem Vorwand die Proben, um die Bibliothek aufzusuchen – das allein zeigt das Gewicht der Information, die er sich von dem Buch erhofft. Und als er es findet und darin liest, muss in jenen vier Seiten etwas so Wichtiges stehen, dass er sie kopiert und mit nach Hause nimmt.«

»Aber was soll das sein? Wir haben doch nun wirklich alles gründlich durchgemustert. Da gibt es nichts Geheimnisvolles, keine versteckte Botschaft oder was man sich sonst an Mysteriösem vorstellen kann. Diese trockenen Klosterfakten hätte er sich genausogut aus dem Internet herausziehen können.«

»Ja, eigentlich hast du Recht. Das akribische Zitieren von Einzelheiten, der pedantische Stil – das ist alles so nichtssagend und langweilig. Schwer vorstellbar, dass ein vitaler Mensch wie Martin sich dafür erwärmen kann. Und dennoch ...«

Nachdenklich ging ich auf und ab. Eine Weile schwiegen wir. Martin hatte in der Bibliothek entdeckt, wonach er suchte, das war für mich unstrittig. Auch war ich überzeugt – ohne allerdings konkrete Gründe für meine Annahme nennen zu können –, dass zwischen dem Inhalt des Büchleins und Martins Wesenswandel ein Zusammenhang bestand. Das, was ihm in den Tagen zuvor so zugesetzt hatte, musste auf den vier kopierten Seiten eine Bestätigung, vielleicht auch Ergänzung gefunden haben. Warum taten wir uns nur so schwer, herauszufinden, was genau er gesucht hatte?

»Also gut«. Ich versuchte einen neuen Ansatz. »Zäumen wir das Ganze doch einmal anders herum auf.«

»Wie meinst du das?«

»Zum Beispiel könnten wir alles das eliminieren, was du gerade trockene Fakten genannt hast. Zahlen also, tabellarische Auflistungen und ähnliches. Möglicherweise ist ja das, was danach übrig bleibt, das, was wir suchen.«

»Gute Idee.« Franziska nickte zustimmend. Den Daumen nach oben gestreckt begann sie, an den Fingern aufzuzählen. »In erster Linie können wir alles herausstreichen, was mit der Klosteranlage selbst zu tun hat, mit den Gebäuden also und ihrer Historie. Da das Anwesen früher ein einfaches Landgut war, dürfte die Vorgeschichte so gut wie nichts hergeben. – Dann als Zweites«, ihr Zeigefinger ging in die Höhe, »die Angaben über den Orden. Ich meine, die können wir völlig vernachlässigen. Das ist allgemeines Wissen, jedem frei zugänglich. Dazu gehört auch alles, was über den Klosteralltag berichtet wird: Die täglichen Gebetsstunden, die Eucharistiefeiern – auch das neue Beherbergungsprojekt fällt in diese Kategorie. Ich kann mir nicht vorstellen, dass es das ist, hinter dem Martin her ist. – Und schließlich das, was über die Klosterlage, die Erreichbarkeit und die Anfahrtswege geschrieben ist – das dürfte genausowenig in Frage kommen.« Die

Streckung des Kleinfingers komplettierte die gespreizte Hand.

»Also, was bleibt noch?«, stellte jetzt auch Franziska die Frage. Dabei schaute sie mich an, die Augenbrauen hochgezogen, ihr Blick glich einer Aufforderung, das Offensichtliche auszusprechen.

Ich griff nach dem Büchlein, blätterte bis zu der Stelle, die Martin kopiert hatte. Noch einmal sah ich die Seiten durch. Franziska hatte tatsächlich alles ausgeschlossen, das zu unwesentlich, zu belanglos war, um als ursächliche Erklärung für Martins Handlungsweise und seine starke innere Beteiligung herhalten zu können. Eigentlich blieb nur eine einzige Passage, die nicht durch den Rost der aussondernden Betrachtung gefallen war.

Ich hielt Franziska das aufgeschlagene Buch hin. »Ich weiß, was du meinst.« Mit dem Finger deutete ich auf den Absatz, in dem, ganz unten auf der letzten Seite, zwanzig bis dreißig Namen aufgeführt waren. »Das ist ungewöhnlich. Bei der Beschreibung einer Institution werden frühere Bewohner nur in seltenen Fällen namentlich erwähnt – es sei denn, es handelt sich um hervorragende Persönlichkeiten. Aber so wie ich das sehe, geht es hier um einfache Mönche, die irgendwann einmal in dem Kloster gelebt haben – oder auch jetzt noch dort leben. Die Liste geht weit zurück, einige der aufgeführten Pater und Brüder dürften inzwischen schon verstorben sein.«

»Also glaubst du, Martin hat die Namen dieser Männer gesucht?«

»Ja, was sonst? Die anderen Angaben in der Abhandlung sind viel zu banal und allgemein, um den Aufwand zu rechtfertigen, die hätte er sich leichter und überall besorgen können. Aber wenn er wirklich an diesen Namen interessiert war – was für einen Grund kann er dafür gehabt haben? Ein Jakob ist, das haben wir schon früher festgestellt, nicht unter den angeführten Familiennamen. Verwandtschaftliche Verbindungen sind also vordergründig nicht zu erkennen.«

»Tja, da siehst du mich ratlos.« Franziska hob die Hände. »Zwar bin ich ganz deiner Meinung: Martin wollte die Namen, nicht anderes. Aber warum er sie wollte, das ist mir ein Rätsel.«

Wieder schwiegen wir. Keiner von uns hatte eine Deutung parat, keinem fiel eine Erklärung ein.

»Nun, dann werde ich wohl morgen eine ausgedehnte Waldwanderung machen müssen«, unterbrach ich das Schweigen.

Verwundert sah Franziska auf. »Die machst du doch fast jeden Tag.«

»Aber die morgige wird, anders als sonst, ein Ziel haben.«

»Lass mich raten. Du fährst nach Großalmerode und wanderst dort rund um den Bielstein?«

»Woher weißt du das?«, tat ich erstaunt.

»Heinrich, dich zu kennen, zu wissen, was du tust, ist nicht schwer. Deine Handlungen sind, wie übrigens bei allen Männern, viel zu zwangsläufig und rational, um nicht vorhersehbar zu sein. Einmal von Neugierde gepackt – oder von Wissensdurst, wie du es lieber hörst –, gibst du sowieso nicht eher Ruhe, bis du dir über die letzte Unklarheit Klarheit verschafft hast. Die Frage ist nur, darfst du das? Mal abgesehen von Charlys Ermahnung, keine Ermittlungen anzustellen – du schnüffelst in Martins privaten, vielleicht sogar intimen Angelegenheiten herum. Was, wenn er dir das übelnimmt?«

»Das muss ich riskieren. Aber glaube mir, es ist nicht

nur die Neugier, die mich treibt. Ich mache mir ernsthafte Sorgen um unseren Freund – und auch Vorwürfe, dass ich ihn nicht schon zu Beginn unseres Probenwochenendes angesprochen habe. Ich hätte ihm meine Hilfe anbieten müssen.«

»Also gut. Ich werde diesmal nicht versuchen, dich abzuhalten, der Sache nachzugehen. Im Grunde will ich ja auch wissen, was los ist.«

»Du kannst sicher sein: Sobald ich merke, dass ich in eine persönliche Geschichte hineingerate, die nur Martin etwas angeht, oder er mir zu verstehen gibt, dass meine Hilfe nicht erwünscht ist, ziehe ich mich sofort zurück. Das verspreche ich dir.«

7

Schon früh am Morgen fuhr ich los. Gut eine halbe Woche Zeit blieb mir bis zur nächsten Theaterprobe, Zeit, die ich nutzen wollte herauszufinden, in welchen Nöten sich Martin befand. Alle Versuche, ihn über Telefon zu erreichen, waren erfolglos geblieben – Martin blieb unauffindbar.

Franziska hatte von einer Begleitung Abstand genommen. Ich machte ihr klar, dass die Vorsondierungen, die ich durchzuführen beabsichtigte, alleine möglicherweise unauffälliger zu bewerkstelligen waren. Außerdem konnte es sein, dass bei den bevorstehenden Wanderungen in dem ausgedehnten Waldgebiet Strapazen auf mich zukamen, denen sie vielleicht nicht gewachsen war. Murrend zwar, aber einsichtig, ließ sie mich fahren, nicht ohne mir vorher das Versprechen abgenommen zu haben, sie telefonisch auf dem Laufenden zu halten.

Gerade mal dreißig Minuten Autofahrt von Eschwege entfernt liegt, abseits der großen Verkehrswege, die kleine Stadt Großalmerode. Wer sie besucht, wird zwangsläufig eingefangen von dem Reiz ihrer Lage inmitten endloser Bergwälder, deren Schönheit nirgends sonst so intensiv sicht- und fühlbar wird wie gerade hier.

Schon der Weg dorthin ist ein Zauberweg, vor allem, wenn man die Straße über den Meißner wählt, so wie ich es an diesem Morgen tat. Noch war unentschieden, wie der Tag werden würde. Der Wetterbericht hatte alle Möglichkeiten offengelassen, hatte von sonnigen Abschnitten, aber auch von Wolken und denkbaren Schauern gesprochen. Bei meinem Aufbruch hatte noch eine dichte Dunstschicht über den Wiesen gelegen, die nicht erkennen ließ, in welche Richtung sich die unbestimmte Vorhersage entwickeln würde. Doch jetzt, als ich in steilen Windungen den verwunschenen Berg hinaufkletterte – das Reich Frau Holles, wollte man den Brüdern Grimm glauben –, lichtete sich der Nebel und eine Frühlingssonne an unbedecktem Himmel verhieß die beste der drei Prognosen für unsere Region.

Nur kurz verweilte ich auf dem Gipfel. Der sonst so großartige Blick vom Schwalbenthal hinunter auf das umliegende Land, auf die Dörfer und gewundenen Wasserläufe entfiel an diesem Morgen. Alles lag verborgen unter dem grau-weißen Tuch, das den Berg umhüllte und sich nur zögerlich aufzulösen begann.

Die Gemeinde Großalmerode, seit 1775 mit Stadtrechten versehen, wurde seinerzeit, wie das damals üblich war, im Talgrund nahe am Wasser angesiedelt. Dort an der Gelster, eher ein Bach als ein Fluss, gruppieren sich rund um die Kirche und das Rathaus die schönen alten Häuser des ursprünglichen Ortskerns.

Ich näherte mich von Osten, im Rücken die Morgensonne, der es inzwischen gelungen war, sich bis in die Tallagen durchzukämpfen. Auf der breiten Hauptstraße fuhr ich in das Städtchen hinein und wunderte mich, ohne lästige Parkplatzsuche und ohne auch nur einem einzigen Parkscheinautomaten zu begegnen, den Wagen zentral vor dem Eingang zum Rathauskeller abstellen zu können. Die Jacke ließ ich im Fahrzeug, der dünne Pullover erschien mir ausreichend in der milden Morgenluft.

Ich schloss das Auto ab, mehr aus Gewohnheit als aus Überzeugung oder gar Notwendigkeit. Ein Hauch von Unschuld lag über der morgendlichen Stadt, die gerade dabei war, zum Leben zu erwachen. Die Geschäfte und Ämter öffneten die Türen, junge Mütter zogen ihre Kindergartensprösslinge hinter sich her. Auf den Bürgersteigen schlurften die Alten oder standen zu einem ersten Tagesplausch in kleinen Gruppen zusammen. Es war ein Bild sanfter Bewegung, gänzlich ohne Hast und ohne die sonst in Städten anzutreffende Eile. Die geschäftige Bedächtigkeit, die den Ort erfüllte, nahm auch von mir Besitz.

Ich überließ mich dem ruhig dahinfließenden Rhythmus, schlenderte gemächlich durch die Gassen hinunter zum Bach und umrundete die helle, einladende Kirche, deren Eingang ich zu meinem Bedauern verschlossen fand. Ich wollte schon, ein wenig enttäuscht, den Weg fortsetzen, als mein Blick auf ein ovales Schild fiel. »Museum« war darauf zu lesen, ein deutlicher Hinweis auf die Bestimmung des großen, mehrstöckigen Fachwerkhauses, an dem es befestigt war. Obwohl ich Großalmerode schon mehrfach besucht hatte – meist allerdings nur in flüchtigen Visiten, nach einer Wanderung zum Beispiel, wenn mir nach einem Kaffee, einer Erfrischung oder auch einem Eis zumute war –, erfuhr ich heute zum ersten Mal von der Existenz eines Museums in der Stadt.

Mein Interesse war sofort geweckt. Auch wenn nicht zu erwarten war, dass ich hier Informationen über das bisher Bekannte hinaus im Zusammenhang mit dem nahen Kloster finden würde, entschloss ich mich, dem Museum einen Besuch abzustatten. Ich folgte einer Gewohnheit, der ich mich nicht ungern überließ und der mich hinzugeben mir im Allgemeinen viel Freude bereitet. So wie ein militärischer Aufklärungstrupp das feindliche Territorium vor einer Schlacht sorgfältig ausspäht oder auch ein Indianer sein Lager erst aufschlägt, wenn er das umgebende Terrain genauestens erkundet hat, so liebe auch ich es, mir vorab ein Bild von dem Gebiet zu machen, in dem ich mich aufzuhalten oder – wie in diesem Fall – zu agieren beabsichtige. Es erfüllt mich mit Genugtuung, gut vorbereitet auf eventuelle Herausforderungen reagieren und bestens informiert Anregungen und Hinweisen folgen zu können. Auch wenn ein solches Vorgehen auf den ersten Blick meiner sonst oft spontanen Verhaltensweise zu widersprechen scheint, so ist dies doch ganz und gar nicht der Fall. Ich schaffe mir im Grunde nur eine Erweiterung des Raumes, in dem ich mich dann nach Gusto und momentaner Eingebung frei entfalten und treiben lassen kann.

Also überquerte ich die Straße und stieg erwartungsvoll die Stufen zum Museum hinauf. Ich ergriff den schweren metallenen Knauf der Holztür, um sie zum Eintreten zu öffnen. Erst als ich vergeblich auf die Klinke drückte und daran zog, bemerkte ich den im unteren Drittel des Türblatts angebrachten, in eine Plastikfolie eingeschweißten Zettel. Ich beugte mich hinunter und las, dass eine Besichtigung des Hauses nicht vor April und dann nur an Sonntagen möglich war. Heute aber war Werktag, ein Werktag im März, ein doppelter Grund also, die Eingangspforte verschlossen zu halten.

Ob aus Verärgerung über die enttäuschte Erwartung, vielleicht auch in dem Reflex, mich versichern zu wollen, dass tatsächlich geschlossen war – jedenfalls rüttelte ich noch einmal heftig an der Tür und warf einen zornigen Blick auf ihr unschuldiges Holz.

Ein plötzliches Geräusch ließ mich zusammenfahren und die Hand von der Klinke nehmen. Erschreckt wich ich einen Schritt zurück, als sich der Schlüssel im Schloss drehte. Nicht anders als ich jetzt mochten seinerzeit Hänsel und Gretel auf die Tür gestarrt haben, als ihnen daraus die Hexe entgegentrat.

Aber die junge Frau, die mir öffnete, sah alles andere als furchterregend aus. Eingerahmt von blondem, zu einem Pferdeschwanz zusammengebundenem Haar blickte mich ein freundliches Gesicht an, dem man jedoch die Verstimmung über meine geräuschvolle Störung ansah.

Doch bevor sie noch zu einem Tadel ansetzen konnte, hob ich in einer Geste der Entschuldigung die Hände. »Verzeihung, ich dachte, das Haus sei leer.«

Die Entgegnung, die darauf prompt folgte, war vorauszusehen. »Wenn Sie glaubten, das Haus ist leer, warum lärmen Sie dann so laut an der Tür?« Aber ihre Frage klang eher neugierig als vorwurfsvoll. »Suchen Sie denn etwas Bestimmtes?«

»Nein.« Meine Stimme war unsicher, ich war völlig überrumpelt, »eigentlich wollte ich mir nur das Museum anschauen.«

»Sie sehen doch, dass wir geschlossen haben.« Sie deutete auf den regengeschützten Zettel an der Tür. »Erst im April machen wir wieder auf – und dann nur an Sonntagen.«

»Ich kann ja so lange hier draußen warten«, versuchte ich, spaßig zu sein.

Es dauerte zwei, drei Sekunden, in denen die junge Frau, eher ein Mädchen noch, unschlüssig vor mir stand. Dann aber überzog ein feines Lächeln das hübsche Gesicht und ließ die Augen leuchten. Fünf schlanke Finger streckten sich mir zum Händedruck entgegen. »Kommen Sie herein«, forderte sie mich auf, »meine Freundin und ich sind gerade dabei, die Sammlung für die anstehende Museumseröffnung im April vorzubereiten. Es wird schon nicht stören, wenn Sie sich ein bisschen umsehen – jetzt, wo Sie schon hier sind.« Sie trat zur Seite, ließ mich eintreten und schloss die Tür hinter mir. Dann kehrte sie zu dem Tisch zurück, von dem sie, so schien es, mein unerwartetes Auftauchen weggeholt hatte.

»Der Herr wirft nur einen kurzen Blick auf die Sammlung«, informierte sie die Freundin, eine etwas korpulente, aber ebenso herrlich junge Frau, die mit einem Lappen in der Hand vor einer Anzahl von Vasen, Schalen oder Krügen saß, augenscheinlich dabei, sie zu reinigen und zu polieren.

»Ach ja«, nickte sie mir einen flüchtigen Gruß zu, dann gab sie sich wieder voller Konzentration ihrer Arbeit hin.

Eingedenk des »kurzen Blickes«, der mir zugestanden war, durcheilte ich die Räume in zügigem Tempo und hielt mich nur so lange vor den ausgestellten Objekten und Tafeln auf, wie es nötig war, um mir einen Überblick zu verschaffen. Es war ein schönes, gut geordnetes und liebevoll eingerichtetes Museum, das sah ich trotz des nur oberflächlichen Eindrucks, den mein schneller Rundgang zuließ. Besonders die Exponate der Glas- und Keramikmanufakturen, die in früheren Jahrhunderten der Tonstadt Großalmerode zu einem guten Ruf und einem nicht unbedeutenden Ruhm verholfen hatten, waren mit Sorgfalt ausgewählt und übersichtlich präsentiert. Die sie begleitenden Erläuterungen, knapp und verständlich formuliert, enthielten das Wesentliche. Der Fehler vieler kleiner Museen, deren Überladung und Faktenflut den Besucher zu erschlagen drohten, wurde hier klugerweise vermieden.

So sehr ich mich auch umschaute, Informationen über das Kloster fand ich nicht. Vielleicht war die Ansiedlung des Ordens innerhalb des Gemeindegebietes noch zu jung und wenig geschichtsrelevant, um eine Dokumentation oder zumindest eine Erwähnung wert zu sein.

Ich kehrte zur Eingangsdiele zurück. Beide Damen saßen sich nun am Tisch gegenüber, jede neben sich einen Kaffeebecher und vor sich die Tonarbeiten ihrer Vorfahren. Mit sichtbarem Bedacht entfernten sie Staub und Flecken und brachten die alten Lasuren wieder auf Hochglanz.

»Ein schönes Museum«, lobte ich, während ich zu ihnen trat. »Danke, dass ich mich ein bisschen umschauen durfte.«

»Sie hätten sich ruhig mehr Zeit nehmen können.« Das Mädchen, das mich an der Tür empfangen hatte, deutete auf die vor ihr liegenden Tongefäße. »Sie sehen ja, wir haben noch einiges zu tun.«

»Ich werde wiederkommen«, versicherte ich, »das heute war nur ein Appetitholen. Und beim nächsten Mal erscheine ich sonntags – ganz bestimmt. Und nicht vor April – versprochen!«

»Na dann«, lachte die Blonde und hielt den Keramikkrug, den sie gerade bearbeitet hatte, in die Höhe, »dann ist ja alles in Ordnung.«

Auch wenn es unwahrscheinlich war, dass die jungen Frauen Näheres wussten, ich wollte die Gelegenheit nicht ungenutzt lassen, mich zu erkundigen: »Sagen Sie, gibt es nicht ein Kloster hier in der Nähe? Ein Kloster Bielstein – irgendwo dahinten in einem Waldtal, nicht weit von der Stadt. Bei meinem Rundgang durch die Räume habe ich keinen Hinweis darauf gefunden. Allerdings habe ich auch nicht allzu genau danach gesucht.«

»Nein, da werden Sie bei uns kein Glück haben«, gab die langhaarige, mollige Frau mir Auskunft. »Die Mönche sind gerade mal fünfzig, sechzig Jahre hier in der Gegend. Das kann man ja wohl kaum als historisch bezeichnen. Aber wenn Sie alte, gewichtige Klöster suchen, dann fahren Sie nach Germerode – oder nach Kaufungen ...«

»Ja, ja, die Klöster kenne ich natürlich. Aber mich interessiert gerade dieses hier.«

»Kommen Sie doch in hundert Jahren wieder, vielleicht ist das Kloster dann so geschichtsträchtig, dass das Museum nicht umhin kann, ihm ein ganzes Stockwerk zu widmen.« Nun lachten beide, die füllige Langmähnige und die schlanke Blonde, wobei Haare und Pferdeschwanz mit den Bewegungen der Köpfe hin- und herschwangen.

Ich verabschiedete mich und trat ins Freie. Einen Augenblick blieb ich auf den Stufen der Eingangstreppe stehen und dachte darüber nach, wie leicht sich die Jugend tat, mit Jahrzehnten und Jahrhunderten zu hantieren, so als wäre die Zeit ein unermesslicher, nie versiegender Vorrat. Dann, daran erinnert, dass auch ich in den wenigen mir zur Verfügung stehenden Tagen einer zeitlichen Beschränkung unterlag, machte ich mich auf den Weg zurück zu meinem Auto.

Das Vorfeld war sondiert, das Basislager errichtet. Es

war an der Zeit, das eigentliche Ziel, das Kloster und das in ihm vermutete Geheimnis, in Angriff zu nehmen.

8

Der Frühling stand vor der Tür, die Sonne schien – der Entschluss, zum Kloster zu wandern anstatt zu fahren, war leicht und schnell gefasst. Zwar gab es eine Straße, eher ein befestigter Forstweg, der dorthin führte und auch dort endete – aber das Waldgebiet rings herum war für einen Wanderer wie mich eine einzige Verlockung, mich zu Fuß auf den Weg zu machen.

Ich schlüpfte in die hochschaftigen Stiefel und griff nach dem kleinen Rucksack, den ich stets, gepackt mit dem Notwendigsten für Wanderungen, im Auto bei mir hatte. Aus dem Handschuhfach nahm ich die Karte und studierte das Gelände.

Anfangs hatte ich Mühe, mich in dem Wirrwarr der eingezeichneten Wege, Pfade und Höhenlinien zurechtzufinden und mein Ziel auszumachen. Das mochte damit zusammenhängen, dass ich nach dem Wort Kloster Ausschau hielt, in der Karte aber, wie ich schließlich entdeckte, noch immer die alte Bezeichnung »Gut Bielstein« angegeben war. Es war wohl das Beste, zunächst den Markierungen zu folgen. Die Gefahr, mich in dem ausgedehnten Waldgebiet zu verlaufen, wenn ich aufs Geratewohl loswanderte, war einfach zu groß.

Entlang des steilen, von hochstämmigen Fichten bestandenen Hanges führte mich der als Wanderroute 9 eingezeichnete Weg in Windungen um den Berg herum. Hier, fern jeder Siedlung und weitab von einem Parkplatz, war ich allein mit mir und der Stille der umgebenden Natur. Das Zwitschern der Vögel, das leise Rauschen des Windes in den Baumwipfeln und der Auftritt meiner Füße waren die einzigen Geräusche, die an mein Ohr drangen. Nur einmal schreckte ich auf, als eine Rotte Wildschweine unter dem lauten Brechen der Äste vor mir die Flucht ergriff. Erst als ich mich sicher wähnte, dem Kloster so nahe gekommen zu sein, dass ich es nun nicht mehr verfehlen konnte, verließ ich die breiten Wege und stieg über bemooste Pfade hinunter in das enge Tal des Schwarzbaches. Der Abstieg war steil, rutschig zum Teil, vor allem da, wo das Laub des vergangenen Herbstes über Steinen und Ästen lag und diese verdeckte. Drei-, viermal glitt ich aus, einmal sogar kam ich unfreiwillig auf dem Rücken zu liegen. Dabei bemerkte ich die Wolkenwand, die von Süden heranzog, eine zusammengedrängte, drohende Masse, wie sie sich sonst nur an schwülen Sommerabenden vor einem Gewitter auftürmt. Schnell stand ich auf und setzte, unwillkürlich den Schritt beschleunigend, den Weg fort.

Ich erreichte den Talgrund etwas oberhalb der Stelle, an der, laut Karte, das ehemalige Gut Bielstein liegen sollte. Anders, als zu vermuten gewesen wäre, hatte der kleine Bach vor mir jetzt im Leuchten der Sonne nichts an sich, das seinem Namen gerecht wurde. Hell perlte das Wasser in Kehren und Schleifen über den lehmigen Boden, nur gelegentlich unterbrochen von den streifigen Schatten der Ulmen und Erlen an seinem Rand. Aber der Blick zum Himmel machte deutlich, dass schon in wenigen Minuten die Sonne hinter der sich schnell nähernden Wetterfront verschwinden würde. Dann vielleicht, im Dämmerlicht unter den dichten Wolken, würde sich der Schwarzbach so zeigen, wie es sein Name verhieß.

Ich merkte, dass ich mich dem Ziel näherte. Das Tal wurde weiter, zunehmend zogen sich Wiesen an den Hängen empor. Ein Teich, aufgestaut durch einen Erddamm, schimmerte rechter Hand durch die Bäume. Das Kräuseln seiner Oberfläche verriet den auffrischenden Wind.

Kurz darauf lag das Kloster vor mir. Ich erkannte die Gebäude wieder, die Stallungen, das große Wohnhaus, sogar die kleine Kapelle auf dem Hügel. Das Anwesen bot sich mir in nahezu dem gleichen Blickwinkel dar, den auch der Fotograf damals hatte, als er die Aufnahme für das Klosterbüchlein machte. Nur, dass ich jetzt nicht, wie er seinerzeit, von oben über die Dächer und in den Hof schaute, sondern mich ebenerdig im Bachgrund auf den Gebäudekomplex zubewegte.

Ein Donnergrollen hinter mir ließ mich stehenbleiben. Ich blickte zurück, sah in den düsteren Himmel über dem Giesenberg, aus dem sich gerade ein Wolkenbruch auf die nun dunklen Wälder ergoss. In einem dichten Vorhang aus Perlenschnüren platzte der Regen herunter. Blitze zuckten und entluden sich krachend über den Bäumen. Im Starkwind bogen sich die Wipfel der Fichten und drohten zu brechen.

Ein Gewitter im März – ungewöhnlich, aber mir blieb wenig Zeit, darüber nachzudenken, denn die Wetterfront war schon fast über mir. Ich machte ein paar schnelle Schritte und sah zu, dass ich in den Schutz des Torbogens am Eingang zum Innenhof gelangte. Im Windschatten presste ich mich eng an die Sandsteinquader des Pfeilers, gerade in dem Moment, als der Regen das Kloster erreichte. Überrascht von seiner Intensität, aber auch gleichzeitig fasziniert, verharrte ich so eine Weile und sah dem Wirken des Unwetters zu. Der Wind, fast schon ein Sturm jetzt, war so heftig, dass er die schweren Tropfen in waagerechten Fäden durch die Luft trieb und laut auf die Blechabdeckung des Stalldaches prasseln ließ. Von der Kapelle klang, verweht wie aus der Ferne, das Läuten der kleinen Glocke herüber, wenn sie von einer kräftigen Böe zum Schwingen gebracht worden war.

»Um Gottes willen, kommen Sie doch herein!« Ich wendete den Kopf der Stimme zu, die mich angesprochen hatte. Ein Mönch in brauner Kutte stand vor dem Haus und winkte, sich gegen den Wind stemmend, mir zu. »Kommen Sie«, forderte er nochmals auf und trat in die Tür zurück, »bei diesem Wetter können Sie doch nicht draußen bleiben.«

Ich zögerte nur kurz. Ein paar Sprünge brachten mich durch Pfützen und Regen zu dem kleinen Vordach über dem Eingang. »Herein mit Ihnen!« Der Mönch fasste mich am Arm und zog mich in das Hausinnere. Krachend fiel die Tür, vom Wind erfasst, hinter mir ins Schloss.

»So ein Unwetter!« Der Mann in der Kutte hob die Hände, als wolle er sich für das Wüten da draußen vor seinem Kloster entschuldigen. »Ich bin auch erst seit fünf Minuten im Haus. Ich war gerade dabei, die Blumenbeete aufzuhacken, als ich es herankommen sah. Mit einer Geschwindigkeit, dass einem Angst wurde. Ich habe alles stehen und liegen gelassen und mich in Sicherheit gebracht.«

Ich nickte. »Ja, diese Plötzlichkeit, das war schon überraschend. Damit hätte ich nicht gerechnet, nicht um diese Jahreszeit. Und dann eine solche Heftigkeit!«

Wieder fuhr ein Blitz, heller, länger und greller noch als die vorigen, vom Himmel und erleuchtete die düstere Diele, in der wir dicht nebeneinander standen. Unbewusst zogen wir die Köpfe ein in Erwartung des Donnergrollens. Auf den krachenden Schlag, der unmittelbar darauf folgte, waren wir jedoch nicht vorbereitet. Ganz in der Nähe, wahrscheinlich in einen der hohen Bäume, musste der Blitz eingeschlagen haben. Unwillkürlich machten wir einen Schritt weiter ins Haus hinein.

»Gott zürnt, heute mehr denn je.« Die Stimme des Mönchs war belegt, ein rauhes Flüstern in der Stille vor der nächsten Entladung. »Auch wenn wir inzwischen einiges über Gewitter und seine elektrostatischen Phänomene wissen – ein unbestimmtes Gefühl, eine Urangst bleibt.«

»Ja, ja, eine Urangst, die uns seit Kindheit eingegeben wird.« Mit einem Lachen befreite ich mich aus der Verlegenheit des gerade durchgemachten Erschreckens. »Zu allen Zeiten hat der liebe Gott bei Gewittern als Hilfserzieher herhalten müssen – sozusagen als höhere, alles wissende Autorität. Wie oft hat meine Mutter mir und meinen Brüdern während des Blitzens und Donnerns unsere kindlichen Verfehlungen mit der Warnung vorgehalten: Der liebe Gott sieht alles. Hört nur, wie er schimpft!«

»Das kenne ich – bei mir zu Hause war‘s nicht anders.« Nun lachten wir beide. Ein ohrenbetäubendes Krachen ließ uns erneut zusammenzucken und den Blick besorgt zum Fenster richten. Obwohl es erst Nachmittag war, lag bereits Dunkel über dem Klosterhof. In dem wenigen Licht, das die Wolken- und Regenwand durchdrang, waren die gegenüberliegenden ehemaligen Stallgebäude nur mehr zu erahnen.

»Ich wollte mir gerade einen Tee kochen, als ich Sie unter dem Torbogen Schutz suchen sah. Wie wär’s mit einem Tea-for-two? Oder möchten Sie lieber einen Kaffee?«

»Ein Kaffee wäre mir lieber, wenn es nicht zu viel Mühe macht.«

»Nein, nein, überhaupt nicht. Bitte, gehen Sie doch schon vor in den Speisesaal.« Er öffnete eine Tür im hinteren Teil der Diele und forderte mich auf einzutreten. »Ich besorge den Kaffee und den Tee. Ich bin gleich wieder da. Sehen Sie sich in der Zwischenzeit ruhig ein bisschen um.« Er ließ die Tür offen, als er ging. Kurz darauf hörte ich ihn mit Kesseln und Geschirr in der Küche hantieren.

Der Raum, in dem ich stand, war langgestreckt und fensterlos. Drei schwere Leuchter hingen an eisernen, in die Balkendecke eingeschraubten Haken und verbreiteten ein helles Licht. Ich war überrascht über die vielen Bilder an den unverputzten Natursteinwänden, Landschaften meist, aber auch zwei, drei Darstellungen bäuerlichen Lebens. In einem Kloster hätte ich eher Abbildungen mit christlichen Motiven erwartet, aber wahrscheinlich waren die Gemälde beim Kauf des Gutshofes in den Besitz des Ordens übergegangen und von den Mönchen dort, wo sie hingen, belassen worden.

Am Ende des gut fünfzehn Meter langen Raumes war auf einem Podest ein kleiner Altar eingerichtet, nichts weiter als ein Tisch, über den man ein großes Tuch gebreitet hatte. Eine einfache Holzschnitzerei stand darauf, ein gekreuzigter Heiland, davor eine dickbauchige Kerze, eine Bibel und ein Blumengebinde. Das war aber auch schon alles, was darauf hinwies, dass ich mich im Refektorium eines Konvents befand. Der breite, von zehn, zwölf Stühlen umstandene Holztisch in der Mitte des Raumes hätte in jeder Bauernstube stehen können.

»Ich sehe, unser Speisesaal verwundert sie«, sprach mich mein Gastgeber an, während er zwei dampfende Becher und eine Schale mit Gebäck auf einem Tablett hereinbalancierte und die Tür schloss.

»In der Tat«, gab ich zu, »die hohen Steinwände und vor allem die Tatsache, dass hier die Fenster fehlen – das erinnert mich eher an eine Festung als an einen Wohnraum.«

»Sie haben Recht. Genau das wird auch die Absicht gewesen sein, als man seinerzeit den Gutshof erbaut hat. Man wollte wohl einen Bereich innerhalb des Hauses schaffen, in den sich die Bewohner bei einer Bedrohung zurückziehen konnten. Als der Orden das Kloster kaufte, gab es Überlegungen, nachträglich Fensteröffnungen zu brechen. Aber die Dicke des Mauerwerkes verhinderte eine Verwirklichung der Absicht. Auf der anderen Seite – diese massive Bauweise hat auch ihr Gutes. Im ganzen Kloster gibt es keinen Ort, an dem die Stille so präsent, das Gefühl der Abgeschiedenheit so total ist wie hier. Hören Sie doch selbst!«

Erst jetzt, als wir beide bewusst schwiegen und den Atem anhielten, bemerkte ich das Fehlen jeden Geräusches in diesem Raum. Von dem Wüten der Elemente draußen um das Haus herum war hier drinnen nichts zu hören. Die Stille war faszinierend, absolut vollkommen. Ich konnte nicht umhin, ihr einige Sekunden mit offenem Mund zu lauschen.

»Das ist einer der Gründe, warum wir einen Großteil unserer Gebete hier und nicht in der Kapelle abhalten – im schweigenden Herzen des Hauses, wie wir diesen Saal nennen.« Der Mönch stellte das Tablett auf dem Tisch ab und reichte mir den Kaffee. »Trinken Sie, solange er noch heiß ist. Übrigens – ich bin Bruder Valentino.« Er streckte mir seinen Teepott entgegen. »Willkommen im Kloster Bielstein!«

Ein eingefleischter deutscher Reflex ließ mich meinen Kaffeebecher erheben und mit ihm anstoßen. Das Klacken der Tongefäße hallte laut von den Wänden wider.

»Gerhard«, stellte ich mich meinerseits vor, »schlicht und

einfach Heinrich Gerhard. Mit einem solch illustren Namen wie dem Ihrigen kann ich natürlich nicht mithalten.«

Bruder Valentino zog sich einen Stuhl heran und bat mich mit einer Handbewegung, ebenfalls Platz zu nehmen. Wir setzten uns an das Kopfende des Tisches, hielten die Getränke in den Händen und lehnten uns entspannt zurück. Die geborgene Sicherheit hinter den dicken Wänden legte sich wie ein schützendes, wärmendes Tuch um unsere Schultern.

»Haben Sie Ihren Namen einem Heiligen nachempfunden?«, wollte ich wissen.

»Nein, verstehen Sie mich richtig. Valentino ist kein Ordensname. Ich heiße wirklich so, bin so getauft und mit diesem Namen aufgewachsen. Weiß Gott, was meine Eltern geritten hat, ihre Italophilie an den eigenen Kindern auszulassen. Mein Bruder heißt Luciano, meine Schwester Eleonora. Immerhin verhilft mir mein Name gelegentlich zu einiger Aufmerksamkeit. Denn im Gegensatz zu all den Friedrichs, Haralds und Wilhelms – bei meiner Namensnennung schauen die meisten auf, versuchen in meinem Gesicht das klassisch-römische Profil zu entdecken. Welche Enttäuschung dann jedesmal, wenn der Blick auf eine nordhessische Knollennase fällt.« Bruder Valentino lachte und stupste mit dem Finger gegen die ausladende Rundung seiner Nase. »Inzwischen habe ich mich mit dem Namen versöhnt, kann ganz gut mit ihm leben. Ein Bruder Valentino gibt, wie Sie gerade selbst bemerkt haben, auch einen durchaus passablen Klosternamen ab. – Aber jetzt erzählen Sie doch erst einmal selbst«, forderte er mich auf. »Wie sind Sie hierher gekommen? Sind Sie gelaufen oder haben Sie irgendwo da draußen Ihr Auto abgestellt?«

»Nein, ich bin zu Fuß unterwegs. Ein Freund hat mir von

dem Kloster erzählt, von seiner einsamen Lage mitten im Wald, hat mir vorgeschwärmt von der Ruhe und dem Frieden rings herum.«

»Nun, im Moment ist es draußen zwar alles andere als ruhig, aber im Allgemeinen stimmt es schon. Die Abgelegenheit hier in diesem Waldtal garantiert uns die friedliche Stille, die sich der Orden seinerzeit beim Erwerb des Hauses versprochen hat. In dieser herrlichen Natur ist es nicht schwer, Gottes Nähe zu ahnen.« Kurz verweilte sein Blick auf dem Altar, dann rückte Bruder Valentino den Stuhl zurück und stand auf. »Ich hole mir noch einen Tee. Wie ist's mit Ihnen? Darf ich Ihnen noch einen Kaffee bringen?«

»Ja, gerne.« Ich trank den letzten Schluck und reichte ihm den leeren Becher.

Auf dem Weg zur Küche drehte sich der Mönch noch einmal um. »Wenn Sie meine Mitbrüder vermissen – im Augenblick ist außer mir niemand hier im Kloster. Die anderen Fratres sind für zwei Tage zum Kongregat des Ordens in den Zentralkonvent gefahren. Die Wahl des Generalpriors steht an. Da wir unser Kloster aber nicht allein lassen wollten, hat man mich dazu auserwählt, die Stellung zu halten.« Er zuckte die Schultern. Das Leuchten seiner Augen verriet, dass ihm das Hierbleiben alles andere als schwergefallen war.

Kurz darauf kam er mit den gefüllten Bechern zum Tisch zurück. »Es wütet draußen noch immer. Der Regen will gar nicht aufhören.« Er lächelte zufrieden. »Da haben wir es hier drin doch ganz gemütlich.«

Ich nahm den Kaffee entgegen und wartete, bis sich mein Gastgeber wieder gesetzt hatte. Ich spürte, dies war ein guter Zeitpunkt, das Gespräch auf das zu bringen, das zu erfahren mich schließlich hierher geführt hatte. Ich begann, mich vorsichtig heranzutasten. »Mein Freund hat mir erzählt, dass das Kloster neuerdings Gästen Übernachtungsmöglichkeiten anbietet. Geht nicht dadurch ein bisschen von der friedvollen Abgeschiedenheit verloren, wenn Fremde hier auftauchen?«

»Nein, überhaupt nicht. Es ist ja nicht so, dass die Gäste uns ihren Rhythmus aufzudrängen versuchen. Im Gegenteil – sie kommen deshalb zu uns, weil sie ihr hektisches Leben zumindest kurzzeitig hinter sich lassen wollen. Gerade von der Anpassung an unseren ruhigen Tagesablauf versprechen sie sich eine Rückbesinnung auf die wahren Werte und auf sich selbst. In den Tagen hier leben sie als Brüder und Schwestern mit uns im Gleichklang und stören den Klosteralltag nicht im Geringsten.«

»Aber es werden doch auch Menschen mit völlig falschen Erwartungen hierher kommen«, führte ich die Unterhaltung weiter in die von mir gewünschte Richtung, »Leute, deren seelische Verfassung es ihnen gar nicht erlaubt, sich in das besinnliche Mönchsleben einzufügen. Mein Freund zum Beispiel. Ich weiß, dass er vorhat, in diesem Kloster einige Tage zu verbringen – das hat er mir selbst gesagt. Aber momentan befindet er sich in einer schwierigen Lebenssituation, in einem Zustand hochgradiger Erregung. Aus meiner Sicht wäre er unter diesen Bedingungen hier ausgesprochen fehl am Platz.« Mit einer Handbewegung unterstrich ich meine erfundene Behauptung. Gespannt sah ich mein Gegenüber an und wartete auf eine Entgegnung.

Bruder Valentino hob den Kopf. Seine Augen fixierten mich und musterten mein Gesicht. Verwunderung, fast schon Misstrauen, lag in seinem Blick, als er mich fragte: »Sprechen Sie von Martin Jakob?«

Verblüfft starrte ich ihn an. Ich war zu überrascht, um

mein Erstaunen verbergen zu können. In meiner Verwirrung griff ich nach dem Kaffee, trank einen Schluck, bevor ich antwortete: »Ja, Martin Jakob, das ist der Freund, von dem ich soeben sprach.«

Eigentlich hatte ich beabsichtigt, die Identität Martins zunächst im Dunkeln zu lassen, hatte ihn lediglich als anonymen Einstieg in unsere Unterredung benutzen wollen. Nun brachte Bruder Valentino den Namen selbst ins Spiel und schloss auch gleich eine Erklärung für sein Wissen an: »Herr Jakob war zwei Tage unser Gast. Gestern ist er abgereist.« Sein tiefer Seufzer und das resignierende Heben der Schultern deuteten an, was er von Martins kurzem Klosteraufenthalt hielt. »Das, was Sie von Ihrem Freund erzählt haben, kann ich nur bestätigen. Schon bei seinem Eintreffen fiel uns die fieberhafte Unruhe auf, von der er getrieben wurde. Von Anfang an ließ er niemanden an sich heran, verschloss sich regelrecht allen unseren Versuchen, mit ihm ins Gespräch zu kommen. Wir, meine Mitbrüder und ich, waren ratlos. Es war für uns alle eine Erleichterung, als er schon nach zwei Tagen wieder abreiste.«

»Martin war also schon da.« Es war eine Feststellung, eher für mich als für Bruder Valentino bestimmt. Eine gewisse Erleichterung konnte ich dabei nicht verhehlen. Immerhin gab mir Martins Auftauchen hier die Bestätigung, dass ich richtig lag, dass das Kloster in der Geschichte, mit der er sich herumschlug, von großer Wichtigkeit und Bedeutung war. Was aber hatte er hier gewollt?

»Nein, das konnte nicht gutgehen«, kam ich noch einmal auf Martins Gemütszustand zu sprechen. »Unter den augenblicklichen psychischen Belastungen ist er gar nicht in der Lage, sich der kontemplativen Lebensweise eines Klosters anzupassen.« Ich erklärte, warum mir die

Verfassung meines Freundes so gut vertraut war. »Wir, Herr Jakob und ich, sehen uns häufig. Beide sind wir Mitglieder einer Laienspielgruppe, spielen zusammen Theater. Bei einer Probe hat er mir von diesem Kloster erzählt, hat es so positiv geschildert, dass ich nicht anders konnte, als mich heute auf den Weg zu machen, um es mir anzuschauen – zumindest von außen. Dass ich jetzt sogar wetterbedingt in seinem Inneren sitze, war freilich nicht vorauszusehen.« In einem Gefühl der Dankbarkeit für dieses Privileg hob ich meinen Becher und trank meinem Gastgeber zu. »Martins Absonderlichkeiten waren nicht zu übersehen. Schon bei den letzten Theaterproben war uns Mitspielern seine Fahrigkeit, seine Stimmungslabilität und Zerrissenheit aufgefallen. Aber ehe wir etwas unternehmen, ihn vielleicht auf seinen Zustand ansprechen konnten, war er verschwunden, war irgendwohin abgereist. Und jetzt höre ich, dass er sich hier im Kloster einquartiert hat.«

Mein Erstaunen darüber war allerdings nicht echt, denn im Grunde hatte ich erwartet – oder zumindest erhofft –, eine Spur von Martin hier zu finden. Nach all der Mühe, die ihn das Aufspüren des Anwesens gekostet hatte, und bei der Dürftigkeit der Auskünfte in dem kleinen Büchlein war ich mir nahezu sicher gewesen, dass Martin das Kloster aufsuchen würde, um das, was ihm so wichtig war, vor Ort in Erfahrung zu bringen.

»Was mag er nur hier gewollt haben?«, fragte ich noch einmal. »Wenn er nicht darauf aus war, sich helfen zu lassen, weshalb war er dann hier?«

»Das haben wir uns alle gefragt. Hilfe für seine Seele hat er jedenfalls nicht gesucht. Er war eher an der Einrichtung des Hauses, an den täglichen Abläufen und vor allem an der

Vorgeschichte des Klosters interessiert. Er hat viel Zeit in unserer kleinen Bibliothek zugebracht.«

»Sie haben eine eigene Bibliothek?«

»Ja. Sagen Sie nur, Sie haben sie noch nicht entdeckt?« Bruder Valentino stand auf und ging hinüber zum Altar. Er winkte mich zu sich und deutete in eine geräumige Nische, die seitlich am Ende des langen Saales in die Wand eingelassen war. Bei meinem ersten Rundgang hatte ich sie übersehen. Es war eine niedrige Kammer, gemauert mit den gleichen massiven Steinen wie der Hauptraum. Zwei dunkle, mit allerlei geschnitzten Verzierungen versehene Regale bedeckten die Seitenwände. Dicke, farblose Wälzer, deren Titel meist verblichen und unleserlich waren, reihten sich darin aneinander. Die neueren Schriftwerke, erkenntlich an ihren bunten Buchrücken, standen in einem oberen Regalfach. Ein großes Kruzifix an der Stirnseite erinnerte an die christliche Bestimmung der Bibliothek.

»Den halben Tag hat Martin Jakob hier verbracht. Die Geschichte des Ordens, alte Chroniken und Denkschriften – das alles hat er gelesen, hat sich daraus Notizen gemacht. Man konnte den Eindruck haben, der Hauptgrund für seine Klostervisite war diese Bibliothek.«

»Nun, interessant ist das schon, in alten Folianten zu schmökern«, bereitete ich behutsam meine eigene Absicht vor, in den Büchern herumzustöbern. Denn wenn hier in den Regalen tatsächlich das versteckt war, was Martin gesucht hatte, dann würde auch ich einige Zeit hier zubringen müssen, um das Verborgene aufzuspüren. Ich zeigte auf die Bücherreihen. »Das ist wie eine Reise in eine vergangene Zeit. Oder besser noch, wie eine Entdeckungsreise in ein fernes Land, von dem man nur vage Vorstellungen hat. Ich kann Herrn Jakob verstehen, dass ihn das interessierte.«

»Ja, ja, natürlich«, Bruder Valentino hob besänftigend die Hände, während er zum Tisch zurückging. »Da ist ja auch gar nichts dagegen zu sagen. Auch ich bin eine ausgesprochene Leseratte, wühle gern in alten Büchern, liebe ihren Geruch und mag das Gefühl, die vergilbten Seiten umzublättern. Es geht hier allein um die Ausschließlichkeit, mit der sich Herr Jakob der Bibliothek gewidmet hat. Von jemandem, der sich dazu entschließt, für ein paar Tage mit uns Mönchen zusammen zu wohnen, erwarten wir normalerweise, dass er unseren Alltag kennenlernen und an dem geistlichen Klosterleben teilhaben will. Aber die Menschen sind eben unterschiedlich – Gott sei Dank ist das so. Ihr Freund war nun mal anders, das müssen und wollen wir akzeptieren.«

»Ja, Bücher sind Martins Leidenschaft«, hielt ich die Flamme am Brennen. »Das Lesen kann regelrecht zur Sucht werden. Ich bin auch so einer, der an einer Bibliothek oder Buchhandlung nur schwer vorbeigehen kann.«

»Nun«, Bruder Valentino streckte auffordernd den Arm in Richtung Altar, »wenn Sie so etwas fasziniert – unsere Bibliothek steht Ihnen zur Verfügung. Wenn Sie wollen, können Sie den ganzen Abend und die Nacht hindurch in den Büchern schmökern.«

»Ich glaube, ich sollte mir erst einmal Gedanken machen, wie ich wieder zu meinem Auto komme. Was meinen Sie, ob das Gewitter inzwischen vorbei ist und der Regen aufgehört hat? Hier drinnen bekommt man ja so gut wie nichts mit von dem, was draußen geschieht?«

»Sehen wir doch nach.« Der Mönch erhob sich und ging mir voran in die Küche. Schon beim Öffnen der Tür und erst recht beim Betreten des kleinen Raums gab ein Pfeifen, Heulen und Prasseln Auskunft darüber, dass das Unwetter noch immer über dem Kloster lag. Zwar hatte das Blitzen aufgehört und der Donner war nur noch als ein entferntes Rumpeln zu hören, aber aus dem nun fast schwarzen Himmel fiel der Regen unvermindert auf das überflutete Land. Wir traten an die Fenster und blickten auf einen See, der sich inzwischen auf dem Hof gebildet hatte. Aus überlaufenden Dachrinnen stürzten armdicke Wasserstrahlen, sammelten sich am Boden zu reißenden Bächen und trieben die vom Sturm abgerissenen Äste vor sich her.

»Mein Gott, wie soll ich denn da zurückwandern?«, stöhnte ich entsetzt beim Anblick der Wassermassen.

»Erlauben Sie, dass ich, auch wenn Sie Gott angesprochen haben, darauf antworte: Überhaupt nicht! Es sei denn, Sie machen's wie unser Heiland und wandeln über das Wasser.« Bruder Valentino lachte bei dem Vergleich. Er deutete zum Himmel. »Das ist noch längst nicht alles, was da herunterkommt. Lassen Sie's noch eine Stunde so weiterregnen, und wir haben Land unter. Außerdem wird's bald dunkel. Ich fürchte, Sie haben keine andere Wahl, als über Nacht hier zu bleiben. Ich würde mich übrigens sehr freuen, wenn Sie mir als mein Gast ein bisschen Gesellschaft leisten. So ganz allein im Kloster, und dann bei diesen Bedingungen – das kann einem schon etwas Angst machen, auch einem gottesfürchtigen Menschen wie mir.«

Wir gingen wieder in den Speisesaal. Mit dem Schließen der Tür verstummte von einem Moment auf den anderen das lärmende Tosen. Wie ein umschließender Nebel breitete sich die Stille um uns aus. Wir kehrten zum Tisch zurück. Inzwischen war mein anfängliches Erschrecken, hier übernachten zu müssen, der freudigen Erkenntnis gewichen, dass im Grunde genau das eingetroffen war, was ich mir insgeheim erhofft hatte. Ohne etwas Erfundenes oder gar Erlogenes vorschieben zu müssen, war ich auf die natürlichste Weise mit einem der Mönche ins Gespräch gekommen, hatte ohne jede Schwierigkeit Zugang, ja sogar Eintritt in das Kloster gefunden. Ein Abend, eine Nacht und ein Morgen lagen vor mir, genügend Zeit, um in Erfahrung zu bringen, was Martin an diesem Ort zu finden erwartet hatte.

»Ich nehme Ihr Angebot gerne an«, nickte ich Bruder Valentino dankbar zu. »Auch ich sehe keine andere Möglichkeit, als die Nacht hier zu verbringen und zu warten, bis das Wasser abgelaufen ist. – Auf der anderen Seite, ich freue mich auf die kommenden Stunden zusammen mit Ihnen. Es interessiert mich, ein bisschen mehr über das Leben in einem Kloster zu erfahren. Und ganz besonders bin ich auf die Bibliothek gespannt.«

»Na, wenn das so ist, dann zeige ich Ihnen am besten gleich den Schlafraum.« Lächelnd geleitete mich Bruder Valentino hinaus in die Diele und zur Treppe, die zu den Gastzimmern hinaufführte. »Damit wir keine Zeit verlieren – bei dem Programm, das Sie sich vorgenommen haben.«

9

Aber dann dauerte es doch noch nahezu drei Stunden, bis ich der kleinen Bibliothek einen Besuch abstatten konnte. Bruder Valentino hatte es sich nicht nehmen lassen, für mich, seinen lieben Gast, wie er mich nannte, ein festliches Abendessen zuzubereiten. Immerhin sei ich gerade einem schrecklichen Unwetter entkommen, Anlass genug, sich etwas Besonderes zu gönnen. Mein Protest, doch keine

Umstände zu machen, begegnete er mit einem Augenzwinkern.

»Lassen Sie mir doch die Freude zu kochen, und die Illusion, die Speisefolge Ihretwegen so opulent zu gestalten.« Er strich mit den Händen über seine wallende Kutte und straffte den Stoff, bis die Wölbung eines kugeligen Bauches sichtbar wurde. »Hier, sehen Sie selbst. Das Ergebnis meiner großen Schwäche. Ich liebe es nämlich, nicht nur Speisen zuzubereiten, ich esse auch gerne, eine Sünde, die mir der Herrgott verzeihen möge, wenn es denn die einzige ist.« Er hob den Blick zu einem imaginären Himmel und bekreuzigte sich. »Durch die weite Klosterkleidung wird mir meine Unmäßigkeit – leider – viel zu wenig bewusst.«

Dann aber, mit einer schnellen Handbewegung, schob er die Skrupel beiseite. »Kommen Sie!« Er öffnete die Tür zur Küche. »Helfen Sie mir ein bisschen. Das Gemüse muss gewaschen und geschnitten werden. Dabei können wir uns in aller Ruhe unterhalten.«

Dass das nun tatsächlich möglich war, bemerkte ich gleich, als ich an das Küchenfenster trat. Das jaulende Wimmern des Sturmes um die Häuser war verschwunden. Gleichmäßig, fast schon beruhigend platschte der Regen herunter. Die noch immer geschlossene Wolkenschicht ließ nicht erwarten, dass sich in den nächsten Stunden daran etwas ändern würde.

Während ich die Karotten schabte und die Salatgurke in Scheiben schnitt, erfuhr ich von Bruder Valentino einiges aus seinem Mönchsleben. Er war, was die Jahre seiner Zugehörigkeit zu den Benonitern betraf, ein noch recht junger Klosterbruder. Erst vor fünf Jahren hatte er sich dem Orden angeschlossen, war gleich bei seiner Ankunft hier mit der Aufgabe betraut worden, die kleine Klostergemeinschaft zu bekochen und für die Mahlzeiten zu sorgen. »Das ist natürlich nicht gegen meinen Willen geschehen. Als begeisterter Hobbykoch habe ich mich für diese Tätigkeit regelrecht angeboten. In früheren Zeiten gab es im Kloster eine weibliche Hilfe, eine Art Mädchen für alles, die für die Hausarbeiten und auch für die Küche zuständig war. Aber Personal ist teuer. Und da die Armut nicht nur eines unserer Glaubensprinzipien ist, sondern im Orden tatsächlich existiert, versuchen wir, alles, was nur möglich ist, mit unseren eigenen Händen zu bewerkstelligen.«

»So haben Sie das Mönchsein gar nicht von der Pike auf gelernt?« Ich griff nach einer Zwiebel und begann, sie zu schälen. »Sie sind, wenn ich das richtig verstehe, quasi als Seiteneinsteiger in den Orden eingetreten?«

»Ja, unser Orden ist diesbezüglich sehr freizügig. Der Zugang zu den Benonitern wird jedermann leicht gemacht. Es gibt keine eingehenden Prüfungen oder langjährige Probezeiten. Wer zu uns kommt und plausible Gründe vorbringen kann, warum er sich für ein Mönchsleben entschieden hat, der ist uns willkommen. Und wenn jemand den Wunsch hat, aus dem Klosterleben wieder auszuscheiden, werden ihm keine Steine in den Weg gelegt. Wir respektieren seinen Entschluss. Das bringt zwar eine gewisse Fluktuation mit sich, hat aber auch seine Vorteile. Das frische Wissen und die weltlichen Erfahrungen der neuen Mitbrüder beugen einer Erstarrung des Klosterlebens in ritualisierten Traditionen vor. Zudem kommt mit den Neuankömmlingen ein hübscher Batzen Geld in die klamme Klosterkasse. Viele bringen nämlich, so wie ich es auch getan habe, ihr Privatvermögen in den Orden mit ein.«

Während ich unter Tränen die zweite Zwiebel enthäutete, erzählte Bruder Valentino unaufgefordert und offensichtlich froh, darüber reden zu können, was ihn seinerzeit bewogen hatte, sein künftiges Leben als Mönch zu verbringen. »Ich nehme an, einen Großteil von uns spät Berufenen treibt der gleiche Grund in die Gemeinschaft eines Klosters: Das Leben in seiner Oberflächlichkeit, seiner materiellen Dominanz verliert seinen Sinn, das bisherige Wirken gibt keine Erfüllung mehr. Oft kommt der Verlust eines lieben Menschen, einer vertrauten Bindung noch dazu, so wie es bei mir war. Als meine Frau starb, plötzlich und unerwartet, fiel ich in das berühmte Loch und begann mich zu fragen, wie es weitergehen sollte. Ich war zu dieser Zeit als Lehrer an der Hauptschule einer Kleinstadt tätig. Ich war ausbefördert, hatte keine weitere berufliche Perspektive. Die Tochter lebte in einer anderen Stadt, ich war alleine, mir fehlte meine Frau. Vor der Aussicht, die nächsten Jahre in dieser trostlosen Einsamkeit verbringen zu müssen, kapitulierte ich. Ich las von den Benonitern, ihrer Offenheit gegenüber allen, die ein neues Ziel suchten. So wurde ich Mönch.«

Bruder Valentino sah von seinen Pfannen und Töpfen auf. Er blickte mich an, als suche er Verständnis in meinen Augen. Kurz stutzte er, als er die Tränen darin bemerkte, dann begriff er. »Lassen Sie die Zwiebeln, Herr Gerhard, geben Sie her, das reicht.« Er nahm mir das Brett mit den kleingehackten Würfeln aus den Händen, strich sie mit dem Messer in die Pfanne und rührte um.

»Wenn Sie eines noch machen könnten ...« Der kleine Mann verließ den Herd, raffte seine Kutte und bückte sich zu dem untersten Fach des Küchenregals. Aus einem Weidenkorb wählte er sechs große Kartoffeln und legte sie vor mich hin. »Könnten Sie die vielleicht schälen? – Ich muss noch die Suppe abschmecken und danach den Nachtisch zubereiten.«

Die nächste Minute verbrachten wir in schweigender Konzentration, jeder mit sich und seiner Aufgabe beschäftigt. Es war Jahre her, dass ich zuletzt Kartoffeln geschält hatte. Doch ich war voller Optimismus, als ich das kleine Messer in die Hand nahm und damit der Schale zu Leibe rückte. Die erste Kartoffel war schnell geschält, ich griff nach der zweiten.

Ein Ausruf vom Herd ließ mich aufsehen. »Herr Gerhard, Sie verwechseln das doch nicht etwa?« Bruder Valentino kam heran. Sein Blick, mit dem er mein Werk betrachtete, war schwer zu deuten. War es Bewunderung, oder eher Verwunderung? Er nahm die schalenfreie Kartoffel, meinen Erstling nach so langer Zeit. Mit spitzen Fingern hielt er sich das gut pflaumengroße Ergebnis meiner mühevollen Arbeit vor die Augen. »Ich glaube, es ist sinnvoller, wenn ich die Schalen verwerte. Sie enthalten jedenfalls mehr an Kartoffel als dieses kleine Ding hier.« Kopfschüttelnd legte er mein Schälresultat auf den Tisch zurück.

»Die Schalen sind wohl etwas zu dick geraten?«, fragte ich und gab mich zerknirscht.

Mit mönchischer Nachsicht und Güte sah mich Bruder Valentino an. »Das kann man so sehen.« Aber dann strich er mir doch nicht über das Haar oder tätschelte mir die Wange, wie ich es fast befürchtet hatte, sondern bückte sich noch einmal zu dem Weidenkorb hinunter und entnahm ihm zwei weitere Kartoffeln. Wortlos legte er die eine zu den noch ungeschälten vor mich hin, die andere behielt er in der Hand. »Schauen Sie«, forderte er mich auf, »so ist es richtig.« In einer ruhigen, fließenden Bewegung ließ er das Messer unter der Schale entlanggleiten. »So etwa müsste es aussehen«, belehrte er mich, ohne dass es nach einer Belehrung klang, »alles andere wäre Verschwendung.«

Es dauerte gut drei Knollen, bis die Arbeit mir so von der Hand ging, dass die Schale endlich die richtige Dicke hatte und ihre Form jene anmutige Spirale aufwies, wie sie unter Franziskas Händen zu entstehen pflegte.

»Sie haben alle Brücken hinter sich abgebrochen?«, nahm ich unser Gespräch wieder auf, »haben mit Ihrem früheren Leben ganz abgeschlossen?«

Bruder Valentino zögerte mit der Antwort. Er hob den Kopf und starrte eine Weile in den Regen hinaus. »Es war keine leichte Entscheidung, alles zurückzulassen und ein neues, so ganz anderes Leben zu beginnen. Für den, der nichts aufgibt, mag das einfach sein, der kann durch einen Neuanfang nur gewinnen. Ich aber hatte die Musik, mein Streichquartett – das vermisse ich schon sehr.« Ein tiefer Seufzer füllte den Raum. »Immerhin habe ich meine Geige mitgenommen. Ich spiele, so oft ich kann, aber es ist schon ein Unterschied, ob man alleine vor sich hinspielt oder etwas mit anderen zusammen einübt. Wir waren ein Quartett, ein Laienstreichquartett, überhaupt nichts Besonderes. Alle vier waren wir blutige Amateure. Aber wir haben die Musik zum Leben gebracht, mit unseren Instrumenten und in unseren Herzen. Das ist das, was mir fehlt. Aber sonst? – Nein, ich glaube nicht, dass es die falsche Entscheidung war. Ich bin auf dem richtigen Weg, auch wenn ich noch lange nicht am Ziel angekommen bin.«

Wie um das Thema zu beenden, beugte er sich über die Pfanne und wedelte sich mit der Hand den Duft der gebratenen Hühnerschenkel in die Nase. »Köstlich«, stöhnte er und schloss die Augen, »das wird ein Gaumenschmaus. In zwanzig Minuten können wir essen.«

Als wir uns dann am großen Tisch im Speisesaal gegenüber saßen, zwischen uns ein silberner Kandelaber mit vier brennenden Kerzen und eine Vielzahl von Schüsseln und Schalen aus feinstem Porzellan, konnte ich mir eine Bemerkung nicht verkneifen. »Das Leben im Kloster hatte ich mir anders vorgestellt.« Ich deutete auf das Essgeschirr. »So etwas Feines habe ich nicht zu Hause. – Und dann dieses herrliche Menü.«

Wir hatten gerade die Suppe hinter uns, eine köstliche, mit Mandelsplittern garnierte Gemüsecreme, und waren dabei, uns die Hühnerschenkel, die Speckbohnen und die in Butter geschwenkten Salzkartoffeln auf die Teller zu häufen, wohl wissend, dass wir in unseren Mägen noch Platz lassen mussten für den Vanillepudding und die heißen Himbeeren. »Das alles«, ich beschrieb mit dem Arm einen Kreis über dem üppigen Essarrangement, »das ist nicht gerade das, was man in einem Kloster erwartet.«

Bruder Valentino schmunzelte. Mit sichtlichem Vergnügen schob er sich ein Fleischstück in den Mund und kaute genüsslich, ehe er mir antwortete. »Da sind Sie nicht der Einzige, der falsche Vorstellungen vom heutigen Klosterleben hat. In den Köpfen der meisten Menschen hält sich noch immer das Bild von dem Mönch, der in völliger Askese bei Wasser und Brot auf harter Pritsche ein entsagungsreiches Dasein fristet. Diese Zeiten, wenn es sie denn wirklich so gegeben hat, sind vorbei. Klar spielt das Fasten, die selbst–auferlegte Enthaltsamkeit und auch der temporäre Verzicht auf Komfort und Luxus noch immer eine Rolle in unserem christlichen Verständnis, aber sie sind nur ein kleiner Teil des klösterlichen Lebens – ein nicht unwichtiger Teil, doch nichts, was den Alltag dominiert.«

Er untermalte das Gesagte, indem er die Fleischgabel, so wie ein Dirigent den Taktstock, durch die Luft schwang, um sie schließlich in einem finalen Schlussabstrich in einen der beiden verbliebenen Geflügelschenkel zu spießen. Ungefragt, meines Einverständnisses sicher, legte er mir das Hühnerbein auf den Teller. Dann nahm er sich selbst das andere, schöpfte zwei Löffel Soße darüber und legte eine Kartoffel dazu.

»Ich will Ihnen gerne mein Zimmer zeigen. Sie werden darin nichts vermissen, was in einen Wohnarbeitsraum hineingehört. Da gibt es einen Fernseher, ein Radio mit CD-Player. Auf dem Schreibtisch stehen der Computer und der Drucker. Und die sprichwörtlich kalten Fliesen, auf denen die Mönche angeblich barfuß liefen, die sind längst passé. Mein Zimmer zum Beispiel ist mit einem weichen Teppichboden ausgelegt und die Matratze, auf der ich schlafe, enthält einen rückenschonenden Federkern.«

Er lachte, als er mein verdutztes Gesicht sah. »Tut mir Leid, wenn von Ihrer romantischen Klosterillusion nicht mehr viel übriggeblieben ist. Der meditative Mönch, der nur in seiner Glaubenskuppel lebt und sich der realen Welt verschließt, ist heutzutage nicht mehr allzuoft anzutreffen. Glauben Sie nur nicht, dass ich mir im Fernsehen vorwiegend Sendungen mit christlichen Themen anschaue. Ein Tatort oder eine Sportsendung sind mir mindestens genauso lieb. Es kann auch schon mal geschehen, dass ich bei einem rassigen Fußballspiel das Abendgebet vergesse.«

»Das ist mir auch schon passiert.«

»Sie haben das Abendgebet vergessen?«

»Nein – meine Frau. Ich hatte zugesagt, sie vom Bahnhof abzuholen. Aber gerade zu dieser Zeit lief das Champions-League-Halbfinale. Erst als das Taxi vorfuhr, fiel mir mein Versprechen wieder ein.«

In unserer gemeinsamen Liebe zum rollenden Leder fanden wir in den Folgeminuten sehr schnell zueinander.

Schwelgerisch tauschten wir uns aus und ließen miterlebte Höhepunkte aus Liga und Meisterschaft noch einmal Revue passieren. Ich war erstaunt über die profunden Kenntnisse der nationalen und internationalen Fußballszene, mit denen Bruder Valentino aufwarten konnte. In aller Ausführlichkeit breitete er eine ganze Palette von Daten und Fakten, von Ergebnissen und Mannschaftsaufstellungen vor mir aus, wie ein Sammler, der mit Stolz und Hingabe einem Interessierten seine Alben und Exponate präsentiert.

Es wurde ein vergnüglicher Nachmittag voller Gespräche, die sich bis in den Abend hineinzogen. Zunächst beim Essen, später bei einem Glas Rotwein, sprachen wir über dies und jenes und stießen auf viele Gemeinsamkeiten, vor allem, als unsere Unterhaltung noch einmal die Musik berührte. Mit meinem Bekenntnis, ebenfalls Liebhaber dieser Kunst zu sein, weckte ich bei meinem Gegenüber das Bedürfnis, mir ein weiteres Mal von dem beglückenden Erleben gemeinsamen Musizierens zu erzählen. »Es gibt nichts Vergleichbares, keinen vollendeteren Gleichklang der Herzen, als wenn Menschen miteinander Musik machen. Wir können uns noch so intensiv, noch so hingebungsvoll unterhalten, so wie wir es jetzt tun – können uns Neigungen gestehen und uns gegenseitig unserer Zuneigung versichern, immer wird uns dabei unser Intellekt in die Quere kommen. Die Musik dagegen ist frei von diesem Ballast. Auch sie passiert unser Gehirn, aber sie kommt nicht von dort. Der Ort ihres Entstehens ist die Seele – und dorthin fließt sie auch zurück.«

»Mir geht's da nicht anders«, stimmte ich ihm zu. »Gelegentlich begleite ich einen Chor am Klavier, manchmal auch einen Instrumentalisten. Das ist schon ein wunderbares Gefühl, wenn sich unsere Stimmen zu etwas

Großem potenzieren. Das kann man so alleine gar nicht erleben.«

»Sie spielen Klavier?« Bruder Valentino blickte erstaunt auf. Der Griff nach der Flasche, mit der er die halbleeren Gläser vollschüttete, verriet eine innere Bewegung, die, so schien es, meine letzten Worte in ihm ausgelöst hatten.

»Ja«, gab ich zu, »ich spiele ein bisschen. Nicht gerade meisterlich, aber für den Hausgebrauch reicht's.« Ich sah verwundert meinen Gastgeber an. Was war an meinem Klavierspiel so Besonderes, dass es seine Aufmerksamkeit erregte?

Wie auf dem Sprung, dann aber wieder zögernd, saß der Mönch auf seinem Stuhl. Schließlich erhob er sich mit erzwungener Langsamkeit. Die Arme auf den Tisch gestützt, den Kopf gesenkt, stand er einige Augenblicke reglos da. Endlich, mit einer schnellen Bewegung, straffte sich sein Körper, die Hände lösten sich von der Tischplatte und strichen über die Falten der Kutte.

»Herr Gerhard«, sein Blick ruhte fest auf mir, als er mich ansprach, »ich habe eine Bitte – ob Sie mir die vielleicht erfüllen könnten?«

Noch ehe ich versichern konnte, dass ich ihm gern zu Diensten stand, wenn es in meiner Macht lag, oder ihn hätte fragen können, welcher Art seine Bitte denn sei, hatte er sich schon zum Saalausgang in Bewegung gesetzt. »Warten Sie, ich bin gleich wieder zurück«, rief er mir von der Tür her zu und verließ den Raum.

Eine Ahnung stieg in mir auf. Mir schwante, welchen Wunsch mein pianistisches Eingeständnis bei ihm geweckt haben könnte. Und richtig, nur wenig später stand die kleine, rundliche Gestalt Bruder Valentinos wieder auf der Türschwelle. Das erwartungsvolle Hochhalten einer Violine mit der rechten Hand und das Schwenken eines Notenbandes mit der linken bestätigten meine Vermutung.

»Hier, das ist sie«, flüsterte er kaum verständlich vom Eingang her, bevor er leise und behutsam wie auf Zehenspitzen die Geige zu mir hintrug. »Sie ist zwar keine Stradivari«, räumte er ein, »aber sie klingt um keinen Deut weniger schön, zumindest in meinen Ohren. Wenn Sie sie hören wollen?«

Doch die Entscheidung, ob ich sie hören wollte oder nicht, ließ er gar nicht erst zu. Zielstrebig zog er mich hinter sich her hinaus in die Diele und weiter einen schmalen Gang entlang bis vor eine Tür.

»Da staunen Sie, dass wir so etwas haben.« Mit dem Geigenbogen tippte er auf das handgemalte Schild und las es mir laut vor: »Musikzimmer.« Er öffnete und trat zur Seite, um mir den Vortritt zu lassen. »Das hört sich großartiger an, als es in Wirklichkeit ist. Aber schauen Sie selbst!«

Der Raum war klein, geduckt fast unter der tiefen Decke, aber immerhin noch so groß, dass ein Flügel in seiner Mitte Platz gefunden hatte. Nun staunte ich in der Tat, vor allem, als ich im dämmrigen Licht des schwindenden Tages erkannte, dass vor mir ein Bösendorfer stand.

»Wo haben Sie denn dieses Kleinod her?«, entfuhr es mir, während ich ehrfurchtsvoll mit dem Finger über das schwarzlackierte Holz strich. So, als misstraute ich dem, was ich sah, hob ich den Deckel an. Die perlmuttfarbene Elfenbeintastatur, auf die ich herunterblickte, zeigte nicht den kleinsten Makel. Ich schlug ein C an, dann ein E und ein G, ließ die Tasten solange gedrückt, bis der warme, volle Dreiklang sich im Raum aufzulösen begann.

Bruder Valentino stand neben mir. Er hielt den Arm mit der Geige gesenkt, als wolle das eine Instrument dem anderen seine Referenz erweisen. Er musste mich beobachtet haben, hatte wohl meine Verwunderung und auch meinen kurzen Zweifel bemerkt. »Sie können es ruhig glauben, es ist ein echter Bösendorfer. So wie das kostbare Tafelservice, von dem wir vorhin gespeist haben, ist auch der Flügel in das Kloster gekommen, als Vermächtnis eines wohlhabenden Mitbruders. Ich fürchte nur, dass das Instrument nicht mehr lange hier stehen wird. Wenn erst einmal publik wird, welche Summe sein Verkauf einbringt, wird sich der Orden sehr schnell seiner Geldknappheit erinnern und es veräußern.« Ein halbverächtliches, halbresignierendes Schnauben begleitete seine Prophezeiung.

»Aber noch ist es nicht soweit. Noch steht er hier, der Bösendorfer, und wartet darauf, gespielt zu werden.« Wie ein Schuljunge, der den Finger hebt, um einen Vorschlag zu machen, hielt er nun das Notenbüchlein, das er die ganze Zeit wie einen Schatz umklammert gehalten hatte, in die Höhe. »Was halten Sie davon, Herr Gerhard, wenn wir beide ...«

Er stockte, zögerte kurz, möglicherweise aus Furcht vor einer Ablehnung meinerseits. Dann stellte er das Heft auf den Notenständer, blätterte vorsichtig die ersten Seiten auf und trat einen Schritt vom Flügel zurück. »Bitte!« Seine Hand wies auf den Klavierschemel. »Es sind alles bekannte Stücke, leicht gesetzt. Es dürfte Ihnen keine Schwierigkeiten bereiten, mich zu begleiten.«

Ich zögerte, dachte flüchtig über eine Ausrede nach, wollte womöglich zu einem Protest ansetzen, als der Mönch mir noch einmal sein Gesicht zuwandte. »Bitte«, wiederholte er. In seinem Blick lag das Flehen eines Kindes, dessen Seligkeit von der Erfüllung eines Herzenswunsches abhängt.

Stumm, ohne auch nur ein Wort der Verweigerung zu äußern, nahm ich auf dem Hocker vor dem Flügel Platz. Mit einem Nicken zu Bruder Valentino hin, der die Geige bereits unter das Kinn geschoben und den Bogen zum Einsatz erhoben hatte, begannen wir mit dem Spielen.

Wie angekündigt war der Klavierpart leicht und mühelos vom Blatt zu lesen, jedes Stück so populär, dass es sich erübrigte, den Komponisten zu nennen, um zu wissen, was es war. Wir spielten das »Largo«, das »Ave verum« und die »Träumerei« und merkten sehr bald, dass wir uns gut ergänzten und miteinander harmonierten. Es war die reine Freude, mit Bruder Valentino zu musizieren, und ich begriff schnell, dass nicht nur ich ihm einen Gefallen getan hatte, sondern er mich ebenso reich mit seiner Aufforderung, ihn zu begleiten, beschenkt hatte. Wir spielten das ganze Heft, ließen keine Wiederholung aus und vergaßen darüber die Zeit.

Die letzten Takte waren verklungen, schweigend ließen wir die Musik noch eine Weile in uns nachklingen. Mit großer Zärtlichkeit, so wie man einen lieben Schlafenden zudeckt, legte ich den samtenen Filzschoner über die Tasten und schloss behutsam den Deckel.

Ein plötzlicher Ausruf ließ mich aufsehen. »Mein Gott, ich habe die Hühner vergessen, vom Abendgebet ganz zu schweigen.«

Hastig legte Bruder Valentino Geige und Bogen auf dem Flügel ab und eilte zur Tür. »Ich muss hinaus, muss die Hühner füttern, ehe es ganz dunkel wird. Dabei will ich gleich kontrollieren, ob das Unwetter Schäden angerichtet hat. In spätestens einer Stunde bin ich wieder zurück. Wenn Sie wollen, sehen Sie sich inzwischen ein bisschen in der Bibliothek um, das hatten Sie doch vor. Also bis gleich.«

Der Wein stand noch auf dem Tisch, als ich in den Speisesaal zurückkehrte. Ich griff nach der Flasche und dem Glas und nahm sie mit in die Nische neben dem Altar. Einige Sekunden verharrte ich zwischen den Regalen, ließ meinen Blick über die Buchreihen gleiten und fragte mich, welches Geheimnis hier versteckt sein könnte. Knapp eine Stunde blieb mir, um vielleicht eine Antwort zu finden, Zeit, die ich nutzen wollte. Ich leerte mein Glas und machte mich an die Arbeit.

10

Auch wenn die Anzahl der Bücher von überschaubarer Größe war, mir war klar, dass die verbleibende Zeit niemals ausreichen würde, alles zu durchforsten. Bruder Valentino würde zurück sein, ehe ich auch nur die Hälfte gesichtet, geschweige denn gelesen hätte. Aber war es denn überhaupt notwendig, sich alle Schriften anzusehen? Konnte ich nicht eine Auswahl treffen, so wie ich es gestern praktiziert hatte, als ich mit Franziska auf der Suche war nach dem Grund für Martins Interesse an dem Klosterbüchlein? Wir hatten das Unwahrscheinliche ausgeschlossen, um das Verbleibende um so genauer unter die Lupe zu nehmen. Warum verfuhr ich jetzt nicht ebenso?

Langsam ging ich die Regale entlang und entzifferte, oft nur mit Mühe, die Buchrücken. Die pedantische Systematik, mit der die Klosterbibliothek eingerichtet und geordnet war, erleichterte mir meine Aufgabe.

Schnell stellte ich fest, dass ich die Buchreihen auf der vom Eingang her gesehen linken Wandseite im Grunde völlig vernachlässigen konnte. Ich riskierte damit kaum, einen Fehler zu begehen, denn es waren ausschließlich geistliche

Werke, Abhandlungen über Glaubensfragen, Berichte und Kommentare zu Konzilen, auch einige Biografien kirchlich bedeutender Persönlichkeiten waren darunter. Allein die zwanzig Bände der »Enzyklopädie des Christentums« füllten ein ganzes Fach. Ich konnte mir schwer vorstellen, ja schloss es nach kurzem Überlegen sogar aus, dass Martin sich wegen einer solch speziellen theologischen Literatur die Mühe gemacht hatte, das Kloster aufzuspüren und zu besuchen.

Auch viele Bücher der anderen Wandseite boten sich für mein Ausschlussverfahren geradezu an: Goethes gesammelte Werke – wahrscheinlich aus einem mönchischen Nachlass in der Klosterbibliothek gelandet –, das komplette Oeuvre Hermann Hesses, sowie eine Reihe bekannter und beliebter Romane der Weltliteratur. Um das zu lesen, brauchte Martin sich nicht auf den Weg ins Kloster zu machen. Ich war sicher, dass ein Großteil dieser Titel in seinen eigenen Wohnzimmerregalen zu finden sein würde.

Ich griff nach der Rotweinflasche und schenkte mir nochmals ein. Viel war nicht übriggeblieben nach meiner Ausmusterung, gerade mal zwei Regalfächer, deren Bücher mir lohnenswert erschienen, genauer inspiziert zu werden. Ich trank einen Schluck, stellte das Glas zurück und begann mit der Durchsicht.

Schon beim Durchblättern der ersten Bände und Alben wurde mir klar, dass ich in der persönlichen Ecke der Benoniter gelandet war. Alles, was hier geschrieben stand, zum Teil in gedruckter, zum Teil auch in handschriftlicher Form, hatte in irgendeiner Weise mit dem Orden, dem Kloster und seinen Bewohnern zu tun.

Als erstes fiel mir Hermann Honsels Büchlein in die Hände. Unwillkürlich machte ich mit ihm den gleichen Test wie mit seinem Bruderexemplar aus der Eschweger Bibliothek, legte es auf meine Handflächen und ließ es von selbst aufblättern. Auch hier öffneten sich die Seiten bei der Schilderung und Beschreibung des hiesigen Klosters. Das war keineswegs überraschend. Man konnte annehmen, dass die Mönche die Passagen, die den eigenen Konvent betrafen, wesentlich häufiger aufgeschlagen hatten als die Darstellungen anderer Klöster.

Das meiste der Bücher, die ich überflog, war sehr privater Natur und eigentlich nur für einen Kenner des Klosterlebens interessant. Zum Beispiel gab es da einen buchfüllenden Briefwechsel der Mönche mit einem ehemaligen Bruder, der nach seinem Ausscheiden aus dem Orden nach Amerika verzogen war. Oder auch die Aufzeichnungen eines Herrn von Oedemer, des früheren Gutsbesitzers. Dieser berichtete ausführlich und selbstverliebt von seinen Jagderlebnissen, von Feierlichkeiten und aufwändigen Reisen. Kein Wunder, dass bei einem solchen Lebensstil das Anwesen verkauft werden musste.

Dann stieß ich auf einen Bildband, der sofort meine Aufmerksamkeit erregte. Es war ein Album, wie man es früher hatte, um Erinnerungsfotos einzusortieren. Der Kunstledereinband war speckig und verschlissen, an den Ecken abgestoßen, ein heller Kratzer lief quer über die braune Vorderseite. Drei Viertel der Seiten waren beklebt mit Fotografien, dazwischen einige Zeitungsausschnitte. Auch ein paar Todesanzeigen fanden sich.

Der Inhalt war chronologisch geordnet, Jahreszahlen und kurze Textunterschriften erklärten, wann, wo und zu welchem Anlass die Aufnahmen gemacht und die Artikel veröffentlicht worden waren. Beginnend mit der Einweihung des Klosters und seiner Segnung durch einen Bischof erzählten die Bilder und Texte sowohl von kirchlichen Ereignissen, von Feiern und Jubiläen, als auch vom Alltagsleben der Mönche. Da waren Aufnahmen von Prozessionen zu sehen, von Andachten unter freiem Himmel, aber auch viele Schnappschüsse waren dabei, Gelegenheitsaufnahmen fotografierfreudiger Mönche, die ihre Mitbrüder bei der Arbeit oder anderen alltäglichen Verrichtungen abgelichtet hatten.

Beim Betrachten der Fotos und Überfliegen der Texte wurde mir klar: Ich hatte das Familienalbum des Klosters vor mir, sah auf Erinnerungsbilder, die gesammelt worden waren, um die klösterliche Vergangenheit optisch zu bewahren. Unschlüssig blätterte ich die kartonierten Seiten durch. Immerhin, wenn Martin etwas Persönliches, Intimes im Zusammenhang mit dem Kloster gesucht hatte, dann war diese Bilddokumentation möglicherweise eine Fundgrube für ihn. Aber ich fand nichts, was darauf schließen ließ, dass es so war – dass er etwas von dem, was er suchte, in den Fotos und Berichten entdeckt haben könnte. Keine Markierungen, keine Anstriche, nirgends ein abgerissener Zettel oder eine Notiz zwischen den Seiten. Ich legte den Fotoband auf dem flachen Lesetisch ab. Später würde ich auf ihn zurückkommen. Jetzt nahm ich mir erst einmal die restlichen Bücher vor.

Es dauerte nicht lange, bis ich auf das stieß, was Martin gesucht hatte. Es war ein großformatiges Buch, voluminös und schwer, ein Foliant, wie er häufig in Museen oder auch Kirchen ausgelegt ist, um dem Besucher zu ermöglichen, Bewertungen und Gedanken einzutragen. Auch dieses Buch mit seinen ursprünglich weißen Blättern war dazu gedacht, beschrieben zu werden. Im Grunde war es nichts anderes als das Fotoalbum, nur dass hier in Worten über

Begebenheiten im Kloster und seine Bewohner informiert wurde. Er war eine Art Chronik, das geschriebene Pendant der Fotosammlung. Eine akkurate, fast schon kalligrafische Handschrift bedeckte den Großteil der Seiten, alle Eintragungen waren tagebuchartig mit einem Datum versehen. Ich stellte mir vor, dass in den zurückliegenden Jahrzehnten, über die das Buch berichtete, jeweils ein Mönch damit beauftragt worden war, die dicke Kladde zu aktualisieren und zu führen.

Aber nicht nur Ereignisse und besondere Vorkommnisse waren darin festgehalten, auch Ein- und Ausgaben waren vermerkt, größere Einkäufe und wichtige Anschaffungen registriert. In Teilen las sich das Geschriebene wie ein Rechenschaftsbericht der klösterlichen Geschäfte.

Auch als Personalkartei fungierten die Aufzeichnungen. Akribisch genau hatte man hier Buch geführt über Geburtstage, Zu- und Abgänge, Todesfälle. Neben den Namen der Mönche war auch ihre Herkunft angegeben oder, wenn sie den Orden verlassen hatten, ihre neuen Adressen. Ein imponierender Wälzer, immerhin waren inzwischen ein halbes Jahrhundert Klostergeschichte und -geschichten darin gespeichert.

Natürlich war es unmöglich, in der mir verbleibenden Zeit dieses Buch in allen Einzelheiten zu lesen. Es würde Stunden, wenn nicht Tage in Anspruch nehmen. Wenn ich allerdings bei dem blieb, was Franziska und ich gestern festgestellt hatten, dass nämlich Martin mit größter Wahrscheinlichkeit an den Namen der Mönche interessiert war, dann würde es ohne weiteres ausreichen, die Personalangaben durchzusehen und dort nach Auffälligkeiten zu suchen.

Ich begann in den späten fünfziger Jahren des vergangenen Jahrhunderts, damals, als zehn Mönche das Gut nach dessen Verkauf übernommen, es für den Klosterbetrieb umfunktioniert und so ausgebaut hatten, dass zwischenzeitlich sogar einmal zwanzig Glaubensbrüder gleichzeitig darin gewohnt und gewirkt hatten. Ich verfolgte die Aufzeichnungen aufmerksam, ohne dass mir jedoch etwas Verdächtiges ins Auge sprang. Die Personalbewegungen innerhalb des Benoniterordens waren, den freizügigen Vorgaben entsprechend, lebhaft, die Zahl der kommenden und gehenden Mönche groß. Name für Name ging ich durch und hoffte, auf etwas Besonderes zu stoßen.

Ich war inzwischen bei den sechziger Jahren angekommen, studierte sie sorgfältig, fand aber auch hier zunächst nichts. Schon wollte ich weiterblättern, als ich plötzlich stutzte. Nicht, dass mir etwas direkt aufgefallen wäre, ein verdächtiges Wort etwa, ein markanter Hinweis oder sonst ein entlarvendes Faktum. Nein, im Gegenteil – es war die Tatsache, dass etwas fehlte, die meine Aufmerksamkeit weckte.

Ich hielt den Atem an, sammelte mich und blätterte zurück. Noch einmal überflog ich die Eintragungen, kontrollierte die aufgeführten Namen und ließ den Blick über die Blätter gleiten. Ja, jetzt erkannte ich, was mich gestört hatte. Ich schlug die Seiten ein weiteres Mal um, verglich erneut, dann war ich mir sicher. Die letzte Notiz des Jahres 1964 war Ende Dezember datiert, die nächste Aufzeichnung erst am 3. Januar 1966 erfolgt. Dazwischen fehlte ein ganzes Jahr. In 1965 war nicht eine einzige Eintragung gemacht worden.

Ohne meine konzentrierte Aufmerksamkeit, die darauf ausgerichtet war, jede noch so kleine Abweichung aufzuspüren, hätte ich mich wahrscheinlich mit einfachen Erklärungen zufrieden gegeben. Zum Beispiel, dass es in jenem Jahr keine eintragenswerten Ereignisse gegeben hatte oder aber kein Mönch zur Verfügung stand, der die Führung des Tagebuchs hätte übernehmen können. So aber war ich sensibilisiert für jede Absonderlichkeit, misstrauisch gegenüber einer Auffälligkeit wie dieser, der ich sofort eine Bedeutung zumaß.

Mit dem Buch in den Händen, aufgeschlagen an den Seiten, zwischen denen das Jahr fehlte, trat ich unter eine der Wandlampen. Hell und schattenlos fiel das Licht auf die eng beschrieben Blätter. Vorsichtig bog ich die Buchdeckel soweit auf, dass sie sich fast berührten, bewegte das Papier im Schein der Lampe ein paarmal hin und her und wusste plötzlich, wie und wohin das Jahr verschwunden war.

Behutsam fuhr ich mit dem Finger über die Linie der aneinanderstoßenden Buchseiten und spürte im langsamen Entlangstreichen die kaum wahrnehmbaren Unebenheiten: Die Seiten, die über das Jahr 1965 Auskunft geben sollten, waren an dieser Stelle herausgerissen worden – und es war unverkennbar, dass dies erst kürzlich geschehen sein musste. Zu hell noch waren die Abrisskanten, zu ausgefasert die feinen Zellulosehärchen, die sich im Luftstrom bewegten, als ich leicht darüber blies.

Ratlos starrte ich eine Weile auf den verbliebenen Rand der verschwundenen Seiten. Es waren nicht mehr als sechs, vielleicht auch sieben Blätter, die jetzt fehlten – die zusammengefasste Summe eines Klosterjahres.

Ich ging zurück zum Tisch und legte das Buch neben das Fotoalbum. Dann wandte ich mich noch einmal dem Regal zu. Obwohl ich sicher war, das Gesuchte bereits gefunden zu haben, wollte ich es nicht unterlassen, auch die anderen infrage kommenden Schriften wenigstens flüchtig durchzusehen.

Ich blickte auf die Uhr, sah, dass ich mich beeilen musste. Bruder Valentino würde bald zurück sein und mir möglicherweise Gesellschaft in der Bibliothek leisten wollen. Ein Verheimlichen der Nachforschungen und ein Verstecken meiner Fundstücke würde dann schwierig werden, ihre Entdeckung Fragen seinerseits nach meinem Tun wahrscheinlich machen.

Das Durchmustern der restlichen Bücher, Bände und Ordner ging schnell vonstatten. Wie vorausgesehen fand sich nichts mehr, was für Martin und somit auch für mich von Interesse hätte sein können.

Ich griff wieder nach den Klosterannalen, schlug sie auf und betrachtete nachdenklich die Lücke, die das herausgerissene Jahr hinterlassen hatte. Für mich stand fest, dass es Martin war, der die Seiten entfernt hatte. Aber was war so Besonderes an 1965? Was mochte ihn bewogen haben, ausgerechnet die Eintragungen dieses Jahres an sich zu bringen?

Ein anderer Gedanke kam mir. Was, wenn Martin in Wirklichkeit gar nicht darauf aus gewesen war, Informationen aus dem Buch zu erhalten? Wenn er nur deshalb hierher gekommen war, um darin Dokumentiertes zu vernichten? War es ihm am Ende allein darum gegangen, ein im Jahrbuch vermerktes Ereignis, einen Namen vielleicht oder ein Datum, zu beseitigen, als er die Seiten herausriss?

Aber warum ausgerechnet die Eintragungen eines so weit zurückliegenden Jahres? 1965 – Martin musste damals noch ein Kind gewesen sein. Ich rief mir sein Alter in Erinnerung und rechnete zurück.

Es dauerte eine Weile, bis ich begriff. Verblüfft stand ich da und stierte auf das Buch. Dieses Jahr war alles andere als irgendeines in Martins Leben. Es war das Jahr, in dem er geboren wurde.

11

Als ich am nächsten Morgen erwachte, war ich einen Augenblick unsicher, wo ich mich befand. Alles war heute so anders. Heller Sonnenschein fiel ins Zimmer, das Rauschen des Regens war verstummt. Durch die reglosen Birkenzweige vor dem Fenster blickte ich in einen wolkenlosen, blauen Himmel. Ich schaute mich um, erkannte die Schlafkammer, die mir Bruder Valentino zugewiesen hatte. Es war die typische Klosterunterkunft, einfach in der Ausstattung, mit der Bibel auf dem Nachttisch und dem Muttergottesbild an der Wand.

Ich hatte gut geschlafen, tief und traumlos. Die gestrige Wanderung, die frische Waldluft und nicht zuletzt der reichlich genossene Rotwein hatten mir eine erholsame Nacht geschenkt.

Voller Tatendrang stand ich auf. Aus dem Rucksack kramte ich die Zahncreme und die Bürste hervor, nahm die stets mitgeführte frische Wäsche und suchte das Badezimmer am Ende des Flurs auf. Während ich mich wusch und ankleidete, ging mir noch einmal der gestrige Abend durch den Kopf.

Ich erinnerte mich, wie ich, noch im Grübeln über die Entdeckung der herausgerissenen Seiten, plötzlich aus meinen Gedanken aufgeschreckt war. Die Tür zum Speisesaal hatte sich geöffnet, ich hörte Bruder Valentinos schlürfenden, sich nähernden Schritt. Instinktiv – zum Nachdenken blieb keine Zeit – hatte ich die Klosterchronik, dann auch das Fotoalbum in das Regal zurückgestellt, hatte mir willkürlich eines der anderen Bücher herausgezogen und mich damit in den schmalen Lesesessel gesetzt. Als mein

Gastgeber, schwer atmend, mit lehmbeschmierter Kutte und verschmutzten Schuhen wenig später die Nische betrat, fand er mich über das Büchlein gebeugt, scheinbar vertieft in die Lektüre.

»Es ist alles in bester Ordnung, kein Huhn ist vom Blitz getroffen«, informierte er mich. »Bis auf ein paar heruntergerissene Äste hat der Sturm nichts angerichtet. Vor dem Aufgang zur Kapelle hat sich allerdings das Wasser ganz schön gestaut. Ich habe eine Rinne ausgehoben, jetzt kann es abfließen.« Er sah das Buch in meinen Händen. »Ah, Sie haben den ‚Klösterlichen Pflanzengarten' entdeckt. Erstaunlich, was man früher so alles angebaut und in der Küche verwendet hat.«

Erst jetzt bemerkte ich, dass ich bei meinem zufälligen Griff ins Regal ein altes, vergilbtes, mit vielen Zeichnungen versehenes Gartenbuch erwischt hatte.

»Ja«, improvisierte ich und schlüpfte in meiner Not in die Rolle des Pflanzen- und Kräuterkenners. »Das ist äußerst interessant, was da geschrieben steht. Die früheren Anbaumethoden haben mich schon immer fasziniert.«

Bruder Valentino sah mich mit funkelnden Augen an. Es war deutlich, dass er das Thema gerne weiterspinnen und ausweiten wollte. Schnell trug er einen Stuhl aus dem Speisesaal herein, holte, ehe er sich setzte, sein Glas und eine weitere Flasche Rotwein. Dann begann er eifrig, fast schon missionarisch, mir anhand des Gartenbuches dies und jenes Kräutlein ans Herz zu legen. Breit und ausführlich erklärte er die Verwendung von Fenchel zur Würzung von Salat und Fleisch und ließ auch nicht aus, mir die heilende Wirkung von Estragon nahe zu bringen. Ich tat so, als hörte ich zu und heuchelte ein Interesse, das ich nicht wirklich hatte, denn meine Gedanken waren bei dem, was ich gerade entdeckt hatte – und bei der Frage, was das Gefundene überhaupt wert war.

Zumindest wusste ich jetzt, dass es etwas in Martins Geburtsjahr gegeben haben musste, das für ihn eine wie auch immer geartete Bedeutung hatte. Da die Seiten, die über die damalige Zeit hätten Auskunft geben können, verschwunden waren, blieb das Ganze nach wie vor unklar und rätselhaft.

Hielt ich allerdings an meiner Überzeugung fest, dass Martin einen Namen, vielleicht auch eine Anschrift gesucht hatte, dann war mit der Kenntnis des Jahres der infrage kommende Personenkreis jetzt deutlich eingeengt. Die Wahrscheinlichkeit, den- oder diejenigen, an denen Martin interessiert war, aus ihrer Anonymität herauslösen zu können und dadurch erkennbar zu machen, nach was er suchte, war beträchtlich gestiegen.

Während ich mit einem Ohr Bruder Valentinos Ausführungen lauschte, machte ich mir klar, dass das Jahrbuch höchstwahrscheinlich keine zusätzlichen, mir weiterhelfenden Auskünfte mehr liefern würde. Zu eindeutig zeigte das Herausreißen der Seiten Martins gezieltes Interesse an jenem einen Jahr.

Aber was war mit dem Fotoalbum? Jetzt, wo ich wusste, auf welchen Zeitraum es ankam, war es durchaus möglich, dass ein genaueres Studium der Bilder aus dem Jahr 1965 doch noch etwas aufdeckte, das mir bisher entgangen war. Ich war entschlossen, die Fotografien und Berichte in meinen Besitz zu bringen.

Ein dumpfes Plopp, wie es beim Herausziehen eines Korkens entsteht, unterbrach meine Überlegungen. Bruder Valentino hatte, ohne allerdings auch nur eine Sekunde in seinem Schwärmen für die neuen Kreuzungen der roten und grünen Paprika auszusetzen, eine weitere Flasche Spätburgunder geöffnet. Kurz hielt er sich den Flaschenhals an die Nase, schnüffelte und verdrehte die Augen. Dann goss er, gut gelaunt und plaudernd, die Gläser voll. Es war offensichtlich, er genoss es, in mir einen Gesprächspartner für den einsamen Abend gefunden zu haben.

Da er mich mehr und mehr in die Unterhaltung mit einbezog, ich auch zunehmend Vergnügen an seiner geistreichen Konversation fand, verschob ich die Gedanken an mein weiteres Vorgehen auf den nächsten Morgen.

Schließlich, als die Flasche geleert und auch ein selbstangesetzter Obstler probiert war, hatten wir den gestrigen Abend beendet und uns mit schweren Gliedern und trägem Geist auf den Weg in unsere Betten gemacht.

Ich verließ das Bad und ging zurück in mein Zimmerchen. Schnell hatte ich das Wenige, das ich dabei hatte, in den Rucksack gepackt. Dabei stieß meine Hand an die Tasche mit der Polaroid, der alten, technisch längst überholten Sofortbildkamera, die ich vor Jahren durch einen digitalen Fotoapparat ersetzt hatte. Ich hatte ganz vergessen, dass ich das Gerät damals, anstatt es wegzuwerfern, im Autorucksack verstaut hatte. Auch wenn seine Bildauflösung nur gering war, die Schärfe zu wünschen übrig ließ, der Apparat war durchaus noch funktionsfähig und würde mir, so war seinerzeit meine Überlegung, auf meinen Wanderungen gute Dienste leisten können.

Jetzt war ich froh, dass ich die alte Kamera dabei hatte. Sie konnte mir ersparen, die Bilder aus dem Fotoalbum zu entwenden – etwas, was mir ausgesprochen zuwider gewesen wäre. Schnell überprüfte ich die Einsatzbereitschaft der Polaroid und verstaute sie so, dass ich sie sofort griffbereit hatte. Dann nahm ich den Rucksack und trat aus dem Zimmer hinaus auf den Flur.

Schon auf der Treppe nach unten roch ich den Kaffee und hörte das Klappern von Tellern und Tassen aus dem Speisesaal. Bruder Valentino war dabei, den Frühstückstisch zu decken. Schuldbewusst sah er mich an, als ich auf ihn zutrat. »Haben Sie auch so gut geschlafen?«, fragte er mit einer Stimme, die klang, als müsse er etwas Anrüchiges gestehen. »Normalerweise habe ich um diese Uhrzeit schon mein Morgengebet hinter mir und bin draußen bei der Arbeit.«

»Das tut mir Leid, wenn ich Ihren Rhythmus durcheinander bringe«, bat ich um Entschuldigung.

»Nein, das braucht Ihnen überhaupt nicht Leid zu tun. Ich bin sicher, Gott wird mir diese kleine Unregelmäßigkeit verzeihen. Immerhin liegt ihr ja eine gute Tat zugrunde. Ich habe einen Christenbruder – wenn auch einen Protestanten – aus den Wasserfluten des Himmels gerettet.« Pathetisch hob er die Hände zur Decke, lachte dabei über seine gestelzte Ausdrucksweise und lud mich ein, am Tisch Platz zu nehmen.

Wir ließen uns das Frühstück schmecken, langten ordentlich zu und genossen ein letztes Mal unsere gegenseitige Gesellschaft. Noch gestern Abend hatte ich Franziska angerufen und ihr mitgeteilt, dass ich wetterbedingt im Kloster übernachten musste und voraussichtlich erst am heutigen Nachmittag in Oberhone zurück sein würde. Das war noch vor meiner Erkundungstour in der Bibliothek gewesen. Sie hatte mir viel Glück bei der Spurensuche gewünscht.

Der Tag war schön, ich freute mich auf den Rückweg durch den Wald. Gleich nach dem Frühstück würde ich loswandern. Vorher wollte ich noch die Bilder aus dem Album abfotografieren. Ich hoffte auf eine Gelegenheit, dies unbeobachtet tun zu können. Aber zur Not würde ich, falls Bruder Valentino immer an meiner Seite blieb, die Aufnahmen auch in seinem Beisein machen und ihn glauben lassen, ich wollte ein paar Erinnerungsfotos an die gute, alte Zeit des Klosters mit nach Hause nehmen.

Dann aber eröffnete mir, unerwartet, aber willkommen, mein Gastgeber selbst die Möglichkeit, einige Minuten allein in der Bibliothek zu verbringen. »Ich habe Ihnen zwei Büchlein herausgelegt. Sie liegen drin auf dem Lesetisch.« Er deutete zur Nische hin und stand auf. »Ich hoffe, Sie haben noch so viel Zeit, wenigstens mal einen Blick hinein zu werfen – wo Sie doch so am Anbau von Kräutern und Küchenpflanzen interessiert sind. Ich will nur schnell die Hühner füttern. Sie werden schon unruhig sein, denn normalerweise sind sie um diese Zeit längst versorgt.« Er ging zur Tür. »In zehn Minuten bin ich wieder da.«

Ich brauchte nicht lange für die Bilder aus Martins Geburtsjahr. Es war durchaus ausreichend, wenn ich mich auf die Fotos beschränkte, die Menschen zur Abbildung brachten, Landschafts- und Tieraufnahmen ließ ich unbeachtet. In nicht einmal fünf Minuten hatte ich alles abfotografiert.

So blieb mir noch genügend Zeit, die beiden Gartenbüchlein wenigstens durchzublättern, um für eventuelle Bemerkungen oder Fragen zu ihrem Inhalt gewappnet zu sein. Aber Bruder Valentino begnügte sich nach seiner Rückkehr mit meiner Versicherung, es habe mir große Freude gemacht, in den gärtnerischen Abhandlungen zu lesen. Meine Äußerung, einige der Ratschläge in meinem eigenen Garten umsetzen zu wollen, nahm er mit zufriedenem Kopfnicken auf.

Die Verabschiedung war herzlich. Nachdem wir beide der Hoffnung Ausdruck gegeben hatten, uns irgendwann einmal wiederzusehen, und ich mich für die Gastfreundschaft bedankt hatte, umarmten wir uns wie zwei Freunde, denen die Trennung schwer fällt. Und tatsächlich, ich spürte, dass ich den kleinen, rundlichen Mann mit dem freundlichen Gesicht in den wenigen Stunden unseres Zusammenseins liebgewonnen hatte.

Ich verließ das Kloster und passierte das Tor, unter dem ich am Vortag vor dem Regen Schutz gesucht hatte. Erst jetzt bemerkte ich seitlich, dicht an der Hofmauer, eine Ansammlung von Kreuzen, die mir gestern auf meiner Flucht vor dem Unwetter nicht aufgefallen war. Eine schmale Pforte führte in das von einem niedrigen Bretterzaun eingefasste Areal.

Ich blickte mich um. Bruder Valentino war nicht mehr zu sehen, er musste ins Haus zurückgekehrt sein. In einem spontanen Entschluss wandte ich mich nach rechts und betrat den kleinen Friedhof. Ohne zu wissen, warum, hatte ich plötzlich das Gefühl, dass mir etwas entgehen könnte, wenn ich nicht wenigstens flüchtig einen Blick auf die Ruhestätte der Mönche warf.

Die Kreuze auf den eng nebeneinander liegenden Gräbern waren ausnahmslos aus Metall, alle von gleicher Größe und gleicher schmiedeeiserner Ornamentik. Runde Emailleschilder am oberen Ende des senkrechten Kreuzbalkens gaben Auskunft über die Verstorbenen, nannten ihre Namen, ihr Geburts- und Sterbejahr. Weiter war nichts vermerkt, nirgends ein Sinnspruch oder ein Bibelwort, auch keine Angaben über die Titel der Toten oder ihre Stellung innerhalb des Ordens.

Noch einmal ging ich die Reihen entlang und las die Beschriftungen der Kreuze. Was erwartete ich? Hoffte ich, hier unter der Mauer doch noch einen Hinweis auf die Familie Jakob zu finden? Aber, so intensiv ich alles studierte, ich fand nur nichtssagende Namen und Jahreszahlen, aus denen ich bei allem Bemühen nichts herauslesen konnte, das auch nur im Entferntesten in einer Beziehung zu Martin stand.

Ich war schon im Begriff, den Friedhof zu verlassen, als mir einfiel, dass es vielleicht von Nutzen sein könnte, die Namen der Verstorbenen zu notieren. Wollte ich mehr über das Klosterjahr 1965 in Erfahrung bringen, war ich auf Zeugen angewiesen, die in diesem Jahr hier im Konvent gewohnt hatten, und die - das Wichtigste – nach einer solch langen Zeit noch am Leben waren. Es würde mir die Suche nach diesen Personen erleichtern, wenn ich die bereits Verstorbenen ausschließen konnte.

Ich nahm ein Blatt und einen Stift aus dem Rucksack und ging ein drittes Mal die Gräberreihen ab. Ich beschränkte mich darauf, die Namen der Mönche aufzuschreiben, die 1965 und in den Folgejahren gestorben waren. Wenn ich sie aus der Liste der Namen herausstrich, die Hermann Honsel in seinem Büchlein aufgeführt hatte, würden nicht mehr viele übrig bleiben, die die damalige Zeit bis jetzt überlebt hatten. Vielleicht gelang es mir, den einen oder anderen aufzuspüren. Irgendeiner von ihnen würde sich vielleicht daran erinnern, ob es etwas Bedeutungsvolles im Geburtsjahr Martins hier im Kloster gegeben hatte. Etwas, das der Mühe wert war, ihm mit großem Aufwand hinterherzuspüren, um seine Dokumentation schließlich gewaltsam zu entwenden.

Nachdenklich verließ ich den Friedhof. Auch heute strafte der Schwarzbach seinen Namen Lügen. Freundlich und hell perlte er neben dem Weg, den ich gestern gekommen war und der mich nun zu meinem Fahrzeug zurückführen würde.

12

Gut zweieinhalb Stunden später lenkte ich meinen Wagen die steile Straße vom Hirschberg herunter nach Großalmerode hinein. Vor dem Rathaus hielt ich an, blieb aber noch eine Weile im Auto sitzen. Ein weiteres Mal zog ich die Fotos aus der Jackentasche und betrachtete sie. Schon auf dem Weg durch den Wald hatte ich mehrfach im Gehen einen Blick darauf geworfen und mich gefragt, was sie mir zu sagen hatten, ob sie mir helfen konnten, die Verbindung Martins mit dem Benoniterkloster zu verstehen.

Aber ich hatte vergeblich versucht, irgendetwas in den abgebildeten Gesichtern zu erkennen, etwas herauszulesen, das außerhalb des Normalen lag. Nichts Ungewöhnliches war mir aufgefallen, auch nichts Vertrautes. Sämtliche Menschen auf den Bildern waren mir unbekannt. Nicht, dass das verwunderlich gewesen wäre. Immerhin kamen die Personen aus einer fremden Stadt und gehörten einer mehr als vierzig Jahre zurückliegenden Zeit an. Wie hätte ich sie kennen sollen?

Aber hier im Ort musste es doch Leute geben, die sich sehr wohl an diese Zeit erinnern konnten. Zum Beispiel jene Herren, die sich zusammen mit den Mönchen auf mehreren Gruppenfotos hatten ablichten lassen. Die korrekte Kleidung und ihre gewichtigen Mienen ließen darauf schließen, dass es sich um die Honoratioren der Stadt handelte.

Ganz so isoliert, wie es Hermann Honsels Klosterbeschreibung glauben machte, waren die Mönche damals augenscheinlich nicht gewesen. Es hatte durchaus einige Berührungspunkte mit der weltlichen Gesellschaft und der hiesigen Obrigkeit gegeben. Bildunterschriften wie »Empfang im Kloster«, »Einladung zum Martinsessen«, »Klösterlicher Neujahrssegen« belegten das.

Ich stieg aus dem Fahrzeug. Kurz warf ich einen Blick auf die imposante Sandsteinfassade des Rathauses, das so alt wirkte, aber in Wirklichkeit, wie ich gelesen hatte, erst vor gut hundert Jahren nach dem Abbrennen des Vorgängerbaus neu errichtet worden war. Dann machte ich mich auf die Suche nach jemand, der mir Auskunft geben konnte.

Ich nahm die Stufen hinauf zum Rathauseingang und betrat das mehrstöckige Gebäude. Wahllos klopfte ich an eine der Türen. Mir blieb gerade noch Zeit, auf dem seitlich angebrachten Schild zu lesen, dass eine Anja Reuß hier ihren Arbeitsplatz hatte, als ich mit einem »Ja, bitte!« zum Eintreten aufgefordert wurde.

Der Raum war so, wie man sich ein deutsches Amtszimmer vorstellt, nüchtern, funktional, ein Arbeitsbereich eben, in dem man seinen Dienst verrichtet und nicht mehr. Einiges wies darauf hin, dass eine weibliche Hand versucht hatte, etwas Persönliches in diese vier Wände hineinzutragen. Ein paar Bilder waren aufgehängt, drei, vier Pflanzen zierten das Fensterbord und auf einem Tischchen stand neben der obligaten Kaffeemaschine ein Strauß früh erblühter Forsythien.

Frau Reuß war jung und ein erfreulicher Anblick, eine Blume in der paragraphentrockenen Ödnis der Amtsstube. Ihr Lächeln war von jener selbstbewussten Herzlichkeit, die Frauen eigen ist, die um ihre Attraktivität wissen und nichts dagegen haben, andere daran teilhaben zu lassen.

»Sie suchen etwas?«, begrüßte sie mich, nachdem ich die Tür hinter mir geschlossen hatte. Dabei warf sie mir einen aufmunternden Blick zu, der versprach, alles – oder doch fast alles – zu tun, was in ihrer Macht stand, um mir zu helfen.

»Ja«, beeilte ich mich zu antworten, »ich suche einen Zeitzeugen. Die Sache liegt schon lange zurück – damals im Kloster – vierundvierzig Jahre ist das schon her ...«

Ich hielt inne, als ich den verständnislosen Ausdruck in dem hübschen Gesicht sah. Schnell griff ich in die Tasche und zog die Fotos hervor. »Hier, diese Bilder wurden 1965 gemacht. Ich bin daran interessiert zu wissen, wer die hier abgebildeten Personen sind.«

Frau Reuß betrachtete die Aufnahmen. Fragend sah sie mich an. Ein Anflug von Skepsis mischte sich in ihren Blick.

Rasch fügte ich hinzu: »Ich bin gerade dabei, das Buch von Hermann Honsel zu aktualisieren. Sie kennen es doch bestimmt. Es sollen ein paar neue Fotografien aus der damaligen Klosterzeit eingefügt werden. Dafür brauche ich die Namen der Leute – für die Bildunterschriften.« Ich staunte, wie leicht mir inzwischen meine Lügengeschichten von den Lippen gingen und registrierte nicht weniger erstaunt, dass mir das kaum mehr etwas ausmachte. Der Glaube, einer guten Sache zu dienen, war eine wunderbare Absolution für solche kleinen moralischen Abwege.

Jedenfalls schien ich die junge Frau von der Redlichkeit meiner Absichten überzeugt zu haben, denn sie vertiefte sich noch einmal in die Betrachtung der Fotografien. Aufmerksam studierte sie die Gesichter, verglich das eine mit dem anderen Bild, dann sah sie mich an.

»Was genau brauchen Sie?«

»Eigentlich brauche ich nur den Namen und die Adresse von jemandem, der mir erzählen kann, wie es bei diesen Treffen und Empfängen damals zuging – wer alles eingeladen wurde und wer alles da war. Einige der Personen hier auf den Fotografien müssten doch noch leben und in der Lage sein, sich zu erinnern.«

Einen Augenblick überlegte Anja Reuß. Sie schien abzuwägen, was sie tun sollte. Dann nickte sie und zeigte mit dem Finger auf eines der Bilder. »Das hier, das ist unverkennbar Herr Kellermann. Ein solches Gesicht erkennt man auch nach vierzig Jahren wieder.« Sie erschrak, als ihr das Abfällige ihrer Bemerkung klar wurde, und verbesserte sich sofort: »Ein Gesicht von solcher Markanz und Ausdrucksstärke, meine ich natürlich.« Noch einmal tippte sie auf die Bilder, die sie vor sich ausgebreitet hatte.

Ich ging um den Schreibtisch herum und beugte mich über ihre Schulter, um besser sehen zu können. Der Duft ihres Haares machte es mir nicht leicht, mich auf die Gestalt zu konzentrieren, auf die ihr Finger deutete.

Es war ein noch recht junger Mann – Ende dreißig vielleicht –, den sie auf drei Fotos ausgemacht hatte, und dessen Physiognomie in der Tat so beeindruckend war, dass ich ihr augenblicklich Recht gab: Ein solches Gesicht konnte man, einmal gesehen, nicht wieder vergessen. Es war ein typisches Pferdegesicht, oval mit weit vorstehendem Unterkiefer, der einen Teil der Zahnleiste sichtbar werden ließ. Eine lange, spitz zulaufende Nase und abstehende Ohren komplettierten die ausgefallene Laune der Natur, die hier in grotesker Weise schöpferisch tätig gewesen war.

Gleichzeitig aber, fast wie zum Ausgleich des äußeren Mangels, sahen kluge, wache Augen in die Kamera und das warme Lachen um den breiten Mund des abgelichteten Mannes verriet eine humorvolle Lebenssicht und ein freundliches Wesen.

»Und Herr Kellermann lebt noch?«, fragte ich hoffnungsvoll.

»Ja. Er hat die Achtzig zwar überschritten, ist aber geistig noch voll da. Wenn Ihnen einer Auskunft über damals geben kann, dann ist er es. Er war Lehrer hier, hat gleichzeitig jahrelang als Kirchenvorsteher fungiert und außerdem im Stadtarchiv mitgearbeitet. Er war bei fast allen offiziellen und festlichen Anlässen dabei, dürfte also das, was Sie wissen wollen, aus eigener Anschauung kennen.« Anja Reuß griff nach der Maus ihres PC und ließ den Pfeil über den Bildschirm wandern. »Warten Sie, ich suche Ihnen seine Adresse heraus. Soviel ich weiß, wohnt Fritz Kellermann gleich hinter dem Rathaus. Er wird sich freuen, wenn er mit Ihnen über alte Zeiten reden kann.«

Das Haus am Mühlgraben, das mir Frau Reuß als Anschrift des alten Mannes herausgesucht hatte, war krumm und schief. Durchgebogene Fachwerkbalken gaben Zeugnis von den Jahrhunderten, die seit ihrer Einfügung vergangen waren. Dennoch machte das Gebäude einen soliden und gepflegten Eindruck, der frische Holzanstrich und der makellose Putz der Gefache ließen auf eine erst kürzlich erfolgte Renovierung schließen.

»Eheleute Fritz und Erna Kellermann« stand altmodisch auf einem runden Tonschild, das am seitlichen Balken unterhalb der Klingel angebracht war. Ich läutete.

Es dauerte gut eine Minute, bis eine Bewegung hinter der Milchglasscheibe wahrzunehmen war. Ein Schlüssel drehte sich, knarrend öffnete sich die Tür. Eine kleine Frau, siebzig vielleicht, möglicherweise auch mehr, stand vor mir und sah mich von unten her an. Ihre geröteten Wangen zeigten, dass ich sie bei einer offensichtlich anstrengenden Arbeit gestört hatte. In Strähnen hing ihr das Haar ins Gesicht, die blaue Bluse war an den Ärmeln aufgekrempelt, Wasser tropfte von den Unterarmen.

»Wollen Sie zu mir?« Ihre Stimme klang atemlos.

Ich zögerte kurz, ehe ich ihr antwortete. »Eigentlich wollte ich zu Ihrem Mann. Ist es denn möglich, dass ich mit ihm spreche?«

»Das ist im Moment ganz schlecht. Er badet gerade.« Mit einer Geste des Bedauerns griff sie nach der Türklinke. »Ich muss jetzt wieder hinein. Ich kann ihn nicht so lange allein lassen.« Dann aber verharrte sie doch, streifte mich mit einem kurzen, musternden Blick, bevor sie zur Seite trat, mich am Arm fasste und in den Flur schob. Hinter mir schloss sie die Tür. Mit einem Ausdruck von Erleichterung nickte sie mir zu. »Vielleicht ist es doch ganz gut, dass Sie gerade jetzt kommen. Allein habe ich immer Mühe, meinen Mann aus der Wanne zu ziehen. Wenn Sie mir aber dabei helfen könnten ...« Erwartungsvoll sah sie mich an und erklärte: »Normalerweise unterstützt mich jemand vom örtlichen Pflegeservice, aber heute besteht dort ein personeller Engpass. Man hat mich angerufen und gebeten, das Bad auf morgen zu verschieben. Aber Fritz bestand darauf, heute zu baden, so wie er es gewohnt ist. In diesen Dingen ist er sehr genau und eigen – manchmal richtiggehend dickköpfig.« Sie schnaubte in leiser, liebevoller Empörung zu einer Tür am Ende des Flurs hin, hinter der ich das Badezimmer vermutete.

»Natürlich helfe ich Ihnen, Frau Kellermann, das ist doch selbstverständlich«, versicherte ich, während ich ihr ins Haus hinein folgte.

Obwohl ich durch das Foto vorbereitet war, erschrak ich doch, als ich in das Gesicht blickte, das mir aus der Wanne entgegensah. Aus dem Pferdegesicht von damals war nun ein kahler Pferdeschädel geworden, von dem die Ohren nach dem Verlust der Haare weiter noch als früher abzustehen schienen, die Nase jetzt noch länger wirkte zwischen den eingefallenen Wangen und der Unterkiefer mit den künstlichen Zähnen mehr denn je wie ein Vorgebirge über das spitze Kinn hinausragte.

Die Situation war ungewöhnlich. Ich, ein Fremder, stand im Badezimmer eines alten Mannes und versuchte, dem Ganzen das Peinliche dadurch zu nehmen, dass ich mich vorstellte und versicherte, dass ich niemals einfach so hereingekommen wäre, wenn nicht seine Frau mich um meine Hilfe gebeten hätte.

»Ja«, bestätigte die alte Dame, »Herr Gerhard hat versprochen, mir zur Hand zu gehen. Du weißt, wie schwer es mir fällt, dich alleine aus dem Wasser zu heben.«

Die anfängliche Verwunderung auf dem Gesicht Fritz Kellermanns über mein unerwartetes Eintreten wich augenblicklich einem freundlichen Ausdruck, so wie ich ihn auf den alten Bildern von ihm gesehen hatte. Der halbgeöffnete Mund schloss sich, soweit das bei der Deformierung möglich war, ein Lächeln umspielte wie ein warmer Sonnenstrahl die aufgeworfenen Lippen und hieß mich noch vor den ersten Worten willkommen.

Bemüht, mir meine Verlegenheit zu nehmen, streckte er mir aus der Wanne heraus seine faltige Hand entgegen. »Schön, dass meine Frau in Ihnen Hilfe gefunden hat. Das nimmt mir etwas von meinem schlechten Gewissen, ihr soviel zumuten zu müssen. Für Sie dürfte ich Fliegengewicht doch ein Kinderspiel sein.«

Als ich ihm unter die Arme fasste und ihn anhob, wurde ich an ein Kind erinnert, das man aus einem Loch hervorzieht oder von einem Ast herunterholt – so leicht fühlte sich der ausgemergelte Körper an. Schlaff hingen die Füße nach unten, als ich ihn über den Wannenrand hievte und auf einen bereitgestellten Rollstuhl setzte.

»Es geht nicht mehr mit dem Laufen, das Untergestell will nicht mehr so, wie ich es will«, erklärte der alte Lehrer und klopfte sich auf die dünnen Oberschenkel, während seine Frau ihn in ein weißes Badetuch hüllte und abzutrocknen begann. »Aber Gott sei Dank bin ich geistig noch gut beisammen. Ich kann ohne Schwierigkeiten meine Zeitung lesen, sehe mir jeden Tag die Nachrichten im Fernsehen an und verfolge mit Interesse politische Sendungen. Auch wenn ich mir jetzt nicht mehr alles behalte, meine alten Erinnerungen sind mir geblieben. Besonders gerne erinnere ich mich an die schöne Zeit als Lehrer und Archivar.«

»Das freut mich für Sie. Erinnerungen sind wichtig. Sie sind der Boden, auf dem man steht«, griff ich das Stichwort auf, um endlich mein Anliegen vorbringen zu können. »Ich hoffe, ich kann von Ihren Erinnerungen ein bisschen profitieren. Frau Reuß aus dem Rathaus schickt mich nämlich zu Ihnen. Sie glaubt, dass Sie am ehesten in der Lage seien, mir Auskunft über weit zurückliegende Jahre zu geben«, schmeichelte ich.

»So, so, die schöne Anja.« Verträumt lächelte er vor sich hin. »Ich kannte ihre Mutter. Sie war meine Schülerin und nicht weniger attraktiv als die Tochter jetzt.« Mit einem Räuspern verdrängte er das Bild und sah mich an. »Über wie weit zurückliegende Jahre brauchen Sie denn Auskünfte?«

»Nun, ein paar Jahrzehnte liegen schon dazwischen. Genaugenommen brauche ich Informationen aus dem Jahr 1965.«

»Oh!« Fritz Kellermann kratzte sich den kahlen Schädel. »Das liegt in der Tat schon einige Tage zurück. Ob ich aus dieser Zeit noch etwas zusammenkriege?« Zweifelnd wiegte er den Kopf.

»Ziehen Sie sich ruhig erst an, Herr Kellermann. Ich habe es nicht eilig. Ich kann solange im Flur warten. Oder soll ich Ihnen beim Ankleiden helfen?«, wandte ich mich an seine Frau, die gerade dabei war, ihm die Socken über die nackten Füße zu ziehen.

»Nein, nein, das mit dem Anziehen hat Zeit«, wehrte der Alte ab und entblößte mit einem genüsslichen Grinsen die Zähne. Wie ein Satyr, der die Witterung des Waldmädchens aufgenommen hat, saß er da und hielt mit festem Griff das Handtuch zusammen. »Ich liebe es, mich nach dem Baden noch eine Zeitlang unbekleidet in das weiche Frottee zu kuscheln. Die Nacktheit unter dem Tuch gibt mir ein Gefühl von Sünde und Verwerflichkeit, das letzte, das mir diesbezüglich geblieben ist. – Erna, bitte, schieb mich ins Wohnzimmer. Ich will sehen, ob ich Herrn Gerhard helfen kann.«

Als wir uns schließlich am Tisch gegenübersaßen, zog ich die Fotos aus der Tasche und breitete sie in der gleichen Weise wie noch kurz zuvor im Rathaus vor Herrn Kellermann aus.

Auf dem Weg vom Bad hierher hatte ich ihm die fingierte Geschichte von der Aktualisierung des Klosterbüchleins erzählt, nun informierte ich ihn, was genau ich von ihm wissen wollte.

»Aus diesen Bildern will ich ein Paar Aufnahmen auswählen und sie als Zeugnis dafür verwenden, wie eng damals die Verbindung von Kloster und Stadt gewesen ist. Ihre Kenntnisse, Herr Kellermann, könnten mir dabei eine große Hilfe sein. Erinnern Sie sich noch an die eine oder andere Person, die hier abgebildet ist?«

Aus einer Obstschale, zwischen Äpfeln und Bananen, kramte der alte Mann umständlich eine Brille hervor. Da er mit der einen Hand noch immer das Badetuch zusammenhielt, hatte er Mühe, das dickglasige Schildpattgestell zu ergreifen und es auf der Nase zu platzieren. Als die Brille schließlich richtig saß, griff er nach dem ersten Foto und hielt es sich vor die Augen. Zwei-, dreimal nickte er, während er es betrachtete. Dann legte er es kommentarlos wieder auf den Tisch zurück und nahm sich das nächste vor. Erst, als er alle Bilder durchstudiert und sie wieder ordentlich und rechtwinklig ausgerichtet vor sich liegen hatte, sah er zu mir auf. Noch einmal nickte er, abschließend jetzt und heftig, wobei ihm die Brille wie auf einer Rutschbahn die lange Nase hinunterglitt.

»Natürlich erinnere ich mich noch an diese Leute hier«, er strich mit dem Handrücken über die Bilder. »Nicht an alle, aber doch an die meisten. Das war damals nicht anders als heute. Es waren immer dieselben, die an solchen Empfängen und Festlichkeiten teilnahmen. Dabei ging es der Mehrzahl gar nicht um den Anlass, sondern allein um die Tatsache, dabei zu sein, dazu zu gehören zu dem Kreis der Privilegierten.« Mit einem verächtlichen Schnauben nahm er die Brille ab und schwenkte sie durch die Luft. »Richtiggehend süchtig waren alle nach öffentlichen Auftritten, kein Zeitungsinterview, kein Fototermin wurde ausgelassen. Ich schließe mich da nicht aus. In dem Jahr, als diese Aufnahmen gemacht wurden, war ich gerade zum Vorsteher der Kirchengemeinde gewählt und damit in die Runde der städtischen Repräsentanten aufgenommen worden. Wie ein stolzer Gockel habe ich damals meine Person und mein Amt herausgestellt, habe jede sich nur bietende Gelegenheit genutzt, mich vor aller Welt zu zeigen. Es war mein erstes öffentliches Schaulaufen, insofern habe ich natürlich an 1965 besonders intensive Erinnerungen. Hier zum Beispiel«, er setzte sich die Brille wieder auf und griff nach einem der Gruppenbilder, »hier sind alle drauf, die damals Rang und Namen hatten. Das da«, er drehte das Foto zu mir hin und zeigte auf eine der Personen, »das war unser Bürgermeister – und hier der Lange mit dem hohen Kragen über dem weißen Hemd, das war der damalige protestantische Pfarrer. Die Mönche waren in diesen Jahren sehr tolerant und aufgeschlossen, der evangelische Seelsorger gehörte wie selbstverständlich zu den Gästen, die sie zu sich einluden. Später hat sich das Kloster dann etwas abgeschottet, Empfänge wie hier in 1965 hat es da keine mehr gegeben. Erst heute sollen die Benoniter, wie ich gehört habe, sich wieder etwas zu öffnen beginnen.«

In den Folgeminuten erfuhr ich einiges über die damaligen Honoratioren aus Politik und Gesellschaft. Tatsächlich waren es immer wieder die gleichen Augen, die mich aus den Bildern anblickten. Es dauerte nicht lange, da war ich selbst in der Lage, einem Gesicht den dazugehörigen Namen zuzuordnen. Es war das übliche Persönlichkeitengemisch, wie es in jeder deutschen Stadt anzutreffen ist: Vertreter von Vereinen und Verbänden, die Spitzen der örtlichen Parteien, dazu die gewählten oder bestallten Funktionsträger des öffentlichen und kirchlichen Lebens.

Ich notierte mir die Namen, die er nannte, tat so, als interessierten mich die dazu gegebenen Erläuterungen und wartete darauf, dass er ein besonderes Ereignis erwähnen könnte, etwas, das mir in Martins Angelegenheit weiterhalf. Aber seine Schilderungen enthielten nicht ein Vorkommnis, das meine Aufmerksamkeit erregte. So langweilig und fade, wie solche Empfänge über die Bühne zu gehen pflegten, waren offenkundig auch die Treffen im Schwarzbachtal verlaufen.

Als ich Herrn Kellermann daraufhin ansprach, gab er mir nur zum Teil Recht. »Es stimmt schon, Jubel, Trubel, Heiterkeit herrschte selten, eigentlich nie auf den Klosterfesten. Es existiert da doch eine Hemmschwelle, in einem Gotteshaus ausgelassen zu feiern. Trotzdem waren die Einladungen zu den Benonitern in den sechziger Jahren sehr beliebt und durchaus auch etwas Besonderes unter den vielen gleichartigen Veranstaltungen. Den Grund dafür sehen Sie hier auf diesem Foto.« Er schob mir eine der Aufnahmen zu und lehnte sich, soweit es ihm sein Rollstuhl gestattete, zu mir herüber. »Dort, hinter dem Tisch, da finden Sie die Erklärung für die Einzigartigkeit der Festlichkeiten im Kloster Bielstein.«

Verwundert schaute ich auf das Bild. Vom häufigen Betrachten war mir die abgelichtete Szene inzwischen vertraut, ich kannte ihre Einzelheiten, ohne dass bisher irgendetwas daraus meine Aufmerksamkeit auf sich gezogen hätte. Es war die Abbildung einer Männergruppe, Fratres und weltliche Würdenträger in bunter Reihe, die, mit Tellern in den Händen, vor einem thekenähnlichen Aufbau standen. Die darauf angeordneten Schüsseln und Platten, die gestapelten Würste und Brotlaibe kündeten von der Üppigkeit des Buffets, an dem sie sich offenbar bedienten.

Ich nahm das Foto auf, um zu erkennen, was Herr Kellermann gemeint hatte, als er von der Erklärung hinter dem Tisch gesprochen hatte. Ich drehte den Stuhl, bis das Licht des Wohnzimmerfensters voll auf die Abbildung fiel, blendete bewusst die Menschenansammlung vor dem Tisch aus meiner Betrachtung aus und konzentrierte mich ganz auf den Bildhintergrund.

Es dauerte einen Moment, bis ich begriff, auf was die Bemerkung des ehemaligen Kirchenvorstehers hingezielt hatte. »Sie meinen die Frau«, sprach ich ihn an und deutete auf die kaum sichtbare Gestalt am Rand des Fotos. Jetzt erst, sensibilisiert für den rückwärtigen Bildbereich und mit geschärftem Blick, erkannte ich den Zipfel eines Kleides, der hinter dem braunen Habit eines Mönchs hervorschaute. Etwas darüber, halb verdeckt und im Schatten liegend, ein junges Frauengesicht.

»Das ist Salme«, informierte mich der Alte und nahm mir das Bild wieder aus der Hand. »Die beste Köchin, die ich jemals erlebt habe. Ihre Kochkunst war geradezu legendär. Früher hat sich das Kloster noch Personal leisten können, heute machen die Mönche alles selbst.«

»Salme?«, fragte ich, »ist das nicht ein etwas ungewöhnlicher Name?«

»Sie stammte aus dem Baltikum, irgendwoher, aus Estland, glaube ich – aber es kann genausogut auch Litauen gewesen sein. Sie hat bei den Mönchen gewohnt, hat Haus und Garten versorgt und aus dem Kloster die reinste Schlemmeroase gemacht. Jeder kam gerne hierher.«

»Darf ich das Bild noch einmal sehen«, bat ich und streckte die Hand über den Tisch. Während ich das Foto entgegennahm, ergänzte Herr Kellermann: »Salme konnte nicht nur kochen, sie war auch stets gut gelaunt, hatte ein fröhliches Gemüt – und vor allem, sie war bildhübsch. Eigentlich viel zu schade für das keusche Klosterleben.« Sein Seufzen verriet, dass er sich für das Mädchen etwas viel Besseres hätte vorstellen können.

Ein zweites Mal betrachtete ich das Frauengesicht. Auch wenn es im Halbdunkel lag und dazu nur zur Hälfte zu sehen war, ließ sich seine Schönheit doch erahnen. Und dann auf einmal wusste ich, warum ich mir die Abbildung noch einmal hatte geben lassen. In diesem Gesicht war etwas, das in mir eine Erinnerung geweckt hatte. Ein Bild war hervorgerufen worden, das ich früher schon einmal gesehen hatte. Aber so sehr ich mich bemühte, mir fiel nicht ein, wo das gewesen sein könnte.

Mir kam ein Gedanke. Diese Salme war damals sehr jung gewesen. Die Wahrscheinlichkeit, dass sie noch lebte und mir aus ihrer Klosterzeit erzählen konnte, war recht groß.

»Wissen Sie, was aus dem Mädchen geworden ist, nachdem sie das Kloster verlassen hat?«

»Nein.« Der alte Lehrer schüttelte den Kopf. »Sie wird wohl in ihre Heimatstadt zurückgekehrt sein. Ich traf sie an ihrem Abreisetag zufällig in Großalmerode. Wir sprachen von Borken, dort, wo sie nach dem Krieg untergekommen ist. Da ich selbst aus Borken stamme, ein Teil meiner Verwandtschaft noch dort wohnt, hatten wir einige Gemeinsamkeiten, worüber wir sprechen konnten. Das ist der Grund, weshalb ich mich auch noch nach so langer Zeit an dieses Gespräch erinnern kann.«

»Wann genau ist sie denn aus dem Klosterdienst ausgeschieden?«

»Das muss exakt in dem Jahr gewesen sein, an dem Sie interessiert sind, also 1965. – Ja, zu Prior Baldwins Beerdigung war Salme noch da, da bin ich mir sicher. Kurz darauf verließ sie Kloster Bielstein.«

Herr Kellermann musste meinen zweifelnden Blick bemerkt haben, musste spüren, dass ich mich fragte, wie es möglich war, dass er nach vierundvierzig Jahren alle diese Fakten noch parat hatte. »Das war damals eine tragische Sache, der Tod des Priors, so etwas bleibt im Gedächtnis«, beeilte er sich, mich aufzuklären. »Es war ein dubioser Unglücksfall, kein Mensch weiß, wie es dazu kommen konnte.

Die Untersuchung ergab, dass der Abt von der Kellertreppe gestürzt war. Dabei hatte er sich den Kopf so unglücklich an den steinernen Stufen aufgeschlagen, dass er sofort tot gewesen sein musste. Der Prior war bei allen hier sehr beliebt, entsprechend groß und eindrucksvoll war dann auch seine Beisetzung.« Mit einem Anflug von Stolz fügte er hinzu: »Sie müssen wissen, Bruder Baldwin war aus Großalmerode, entstammte einer angesehenen, wohlhabenden Familie. Deshalb fand er auch hier auf dem städtischen Friedhof seine letzte Ruhe, anders als seine Mitbrüder, die meist in der Nähe des Klosters beerdigt wurden.«

»Wissen Sie vielleicht, wie Salme mit Nachnamen hieß?« Der vollständige Name würde mir die Suche nach ihr wesentlich einfacher machen.

»Nein, wir nannten sie alle nur Salme. Wie sie sonst noch hieß, habe ich nie erfahren. Wahrscheinlich wird sie später geheiratet und danach sowieso einen anderen Namen erhalten haben.«

Erneut hielt ich mir das Foto vor die Augen und versuchte noch einmal zu ergründen, an was oder an wen mich das Gesicht der jungen Frau erinnerte. Aber auch diesmal kam ich nicht darauf.

Wahrscheinlich war es die Folge meines intensiven Bildstudiums, dass ich auf einmal noch etwas bemerkte, das mir bisher entgangen war. Gut möglich, dass ich es bei früheren Betrachtungen gesehen hatte, ihm aber keine Aufmerksamkeit geschenkt hatte in der Meinung, es sei unwichtig.

Ich schob das Bild wieder über den Tisch meinem Gegenüber zu. »Wenn Sie noch einmal dieses Foto ansehen könnten«, bat ich und zeigte mit der Fingerspitze auf das, was ich entdeckt hatte. »Dieser Junge hier hinten – wer ist das und was macht er im Kloster?«

Noch immer einhändig mühte sich der Alte erneut mit seiner Brille ab. »Das kann nur Walter sein«, vermutete er, noch bevor er einen Blick auf das Bild geworfen hatte. »Walter war damals als Novize im Konvent, war so etwas wie ein mönchischer Lehrjunge. Er muss siebzehn oder achtzehn gewesen sein, als er ins Kloster Bielstein kam. War ein netter Junge. Er durfte bei den Empfängen natürlich dabei sein, hielt sich allerdings meist im Hintergrund.« Dann, als er die Brille in der richtigen Position und die Augen auf das Foto fixiert hatte, kam die Bestätigung. »Ja, unverkennbar, der da in der Ecke, das ist Walter.«

Nun war auch das geklärt. Noch einmal nahm ich jedes Bild in die Hand, stellte die eine oder andere Frage zu den abgelichteten Personen. Aber ich erkannte bald, dass ich von Herrn Kellermann nun alles erfahren hatte, was an Erinnerungen an diese lang zurückliegende Zeit in ihm gespeichert war. Auch gab es Anzeichen, dass ihn unser Gespräch anstrengte. Die Unterlippe hing jetzt schlaff nach unten und gab den Blick frei auf das entstellte Gebiss, die Lider waren halb geschlossen. Es kostete den alten Mann zunehmend Mühe, die Augen offenzuhalten.

Ich erhob mich und bedeutete ihm, dass ich nun gehen wollte. Fritz Kellermann richtete sich in seinem Rollstuhl auf und nahm Haltung an. Sein Gesicht straffte sich, der Blick wurde vorübergehend wieder wacher. Das Badelaken war ihm von der linken Schulter gerutscht, wie eine römische Toga hing es um den dürren Leib. Unvermindert fest hielt die rechte Hand die Tuchenden in napoleonischer Pose über der Leber zusammen. Er wirkte wie ein greiser Imperator, den man zu einer letzten Audienz auf den Thron gehoben hatte.

Nachdem ich dem alten Mann meine Bewunderung für

das fabelhafte Gedächtnis und meinen Dank für seine Bemühungen ausgedrückt hatte, verabschiedete ich mich.

An der Tür wandte ich mich noch einmal um, schaute in das Pferdegesicht, das mir freundlich nachblickte. Nichts war darin mehr von Hässlichkeit, ich fand es nur noch sympathisch und liebenswert. Die Hand zum Gruß erhoben nickte ich Herrn Kellermann zu und verließ das Haus.

13

Während ich um das Rathaus herumging, um zu meinem Auto zurückzukehren, überlegte ich, was mir der Besuch bei Kellermanns gebracht hatte. Wenn ich ehrlich war, das Ergebnis war enttäuschend. Zwar kannte ich jetzt einige der damaligen Funktionsträger mit Namen, wusste, welche Bereiche sie seinerzeit repräsentiert hatten – aber was nützte mir dieses Wissen? Der Großteil der genannten Personen war wahrscheinlich längst verstorben. Und von den wenigen, die noch lebten, war nicht zu erwarten, dass sie mehr wussten als der alte Lehrer.

Was hatte ich erhofft? Etwas Spektakuläres zu hören, etwas Sensationelles, das mit einem Knalleffekt die ganze Angelegenheit erklärte? In einer Art Aha-Erlebnis auf ein Ereignis aus jenem fernen Jahr zu stoßen, das mich mit einem Schlag verstehen ließ, was Martin an dem Kloster interessierte?

Immerhin, zwei, drei Dinge gab es, die es wert waren, noch einmal durchdacht und genauer beleuchtet zu werden.

Da war zum einen der tragische Tod des Klosterabtes. Prior Baldwins Sturz von der Kellertreppe war das einzige, was sich aus den banalen Berichten Fritz Kellermanns heraushob. Es sei ein Unfall gewesen – so jedenfalls hatte es die Untersuchung ergeben. Aber allein die Tatsache, dass eine Untersuchung stattgefunden hatte, legte die Vermutung nahe, dass seinerzeit auch etwas anderes als ein Unglücksfall für möglich gehalten worden war. Ich nahm mir vor, die alte Geschichte im Auge zu behalten.

Und dann das Mädchen, diese Salme, die damals das Haus bewirtschaftet und die Mönche versorgt hatte. Dass sie ausgerechnet 1965 das Kloster verlassen hatte, musste nichts bedeuten. Vielleicht war ihr eine andere Stelle angeboten worden, vielleicht auch hatte der Orden beschlossen, die häuslichen Aufgaben von nun an von den eigenen Fratres übernehmen zu lassen. Auf der anderen Seite – es wäre schon interessant zu wissen, warum die junge Frau seinerzeit aus ihrer Anstellung ausgeschieden war.

Was, wenn es mir gelang, Salme aufzuspüren? Sie würde jetzt Mitte sechzig sein, die Chancen, dass sie noch lebte, waren gut.

Das Gleiche galt auch für den Jungen, diesen Walter. Auch er würde aus jenem Jahr erzählen können, vorausgesetzt, er war aufzutreiben und noch am Leben. Obwohl – von der Frau versprach ich mir mehr. Ihr als nichtklerikaler Klosterbewohnerin, die mit den persönlichen, vielleicht auch intimen Lebensbereichen der Mönche in tägliche Berührung kam, würde viel eher etwas aufgefallen sein als einem in die starren Regeln des Ordens eingebundenen Novizen.

Als ich das Auto erreichte, war mein Entschluss gefasst. Es war noch früh am Tag und Borken lag gerade mal vierzig Minuten Autofahrt von Großalmerode entfernt. Die Spur war frisch und ich begierig herauszufinden, ob es dort tatsächlich eine Salme gab oder gegeben hatte.

Ich telefonierte mit meiner Frau und unterrichtete sie, was ich vorhatte. Ich würde nicht vor dem Abend in Oberhone zurück sein, wollte aber auf jeden Fall noch heute nach Hause kommen. Franziska bot an, das Telefonverzeichnis von Borken im PC anzuklicken und nachzusehen, ob der Name Salme dort irgendwo auftauchte.

»Ein guter Einfall«, lobte ich, »das erspart mir möglicherweise Zeit und Mühe.« Wir verabredeten, dass ich sie sofort nach Erreichen meines Zieles anrufen würde, um das Ergebnis ihrer Suche zu erfahren.

Ich war schon auf dem Weg, Großalmerode zu verlassen, als ich rechterhand das Schild »Friedhofsstraße« las. In einem spontanen Entschluss setzte ich den Blinker und bog ab. Ich hatte mir die Gräber der Mönche an der Klostermauer angesehen, nun wollte ich wenigstens auch einen Blick auf das Grab ihres damaligen Abtes werfen. Nicht, dass ich mir etwas davon versprach, es war eher der Vollständigkeit halber.

Ich parkte den Wagen unterhalb des Haupteingangs und überlegte, wie ich am schnellsten in Erfahrung bringen konnte, wo Prior Baldwins letzte Ruhestätte lag. Beim Passieren der Friedhofskapelle gewahrte ich einen Rücken, der sich über einem flachen Grabstein hin und her bewegte. Ein wettergebräunter älterer Mann in grüner Latzhose und hohen Gummistiefeln – wahrscheinlich der Friedhofsgärtner – kniete vor einer Marmorplatte und säuberte sie mit einer Bürste von Moos und Bewuchs. Er hob den Kopf, als er das Knirschen meiner Schritte auf dem Kiesweg hörte.

»Entschuldigung«, sprach ich ihn an, »können Sie mir sagen, wo ich das Grab von Prior Baldwin finde. Er war vor über vierzig Jahren Abt im Kloster Bielstein. Damals kam er bei einem Unfall zu Tode ...«

»Schon gut«, unterbrach mich der Alte, »ich weiß, wen Sie meinen. Baldwin von Harmsfeld. War selbst bei seiner Beerdigung dabei.« Er zeigte mit dem Arm auf eine Gräberreihe. »Gehen Sie dort entlang, ganz bis zum Ende. Ist ein alleinstehendes Grabmal, Sie können es nicht übersehen. Wird von den Mönchen immer gut in Schuss gehalten. War ein angesehener Mann, dieser Baldwin.«

Ich dankte und schlug die Richtung ein, die er mir gewiesen hatte. Der Weg war dicht gesäumt von Linden und führte in den hinteren Teil des Friedhofs. Zuerst verwundert, dann erfreut, registrierte ich die bunten blau, grün, roten Gießkannen, die an den Wasserentnahmestellen aufgehängt waren. Warum eigentlich nicht? Wie viel mehr Zuversicht verbreiteten solche Farben als das uniforme Einheitsdunkel der Trauer. Das Leben, die Welt waren bunt, an dieser Tatsache konnte auch der Tod nichts ändern.

Ich fand das Grab ohne Schwierigkeiten. Es lag etwas abseits unter einer Birke. Anders als bei den Gräbern seiner Mitbrüder stand kein Metallkreuz auf ihm. Ein großer abgerundeter Naturstein, wohl ein Eiszeitrelikt, dominierte das von einer niedrigen Tujahecke eingefasste Viereck. Auch gab es diesmal eine Inschrift. In goldfarbenen Buchstaben war unter den betitelten Namen »Prior Baldwin von Harmsfeld« ein Spruch in den Findling eingemeißelt: »Es hat Gott gefallen, deine Seele zu sich zu nehmen, doch die Erinnerung an dich hat er uns gelassen.«

Ich las das Todesjahr. Fritz Kellermann hatte Recht. Der Abt war 1965 ums Leben gekommen.

Die Verehrung für den ehemaligen Klostervorsteher musste noch immer groß sein. Das Grabfeld war gepflegt, die Hecke geschnitten, nirgends konnte ich ein Unkraut entdecken. Die Erde vor dem großen Stein war erst vor kurzem aufgehackt und üppig mit Stiefmütterchen bepflanzt worden.

Ich verweilte einen Moment vor dem Grab und fragte mich, ob Prior Baldwin es gewollt hätte, in einer so auffälligen, sich von den Gräbern seiner Ordensbrüder deutlich abhebenden Ruhestätte beigesetzt zu werden. Es war eher wahrscheinlich, dass es die Entscheidung seiner ortsansässigen Familie gewesen war, ihm nach seinem überraschenden Tod eine solche Erinnerungsstätte zu schaffen.

Um den alten Gärtner nicht noch einmal in seiner Arbeit zu stören, stieg ich den Hang empor und nahm einen höher gelegenen Weg. Unter mir lag die kleine Stadt, irgendwo weit hinten in den Wäldern das Kloster. Ich verließ den Friedhof und kurz darauf auch Großalmerode.

Es gibt Orte, Landschaften gleichermaßen wie Städte, mit denen man immer gewisse Vorstellungen verbindet, bei deren Besuch, oder auch nur Erwähnung, einem stets die gleichen Begriffe und Bilder in den Sinn kommen. Borken ist so eine Stadt. Auch wenn nach dem schweren Grubenunglück 1988 im Ortsteil Stolzenbach, bei dem 51 Bergleute ihr Leben lassen mussten, der Braunkohleabbau eingestellt wurde, wird doch für lange Zeit, wenn nicht für immer, Borken als Bergbaugemeinde im Gedächtnis der Menschen bestehen bleiben. Überall in der Stadt erinnern neben einem Museum Skulpturen und die unterschiedlichsten Relikte der Kohlegewinnung – Loren, Schaufelräder, Kettenbagger – an die alte Tradition des Bergbaus, der dem kleinen Ort im vergangenen Jahrhundert zu Arbeitsplätzen und Wohlstand verholfen und zu seiner industriellen Entwicklung beigetragen hat.

Jetzt, nachdem der Bergbau ruhte, hatte die Stadt auf ein anderes Pferd gesetzt, hatte sozusagen aus dem Übel des Übertageabbaus mit seinen hässlichen Landschaftswunden eine fremdenverkehrsattraktive Tugend gemacht. Rings um Borken waren in den verlassenen Gruben Wasserflächen und Seen entstanden, die der Stadt Touristen und neuen wirtschaftlichen Aufschwung bringen sollten.

Ich kam auf der Straße von Fritzlar herein, fuhr vorbei am ehemaligen Braunkohlekraftwerk, das nur drei Jahre nach dem verheerenden Unglück die Stromproduktion einstellen musste, und näherte mich von Norden her dem Stadtzentrum.

Auf dem Parkplatz vor dem neuen Rathaus stellte ich mein Fahrzeug ab und holte das Handy aus dem Handschuhfach. Schon nach dem ersten Signalton meldete sich Franziska. »Bist du schon in Borken, Heinrich?« Ihre Stimme klang aufgeregt.

»Ja, ich bin gerade angekommen.« Angesteckt von ihrer selbst auf die Entfernung spürbaren Unruhe kam ich gleich zur Sache. »Hast du etwas im Telefonverzeichnis gefunden? Gibt es eine Frau mit Namen Salme in Borken?«

Einige Augenblicke schwieg Franziska, dann, nach einem Räuspern, teilte sie mir mit: »Ja, ich habe Salme gefunden, oder zumindest ihre Adresse.« Nochmals ein paar Sekunden Stille, meine Frau war dabei, ihre Kunstpause zu zelebrieren, um die Spannung zu erhöhen.

»Nun sag schon«, forderte ich sie ungeduldig auf, »wo finde ich diese Salme – und wie heißt sie mit Nachnamen?«

Franziska spannte mich auf die Folter. Ausführlich schilderte sie, wie sie das Verzeichnis durchgegangen war, ohne auf den auffälligen Vornamen zu stoßen. Auch eine zweite Durchsicht hatte kein Resultat erbracht. Dann aber war ihr die Idee gekommen, das Branchenverzeichnis der Stadt auf den Bildschirm zu holen. »Fast wäre ich auch hier erfolglos gewesen, hätte beinahe den gesuchten Eintrag überlesen. Aber dann fand ich ihn doch, in der Rubrik ‚Gästehäuser und Pensionen'. Ganz klein, kaum lesbar, waren unter der Überschrift ‚Pensionshaus Bergblick' zwei Namen eingetragen, wohl die der Eigentümer oder Pächter. Der eine lautete deutsch und vertraut Erika Müller, der andere aber enthielt genau das, was du suchst – den für unsere Ohren ungewohnten Vornamen Salme.«

»Und diese Pension liegt hier in Borken?«

»Ja, nicht weit von der Altstadt entfernt, in einer Straße mit Namen ‚Schöne Aussicht'.«

»Na, das passt doch. ‚Pensionshaus Bergblick' in der ‚Schönen Aussicht'. Aber woher weißt du das mit der Altstadtnähe?«

»Ich habe mir einen Stadtplan von Borken ausgedruckt und darauf die ‚Schöne Aussicht' gesucht und gefunden.« Ein Rascheln von Papier verriet, dass sie den Plan vor sich hatte. »Wo genau steckst du denn im Augenblick?«

»Ich bin hier vor dem neuen Rathaus. Europaplatz heißt das Ganze.«

»Das ist gut. Von dort ist es nicht weit bis zur ‚Schönen Aussicht'.« Sie beschrieb mir den Weg zu der Pension.

»Und wie heißt Salme weiter?«, fragte ich, schon im Begriff, das Auto abzuschließen, um mich gleich aufmachen zu können. »Wie lautet ihr Familienname?«

Wieder blieb es einige Momente still am Ende der Leitung, zu lange, um unbeabsichtigt und zufällig zu sein. Eine plötzliche Beklemmung legte sich auf meine Brust.

Franziska holte tief Atem, bevor sie antwortete: »Halte dich fest, damit's dich nicht umwirft, wenn du hörst, was ich entdeckt habe.« Noch einmal, als müsse sie sich sammeln, verstummte sie, dann hob sie die Stimme, legte alle Bedeutung, die sie auszudrücken fähig war, hinein und verkündete: »So ungewohnt uns der Vorname anmutet, ihr Familienname ist dir und mir sehr wohl bekannt. Salme, die junge Frau aus dem Kloster, heißt mit Nachnamen – Jakob.«

Nun war ich es, der heftig die Luft einzog und ein verblüfftes »Mein Gott!« hervor stieß. Ungläubig starrte ich in die Richtung, in der die Pension liegen musste. »Das also ist sie, die Verbindung, die wir gesucht haben.«

In meinem Kopf gingen die Gedanken wirr durcheinander, so überrascht war ich von dem soeben Gehörten.

Franziskas sachliche Frage brachte wieder Ordnung in mein Denken. »Wer, glaubst du, ist diese Salme Jakob? Martins Mutter? Seine Tante vielleicht?«

Das Bild der jungen Frau auf dem Klosterfoto tauchte vor meinen Augen auf, dieses halbe Gesicht, das mich schon beim ersten Anblick an etwas Vertrautes erinnert hatte, ohne dass mir eine Zuordnung gelungen war. Jetzt wurde mir klar, was mir daran so bekannt vorgekommen war. Es waren Martins Gesichtszüge, die sich in den ihren widergespiegelt hatten.

»Sie muss die Mutter sein, da bin ich mir ziemlich sicher. Ich habe Salmes Fotografie gesehen. Die Ähnlichkeit mit Martin ist groß.« Kurz berichtete ich Franziska von meinem Gefühl, etwas schon einmal Gesehenes vor mir zu haben, als ich in der Wohnung Fritz Kellermanns das Bild des Mädchens zum ersten Mal betrachtet hatte. »Aber wir können uns das Spekulieren schenken. Ich bin schon auf dem Weg zu der Pension. Gleich werde ich erfahren, wer Salme Jakob tatsächlich ist. Bis heute Abend weiß ich jedenfalls Bescheid.«

Franziska hatte Recht, es war nicht weit bis zu der kleinen Pension in der »Schönen Aussicht«. Ein Schild über der Gartenpforte ließ mich schon beim Annähern das Gästehaus erkennen. Auf einem Kiesweg stieg ich zu dem etwas erhöht liegenden zweistöckigen Gebäude hinauf. Das Flachdach ließ vermuten, dass das Haus in den siebziger Jahren gebaut worden war. Damals waren solche Dächer beliebt und galten als modern. Von der überdachten Aufgangstreppe schaute ich zurück und erkannte, warum die Pension »Bergblick« hieß. Über rote und schwarze Schieferdächer fiel das Auge ungehindert auf eine Reihe bewaldeter Hügel. In der vom gestrigen Regen gereinigten klaren Märzluft schienen sie greifbar nahe am Rande der Stadt zu liegen, näher, als es der Wirklichkeit entsprach.

Ich drückte auf die in dem Pensionsschild eingelassene Klingel und bereitete mich darauf vor, im nächsten Moment Martins Mutter gegenüber zu stehen.

Erschreckt drehte ich den Kopf, als ich aus einem seitlichen Lautsprecher von einer Frauenstimme aufgefordert wurde, einzutreten. Die Tür sei unverschlossen, ich müsse nur dagegen drücken.

Es war eine kleine Diele, die ich betrat. Zwei Wandleuchten verbreiteten ein spärliches Licht, nur durch die Glasscheibe der Tür fiel ein bisschen Tageshelligkeit in den Raum. Hinter einer hohen Empfangstheke stand eine Frau. Sie hob den Kopf von dem Heft, in dem sie gerade geschrieben hatte, legte den Stift beiseite und kam um den Tresen herum auf mich zu.

»Willkommen in der ‚Pension Bergblick'.« Sie streckte mir die Hand entgegen. »Was kann ich für Sie tun?«

Während ich sie begrüßte und ihren Händedruck erwiderte, ließ ich meinen Blick kurz über ihr Gesicht gleiten.

Es war das Gesicht einer älteren Frau, von der man wusste, dass sie die Siebzig erreicht hatte, diese offensichtliche Tatsache aber nicht so recht glauben wollte. Die Lebhaftigkeit ihrer Augen und das Lächeln um den weichen Mund ließen sie deutlich jünger erscheinen, sogar ein Hauch von Sinnlichkeit war noch in ihren Zügen zu erkennen. Aber nichts, rein gar nichts erinnerte an das Gesicht auf dem Foto von 1965.

»Sie müssen Frau Müller sein?«, antwortete ich mit einer Gegenfrage. Ihr Nicken bestätigte meine Vermutung.

»Wollen Sie ein Zimmer?«, fragte sie und hob die Augenbrauen.

»Nein, ich bin gekommen, um mit Frau Jakob zu sprechen.«

Es war die Art, wie Erika Müller reagierte, die mich aufmerksam werden ließ. Mit einem Ruck legte sie den Kopf schief und blickte mich ungläubig an, so als begriffe sie meine Worte nicht. »Sie wollen zu Salme«, stellte sie leise fest und schüttelte den Kopf.

»Ja, deshalb bin ich gekommen.« Ich war verwirrt, was hatte ich Falsches gesagt? »Sie sind doch Partner, Sie und Frau Jakob. So steht es zumindest im Branchenverzeichnis.«

»Wir waren Partner«, berichtigte sie, »Partner und gute Freundinnen.« Ihr bitterer Tonfall entging mir nicht.

»Heißt das, Frau Jakob ist aus dem Geschäft ausgeschieden?«, fragte ich nach, »vielleicht sogar aus Borken fortgezogen?«

Mit einem langen Blick sah mich Frau Müller an. Ihre Augen glänzten, Tränen liefen ihr übers Gesicht. »Ich glaube, Sie wissen es wirklich nicht.« Sie ging zurück zu ihrer Empfangstheke und hielt sich an der Randleiste fest. Ihre

Stimme war belegt und kraftlos, als sie sich umwandte und zu mir sprach. »Salme Jakob ist vor zehn Tagen gestorben.«

»Oh!« Mit offenem Mund sah ich sie an, außerstande, meine Betroffenheit zu verbergen. »Das tut mir Leid. Wenn ich das gewusst hätte ...« In einer Geste, die meine Unkenntnis deutlich machen sollte, hob ich die Arme. »Weiß denn Martin davon?«

»Natürlich, er war ja hier – zur Beerdigung seiner Mutter.«

Wie der sprichwörtlich begossene Pudel stand ich da und starrte verlegen vor mich hin. Ich war hier einfach hereingeplatzt, unwissend und ahnungslos, hatte mit Salme Jakob reden wollen – und nun war sie tot.

Frau Müller trat nahe an mich heran. Fast rechnete ich damit, dass sie mich am Kinn fassen, mein Gesicht aufheben und mich streng auffordern würde: »Sieh mich an!«, so wie man es mit Kindern tat, die etwas verschwiegen. »Was wollten Sie von Salme?«, fragte sie stattdessen. Ihr Ton ließ erkennen, dass sie sich von mir die ungeschminkte Wahrheit ausbat. »Und woher kennen Sie Martin?«

Dann schien ihr aufzugehen, dass die dunkle Eingangsdiele wohl nicht der richtige Ort für ein solches Gespräch war. Sie drehte sich um zu einer rückwärtigen Tür und winkte mir zu. »Kommen Sie, wir gehen nach nebenan. Ich hole uns einen Kaffee, dabei können wir uns unterhalten.«

Der Raum, in den sie mich führte, musste das Frühstückszimmer der Pension sein. Unter einem der beiden hohen Fenster stand eine Eckbank in alpenländlich-rustikalem Stil, dazu ein breiter Tisch, der ausreichte, um darauf für große Familien oder auch Gruppen einzudecken. Die kleinen Tischchen an den Seiten waren wohl den Paaren und den Einzelpersonen vorbehalten.

Ich trat ans Fenster und sah hinaus in den freundlichen Vorfrühlingstag. War das das Ende meiner Suche? Fand all das, was zuerst Charly, später dann auch Franziska und mich an Martins Verhalten beunruhigt hatte, in seiner Reaktion auf den Tod der Mutter eine Erklärung? Was wussten wir von der Intensität seiner Beziehung, was von der Größe seiner Trauer um den Verlust?

Jetzt, mit dem Wissen um Frau Jakobs Tod, erklärte sich einiges. Martins mehrtägige Abwesenheit zum Beispiel. Völlig verstört war er, wie Charly berichtet hatte, von der damaligen Reise zurückgekehrt. Nun aber, wo es sich herausgestellt hatte, dass er hierher nach Borken zur Beisetzung seiner Mutter gefahren war, erschien es nur natürlich, dass es das hier Erlebte war, das ihn so aus der Bahn geworfen hatte.

Auch sein Besuch im Kloster war nun nichts Ungewöhnliches mehr. Martin hatte in einer nostalgisch sentimentalen Anwandlung den früheren Wirkungsort seiner Mutter kennenlernen wollen. Dabei war er auf die Chronik gestoßen, hatte die Seiten gesehen, die über die Zeit ihres Aufenthaltes berichteten. Er hatte sie herausgerissen, um eine Erinnerung an die junge Salme, die später seine Mutter werden sollte, zu haben. Vieles wurde nun verständlich.

Frau Müller kam mit dem Kaffee und stellte die Tassen auf den großen Eckbanktisch. Wir nahmen Platz, schweigend schenkte sie ein. Beide schienen wir zu spüren, dass das folgende Gespräch alles andere als eine alltägliche Konversation sein würde.

»Also, was wollten Sie von Salme?«, wiederholte sie die Frage von vorhin. »Ich nehme an, es ist etwas Privates, da Sie von Martin sprachen. Als Salmes beste Freundin kann ich Ihnen vielleicht helfen.«

Ich griff nach der Milch, goss ein und rührte lange mit dem Löffel um. Nach einem kräftigen Schluck wandte ich mich ihr zu. »Sie sollen die ganze Geschichte erfahren.« Ich hatte mich entschieden: Ich würde ihr alles erzählen, damit sie verstand, warum ich heute hier war.

Etwas anderes schien Frau Müller auch nicht erwartet zu haben. Sie nickte, sah mich auffordernd an und lehnte sich auf ihrem Stuhl zurück.

Ich berichtete von Martins auffälligem Verhalten, von der Sorge Charlys, seines Nachbarn, die sich auf mich übertragen hatte. Ausführlich schilderte ich ihr meine Beobachtungen während des Theaterwochenendes in der Waldhütte und kam endlich auf Martins Fund in der Eschweger Stadtbibliothek zu sprechen.

Frau Müller saß reglos da, sie hatte die Augen halb geschlossen. Nur das ständige Bewegen ihrer ineinander verschränkten Finger zeigte die Anteilnahme, mit der sie meinen Ausführungen folgte.

Ich erzählte weiter, wie ich Martins Fährte bis in das Kloster bei Großalmerode gefolgt war, gab ihr einen kurzen Abriss der dortigen Entdeckungen, die mich letztendlich auf die Spur nach Borken gebracht hatten. »Erst vor einer Stunde habe ich erfahren, dass diese Salme aus dem Kloster Martins Mutter war. Der Grund, warum ich hier bin, ist, dass ich Angst um Martin habe. Er ist so verändert, so ganz anders als sonst. In dieser Verfassung kann er alles Mögliche anstellen.«

Entsetzt hielt ich inne, als mir die Konsequenz meiner Worte klar wurde. Schließlich fuhr ich fort, ich wollte nun das Ganze zu einem Abschluss bringen. »Martin war plötzlich verschwunden, war ohne jede Ankündigung aus Eschwege abgereist. Wir alle hatten keine Ahnung, wo er stecken könnte. Mich hat das beunruhigt und veranlasst, nach ihm zu suchen. So bin ich heute hierher in dieses Haus gekommen.« Ich seufzte, wusste aber selbst nicht so recht, warum. War es die Enttäuschung darüber, dass die Spur hier so unspektakulär endete, mit einer zwar traurigen, aber natürlichen Erklärung für Martins auffälliges Verhalten?

»Hätte er mit uns doch nur über den Tod seiner Mutter gesprochen – die ganzen Sorgen, die wir uns gemacht haben, wären überflüssig gewesen.« Ich strich mit der Hand durch die Luft und gab zu erkennen, dass ich nun alles gesagt hatte.

Frau Müller saß noch immer bewegungslos da, mit keinem Wort hatte sie meinen Bericht unterbrochen. Ihre Augen waren jetzt geöffnet, die Lippen fest aufeinander gepresst, als wollte sie etwas zurückhalten, das darauf drängte, ausgesprochen zu werden. Ziellos schaute sie in den Raum, ihr Blick verlor sich im Leeren. Sie schien in sich hineinzuhören wie auf eine innere Stimme, die ihr eine Entscheidung abnehmen sollte.

Eigentlich hätte ich jetzt eine Bemerkung oder einen Kommentar zu den Berichten erwartet. Aber sie blieb wortlos und stumm. Ich trank den Rest meines Kaffees aus und schenkte mir eine zweite Tasse ein, um die Stille zu überbrücken. Die Sprachlosigkeit meines Gegenübers lastete auf mir und zwang mich, aufzustehen und ans Fenster zu treten. Ich sah hinaus, ohne aber etwas von dem, was ich sah, aufzunehmen. Frau Müllers Schweigen verwirrte mich.

Als sie endlich sprach, klang ihre Stimmer gequält, so, als müsse sie sich zum Reden zwingen. »Wenn Sie wüssten, wie es wirklich war, nur eine Ahnung davon hätten, was damals geschehen ist.«

Schon bei den ersten Worten hatte ich mich zu ihr umgedreht. Nun trat ich auf sie zu, ging vor ihr in die Hocke und suchte ihren Blick.

»Wie meinen Sie das?«, fragte ich mit dem gleichen Ernst, den ich auch aus ihrem Satz herausgehört hatte. »Was ist denn damals geschehen?«

Frau Müller wich meinem Blick aus. Ihr regloses Gesicht war nun in Bewegung geraten, die Mundwinkel hoben und senkten sich, ihre Lider flackerten. Wieder liefen Tränen über die Wangen. Sie musste ein schreckliches Bild vor Augen haben, offensichtlich jenes damalige Geschehen, von dem sie gerade gesprochen hatte. Mit tiefen, zittrigen Atemzügen versuchte sie, ihre Fassung zurückzugewinnen.

Als sie mich schließlich ansah, lag ein Ausdruck von Resignation auf ihrem Gesicht. Es schien, als habe sie sich zu etwas durchgerungen, habe einen Widerstand aufgegeben und sich in etwas Unausweichliches gefügt. Als sie Anstalten machte aufzustehen, erhob ich mich und trat zur Seite.

»Warten Sie bitte hier«, bedeutete sie mir mit einer Handbewegung, »ich will etwas holen und es Ihnen zeigen.«

Sie verließ das Zimmer und ließ mich in einem Zustand der Ratlosigkeit zurück. Noch eben hatte ich geglaubt, alles das, was mich an Martin beunruhigt hatte, mit dem Tod der Mutter ausreichend erklären zu können, hatte mich innerlich damit abgefunden, am Ende meiner Nachforschungen angekommen zu sein. Und nun sollte ich von Begebenheiten erfahren, die, nahm ich die Reaktion der Frau als Maßstab, etwas Außergewöhnliches, etwas Erschreckendes gewesen sein mussten.

Bei der Rückkehr hatte Frau Müller einen Umschlag in der Hand. Krampfhaft hielt sie das braune Kuvert fest, so wie man ein wertvolles Dokument vor dem Davonfliegen im starken Wind sichert. Dicht vor mir blieb sie stehen und sah mich an. Alle Resignation und Fügung waren nun aus ihrem Gesicht verschwunden, die Augen waren klar, Entschiedenheit lag in ihren Zügen.

»Ich habe mich dazu entschlossen, ein gegebenes Versprechen zu brechen«, erklärte sie mit fester Stimme. »Es fällt mir nicht leicht, aber nach dem, was ich gerade von Ihnen gehört habe, bleibt mir keine andere Wahl.« Sie deutete auf die Eckbank. »Bitte, nehmen Sie wieder Platz. Sie sollen erfahren, was sich damals abgespielt hat, vor vierzig Jahren in dem Kloster, von dem Sie gerade kommen. Danach werden Sie verstehen, warum ich mich Ihnen anvertrauen muss. Warum ich das Salme gegenüber geäußerte Versprechen, nie mit jemandem darüber zu reden, nicht halten kann.«

Sie hatte das Kuvert auf dem Tisch abgelegt. Noch einmal füllte sie die Kaffeetassen.

»Bevor ich Ihnen das hier zum Lesen gebe«, sie klopfte auf den Umschlag, »will ich Ihnen erklären, in welcher Beziehung ich zu Salme stand und was mich jetzt veranlasst, Sie von dieser fürchterlichen Geschichte in Kenntnis zu setzen.«

Sie trank einen Schluck, hielt die Tasse zwischen beiden Händen, als wolle sie sich daran wärmen. Dann begann sie erzählen: »Anfang 1945, im letzten Kriegsjahr – ich war damals acht Jahre alt –, wurde Salme zu uns gebracht. Ihre deutschstämmige Mutter war auf der Flucht von Estland hierher ums Leben gekommen, der Vater vorher schon irgendwo an der russischen Front gefallen. Auf einem um den Hals des Kindes gehängten Schild war unsere Adresse angegeben. Eine weitläufige Verwandtschaftsbeziehung hatte die Mutter wohl bewogen, sich zu uns auf den weiten Weg nach Borken zu machen, um sich und ihr zweijähriges Kind in Sicherheit zu bringen.

Natürlich kümmerten wir uns um Salme. Sie wuchs in unserer Familie auf, wir waren wie Schwestern. Ich, die ältere, bemutterte und verwöhnte sie, wo ich nur konnte. Mit dem Heranwachsen trennten sich dann unsere Wege, aber wir blieben immer eng verbunden. Nach dem Abschluss meiner Schulzeit und einer dreijährigen Hauswirtschaftslehre arbeitete ich zunächst im hiesigen Altenheim, bis ich meinen Mann kennenlernte und heiratete. Er brachte diese Pension mit in die Ehe, die wir fortan gemeinsam betrieben. Nach seinem frühen Tod führte ich Sie dann alleine weiter. Zu diesem Zeitpunkt war auch Salme mit der Schule fertig und wollte, ebenso wie ich, in der Hauswirtschaft tätig sein. Schon bald fand sie eine Stellung in einem Landschulheim in Mittelhessen. An jedem freien Wochenende kam sie nach Hause. Sie liebte ihre nordhessische Heimat und litt unter der Entfernung zwischen Wohnort und Arbeitsplatz. Das war wohl auch der Grund, dass sie sich sofort bewarb, als sie erfuhr, dass der Benoniterorden im nahen Großalmerode eine Haushälterin für seine Mönche suchte. Sie stellte sich im Kloster Bielstein vor und erhielt die Anstellung.

Die ersten Jahre dort waren für sie eine glückliche Zeit. Sie hatte alle Freiheiten der Welt, durfte eigenverantwortlich Haus und Garten bewirtschaften und fühlte sich ausgesprochen wohl unter den Mönchen – bis zu jenem Tag, an dem ...«

Erika Müller verstummte. Ihre Miene hatte sich verdüstert, Bitterkeit, auch Zorn waren aus ihr herauszulesen. Mit der Hand wies sie zum Tisch. »Nun, Sie werden es gleich lesen. Danach werden Sie auch wissen, warum ich das Geheimnis jetzt nicht mehr, wie versprochen, für mich behalten kann. Es geht um Menschenleben, die zu Schaden kommen können, wenn ich schweige. Das kann Salme nicht gewollt haben.«

Sie griff nach dem Umschlag und stand auf. »Hier, nehmen Sie und lesen Sie es. Später können wir uns weiter unterhalten. Ich schlage vor, Sie suchen sich einen ruhigen Ort, vielleicht unten am See, und vertiefen sich in das, was Salme für mich und Martin aufgeschrieben hat. Hier in der Pension wird es gleich etwas lebhaft werden, ich erwarte eine Gastfamilie. Wenn Sie in einer Stunde zurück sein könnten? Dann werde ich wieder Zeit für Sie haben.«

Ich nahm das Kuvert. Es war leicht und lag doch schwer in meiner Hand. Mit einem bangen Gefühl verließ ich das Haus. Was würde ich lesen müssen, was an Schlimmem erfahren? Welches Geheimnis würde sich mir offenbaren?

Doch die Bangigkeit war nur kurz, schnell wich sie meiner Neugier. Ich beschleunigte den Schritt. Nun konnte ich es kaum noch erwarten, das Kuvert zu öffnen.

14

Obwohl es mir in den Fingern brannte, folgte ich Erika Müllers Rat. Ich fuhr hinaus aus der Stadt, bog auf die Landstraße nach Gombeth ein und stellte das Auto am westlichen Seeufer ab. Ich ahnte, dass ich Ungestörtheit und Sammlung brauchen würde, wenn ich Salme Jakobs Bericht las.

Reglos, glatt, von keinem Wind gekräuselt, breitete sich die Wasserfläche vor mir aus. Wie in einem Gemälde ruhten die dicken, bauchigen Wolken des hellen Himmels unbeweglich im Spiegel des Sees.

Ich war schon einmal hier gewesen, an einem Sommertag vor zwei, drei Jahren. Unzählige Wassersportler hatten sich damals auf dem Singliser See getummelt, dessen windgünstige Lage bei Surfern und Seglern gleichermaßen beliebt war.

Doch jetzt im März lag das Gewässer unberührt und still da. Ein dichter Schilfgürtel zog sich rundherum und gewährte nur an einigen Stellen Zugang zum Ufer. Es fiel mir schwer zu glauben, dass dieser so natürlich anmutende See künstlichen Ursprungs war, entstanden durch die Grundwasserauffüllung eines riesigen Erdloches, das der Braunkohletagebau hinterlassen hatte.

Es waren nicht mehr als vier DIN A4-Blätter, die ich aus dem braunen Kuvert herauszog. Kleine, ängstlich aneinandergereihte Buchstaben bedeckten die Vorder- und Rückseiten. Die vielen Rundungen und die sorgfältig auf Leserlichkeit bedachte Schrift verrieten die weibliche Hand.

Ich hob den Kopf und schaute noch einmal auf den stillen See hinaus, so als wollte ich vor der kommenden Lektüre soviel wie möglich von dem friedvollen Bild und seiner beschaulichen Ruhe in mir speichern. Dann nahm ich die Blätter auf und begann zu lesen:

Liebe Erika, ich weiß, dass ich dir das, was ich hier aufschreibe, schon längst hätte erzählen sollen. Stets fehlte mir der Mut. Die Scham hat mich davon abgehalten, mit dir über das Geschehene zu sprechen. Doch ich glaube, einiges von dem, was ich mich jetzt getraue dir mitzuteilen, hast du schon seit Jahren geahnt.

Wenn du diese Seiten liest, bin ich bereits tot. Ich habe mich auf das Sterben lange vorbereiten können, die Krankheit schritt ja so langsam voran, das Ende war absehbar. Jetzt, im Angesicht des Todes, fällt es mir leicht, euch bei-

den, dir und Martin, von dem, was war zu berichten. Denn nun weiß ich, dass ich euch nicht mehr in die Augen schauen muss, nachdem ihr all das Schreckliche erfahren habt.

Ihr mögt mich feige nennen, dass ich mich erst so spät dazu durchgerungen habe, die Wahrheit zu sagen. Natürlich habt ihr Recht, aber bedenkt, welche Überwindung es für ein einfaches Mädchen wie mich damals gekostet hätte, nach meinem Ausscheiden aus dem Kloster über das dort Vorgefallene zu sprechen. Ich habe es nicht getan, habe geschwiegen in den ersten Jahren und weitergeschwiegen, bis es mir schließlich nicht mehr möglich war, darüber zu reden – nicht einmal mit dem eigenen Sohn. Jetzt, auf der Schwelle des Todes, begreife ich, dass ich es vor allem Martin, aber auch dir schuldig bin, euch wissen zu lassen, was mir damals widerfahren ist.

Du hast mich, liebe Freundin, immer wieder gefragt, wie es dazu kommen konnte, dass die Verbindung zwischen mir und meinem Sohn nahezu abgebrochen ist, zuletzt eigentlich überhaupt nicht mehr existiert hat. Der Grund ist, dass ich es stets abgelehnt habe, Martin von seiner Herkunft zu erzählen. Obwohl er mich immerzu danach gefragt hat, habe ich mich geweigert, ihm zu sagen, wer sein Vater ist. Er war schließlich so erzürnt darüber, dass er den Kontakt zu mir vollständig beendet hat. Seit Jahren habe ich nichts mehr von ihm gehört.

Dabei hätte ich, selbst wenn ich es gewollt hätte, ihm seinen Vater nicht mit Bestimmtheit nennen können, hätte höchstens von seinen möglichen Vätern sprechen können. Aber ich habe es für mich behalten. In der fälschlichen Meinung, ihm das Grauenvolle ersparen zu müssen. Welch ein Irrtum!

Ich war zweiundzwanzig Jahre alt, als das geschah, was

mein Leben aus der Bahn warf. Du wirst noch wissen, Erika, mit welcher Lust und Zufriedenheit es mich erfüllte, im Kloster Bielstein als Hauswirtschaftshelferin tätig zu sein. War es anfangs vor allem die Rückkehr nach Nordhessen, die Nähe zu Borken und zu dir, die mich zur Annahme der Stelle bewogen hatte, so gefiel es mir schon bald so gut bei den Mönchen, dass ich an den Wochenenden gar nicht mehr nach Hause kam, sondern im Kloster blieb.

Ich war siebzehn, als ich meinen Dienst dort antrat, noch jugendlich, eckig und ungeschliffen, ein Teenager eben. In den folgenden Jahren entwickelte ich mich und wuchs, so bekam ich es immer wieder von Besuchern zu hören, zu einer nicht unansehnlichen jungen Frau heran, der die Männer anerkennende Blicke zuwarfen. Da ich offensichtlich ein Spätentwickler war, weckte es in mir keine anderen Gefühle als Eitelkeit und Gefallen an der Bewunderung. Ich war die personifizierte Unschuld vom Lande, der es nicht auffiel, dass auch die Mönche, je mehr ich heranreifte, ihre Augen genießerisch auf mir ruhen ließen. Aber nicht nur das, immer öfter streiften mich auch ihre wie unabsichtlich wirkenden Berührungen. Vorgeblich väterlich tätschelten sie meinen Arm oder strichen mir übers Haar. Selbst der Abt des Klosters, Prior Baldwin, fasste mich hin und wieder um die Hüfte oder legte seine Hand auf meine Schulter, wenn er mich zu etwas hinführte, das er mir zeigen wollte.

Ich war eine Frau in der Fülle ihrer Weiblichkeit inmitten einer Gemeinschaft von Männern. – Heute weiß ich von dem Spannungsfeld, das bei einer solchen Konstellation zwangsläufig entstehen muss – damals bemerkte ich nichts.

Es war ein extrem heißer Tag im März 1965, ungewöhnlich für diese Jahreszeit, als die Katastrophe über mich hereinbrach. Während des ganzen Tages hatte die Sonne geschienen, noch am frühen Abend strahlte die Erde die Wärme zurück, die sie in den vorhergehenden Stunden aufgenommen hatte. Die Mönche waren den Bach hinauf zu dem kleinen Teich gegangen, um die darin gezüchteten Forellen zu zählen, aber auch, weil sie sich Kühlung von der Hitze des Tages dort oben am Wasser versprachen.

Ich deckte im großen Speisesaal den Tisch. Gut eine halbe Stunde noch, dann war Abendbrotzeit und die Brüder würden zum Kloster zurückkehren. Schließlich stand alles bereit, es fehlte nur noch der Wein. Ich hatte mir angewöhnt, an heißen Tagen wie diesem die Tonkrüge erst kurz vor dem Essen aus den Fässern des Kellers abzufüllen, um den Wein in der optimalen Temperatur servieren zu können. Also nahm ich das Tablett, stellte vier Krüge darauf und verließ das Haus durch die Hintertür. Dort nämlich, auf der rückwärtigen Seite des langgezogenen Gebäudes, befand sich der Zutritt zum Keller.

Mit einem großen, vorsintflutlichen Schlüssel schloss ich die eisenbeschlagene Eingangstür auf, betätigte den Lichtschalter und stieg die steile Steintreppe hinunter. Es war ein prächtiges Gewölbe, das sich hier unter dem früheren Gutshaus in seiner ganzen Ausdehnung erstreckte. Obwohl fensterlos, war die Luft nicht im Geringsten modrig. Es musste eine verborgene Belüftung geben, manchmal spürte ich den leichten Zug, der durch den Raum strich. Es war angenehm hier, nahezu gleichbleibend kühl im Sommer wie im Winter.

Die Weinfässer standen im vorderen Gewölbeteil, dort, wo die Treppe den lehmgestampften Boden erreichte. Ich bückte mich und begann, die Krüge zu füllen.

Zwei Arme schlangen sich plötzlich um mich, zwei Hände griffen nach meinen Brüsten. Erschreckt wandte ich den Kopf und starrte in das Gesicht Bruder Baldwins. Seine

Züge waren verzerrt, der Mund geöffnet. Wie eine Schlange bewegte sich die feuchte Zunge, Speichel lief ihm übers Kinn. Gewaltsam drehte er mich zu sich herum und presste seinen Körper gegen den meinen. »Komm«, stieß er hervor und begann, mir die Kleider vom Leib zu reißen.

Ich war wie erstarrt, unfähig, mich zu bewegen oder mich ihm zu widersetzen. Ich ließ geschehen, dass er erst mich, dann sich selbst entkleidete, ließ geschehen, dass er mich nahm, stammelnd, stöhnend mit einer brünstigen Gier, wie ich sie nicht einmal von Tieren erwartet hätte.

Ich verteidigte mich nicht. Kannst du das verstehen, Erika? Ich ließ es einfach über mich ergehen. Ich lud die Schuld auf mich, nichts dagegen unternommen, nicht einmal den Versuch gemacht zu haben, mich zur Wehr zu setzen. Wahrscheinlich war dieses unbegreifliche Handeln der Hauptgrund, warum ich später niemandem von meinem Unglück erzählte.

Erst, als er kurz abließ, einen Schritt zurücktrat und meinen nackten Körper voller Lust betrachtete, erst, als ich begriff, dass er sich gleich wieder auf mich stürzen würde, erwachte ich aus meiner Erstarrung.

Ich wich zurück, als er auf mich zukam, aber das Weinfass hinderte mich, ihm zu entkommen. Ich wollte schreien, doch nichts als ein Krächzen kam aus meinem Mund. Als dann seine zitternden Hände mich erneut zu betasten begannen und an meinem Leib hinunterglitten, wurde ich plötzlich von einer Panik erfasst. Ich griff nach einem der Weinkrüge und zerschlug ihn mit aller Kraft, die ich in diesem Augenblick aufbringen konnte, auf seinem Schädel.

Wie ein Stein sackte Prior Baldwin in die Knie, verdrehte in einem kurzen Aufbäumen den Körper und schlug schwer mit dem Kopf auf der untersten Treppenstufe auf.

Abermals war ich wie gelähmt, starrte auf die reglose, nackte Gestalt. Erst als das Blut eine Lache auf dem Stein zu bilden begann und von dort auf den Boden tropfte, hielt ich die Hand vor die Augen und wendete mich von dem fürchterlichen Anblick ab.

Kannst du dir mein Entsetzen vorstellen, als mir klar wurde, dass ich es war, die den Mann umgebracht hatte? Auch wenn es Notwehr war, änderte es nichts an der Tatsache, dass ich einen Menschen erschlagen hatte. Erneut geriet ich in Panik. Fieberhaft begann ich, die Spuren meiner Tat zu beseitigen. Ich kleidete mich an und sammelte die Scherben des zerschlagenen Krugs in meine Taschen. Dann – das Schlimmste von allem – zog ich dem toten Abt wieder seine Wäsche an und streifte ihm die Kutte über den blutenden Kopf. Aber auch das schaffte ich irgendwie.

Ich weiß nicht mehr, wie es mir gelungen war, die restlichen Weinkrüge zu füllen, sie nach oben zu tragen und die inzwischen eingetroffenen Mönche zu bewirten. Mit dem Vorwand, mich nicht wohl zu fühlen, zog ich mich früh auf mein Zimmer zurück.

Später erfuhr ich, dass man den Prior beim Essen vermisst, nach ihm gesucht und schließlich im Keller gefunden hatte. Der herbeigerufene Arzt hatte nur noch den Tod feststellen können, einen Unfall für wahrscheinlich gehalten, aber dann doch wegen der unklaren Umstände die Polizei informiert.

Ein Kommissar suchte mich auf, stellte einige Fragen, begnügte sich aber mit meiner Versicherung, dass ich nichts wusste, das ihm weiterhelfen konnte. Am Ende schloss sich auch die Polizei der Unfallthese an.

Ein Tag verging, das Kloster trauerte. Ich meldete mich krank und blieb auf meinem Zimmer, hin und her gerissen zwischen der Angst vor einer Entdeckung und dem Entsetzen über meine Tat. Am zweiten Tag nach Prior Baldwins Tod nahm ich meine Tätigkeit wieder auf und versorgte den Haushalt, so gut es ging. Meine Schweigsamkeit und Verstörtheit erregten kein Aufsehen, man schrieb sie der gerade erst überstandenen Krankheit zu.

Der Abend kam heran, ich deckte den Tisch und machte mich bereit, den Wein zu holen. Klirrend schlugen die Krüge aneinander, so zitterten auf dem Weg zum Keller meine Hände unter dem Tablett. Ich hatte Mühe, den Schlüssel in das Schloss einzuführen und die Tür zu öffnen. Ängstlich sah ich hinunter zu der Stelle, an der der tote Abt gelegen hatte, erkannte, dass alle Spuren gründlich beseitigt worden waren. Zögernd, mit klopfendem Herzen stieg ich die Treppe hinab, machte einen großen Schritt über die unterste Stufe, über das Blut, das ich, obwohl es längst weggewischt war, noch immer vor Augen hatte.

Ein Schauer überlief meinen Rücken, als ich mich zu den Fässern hinunterbeugte. Ich fürchtete, ohnmächtig zu werden. Die Bilder des schrecklichen Geschehens waren noch zu frisch. Was ich in diesen Sekunden nicht wusste, war, dass der Alptraum noch weitergehen sollte, das Maß meines Leidens noch lange nicht gefüllt war.

Ich ließ den Wein in die Krüge laufen, zwang mich zu tiefem, regelmäßigem Atmen und begann gerade, mich zu beruhigen, als ich hinter mir ein Geräusch vernahm. Ich fuhr herum, stieß dabei die schon gefüllten Weinkrüge um und starrte auf die silhouettenhafte, in eine Kutte gekleidete Gestalt, die ganz oben im dunklen Türeingang stand. Zunächst erkannte ich nicht, welcher der Mönche es war. Erst, als er aus dem Dunkel heraus auf die Treppe trat, sah ich, dass ich Walter, den Novizen unseres Klosters, vor mir hatte.

Ich atmete auf. Erleichterung, ein Gefühl der Entspannung durchströmte mich, so wie es ein Schwimmer verspürt, wenn er in dem sich nähernden Hai den Delphin erkennt.

»Was machst du hier?«, rief ich zur Treppe hinauf.

»Ich suche dich.« Walter kam langsam die Stufen herunter.

»Und was willst du?«

»Dasselbe, was auch unser Prior von dir gewollt hat.«

Erschrocken stand ich auf und sah ihn an. »Wie meinst du das?«, stammelte ich – aber es bedurfte keiner Antwort, um zu wissen, was er wollte. Das gleiche Glänzen der Augen, der gleiche geifernde Mund – erst vorgestern hatte ich in ein solches Gesicht gesehen und an meinem Leib erfahren müssen, was es ausdrückte.

»Meinst du, ich weiß nicht, wie Baldwin gestorben ist?«, höhnte Walter von der letzten Treppenstufe herunter. Er deutete auf seine Füße. »Hier, wo ich stehe, lag sein Kopf, blutend von dem Schlag mit dem Krug, den du auf seinem Schädel zertrümmert hast.«

»Wie kannst du das wissen?«, fragte ich betroffen. Mich wunderte, dass ich überhaupt noch sprechen konnte.

»Ich habe alles mitangesehen.«

»Alles?«, flüsterte ich entsetzt.

»Ja, alles – den Mord und auch das, was vorher geschah.«

Im Nachhinein glaube ich, dass es das Wort Mord war, das mich so willenlos machte gegenüber dem, was mit mir nachher geschah. Die Vorstellung, als Mörderin entlarvt und lebenslang gebrandmarkt zu werden, war so unerträglich, dass ich alles auf mich nahm, alles erduldete, nur um dies zu verhindern.

So kam es, dass ich mich auch Walter hingab, als er mich bedrängte unter der Zusicherung, das Beobachtete für sich zu behalten, wenn ich ihm gefällig wäre. Ich ließ ihn gewähren, einmal, mehrmals, vielfach. Wiederum fügte ich mich widerstandslos, nun schon zum zweiten Mal, ein Grund mehr, mein feiges Verhalten später voller Scham zu verschweigen. Walter war jung und verlangend, seine Begierde gerade erst erwacht. Vier Tage hielt ich es aus, ihm zu jeder sich bietenden Gelegenheit gefügig zu sein, dann floh ich, verließ das Kloster über Nacht und kehrte nach Borken zurück. Alles Weitere hast du miterlebt, meine Verzweiflung, meine Angst, auch wenn du die Gründe dafür nicht kanntest. Du hast mich bei dir aufgenommen, Erika, ohne mich je zu drängen, dir von dem, was geschehen ist, zu erzählen. Einen Teil konntest du dir sowieso zusammenreimen, vor allem, als sichtbar wurde, dass ich schwanger war.

Ich habe im Laufe der Jahre versucht, das Erlebte zu verdrängen, vergessen konnte ich es nie. Martins Aufwachsen und dein Angebot, mich zur Teilhaberin der Pension zu machen, haben mir dabei geholfen, mit meinem Leben einigermaßen zurecht zu kommen.

Nun bin ich am Ende, am Ende dessen, was ich dir aufschreiben wollte und von dem ich jetzt weiß, dass ich viel früher mit dir darüber hätte reden sollen – und auch am Ende meines verpfuschten Lebens. Aber ich will nicht klagen, es gab auch viel Schönes unter all dem Schrecklichen. Martin zum Beispiel – und auch das Glück, das ich hatte, gemeinsam mit dir einen Großteil meines Weges beschreiten zu können. Allein die Freundschaft zu dir, liebe Erika, war es wert, gelebt zu haben.

Danke für alles. Salme.

Ein Nachsatz war angefügt, versehen mit einem großen Ausrufezeichen an der Seite, um die Bedeutung hervorzuheben.

Bitte, sorge dafür, dass der zweite Umschlag, den ich dir gab, nach meinem Tod in Martins Hände gelangt. Der Inhalt dieser Seiten ist fast der gleiche wie das, was du gerade gelesen hast. Ich habe lediglich noch ein paar persönliche Sätze an meinen Sohn dazugefügt.

Ich ließ die Blätter sinken. Eine Zeitlang blieb ich unbeweglich sitzen und schaute hinaus auf den See. Im Spiegel des glatten Wassers tauchte Salmes junges Gesicht vor mir auf, jenes halbe, verschwommene Bild, das nun nach dem Lesen schmerzhaft leidvolle Konturen angenommen hatte. Lange und schweigend blickte ich in dieses neue Gesicht, so lange, bis ich spürte, dass mir die Augen feucht zu werden begannen.

15

Ich war auf dem Weg nach Oberhone. Es begann bereits zu dämmern, als ich den Wagen von den Stölzinger Bergen hinunter nach Gehau und weiter nach Waldkappel lenkte. Ich fuhr langsam, so wie ich es immer in den frühen Abendstunden tat. Ich wusste von dem Wildreichtum dieser Gegend. Oft genug waren mir auf meinen Wanderungen Rehe, Wildschweine oder auch Hirsche über den Weg gelaufen, stets hatte ich mich an solchen Begegnungen erfreut. Aber ein plötzliches Zusammentreffen auf der Straße wollte ich möglichst vermeiden.

Es war spät geworden in Borken. Das lag vor allem daran, dass ich nach der Lektüre von Salmes Bericht nicht gleich in die Pension hatte zurückfahren wollen. Ich war zu aufgewühlt gewesen, um unmittelbar nach dem Lesen darüber sprechen oder gar Schlüsse aus dem Erzählten ziehen zu können. Ich war um den See herumgewandert, hatte dabei das Gelesene noch einmal rekapituliert und versucht, meine außer Kontrolle geratenen Gefühle wieder in den Griff zu bekommen, sie einer sachlichen Betrachtung – soweit das möglich war – unterzuordnen.

Der Gang hatte mir gut getan, hatte meine Innenleben wieder einigermaßen ins Lot gebracht. Bereit, nun ein Gespräch zu führen, war ich in die Pension zurückgekehrt.

Frau Müller schien es nicht zu verwundern, dass ich erst so spät wiederkam. »Nicht wahr – das braucht seine Zeit – das Lesen, aber noch mehr das Verkraften.« Sie hatte mich hereingebeten und mir den gleichen Platz auf der Eckbank angeboten, auf dem ich ihr vor fast drei Stunden schon einmal gegenüber gesessen hatte.

Unser Gespräch war nur schleppend in Gang gekommen. Der Inhalt des braunen Umschlags, den ich zwischen uns auf den Tisch gelegt hatte, verbot eine Konversation, die leicht von den Lippen ging.

Aber über einige Dinge hatten wir dann doch sprechen müssen. Jetzt nach der Summierung unseres Wissens – Frau Müller hatte von Martins Verschwinden erfahren, ich von Salmes Vergangenheit – war uns beiden ein neuer Blickwinkel eröffnet worden, der unsere bisherige Sicht beträchtlich veränderte.

Ich war es, der dann zuerst das ausgesprochen hatte, was

uns am meisten beschäftigte. »Haben Sie eine Ahnung, was Martin vorhat?«

Frau Müller hatte mit einer Frage geantwortet. »Kann es sein, dass Martin jenen Walter sucht? Immerhin hat er seine Mutter missbraucht?«

»Nicht nur das«, hatte ich ergänzt, »Walter kann auch Martins Vater sein. Oder hat sich Salme diesbezüglich an anderer Richtung geäußert?«

»Nein, ich weiß nicht mehr als das, was hier steht.« Sie zog die Seiten aus dem Kuvert und blätterte sie durch, ohne darin zu lesen. »Nach dem, was Salme geschrieben hat, ist es genauso gut möglich, dass der Abt, dieser Prior Baldwin, der Vater von Martin ist.«

»Nun, der Abt ist tot. Aber Walter könnte noch am Leben sein. Was wird geschehen, wenn Martin ihn findet?«

»Sie meinen, er könnte ihn zur Rechenschaft ziehen für das, was er seiner Mutter angetan hat.«

»Wir können es nicht ausschließen. Vielleicht will er ihm ja nur Vorwürfe machen, ihm das Verwerfliche seines damaligen Treibens vorhalten.«

»Nicht mehr?«

»Sie denken, dass er ihn körperlich angehen könnte?« Ich hatte den Kopf geschüttelt. »Eigentlich kann ich mir das bei Martin nicht vorstellen. Gewalt ist etwas, was er normalerweise verabscheut.«

»Normalerweise. Das ist der springende Punkt. Nach dem, was ich von Ihnen über seinen augenblicklichen Gemütszustand erfahren habe, befindet sich Martin im Moment weit außerhalb der Normalität.«

»Ja, das stimmt schon. Aber trotzdem ...«

»Vielleicht leiten Martin ja auch ganz andere Gefühle bei der Suche nach Walter – liebevolle zum Beispiel. Er glaubt, endlich den lange entbehrten Vater gefunden zu haben und macht sich auf den Weg, ihn kennen zu lernen.«

»Ja, das ist möglich – genausogut wie das andere.«

Verwirrt hatte ich festgestellt, wie schwer es war, einen Menschen einzuschätzen. Plötzlich war das, was man an ihm zu kennen glaubte, nur noch Makulatur, weggeschwemmt von den einschneidenden Ereignissen, die über ihn hereingebrochen waren.

Am Ende waren wir uns einig gewesen, dass die Situation, von der wir nun Kenntnis hatten und von der wir nicht wussten, in welche Richtung sie sich weiterentwickeln würde, äußerst brisant und in ihren Folgen schwer ausrechenbar war. Martin musste gefunden werden, bevor er sich möglicherweise zu irgendeiner unüberlegten Handlung hinreißen ließ.

»Selbst wenn sich seine Abwesenheit als harmlos herausstellen sollte, Martin vielleicht wirklich nichts anderes vorhat, als seinen Vater zu suchen – die Möglichkeit ist einfach nicht auszuschließen, dass er darauf aus ist, dem anderen Schaden zuzufügen.«

Erika Müller hatte Recht. Martin war in einer Ausnahmesituation. Ich hatte es ja erlebt, ohne damals freilich die Gründe zu kennen, in welch schlimmer Verfassung er war, nachdem er vom Ableben der Mutter erfahren und ihr Schreiben gelesen hatte. Diese unselige Geschichte seiner Herkunft, die ihm so lange vorenthalten worden war, musste ihn mindestens ebenso getroffen haben wie ihr Tod.

Doch was hatte sie in ihm geweckt? Bitterkeit? Verzweiflung? Oder doch eher Wut, vielleicht sogar Hass? War es denkbar, dass sich Martin auf einer Art Rachefeldzug befand, um den noch lebenden Schuldigen von damals zu bestrafen?

Frau Müller, ebenso unsicher wie ich, hatte nach einem Ausweg aus unserer Ratlosigkeit gesucht. »Sie haben mir doch von diesem Polizisten erzählt, Martins Nachbarn – der, dem Sie Ihr Hineinziehen in die ganze Angelegenheit verdanken. Wie hieß er noch? Karl Sonntag?«

»Montag«, korrigierte ich, »Hauptkommissar Charly Montag. Ich bin mit ihm befreundet.«

»Um so besser. Was halten Sie davon, wenn wir ihn ins Vertrauen ziehen? Wir sollten ihm Salmes Brief zeigen und ihn um seine Einschätzung bitten. Wenn ich Sie richtig verstanden habe, ist er auch Martins Freund, oder?«

»Ja, sein Freund und Nachbar.«

»Na also, dann wird er bestimmt in Martins Interesse handeln. Wir sollten ihn um Rat fragen, so bald wie möglich – als Privatmann sozusagen.«

»Und was, wenn er eine Gefährdung erkennt, die ein polizeiliches Einschreiten erforderlich macht?«

»Dann können und werden wir uns dem nicht widersetzen. Dafür steht zuviel auf dem Spiel.«

Wir waren überein gekommen, dass ich gleich morgen Charly aufsuchen sollte. Es war eine gewisse Eile geboten. Martin musste gefunden werden, bevor er Walter fand.

Mit Kopien von Salmes Bericht – das Original hatte Frau Müller behalten wollen, immerhin das Vermächtnis ihrer Freundin – war ich, später als geplant, aus Borken zur Heimfahrt aufgebrochen.

In Bischhausen fuhr ich an den Straßenrand, stellte den Motor aus und wählte Franziskas Handy-Nummer. Dies war die sicherste Methode, meine Frau zu erreichen. Mobil und agil, wie sie war, war die Wahrscheinlichkeit, auf diesem Weg eine Verbindung mit ihr herzustellen, größer als auf dem Hausapparat.

»Um Himmels willen, wo steckst du?«, fragte ich, als sie sich meldete. »Was ist denn das für ein Radau im Hintergrund?« Das Stimmengewirr ließ mich argwöhnen, sie sei auf einem Kindergeburtstag. Aber dafür war es nun wirklich zu spät. Sprachfetzen und das Klirren von Gläsern drangen an mein Ohr.

»Warte!«, Franziska schrie in ihr Handy, »ich gehe vor die Tür. Hier drin versteht man nicht sein eigenes Wort.«

Wie das immer leiser werdende Rattern eines Zuges, der sich langsam entfernt, verstummten nach und nach die lärmenden Geräusche im Hörer. Franziska war offenkundig auf dem Weg zur Tür, wo auch immer sich diese befinden mochte. Schließlich hörte ich ihre Stimme nahezu störungsfrei und rein. »So, jetzt können wir reden«, verkündete sie. Doch bevor wir sprachen, stellte sie mir die gleiche Frage, die ich ihr gerade gestellt hatte und deren Antwort sie mir schuldig geblieben war. »Wo steckst du?«

»Ich bin in Bischhausen. In zehn Minuten wollte ich eigentlich in Oberhone sein.«

»Was heißt hier eigentlich? Was hält dich davon ab?«

»Nun, vor allem die Tatsache, dass du offensichtlich nicht zu Hause bist, sondern dich, dem Lärm nach zu urteilen, auf irgendeiner Festivität herumtreibst. Oder feierst du diese Orgie etwa daheim? In diesem Fall wäre das ‚eigentlich' noch angebrachter. Eine Flucht in die Kneipe zu Hans wäre ja dann ein fast lebensrettender Akt. Ich könnte dort so lange bleiben, bis der Krawall bei uns zu Hause vorbei ist.«

»Gute Idee«, lobte Franziska, »du fährst jetzt nach Eltmannshausen. Dort treffen wir uns – bei Hans in der ‚Linde'. Also bis gleich – in zehn Minuten.«

Erstaunt schaute ich mein Mobiltelefon an. Die Verbindung war unterbrochen. Stumm ruhte das Handy in meiner

Hand und kündete von dem Rätsel, das meine Frau mir gerade aufgegeben hatte, nicht zu reden von den Rätseln, die Frauen seit ewigem Gedenken Männern aufzugeben pflegen.

Die Gaststätte »Zur Linde« war regelrecht zugeparkt, als ich vorfuhr. Dicht an dicht drängten sich die Autos neben dem Eingang und um das Wirtshaus herum. Selbst mein Geheimparkplatz, eine Nische zwischen zwei Häusern, die, so hatte mir Hans erzählt, zu seinem Grundstück gehörte, war besetzt.

Verwundert stellte ich meinen Wagen in der Parallelstraße ab. Eine Ahnung befiel mich, als ich auf das Gasthaus zuging. Vor der Tür stand Franziska und strahlte mich an.

»Da bist du ja!« Sie fiel mir um den Hals und küsste mich in einer Weise, die mich zusammen mit dem Aroma, das sie verströmte, argwöhnen ließ.

»Du trinkst Sekt? Seit wann denn das?«

»Seit ziemlich genau sieben Uhr.«

Auch wenn meine Frage so nicht gemeint war, registrierte ich mit einem Blick auf die Armbanduhr, dass seit Trinkbeginn immerhin zwei Stunden vergangen waren. Rechnete ich eine Leerungsgeschwindigkeit von zwanzig Minuten pro Glas, kam ich auf eine Zahl, die Franziskas glänzende Augen und die intensive Wangenrötung mehr als ausreichend erklärte.

»Was geht hier eigentlich vor?«, fragte ich. Mit dem Arm umfuhr ich die parkenden Autos und deutete auf eine Gruppe von Rauchern, die in einer Ecke vor der Toilettentür zusammenstanden.

»Wir feiern, der halbe Ort ist da.« Theatralisch hob sie

die Arme und beschrieb einen Kreis, in dem die ganze Dorfbevölkerung Platz gefunden hätte.

»Und was, wenn ich fragen darf, feiert ihr?«

»Nicht ihr, Heinrich, wir – wir feiern – auch du bist eingeladen. Hans hat heute Geburtstag, seinen achtzigsten. Hast du das vergessen?«

Tatsächlich, das hatte ich total vergessen. Im Durcheinander um Martins Verschwinden war mir der Termin völlig entfallen. Dabei hatte ich Hans mein und Franziskas Kommen fest zugesagt, als er uns, seine lieben Gäste, mündlich und ausdrücklich, eingeladen hatte.

»Mach dir nichts draus, Heinrich.« In einer Geste großzügiger Nachsicht drehte Franziska die Handflächen nach oben, ehe sie zugab: »Ich hab's auch verschwitzt. Wenn ich Christa nicht in der Stadt getroffen und sie mich nicht gefragt hätte: ‚Kommt ihr heute Abend?' – ich glaube, ich hätte auch nicht daran gedacht.« Sie zog mich zur Tür. »Komm, lass uns ein bisschen mit den anderen feiern. Später, zu Hause, kannst du mir dann berichten, was du in Borken erreicht hast.«

Der Saal war proppenvoll, wie der Hesse sagt. Wenn Hans einlud, kamen alle, nicht zuletzt wegen des exquisiten Buffets, das seine Frau aufzubauen pflegte. Christas Schweinebraten, ihr Filettopf und auch der Heringssalat waren neben den anderen Köstlichkeiten immer eine Teilnahmezusage wert.

Aber heute an seinem runden Geburtstag stand Hans, der Wirt, ganz im Mittelpunkt der Festlichkeiten. Ich ließ den Blick die Tischreihen entlang wandern, konnte den Jubilar aber nirgends ausmachen. Ich vermutete, dass er, verdeckt von den Gratulanten, inmitten der Menschentraube stand, die sich am Kopfende des Mitteltischs gebildet hatte.

Franziska führte mich zu einem Stuhl, den sie offensichtlich für mich freigehalten hatte. »Setz dich erst einmal«, forderte sie mich auf. »Ein Stuhl, auf dem du sitzt, kann nicht von anderen besetzt werden. Hans kannst du auch noch später gratulieren.«

Als ich saß, schaute ich mich um, blickte in die vertrauten Gesichter, die ich immer sah, wenn ich nach Eltmannshausen kam. Die meisten kannte ich von meinen Gaststättenbesuchen her. Die »Linde« war inzwischen so etwas wie meine Stammkneipe geworden.

Es gab nicht mehr viele Gasthäuser wie dieses, die das Flair des Althergebrachten und Soliden in die heutige Zeit hinübergerettet hatten, die etwas von dem bewahren konnten, das früher einmal als kommunikatives Zentrum im Ort gedient hatte. Natürlich waren auch an der dörflichen Gastronomie die gesellschaftlichen Veränderungen nicht spurlos vorübergegangen. Heute feierten und tagten die Vereine zum Teil in eigenen Clubräumen, die Jugend, mobil mit Handy und Auto, traf sich privat oder auch außerhalb des Dorfes – aber dennoch, zu Hans kam man immer wieder gerne, in die Geborgenheit des Vertrauten, Bekannten und Gewohnten.

Dass das so war, daran hatte der heutige Jubilar großen Anteil. Was man an ihm bewunderte und respektierte, war die sichere Hand, mit der er seine Klientel führte. Meist ohne dass die Gäste es bemerkten, steuerte er sie mit der Ruhe und Gelassenheit seines Alters, unterstrich ihre jeweilige Stimmung mit einer passenden Musik, forcierte, wenn notwendig, das Tempo des Zapfens oder verlangsamte das Füllen der Gläser, wenn er glaubte, das Getrunkene habe das Maß überschritten.

Dabei war Hans im Grunde gar kein richtiger Wirt. Erst

durch seine Heirat mit Christa, die damals die Gaststätte »Zur Linde« führte, war er, der studierte Ingenieur und Abteilungsleiter Brückenbau, mit der Tätigkeit eines Gastwirts in Berührung gekommen. Sehr schnell hatte er nach dem Ausscheiden aus dem Berufsleben erkannt, welche Segnung diese Beschäftigung für ihn, den gesprächsoffenen Menschen, bedeutete, welche sozialen Impulse er an dieser exponierten Stelle geben und auch empfangen konnte. So war er als Rentner Wirt geworden und bis heute geblieben, mit achtzig Jahren, in einem Alter, in dem die meisten schon längst die Beine hochgelegt hatten und andere für sich agieren ließen.

Hans war ein Phänomen, ein menschlicher Datenspeicher, der immer wieder mit seinem enormen Gedächtnis verblüffte. Erst neulich hatte er mir während einer Thekendiskussion über das heutige Bildungssystem die drei alternativen Aufgabenstellungen seiner Abiturdeutscharbeit in genauem Wortlaut wiedergegeben. Ich hätte nicht einmal das Thema nennen können, über das ich seinerzeit geprüft worden war.

Doch nichts bereitete Hans mehr Freude als das Schwelgen in seiner beruflichen Vergangenheit, wenn er vom Bau seiner geliebten Brücken schwärmen und von deren Erhalt und Erneuerung berichten konnte.

Eine Bewegung kam auf unter den Gästen im Saal. Stühle wurden gerückt, Gruppen lösten sich auf, jeder war auf dem Weg zu seinem Tisch, um dort wieder Platz zu nehmen. Es war offensichtlich, der festliche, halboffizielle Teil der Geburtstagsfeier würde gleich die bisherige lockere Aufwärmphase ablösen.

Ich nutzte die Gelegenheit, Hans, der jetzt in Erwartung des Kommenden allein am Tisch saß, zu gratulieren. »Bleib so, wie du bist«, wünschte ich ihm und uns und kehrte nach einem herzlichen Händedruck zu meinem Stuhl zurück. Die Bläser des Musikzuges Eltmannshausen eröffneten die Geburtstagsparade der Vereine. Sie spielten das, was zu solchen Anlässen üblicherweise gespielt wird und endeten – nicht wirklich überraschend – mit dem unisono herausposaunten Wunsch für einen »Happy birthday«, den die Gäste laut singend begleiteten. So war ein fließender Übergang geschaffen zu den Darbietungen des Gesangvereins, der sich nun aufstellte, um seinem früheren Chorleiter Hans mit einigen Liedern zu gratulieren. Hier verbot es sich, die gefällige Sangeskunst des Chores durch Mitsingen zu stören. Mir fiel auf, wie schwer es manchem wurde, sich zurückzuhalten, denn die Lieder waren bekannt, die Texte geläufig und die Kehlen gut geölt.

Nun fehlten noch die Fußballer und die Feuerwehr. Den einen hatte Hans über mehrere Jahre als Spartenleiter vorgestanden, bei den anderen war er immerhin eingetragenes und zahlendes Mitglied. Allerdings beschränkten sich die beiden Vereine diesmal auf verbale Glückwunschbeiträge, da Demonstrationen ihre Könnens innerhalb des Saales den Rahmen der Feier möglicherweise gesprengt hätten.

Eigentlich sollte jetzt die offizielle Gratulationskur beendet sein. Endlich wollte man zum ersehnten geselligen Teil des Abends kommen. Aber die Vertreter einiger Klein- und Kleinstgruppierungen wollten die Chance nicht ungenutzt lassen, coram publico die Hand des Jubilars zu schütteln und Worte und Sätze von sich zu geben, die im Grunde niemanden interessierten.

Hans, der Weise, spürte die zunehmende Ungeduld seiner Gäste. Mit einer jähen Entschiedenheit streckte er den massigen Körper und entzog seine Hände weiteren Glückwunschbezeigungen, indem er sie hob und ausbreitete, so wie es seinerzeit Jesus getan hatte, als er die Frevler aus seinem Tempel vertrieben hatte.

»Ich danke euch für eure Gratulationen und guten Wünsche«, begann er seine Dankesrede, um sie gleich zu beenden. »Es ist schön, dass ihr da seid. Ich hoffe, wir bleiben noch ein bisschen zusammen.«

Ein Neffe von Hans hatte es übernommen, in den verbleibenden Stunden für die Musik und die gute Laune zu sorgen, ein leichtes Unterfangen bei einem Publikum, das nur darauf gewartet hatte, in Stimmung gebracht zu werden. Und so gestaltete sich der restliche Abend, wie solche Abende sich zu entwickeln pflegten. Man trank und amüsierte sich, trank wieder und gab seine Heiterkeit an den Nachbarn weiter. Mit dem steigenden Alkoholspiegel erhöhte sich der Lärmpegel gleichermaßen wie die Bereitschaft, über jeden der Kalauer des alleinunterhaltenden Neffen zu lachen. Einige der Gäste tanzten. Schon bald waren in den immer lebhafter werdenden Gesprächsrunden die ersten Schweiger auszumachen, die sich mit hängenden Köpfen und glasigen Augen den Anschein gaben, den Diskussionen der übrigen zu folgen.

Ich beobachtete Franziska und bemerkte, dass ihr Trinktempo sich deutlich verlangsamt hatte und ihre Redelust in besorgniserregender Weise abzunehmen begann. Zwar war sie noch nicht zum Schweiger mutiert, aber viel schien nicht mehr daran zu fehlen. Wir würden uns bald verabschieden müssen, wollten wir Haus und Hof noch auf eigenen Füßen erreichen.

Gerade wollte ich den Vorschlag machen zu gehen, als die laute Wiederholung eines Dreiklangs, einem Tusch gleich, meine Aufmerksamkeit und auch die der anderen auf sich zog. Der keybordspielende Neffe erhob sich hinter seinem Instrument und bat mit beschwichtigenden Armbewegungen um Ruhe.

»Meine Herren«, rief er in das abebbende Stimmengewirr und ließ den Blick bedeutungsvoll durch den Saal schweifen, »sollten Sie sich des Jacketts noch nicht entledigt, die Hemdsärmel noch nicht aufgekrempelt haben, dann tun Sie dies jetzt. Öffnen Sie Ihren Kragen und verschaffen Sie sich jede nur mögliche Erleichterung. Ich verspreche Ihnen nicht zuviel, wenn ich sage, dass Ihnen gleich die Luft knapp und die Stirn heiß werden wird.«

Er machte eine Pause und ließ den Blick erneut über die Gäste gleiten. »Und Sie, meine Damen, sollten sich darauf vorbereiten, Ihre Männer festzuhalten, wenn es sie nicht mehr auf den Sitzen hält. Denn jetzt treibt der Abend seinem absoluten Höhepunkt entgegen. Uns allen im Saal, aber ganz besonders dir, lieber Onkel Hans, wird in wenigen Augenblicken Laila von Arabien, die Perle des Orients, ihren berühmt-berüchtigten, sündig-sinnlichen Fackeltanz vorführen.« Noch einmal ertönten die Akkorde, dann, auf einen Wink des Neffen, erloschen die Lichter. Erwartungsvolle Stille erfüllte den dunklen Raum.

Ein Suchscheinwerfer flammte auf. Kurz irrte der Lichtkegel über die zum Hof hin errichtete Saalwand und blieb auf der seitlichen Eingangstür stehen. Eine orientalische Flöte begann eine geheimnisvolle Melodie zu spielen, eine Frauenstimme fiel in klagendem Singsang ein. Dann öffnete sich langsam die Tür.

Noch einmal glitt der Scheinwerfer wie zufällig über die Wand und ließ den Eingang im Dunkeln. Von dort flackerte jetzt ein Lichtschein auf, zwei Fackeln wurden entzündet. Nun fand auch der Suchstrahl wieder zurück zur Tür, in deren Öffnung, in gleißendes Licht getaucht, die angekündigte Perle des Orients stand. Laila fror, das sah man. Kein Wunder in dem knappen Bikini, den sie unter einem durchsichtigen Tüllschleier trug. Zu wenig, wie mir schien, um die viele nackte Haut vor der kühlen Märzluft zu schützen. Sie würde morgen einen Schnupfen haben, da war ich mir sicher.

In ägyptischer Pose, die Fackeln in den Händen, tänzelte Laila, vom Scheinwerfer verfolgt, in den Saal hinein. Unschlüssig, wie suchend, wiegte sie den schlanken Körper zwischen den Stuhlreihen, bis der Lichtstrahl ihr den Tisch verriet, an dem Hans saß.

Atemlos und gebannt verfolgten alle den Auftritt, ließen sich einspinnen in den orientalischen Zauber, den die junge Frau, die arabische Musik und die flackernden Flammen verbreiteten. Erst, als zwei Männerarme sich ihr aus dem Dunkeln entgegenstreckten und ihr halfen, auf den Tisch des Jubilars zu steigen, applaudierten die Zuschauer anerkennend, vielleicht aber auch neidisch, weil es nicht ihre Hände waren, die dem schönen Leib als Stütze dienen durften.

Es war ein Tanz der ästhetischen Sorte, den Laila darbot. Auch wenn ihre Bewegungen durchaus aufreizend waren, es war nichts Anstößiges an ihnen. Der schmiegsame Körper bog sich schlangengleich in natürlicher Anmut, seine Gelenkigkeit war verblüffend, seine Grazie anrührend. Die Flammen der Fackeln schwebten unter den Verrenkungen und Verdrehungen wie die Feuerschweife zweier Kometen durch die Luft und umkreisten in weiten Schwüngen das sich windende Zentrum.

Hans verfolgte in stoischer Ruhe die Darbietung, die sich direkt vor seinen Augen abspielte. Das Lächeln um seine Lippen galt weniger der Tanzenden, sondern eher den gutmeinenden Initiatoren dieses Spektakels, die glaubten, mit dem nackten Fleisch eines jungen Körpers einem Achtzigjährigen eine besondere Freude machen zu können. Wie jugendlich gedacht, schien sein spöttischer Blick zu sagen. Gelassen schaute er Laila zu und genoss das Schauspiel auf seine Art.

So, wie es üblich war und es jeder im Saal erwartete, nahm die Intensität des Tanzes nach und nach zu. Auch die Musik, zunehmend von Trommeln untermalt, gewann an Fahrt. Laila geriet, das sah man nun deutlich, allmählich in Trance. Ihre weit geöffneten Augen blickten über uns alle hinweg auf ein entferntes Ziel, das nur sie in diesem Augenblick höchster Verzückung sah. Noch einmal steigerte sie den Rhythmus ihrer Bewegungen, sank zu Boden, um gleich darauf wieder aufzuschnellen. Schließlich, wahrscheinlich als finale Verbeugung vor dem Jubilar gedacht, begann sie sich in einer Pirouette, die jeder Einkunstläuferin zur Ehre gereicht hätte, zu drehen. Immer schneller wirbelte der schweißnasse Körper auf dem Tisch herum.

Hans schien das kommende Unheil zu ahnen. Halb von seinem Sitz erhoben, streckte er die Arme mit geöffneten Handflächen dem rotierenden Leib entgegen, um ihn zum Stillstand zu bringen, so wie er es als Kind mit dem Drehkreisel gemacht hatte, wenn er ihn aufhalten wollte. Aber es war zu spät. Lailas ekstatische Drehungen hatten Fliehkräfte heraufbeschworen, deren sie nicht mehr Herr wurde. Vielleicht war sie auch auf einer feuchten Stelle ausgerutscht oder über irgendetwas gestolpert, das ließ sich in der Schnelligkeit, in der das Geschehen ablief, nicht entscheiden. Jedenfalls stürzte das Mädchen mit einem Schrei, der alles andere als orientalisch klang, seitlich vom

Tisch herunter in die benachbarte Stuhlreihe hinein. Noch im Fallen warf sie die eine Fackel von sich, griff in einem Reflex nach dem Plastiktischtuch und zog es mitsamt den daraufstehenden Gläsern und Flaschen über ihren auf dem Boden hart aufschlagenden Körper.

Ein Aufschrei ging durch den Saal, als nach einer Sekunde des erschreckten Schweigens plötzlich eine Feuerlohe gerade an der Stelle aufschoss, an der das Mädchen unter der Decke lag. Der Plastikstoff hatte sich an der Fackel entzündet und loderte jetzt lichterloh. Beherzt sprangen einige Männer hinzu und rissen das brennende Tuch von der Gestürzten. Mit großer Kraft schleuderten sie es zur Seite und beugten sich besorgt zu Laila hinunter.

So sahen sie nicht das, was die anderen sahen, die zu den Vorhängen blickten, unter denen die weggeworfene brennende Plastikdecke zu liegen gekommen war, sahen nicht, wie von dort die Flammen in atemberaubender Geschwindigkeit auf den glitzernden Stoff übergriffen, an den Gardinen emporzüngelten und auch die dicken Textiltapeten an den Wänden entzündeten. Im Nu hatte sich das Feuer bis zur Saaldecke ausgebreitet und begann, die dortige Verkleidung in Brand zu setzen.

Nach Augenblicken der faszinierten Erstarrung kam Bewegung in die Gäste. Vom Tisch, an dem die Feuerwehr gesessen und gefeiert hatte, ertönten lautstark Anweisungen, die aber so verwaschen waren, vielleicht aber auch in dem entstehenden Tumult nur verwaschen klangen, dass sie keiner verstand. Jeder versuchte, seine Haut zu retten. Alles drängte zu den beiden Ausgängen. Selbst durch die brennenden Fensterrahmen sprang man ins Freie.

Ich schob mich mit meiner Frau im Schlepptau zur Seitentür und von dort nach draußen.

»Warum löscht denn keiner?«, fragte Franziska, während ich sie von der Brandstelle wegführte. »Die Feuerwehr ist doch im Saal.« Sie blieb stehen und starrte fassungslos mit aufgerissenen Augen in den flackernden Feuerschein, der durch die Fenster nach draußen fiel.

Ich zog sie weiter. Die Antwort auf ihre Frage war leicht zu geben, der Grund lag ja auf der Hand: »Bei einer dermaßen rasanten Ausbreitung der Flammen ist jeder Löschversuch mit den Saalfeuerlöschern zwecklos. Dazu bedarf es wirkungsvollerer Einsatzmittel. Aber die müssen erst herangeschafft werden. Und genau das ist der Punkt, warum nicht gelöscht wird.«

»Wie meinst du das? Unten im Dorfgemeinschaftshaus steht doch ein Löschfahrzeug.«

»Und wer soll das fahren? Wer soll die Spritze bedienen? Hast du gesehen, welche Mengen oder besser Unmengen Bier im Laufe des Abends an den Tisch der Feuerwehr gebracht wurden? Hast du gehört, wie ausgelassen die sich zuprosteten und in den Armen lagen? Die haben ihren Durst gelöscht, so konsequent und ausgiebig, dass sie für andere Löscharbeiten nicht mehr zu gebrauchen sind.«

»Mein Gott«, Franziska hielt die Hand vor den Mund, »und was passiert jetzt?« Sie deutete auf den Saalanbau, aus dessen Dach nun dichte Rauchschwaden quollen.

Das Tatütata eines Feuerwehrautos entband mich einer Antwort. Mit quietschenden Reifen fuhr ein roter Einsatzwagen vor der Gaststätte vor. Ich staunte nicht schlecht, als ich die Männer erkannte, die in voller Brandschutzmontur aus dem Fahrzeug sprangen. Bernd Pröger sah ich, Lars Münkel und Heiko Pfister. Auch Manfred Reimuth, mein alter Fußballkumpel, war dabei. Es war die Wehr aus Oberhone, die dem Nachbarn zu Hilfe eilte.

Und dann dauerte es nicht länger als eine halbe Stunde, bis die Männer das Feuer unter Kontrolle hatten. Ich sprach Manfred an, fragte wie das möglich war. Wir hatten alle die hellen Flammen gesehen und das Schlimmste, gerade auch für die Nachbarhäuser, befürchtet. Wie hatte der Brand so schnell erstickt werden können ?

»Das ist einfach zu erklären.« Der Oberhöner Feuerwehrmann gab sich lässig, so als wäre das Löschen eines Brandherdes in nur wenigen Minuten das Selbstverständlichste der Welt. »Unter der Tapete und der Kunststoffverkleidung der Decke waren feuerfeste Rigipsplatten verlegt. Die halten den Flammen schon einige Zeit stand. Das Feuer hatte das Balkenwerk des Gebäudes noch nicht erreicht, als wir mit dem Löschen anfingen. Wir sind gerade noch rechtzeitig gekommen.«

»Was ist mit dem Mädchen, dieser Laila? Ist sie schwer verletzt?«

»Nicht der Rede wert. Ein paar oberflächliche Verbrennungen, das ist alles. Jemand hat sie sicherheitshalber ins Krankenhaus gefahren. Überhaupt – Personen sind nicht zu Schaden gekommen. Das ist immer das Wichtigste.« Mit sichtbarem Stolz auf das Geleistete blickte Manfred zu seinen Brandschutzkollegen hin.

Es war Zeit, nach Hause aufzubrechen, Mitternacht war längst vorbei. Wir beschlossen, das Auto stehen zu lassen und uns zu Fuß auf den Heimweg zu machen. Franziska war wieder zum Leben erwacht, die Ereignisse hatten sie gehörig ernüchtert. Beide waren wir ganz schön mitgenommen von dem gerade Durchgemachten und brauchten nach der Hitze des Abends jetzt etwas Abkühlung.

Auf dem Bürgersteig, abseits vom Brandgeschehen, bemerkte ich Dietmar, den Chef der Eltmannshäuser Feuerwehr. Starr und unbeweglich stand er da und sah zu der Gaststätte hinüber, aus deren Saal jetzt nach dem Löschen noch der weiße Dampf des verdunstenden Wassers aufstieg.

Ich trat auf ihn zu und legte ihm die Hand auf die Schulter. »Welch ein Glück, dass alles so glimpflich abgegangen ist. Das hätte auch schlimmer ausgehen können.«

Dietmar sah auf. Sein stets freundliches Gesicht war die pure Verzweiflung. »Schlimmer?« Er schüttelte den Kopf. »Nein, schlimmer hätte es nicht kommen können.«

»Aber es ist doch, Gott sei Dank, nur die Inneneinrichtung verbrannt«, hielt ich dagegen. Ich konnte seine Stimmung nicht verstehen. Eigentlich hätte er erleichtert sein müssen, dass so wenig passiert war.

»Ach, du meinst den Schaden? Ja, der ist vergleichsweise gering. Aber das ist ja das Wenigste.« Dietmar wandte sich zum Gehen. Er glich einem Feldherrn, der gerade eine Schlacht verloren hatte.

»Und was bedrückt dich so, wenn's nicht der Schaden ist?«, rief ich hinter ihm her.

Müde blieb der Wehrführer stehen. Mit blicklosen Augen schaute er mich an. Seine Stimme war matt und kraftlos wie ein Dudelsack, aus dem gerade alle Luft herausgedrückt worden war. »Dass wir nicht löschen konnten, das ist es, was wirklich schlimm ist.«

»Aber die Oberhöner haben doch ...« Ich brach ab, als ich die Qual in seinem Gesicht sah. Ein leises Stöhnen wie unter einer schmerzhaften Verwundung brach zwischen den zusammengepressten Lippen hervor, die Mundwinkel zuckten. Wortlos drehte sich Dietmar um und entschwand in das Dunkel der Eltmannshäuser Nacht.

Nun erst begriff ich, unter was der Feuerwehrmann,

und mit ihm wahrscheinlich alle seine Kameraden, litt, verstand, was ihm so zu schaffen machte. Schon morgen, wenn der Rausch abgeklungen war, würde auch dem Letzten der Beteiligten klar werden, was heute geschehen war. Noch Wochen, Monate, Jahre würde das schreckliche Geschehen im Gedächtnis der Eltmannshäuser Brandschützer gespeichert sein, eingebrannt vielleicht für immer, bleibend und unauslöschlich.

Dabei war es gar nicht die Tatsache, dass man nicht in der Lage gewesen war, im eigenen Wohnzimmer zu löschen – so etwas konnte passieren. Es war ja nichts Ehrenrühriges, hatte sogar etwas Männliches an sich, auf einer Feier mit der gesamten Truppe mal so richtig zuzuschlagen und sich die Kante zu geben. Aber dass dann ausgerechnet die Feuerwehr aus dem rivalisierenden Nachbarort Oberhone angerückt war, obendrein noch den Brand mit Bravour gelöscht hatte – das war zuviel, kam einer Erniedrigung gleich, war eine Schande auf Lebzeiten.

Franziska nickte zu der Stelle hin, an der Dietmar aus unserem Blickfeld verschwunden war. »Daran werden er und seine Mannschaft noch lange zu kauen haben«, schien sie meine Gedanken zu teilen. Schmunzelnd sahen wir uns an. Dann brachen wir auf, verließen den Ort der Gedemütigten und schlugen den Weg ein, der hinüber nach Oberhone führte, in das Dorf, dessen Brandschützer sich zumindest in dieser Nacht mit einem Gefühl des Triumphes zu Bett begeben würden.

16

Der neue Morgen zeigte sich wechselnd trüb und hell, der Blick zum Himmel versprach einen launischen Tag. Dicke Regenwolken zogen von Westen her über Oberhone, kleine blaue Flecken dazwischen nährten indes die Hoffnung auf den einen oder anderen Sonnenstrahl.

Es war nicht mehr weit bis zum April, heute sandte der wetterwendische Monat schon einmal seine Vorboten.

Ich ließ Franziska schlafen. Der gestrige Abend war nicht spurlos an ihr vorübergegangen. Weniger das Brandereignis als vielmehr die vorausgegangene flüssige Verköstigung hatte sie ganz schön aus der Bahn gebracht. Hoffentlich blieb ihr die Migräne, unter der sie gelegentlich nach solchen Exzessen litt, heute erspart.

In der Nacht auf dem Fußweg von Eltmannshausen hierher hatte ich mich bemüht, vor allem, weil mich Franziska dazu drängte, ihr über meine Aktivitäten in Großalmerode und Borken zu berichten. Auch von Salmes Brief sprach ich. Aber schon während des Redens merkte ich, dass ein Großteil des Erzählten nicht bei ihr ankam. Ich hatte wenig Hoffnung, dass allzuviel in ihrem Gedächtnis zurückbleiben würde. Jetzt, nachdem die Auswirkungen des gestrigen Abends sichtbar waren, wusste ich, dass ich meinen Bericht noch einmal wiederholen musste, später, wenn sie von den Toten erwacht und wieder aufnahmefähig war.

Eigentlich hatte ich die Frage, ob und in welcher Form ich Charly oder gar die Polizei über die Ergebnisse meiner Ermittlungen in Kenntnis setzen sollte, erst mit Franziska besprechen wollen. Jetzt, nach ihrem temporären Abtauchen, musste ich diese Entscheidung alleine treffen, und zwar sofort. Ein Aufschub konnte Folgen haben, das wollte ich nicht riskieren.

Ich wählte die Nummer der Polizeidirektion Eschwege und erfuhr, dass Hauptkommissar Karl Montag bereits anwesend war. Ich ließ mich mit seinem Dienstzimmer verbinden.

»Hallo, Heiner«, begrüßte mich Charly, »das trifft sich gut. Gerade wollte ich dich anrufen.«

»Gibt es etwa Neuigkeiten von Martin?« Ich spürte, wie sich mein Puls beschleunigte. »Ist er zurückgekommen?«

»Nein, nach wie vor keine Spur von ihm. Das Nachbarhaus steht unverändert leer. Das ist das eine, was ich dir mitteilen wollte.«

»Und das andere?«

»Ich war in der Zwischenzeit nicht untätig, habe meine Fühler ein bisschen ausgestreckt. Natürlich nur als Martins besorgter Freund, ganz inoffiziell also. Mich hat seine Familie, von der wir so gar nichts wissen, interessiert.« Charly machte eine Pause, räusperte sich und fuhr mit einer Stimme fort, die die Bedeutung des Folgenden unterstreichen sollte. »Dabei habe ich etwas Wichtiges, wenn auch Trauriges erfahren, das möglicherweise Martins seltsames Verhalten erklärt.« Wieder hielt er inne, wahrscheinlich, um mir Gelegenheit zu geben, ihn nach dem zu fragen, was er herausbekommen hatte. Einen Moment lang ging mir durch den Kopf, wie gut Charly mit seinem Gespür für die Wirksamkeit der dramatischen Pause in unsere Theatergruppe passen würde.

Aber auch ich war theatererfahren, wusste, wie man Effekte erzielen und einem anderen die Schau stehlen konnte. Statt ihn zu fragen, überraschte ich ihn mit einer zustimmenden Ergänzung: »Wenn du von Salme Jakob sprichst, von ihrem Tod vor gut einer Woche, dann hast du Recht. Ein trauriges Ereignis für Martin, immerhin der Tod seiner Mutter.«

Es war still am anderen Ende der Verbindung. Charlys Verblüffung war total, er schien nicht einmal mehr zu atmen. Ich sah ihn vor mir, wie er mit geöffnetem Mund da saß, das Telefon ans Ohr gepresst, als könne er nicht glauben, was er gerade gehört hatte. Dann endlich polterte er los: »Woher, zum Teufel, weißt du das? Hast du überhaupt eine Ahnung, wie viel Mühe mich das gekostet hat, diskret an diese Auskünfte zu kommen – und du, du weißt längst Bescheid, ohne mir etwas davon mitzuteilen.«

»Beruhig dich, Charly, deshalb rufe ich dich ja an. Ich hab‘s auch erst gestern Nachmittag erfahren. Da ich heute Nacht sehr spät nach Hause gekommen bin, hatte ich keine Gelegenheit, dich früher zu informieren.«

»Na, wenn das so ist, dann sei‘s dir verziehen.« Der Hauptkommissar schien sich zu beruhigen. Noch einmal schnaubte er kurz auf, um mich ja nicht seinen gerade verrauchten Unwillen vergessen zu lassen. Dann forderte er mich auf: »Also, informier mich jetzt!«

»So einfach ist das nicht. Wenn ich dir die ganze Geschichte erzähle – und ich glaube, das sollte ich –, dann dauert das seine Zeit. Außerdem ist da noch ein mehrseitiger Brief, den du unbedingt lesen musst. Das alles geht nicht telefonisch. Was hältst du davon, wenn wir uns treffen? Wenn‘s geht, noch heute Morgen. Ich fürchte, das, was ich dir zu sagen habe, ist dringend.«

»Gut, meinetwegen, dann komm hierher. Sagen wir, in einer Stunde auf meinem Dienstzimmer.«

»Können wir uns nicht irgendwo anders treffen? Außerhalb des Polizeigebäudes? Ich bin nämlich noch gar nicht sicher, ob ich die Polizei in dieser Angelegenheit beteiligt sehen will. Vorerst will ich nichts anderes als deinen Rat. Du sollst dir erst einmal alles anhören und mir danach einen Vorschlag machen, wie es deiner Meinung nach weitergehen könnte. Ich brauche dich jetzt vordringlich als polizeierfahrenen Freund, noch nicht als Polizist.«

Charly ließ einige Sekunden verstreichen, in denen er über mein Ansinnen nachzudenken schien. »Einverstanden«, meldete er sich schließlich wieder. »Kannst du um zehn im ‚Stadtcafé' sein?«

»Ja, das passt.«

»Komm nach oben, in den zweiten Stock. Dort ist ein separater Raum, da können wir ungestört reden.« Dann fiel ihm noch etwas ein. »Gunter ist seit zwei Tagen aus der Kur zurück. Du weißt schon, sein Diabetes. Wir könnten ihn hinzuziehen – sozusagen als neutrale Person. Wir beide, du und ich, sind mit Martin eng befreundet, haben wahrscheinlich in Bezug auf ihn einen viel zu persönlichen Blickwinkel. Es könnte nützlich sein, jemanden dabei zu haben, der das Ganze mit mehr Distanz betrachtet.«

»Aber ich wollte doch die Polizei zunächst außen vor lassen.«

»Gunter wird genauso wie ich in nichtamtlicher Mission erscheinen. Wir hören dir einfach zu. Dann reden wir über die Angelegenheit und entscheiden ganz am Schluss. Außerdem, wir kommen in Zivil, ohne Uniform. Wenn du willst, ziehen wir auch Sonnenbrillen auf und kleben uns Bärte ins Gesicht. Dann ist das Inkognito vollkommen.«

»Scherzbold! Wie soll denn das halten? Bei euren Vollbärten? Wenn schon, dann rasiert euch gründlich und lasst euch eine Glatze schneiden. Wer dann in eure Kindergesichter schaut, wird niemals Polizisten in euch vermuten.«

»Jetzt übertreib mal nicht, Heiner«, protestierte Hauptkommissar Montag und lachte.

»Also gut«, stimmte ich in sein Lachen ein, »bring Gunter mit. Wir drei, das ist dann wie in alten Tagen. Weißt du noch, damals, als ich euch die Mordfälle gelöst habe?« Schnell legte ich auf, noch bevor Charly zu einem weiteren Protest ansetzen konnte.

Ehe ich fuhr, schaute ich nach Franziska. Sie lag noch immer im Bett, schlief aber nicht mehr. Die halb geöffneten Augen folgten mir, als ich ans Fenster trat und die Vorhänge aufzog.

»Mach's nicht zu hell«, bat sie mit leidender Stimme, »aber öffne das Fenster – ich brauche frische Luft. Der viele Qualm gestern Abend.« Sie stöhnte und fasste sich an den Kopf.

»Du meinst, der Brandrauch ist schuld an deinem Zustand?«

»Was denn sonst?«

»Ja, was denn sonst.« Ich zog die Fensterflügel auf und schloss die Vorhänge bis auf einen Spalt.

Franziska seufzte und drehte sich mit dem Gesicht zur Wand. »Ich habe gerade etwas eingenommen. Lass mir ein bisschen Zeit. Bis zum Mittag bin ich wieder fit«, machte sie mir Hoffnung.

Bevor ich ging, informierte ich sie über mein Treffen mit Charly und Gunter. »Eine, anderthalb Stunden wird unser Gespräch schon dauern. Wenn irgendetwas ist, oder wenn du etwas brauchst – ich habe mein Handy dabei.«

»Was soll denn schon sein? Ist ja nicht das erste Mal«, knurrte sie und zog sich die Decke über den Kopf.

Ich beugte mich zu ihr hinunter, küsste den blonden Scheitel, das einzige, was noch sichtbar war. Dann verließ ich das Zimmer, schloss leise die Tür hinter mir und machte mich auf den Weg zu meiner Verabredung.

Das »Stadtcafé« ist in einem schmalen, mehrstöckigen Haus in bevorzugter Lage mitten im Zentrum von Eschwege gelegen. Zumindest in der weiblichen Bewertung befindet sich hier in der Fußgängerzone »Am Stad« der Dreh- und Angelpunkt des städtischen Lebens, liegt doch dem Café gegenüber das Kaufhaus, rechts und links flankiert von Mode-, Schmuck- und Designergeschäften, von Drogerien, Porzellanstuben und Kaffeeläden. Hunderte von Einkaufswilligen flanieren hier, angelockt von den vielfältigen Versuchungen, täglich vorbei.

Aber es gibt auch Leute – ich zähle mich dazu –, die den Marktplatz mit seinen vielen schönen in ihn einmündenden Gassen als das wahre Zentrum der Stadt bezeichnen würden, Leute, die den Blick auf das spätklassizistische Rathaus, auf die langen Reihen der es umschließenden Fachwerkhäuser und den alten Brunnen dem Anschauen von stahl-, beton- und glasmodernisierten Geschäften und ihren Schaufensterauslagen vorzogen.

Ich betrat das Café durch den Verkaufsladen der Bäckerei und stieg die enge Treppe zum zweiten Stock hinauf. In dem von Charly beschrieben Räumchen fand ich die beiden Polizeibeamten.

Hauptkommissar Montag war gerade dabei, dem Kollegen von der Köstlichkeit seines schon halb verzehrten Gebäckstückchens zu berichten, dessen Rest er sich genießerisch unter die Nase hielt. »Einfach großartig, diese Marzipankrokantmischung. Das musst du probieren, Gunter«, schwärmte er und biss ein weiteres Stück ab.

»Geduld, Charly, Geduld, der Morgen ist noch lang«, beschied Oberkommissar Schröder seinem Chef und schob sich das letzte Viertel seines Teilchens in den Mund. »Eines nach dem anderen.«

Ich räusperte mich von der Türschwelle her, auf der ich stehengeblieben war, um dem vertrauten Bild zuzusehen. Noch allzu gut hatte ich die gefüllten Backen, die kauenden Münder und die genussvoll verdrehten Augen der Kommissare von früheren Zusammenkünften in Erinnerung. Einige Male schon hatten wir im Rahmen von Fallermittlungen in der gleichen Dreierkombination wie jetzt miteinander zu tun gehabt, hatten meist in Charlys Dienstzimmer zusammengesessen und uns besprochen. Stets stand dann eine Kanne Kaffee auf dem Tisch und eine große Tüte mit Gebäckstückchen lag daneben. Häufig genug hatte ich sie mitbringen müssen. Vor allem die Quarktaschen und die Mohnschnecken hatten es den beiden Polizeibeamten angetan, immer wieder war ich fassungslos gewesen angesichts der Menge, die sie davon verzehren konnten.

Ich trat in den Raum und begrüßte die Kommissare mit Handschlag. »Schön zu sehen, dass es euch gut geht.« Ich deutete auf Gunters Teller, von dem noch ein weiteres Gebäckstück seinem Verzehr entgegensah. »Du kommst doch gerade aus der Kur – warst dort zur Einstellung deines Diabetes. Und jetzt sündigst du schon wieder?«

»Mein Zucker ist gut«, verteidigte sich der Oberkommissar, »so gut wie lange nicht. Nahezu normal.«

»Ja, aber doch nur, weil du dich dort entsprechend ernähren musstest.«

Gunters bärtiges Gesicht zog sich wie unter dem Auslutschen einer Zitronenscheibe zusammen. »Das war eine verdammt harte Zeit, die drei Wochen in der Kur. Nichts

Gescheites zu beißen und abends nur Wasser und Tee. Ich bin froh, wieder zurück zu sein.«

»Zurück zu deinen alten Essgewohnheiten, nehme ich an.« Ich winkte ab. »Du bist ein hoffnungsloser Fall.«

»Das hat der Kurarzt auch gesagt«, räumte der Oberkommissar ein, ohne das geringste Anzeichen von Reue zu zeigen.

»Mein Gott, wenn dein Arzt sehen könnte, wie wenig du seinen Anordnungen folgst – er würde augenblicklich seinen Beruf an den Nagel hängen.«

»Aber er sieht's nicht«, frohlockte der Zuckerkranke, »kein Arzt sieht mich Kaffeestückchen essen außer dir – und du bist pensioniert.« Seine Hand nahm die Mohnschnecke vom Teller und führte sie zum Mund. Demonstrativ, mit dem Ausdruck höchsten Entzückens, schloss er die Augen, bevor er genüsslich in sie hineinbiss. »Ab morgen mache ich wieder Diät«, versprach er, aber es war deutlich, dass er selbst nicht daran glaubte.

Die Führung von Zuckerpatienten war, das kannte ich aus meiner Praxiszeit, oft ein Problem. Stoffwechselentgleisungen der Art, wie sie Gunter hatte, machten in den ersten Jahren, Jahrzehnten selten Beschwerden, waren kaum spürbar, allenfalls messbar. Die körperliche Leistungsfähigkeit wurde zunächst nur wenig beeinträchtigt, nichts tat weh. Wie in der Schule, in der man eine schlechte Beurteilung in einem Fach mit guten Noten in anderen Fächern ausgleichen konnte, trieben auch die Diabetiker oft einen selbstbetrügerischen Handel mit ihren eigenen Blutzuckerwerten. Ein hoher Messwert, Ausdruck einer diätetischen Sünde also, war spielend mit ein paar akzeptablen Werten in den Folgetagen auszugleichen, eine Versuchung, die eine neue Versündigung geradezu herausforderte.

Ich wurde an die Diskussion um die Erwärmung des Klimas und ihre Folgen erinnert. Auch hier liefen die Veränderungen so langsam ab, nahezu unsichtbar und unbemerkt, dass kaum jemand bereit war, mehr als eine gelegentliche Alibiaktion zu tun. Dabei wusste jeder, in welcher Katastrophe ihr Fortschreiten eines Tages enden konnte. Ich nahm mir vor, demnächst mit Gunter von Freund zu Freund über seine Krankheit zu sprechen.

Die Bedienung kam, ich bestellte Kaffee. Es war Zeit, nun über das zu reden, was uns hier zusammengeführt hatte.

»Ich weiß nicht, wieweit Gunter in die Vorgeschichte eingeweiht ist?« Fragend sah ich Charly an.

»Er ist im Großen und Ganzen informiert. Auf dem Weg hierher habe ich ihm in Kurzform von Martins seltsamem Verhalten und seinem Verschwinden erzählt. Auch vom Tod der Mutter weiß er. Gunter und ich sind, von Details abgesehen, praktisch auf dem gleichen Kenntnisstand. Jetzt würden wir aber gerne von dir erfahren, was du uns darüber hinaus zu berichten hast.«

Erwartungsvoll lehnten sich die Kommissare zurück und verschränkten die Arme vor der Brust. Bei ihrem Anblick fiel es mir schwer, ein Schmunzeln zu unterdrücken. In dem Versuch, unpolizeilich auszusehen, hatten sie vielleicht doch etwas zu dick aufgetragen. Beide trugen Jeans, ausgeleierte T-Shirts und die abgetragensten Freizeitjacken, die sie finden konnten. Sie sahen aus wie Besucher eines Country-Konzertes, die auf den Auftritt des Sängers warteten.

»Also, am besten, ich erzähle euch erst einmal, wie ich auf die Idee gekommen bin, Martin hinterherzuspüren.« Ich kramte in dem kleinen, mitgebrachten Rucksack und zog

Hermann Honsels Klosterbüchlein hervor. »Hier, dieses Bändchen hat mich auf seine Spur gebracht. Ihm habe ich den Hinweis zu verdanken, wohin Martin gegangen sein könnte.«

Ausführlich gab ich den Beamten nun die Chronologie meine Suche wieder. Ich begann mit dem Bußgeldbescheid, der mir wegen Falschparkens an der Schlossmühle zugestellt worden war und der mich auf den Gedanken gebracht hatte, Martin könnte in der Bibliothek gewesen sein. Ich schilderte das Auffinden des Büchleins, demonstrierte sein Aufblättern an den kopierten Seiten und berichtete von meinen Entdeckungen im Kloster.

Hier unterbrach mich der Hauptkommissar: »Warum hast du mir nicht Bescheid gesagt? Spätestens jetzt hätte ich von deinen Aktivitäten erfahren müssen.«

»Aber ich war doch selbst noch unsicher. Martin hatte das Kloster aufgesucht, ein paar Seiten aus einer Chronik herausgerissen – das war alles. Ich hatte nicht die geringste Ahnung, welche Bedeutung das haben könnte. Nichts ließ zu diesem Zeitpunkt auf einen kriminalistischen Hintergrund schließen, warum also sollte ich die Polizei verständigen?«

»Aber als Freund, dein und Martins Freund, hättest du mich wenigstens informieren können«, brummte Charly, bevor er mich bat, weiter zu erzählen.

»Bisher waren meine Nachforschungen eher ein vages Herumstochern«, fuhr ich fort. »Eigentlich wollte ich nichts anderes als sondieren, ob Martin wirklich ernsthafte Probleme, bei denen er Hilfe braucht, hatte. Dabei wollte ich diskret und unauffällig an die Sache herangehen und mich bereithalten, sofort den Rückzug anzutreten, wenn sich die Angelegenheit als harmlos oder allzu persönlich herausstellen sollte. Ich hatte anfangs keine Ahnung, nach was ich suchen sollte. Jetzt aber, mit den Fotos, konnte ich mich gezielt nach Leuten umsehen, die mir über das Jahr 1965 Auskunft geben konnten.«

Mit sichtlichem Vergnügen folgten die Kommissare meinem Bericht über den Besuch bei dem badenden Herrn Kellermann, erfuhren, wie ich hier zum ersten Mal von Salmes und Walters Existenz gehört hatte. »Es war schon erstaunlich, an was er Alte sich alles erinnern konnte. Dass er nach über vierzig Jahren noch wusste, woher Salme stammte – das hat mich entscheidend weitergebracht.«

Ich trank einen Schluck von meinem Kaffee, der über dem Erzählen kalt geworden war. Dann kam ich auf den gestrigen Nachmittag in Borken zu sprechen. Die Körperhaltung der Polizeibeamten verriet die Aufmerksamkeit, mit der sie gespannt meinem Bericht lauschten. Gunter hatte sich vornübergebeugt, sein Bauch spannte über dem knappen Hemd, Charly saß aufrecht da, die Hände auf den Oberschenkeln abgestützt. Die Position des lässigen Zurücklehnens hatten beide längst aufgegeben.

Als ich schilderte, wie Franziska Salmes Nachnamen und ihre Adresse im Branchenverzeichnis ausfindig gemacht hatte, nickte Hauptkommissar Montag. »Cleveres Mädchen, deine Frau. Daher also weißt du von Martins Mutter.«

Ein unbestimmtes Gefühl der Beklemmung befiel mich bei der Erinnerung an den gestrigen Nachmittag, als ich nun das Weitere erzählte: Ich berichtete von dem Aufsuchen der Pension, dem Gespräch mit Erika Müller, die mir Salme Jakobs Tod mitgeteilt hatte, und schließlich von dem erschütternden Schreiben, das Martins Mutter ihrer Freundin hinterlassen hatte. Noch einmal griff ich in den Rucksack. Da ich wusste, dass Gunter heute Morgen mitkommen würde, hatte ich die Kopie von Salmes Brief ein weiteres Mal abgezogen. Nun überreichte ich den Kommissaren jeweils eine Fassung der Blätter. »Wenn ihr das gelesen habt, versteht ihr, warum ich, und auch Frau Müller, gestern im Zweifel waren, ob wir nicht verpflichtet sind, moralisch und auch rechtlich, amtliche Stellen wie zum Beispiel die Polizei zu benachrichtigen. Angesichts dieses Dilemmas beschlossen wir, uns zunächst kompetenten Rat zu holen. Frau Müller brachte dich, Charly, ins Spiel. Sie versprach sich von deiner Ambivalenz als Freund und Polizist neben fachlicher Erfahrung vor allem die notwendige Rücksichtnahme, mit der die delikate Angelegenheit behandelt werden muss. Deshalb bat ich heute um das Treffen, und deshalb sitzen wir hier zusammen.«

Ich stand auf: »Lest euch jetzt erst einmal die Seiten durch, damit ihr wisst, um was es geht. Ich gehe solange nach unten und suche mir ein Stück Kuchen aus. Anschließend können wir reden.«

Ich war schon in der Tür, als mir Gunter nachrief: »Bestellst du mir eine von diesen Marzipankrokantmischungen? Charly hat mir die Teilchen so empfohlen, geradezu aufgedrängt, da kann ich schwerlich nein sagen.«

»Du lässt dich einfach so nötigen?«

»Was soll ich machen. Ist schließlich mein Chef.« Strahlend fügte sich der Oberkommissar in diese Art von Abhängigkeit.

»Bestell mir auch so ein Teilchen, Heiner. Kann ja schließlich meinen Untergebenen in seiner Not nicht allein lassen.«

Nachdem ich die gewünschten Bestellungen aufgegeben und mir selbst ein Stück gedeckten Apfelkuchen ausgesucht hatte, ging ich noch für ein paar Augenblicke nach draußen. Ich wollte den Kommissaren Zeit lassen, Salmes schriftliche Hinterlassenschaft nicht nur zu lesen, sondern sie auch zu verdauen. Ich hatte an mir selbst erfahren, wie viel Mitgefühl und Mitleiden diese bewegende Geschichte freizusetzen vermochte.

Es war Viertel vor elf. Die Fußgängerzone hatte sich belebt. In fließender Bewegung schoben sich die Menschen an den Seiten der breiten Straße entlang, dort, wo es einige Geschäfte gewagt hatten, ihre Angebotstafeln und Wühlregale herauszustellen. Allerdings ließ die Wetterfront im Westen vermuten, dass sie schon bald gezwungen sein würden, in aller Eile das Ausgestellte vor dem heranziehenden Regen in Sicherheit zu bringen.

Ich blickte die Straße hinunter, bemerkte eine Gruppe Jugendlicher, die sich auf den Stufen des Lohgerberbrunnens niedergelassen hatte. Ich dachte an den Sommer, an das pulsierende Leben, das dann dort herrschen würde zwischen der Eisdiele und der »Traube«, zwischen Hertie und Woolworth.

Es war schwer, sich vorzustellen, dass für diese rege Stadt, ja für die ganze Region, ein dramatischer Bevölkerungsrückgang in den nächsten Jahrzehnten vorausgesagt wurde. Fast ein Viertel der hier lebenden Menschen könnte dann den Werra-Meißner-Kreis verlassen haben, falls sich die wirtschaftliche Situation nicht spürbar verbessern sollte. Nur wenige ökonomisch bedeutungsvolle Produktionsstätten gab es hier, nahezu keine Industrie, kaum Arbeitsplätze. Die jungen Leute zogen dorthin, wo sie einen Job oder eine Lehrstelle fanden, in die Ballungsräume Frankfurt, Kassel und Hannover. Das war die Kehrseite der landschaftlichen Idylle, war der Preis für die ausgedehnten Wälder, für die naturbelassenen Flussauen und Bachläufe, für die verträumt-verschlafenen Fachwerkstädte und -dörfer.

Ich ging zurück in das Café. Auf dem Weg die Treppe hinauf kam mir in den Sinn, dass ja gerade das, die heile, unschuldige Landschaft, vielleicht einmal zur großen Chance für diese Region werden könnte. Wer konnte wissen, was in der Zukunft unverfälschte Natur und intakte Lebensräume wert sein mochten, in einer Zukunft, in der die Zersiedlung des Landes, die Vergiftung der Luft und die Zerstörung der Umwelt immer weiter fortschritten.

Die Polizeibeamten saßen noch immer über den Kopien, als ich das Räumchen im oberen Stockwerk betrat. Sie lasen Salmes Bericht wohl zum zweiten Mal. Schweigend setzte ich mich an den Tisch und begann, meinen Kuchen zu essen. Die beiden Kaffeestückchen auf den Tellern vor den Lesenden waren noch unberührt.

Endlich hob Hauptkommissar Montag den Blick von den Blättern. Sein tiefes Atmen verriet die Erregung. Gedankenverloren faltete er die Seiten zusammen, umständlich, eine nach der anderen, und legte sie auf dem Tisch ab. Auch der Oberkommissar beendete die Lektüre, behielt die Papiere aber in den Händen.

»Was soll man dazu sagen?«, Charlys Stimme klang hilflos. » Eine schlimme Sache, die Martins Mutter da durchgemacht hat. Warum, um alles in der Welt, hat sie ihrem Sohn das hier nicht schon früher erzählt?«

»Sie hat versucht, es zu begründen, hat von Scham gesprochen, auch von der Angst, als Mörderin entlarvt zu werden.« Ich deutete auf die Blätter. »Könnt ihr euch vorstellen, welche Überwindung es sie gekostet haben muss, das Geschehene dann doch noch preiszugeben? Nur das Wissen, bereits tot zu sein, wenn Sohn und Freundin davon lesen, hat ihr die Kraft gegeben, diese Ungeheuerlichkeiten aufzuschreiben.«

Sekunden des Schweigens vergingen. Jeder schien noch beschäftigt mit dem, was Salme Jakob widerfahren war. Wie abwesend griffen die Beamten nach den Kaffeestückchen, bissen hinein und legten sie auf den Teller zurück. Es war ein anderes Essen jetzt, nichts mehr von dem genussvollen Verzehr von vorhin. Eher mechanisch kauten sie auf dem Teig herum und versuchten, ihrer Betroffenheit Herr zu werden.

»Wie ist das, wenn man erfährt, das Ergebnis einer Vergewaltigung zu sein?« Charly schüttelte den Kopf, er wirkte fassungslos. »Wie hat Martin das nur verkraftet? Das muss doch wie ein Schlag vor den Kopf gewesen sein. Kein Wunder, dass ihn das aus der Bahn geworfen hat.«

Gunter räusperte sich und hob die Hand, als wolle er einen Einspruch erheben, vielleicht aber auch nur, um das Wort zu erbitten. »Wenn ich Charly richtig verstanden habe, bin ich hauptsächlich deshalb zu diesem Treffen mitgenommen worden, weil ich neutral und nicht so gefühlsgesteuert bin wie ihr als Martins Freunde. Mag sein, dass mir deshalb eher auffällt, wenn sachlich etwas nicht richtig ist.« Er drehte sich zu dem Hauptkommissar. »Du hast gerade von einer Vergewaltigung gesprochen, Charly. Aber können wir das überhaupt?« Er blätterte die Seite auf und zitierte: »‚Ich ließ es einfach über mich ergehen‘, und hier: ‚Ich habe nicht einmal den Versuch gemacht, mich zur Wehr zu setzen‘.« Eine Vergewaltigung setzt aber das Sichwehren voraus.«

»Juristisch magst du ja Recht haben, Gunter, aber de facto war es eine Vergewaltigung – oder auch mehrere, wenn man den erzwungenen Verkehr durch diesen Walter hinzuzählt. Auf die unerfahrene junge Salme ist soviel Druck ausgeübt worden, dass sie wehrlos den sexuellen Forderungen der Männer gegenüberstand. Auch das ist Gewalt, wenn auch vordergründig nicht körperliche.« Charly schnaubte, die Empörung stand ihm ins Gesicht geschrieben.

Ich war nun doch froh, dass Gunter der Zusammenkunft beiwohnte. Sein Urteil konnte möglicherweise hilfreicher sein als die Meinung seines emotionsgeladenen Chefs.

Deshalb wandte ich mich jetzt auch an ihn. »Gunter, du bist heute zum ersten Mal mit dieser Angelegenheit befasst, kennst Martin praktisch überhaupt nicht und kannst so vorurteilsfrei das Ganze bewerten. Mir geht es vor allem darum: Ist Martin aus deiner Sicht in irgendeiner Weise gefährdet? Das schließt die Gefährdung durch sich selbst genauso ein wie die Gefährdung durch Außenstehende. Auch würde ich gerne von dir hören, wie du die Gefahr einschätzt, die Martin für andere darstellt. Was, wenn er mit Walter abrechnen will?«

Gunter sah mich an und nickte. »Verstehe, was du meinst.« Die Bedächtigkeit, mit der er aufstand und ans Fenster trat, gab ihm Zeit, über das, was ich von ihm wollte, nachzudenken. Einige Augenblicke beobachtete er das Treiben unter sich auf der Straße, dann drehte er sich uns zu.

»Auf den ersten Teil deiner Frage, Heiner, kann ich schlecht antworten. Um zu wissen, wie ein Mensch reagiert, wenn er eine solche Nachricht empfängt, muss man ihn kennen – persönlich, meine ich. Man muss erlebt haben, wie er mit Belastungen fertig wird. Ob Martin tatsächlich suizidgefährdet ist oder nicht, das könnt ihr als seine Freunde besser beurteilen als ich.

Auch das Übrige ist nicht leicht zu beantworten. Trotzdem will ich eine Einschätzung wagen. Du willst wissen, ob Martin für andere gefährlich ist. Auch wenn du die Mehrzahl gebrauchst, du meinst mit diesen anderen im Grunde nur einen – den ehemaligen Klosternovizen Walter nämlich. Er nur könnte in Gefahr sein, dann, wenn Martin sich an ihm rächen will. Aber will er das? Wir wissen es nicht, so wie wir auch im Dunkeln tappen, wie seine Rache dann aussehen könnte, bis zu welcher Grenze er zu gehen bereit wäre. Andersherum ergibt sich die Antwort auf deine Frage, wie gefährlich Walter für Martin sein könnte, aus dem, was ich soeben gesagt habe. Wenn Martin diesen Mann aufspürt und in die Enge treibt, ist es durchaus möglich, dass Walter gewalttätig reagiert. Es kann ihm viel, wenn nicht alles bedeuten, dass seine damalige sexuelle Nötigung nicht publik wird.« Gunter zuckte mit den Schultern, hob die Arme und sah ziemlich ratlos aus. Vor dem hellen Hintergrund des Fensters wirkte er wie ein verkündender Heiland. »Alles ist möglich«, orakelte er.

Charly nahm für sich in Anspruch, seinen Nachbarn am besten zu kennen. »Martin ist keiner, der sich umbringt. Egal, was kommt, er wird immer einen anderen Weg suchen, aus einer Sache herauszukommen. Da bin ich mir sicher.«

»Auch ich kann nicht glauben, dass Martin sich etwas antun könnte. Was haltet ihr davon, wenn wir einen Selbstmord einfach ausschließen«, schlug ich vor, »wenn wir es als gegeben ansehen, dass Martin dazu nicht der Typ ist?«

Die Kommissare nickten einvernehmlich. Charly formulierte den Schluss, der sich daraus ergab. »Bleiben noch die beiden anderen Möglichkeiten.«

In den nächsten Minuten erörterten wir die verschiedensten Blickwinkel, diskutierten die unterschiedlichsten Möglichkeiten, wie Martins Verhalten und auch sein Verschwinden interpretiert werden könnten. Wir kamen zu keinem Ergebnis, stimmten schließlich darin überein, dass man nichts voraussagen konnte, zumindest nicht mit Bestimmtheit. Es war so, wie Gunter sagte, alles war möglich, nichts war auszuschließen.

Ich kam zu der entscheidenden Frage, dessen Beantwortung der Hauptgrund für mein Hiersein war: »Wie soll's denn eurer Meinung nach weitergehen? Warten wir ab oder machen wir uns auf die Suche?«

Die Kommissare wechselten einen Blick. Es bedurfte offensichtlich keiner Worte zwischen ihnen, um sich, vielleicht auch aufgrund ihrer jahrelangen Erfahrung, in der Beurteilung der zu ergreifenden Maßnahmen einig zu sein. Charly überließ es Gunter, mir die polizeiliche Sicht der Angelegenheit vorzutragen.

»Bei dieser unklaren Lage, bei der mit allem zu rechnen ist, können wir nicht die Hände in den Schoß legen und darauf warten, dass sich die Sache auf die eine oder andere Weise regelt. Wir kommen nicht umhin, tätig zu werden.« Gunter kam vom Fenster, legte die Hand auf den Tisch und trommelte mit den Fingern. »Wir sollten zweigleisig fahren. Vorrangig müssen wir versuchen, Martins Aufenthaltsort herauszufinden. Aber mit dem gleichen Einsatz sollten wir die Identität dieses ominösen Walters aufdecken, sollten seine Anschrift ausfindig machen und ihn aufsuchen.«

»Und was, wenn ihr Martin und Walter am gleichen Ort antrefft?«

Gunter kratzte sich am Bart, während er über meinen Einwurf nachdachte. »Das könnte möglicherweise eine verhängnisvolle Konstellation sein. Wir sollten uns unverzüglich an die Arbeit machen, damit wir nicht zu spät kommen.«

»Wir, ist das die Polizei?«

Charly spürte meine Bedenken. »Wir werden sehr dezent vorgehen, Heiner, werden uns bemühen, nichts von den damaligen intimen Ereignissen über unseren Kreis hinaus bekannt werden zu lassen. Schließlich will ich Martin, wenn das alles hier vorbei ist, wieder in die Augen sehen können.«

»Und wo genau werdet ihr ansetzen? Wie wollt ihr Martin und Walter finden?«

»Das Erste wird sein, Salme Jakobs Bericht auf ihren Wahrheitsgehalt zu überprüfen. Es wäre fatal, wenn wir aufgrund ihrer Schilderung eine ausgedehnte Suchaktion einleiten und sich dann herausstellt, dass alles nur ihrer Fantasie entsprungen ist.«

»Glaubst du das?«

»Nein, eigentlich nicht. Ich nehme an, das, was sie geschrieben hat, ist wahr, hat sich wirklich so ereignet. Aber wir müssen sicher sein.«

»Und wie wollt ihr das überprüfen?«

»Nun, immerhin gab es bei der Geschichte einen Toten, mit einem eingeschlagenen Schädel. Möglich, dass ein Gerichtsmediziner auch nach vierzig Jahren noch feststellen kann, ob der Mann von der Treppe gestürzt oder mit einem Krug erschlagen worden ist.«

Wir vereinbarten, uns gegenseitig auf dem Laufenden zu halten. Wer etwas Neues erfuhr oder mit Martin wie auch immer in Kontakt kam, würde die anderen umgehend verständigen. Mit dieser Zusicherung trennten wir uns.

Ich verließ das Café mit einem Gefühl der Erleichterung. Die selbstauferlegte Bürde der Verantwortung für Martin lag nun nicht mehr allein auf meinen Schultern. Der breite Rücken der Polizei half mir, sie zu tragen.

17

Exakt um 14.58 Uhr betrat Franziska die Schwelle unseres Wohnzimmers. Ich wusste das deshalb so genau, weil ich beschlossen hatte, sie um drei Uhr zu wecken, falls sie bis dahin nicht von selbst aufwachen sollte. Gerade hatte ich auf die Uhr gesehen, war im Begriff, aufzustehen und zu ihr zu gehen, als sie in der Tür erschien.

Schon zweimal vorher war ich nach meiner Rückkehr aus Eschwege in ihrem Schlafzimmer gewesen, hatte mich vorsichtig davon überzeugt, dass sie wieder fest schlief und ruhig atmete. Das letzte Mal, so etwa gegen halb drei, hatte sie andeutungsweise auf mein Eintreten reagiert, hatte mit den Augen geblinzelt und die Arme bewegt. Ich wusste, es würde nicht mehr lange dauern bis zu ihrem Erwachen.

Und nun stand sie im Zimmer, lebensfroh und unternehmungslustig wie eh, als hätte es den sekttrunkenen Abend bei Hans überhaupt nicht gegeben. Ihre Auferstehung war beeindruckend, wenn auch etwas zeitaufwändig. Immerhin hatte sie sich über dreizehn verschlafene Stunden für ihre wundersame Regeneration gegönnt.

»Guten Morgen«, grüßte sie fröhlich und schlang die Arme um mich. Ihr Kuss schmeckte nach Zahnpastaminze und stand ihrer Frische in nichts nach.

»Guten Tag«, berichtigte ich sie, »genauer, guten Nachmittag. Es freut mich, dass wieder Leben in dir ist. Vor kurzem sahst du noch ganz anders aus.«

»Ach.« Sie wischte mit einer Handbewegung das Vergangene vom Tisch, als seien Räusche dieser Art bei ihr an der Tagesordnung, etwas, das nun wirklich nicht der Fall war. »Wichtig ist, dass es mir wieder blendend geht und ich Bäume ausreißen könnte.«

»Wenn du Bäume ausreißen willst, dann ist dafür der Wald der geeignete Ort. Was hältst du von folgendem Vorschlag: Wir fahren hinauf auf den Meißner, stärken uns dort oben im Gasthaus bei Kaffee und Kuchen. Dabei erzähle ich dir alles das, was ich heute Nacht schon einmal vergeblich dir nahezubringen versucht habe. Außerdem solltest du hören, was ich heute Morgen mit Charly und Gunter besprochen habe. Anschließend machen wir einen ausgedehnten Waldspaziergang. Wir laufen am östlichen Steilhang entlang auf einem Pfad, den kaum einer kennt. Dort sind wir ganz allein.«

»Das klingt gut.« Wir zogen die Wanderstiefel an und packten angesichts des unbeständigen Tages ein paar Regensachen ein.

Bevor wir das Haus verließen, rief ich in Borken an und unterrichtete Erika Müller von dem Ergebnis des morgendlichen Gesprächs mit den Kommissaren. Sie schien erleichtert über die Zusicherung der Polizei, bei den Ermittlungen diskret und rücksichtsvoll vorgehen zu wollen. »Salmes Geheimnis sollte so weit wie möglich gewahrt bleiben, schon Martin zuliebe.«

Vor dem Einsteigen in den Wagen erinnerte Franziska: »Sag mal, müssten wir nicht langsam wieder anfangen, unsere Theaterrollen aufzufrischen? In drei Tagen ist die neue Probe angesetzt und zur Aufführung ist's auch nicht mehr lang.«

»Dann lass uns doch nachher beim Wandern damit beginnen«, schlug ich vor. »Jeder spricht seine Rolle lautlos vor sich hin und lässt dabei den Blick aus siebenhundertfünfzig Metern hinunter ins Land schweifen. Gibt es einen schöneren Ort zum Repetieren?«

Knapp eine halbe Stunde später saßen wir uns an einem Fenstertisch im Berggasthof Meißner gegenüber. Schon auf dem Weg hierher hatte ich begonnen, meiner Frau ein zweites Mal die gestrigen Erlebnisse zu schildern. Ihr gebanntes Gesicht zeigte, dass meine Berichterstattung diesmal auf aufnahmebereiten Boden fiel. Auch jetzt am Tisch, bei Kaffee und Käsetorte, folgte sie meinen Ausführungen mit dem Interesse der Schweigenden, die nicht durch Fragen das Fortschreiten der Erzählung verzögern will.

Während ich sprach, glitt mein Blick hinüber zu den Bergen des Kaufunger Waldes, der sich langgestreckt nach Westen hin unter mir ausdehnte. Es war eine Aussicht, einzigartig auf der einen Seite in seiner unbegrenzten Weitläufigkeit, andererseits aber auch mit einem seltsamen Gefühl behaftet, hinabzuschauen auf ein Land und auf Stätten, über die ich gerade berichtete. Irgendwo da unten lag das Kloster, lag Großalmerode, weiter hinten die kleine Stadt Borken mit dem See. Erinnerungen an Begegnungen, Menschen, Gespräche tauchten vor mir auf und schwebten heran wie zu einem unsichtbaren Band verknüpft, das sich von dort unten bis hier herauf schlang.

Ich hatte eine der Kopien von Salmes Schreiben den Polizisten überlassen. Nun reichte ich die andere meiner Frau. Während sie las, brach für einen Augenblick die Sonne durch eine winzige Wolkenlücke. Wie um Trost zu spenden in all dem Düsteren, von dem die Seiten berichteten, erfüllte sie für einige Minuten den Raum mit hellem Licht.

Lange schwieg Franziska nach dem Lesen. Die Blätter lagen auf dem Tisch, ihre flache Hand ruhte darauf, als wollte sie die schreckliche Wahrheit unter ihr verschließen. Unbeweglich schaute sie hinaus auf die friedliche Welt.

»Von hier oben sieht alles so weit und entfernt aus«,

sprach sie endlich, ohne den Blick zu heben, »die Dinge werden so klein, so kantenlos und glatt. Nirgends bleibt das Auge hängen, alles erscheint problemlos, leicht und frei.« Sie seufzte und bewegte die Finger auf Salmes Seiten. »Ein schöner Trugschluss, wie dieses Schreiben beweist. Welch ein Einbruch in sein Leben muss der Brief der Mutter für Martin gewesen sein. Wie viel Schuldgefühl mag er in ihm freigesetzt haben, als er von den Gründen erfuhr, warum sie ihm seine Herkunft verschwiegen hatte.«

»Ja, das muss ihn fürchterlich getroffen haben«, stimmte ich ihr zu. »In Unkenntnis des damaligen Geschehens bricht er mit der Mutter, wirft ihr vielleicht sogar Leichtlebigkeit vor. Nun erfährt er unvorbereitet die wahren Zusammenhänge. Begreift, dass ihr Tod ihm keine Möglichkeit mehr gibt, sein Fehlverhalten wieder gut zu machen. Wen das nicht total aus der Spur wirft?«

»Nun, wenigstens ein Gutes hat die Sache: Wir wissen jetzt, was mit Martin los ist, kennen den Grund für seine Verstörtheit ...«

»Sind uns aber nach wie vor im Unklaren, zu was sein Gefühlsdurcheinander führen kann«, gab ich zu bedenken. »Ich habe dir soeben von den Argumenten erzählt, die ich heute Morgen mit Gunter und Charly ausgetauscht habe. Die Polizei nimmt Martins plötzliches Verschwinden und sein unverhofftes Auftauchen im Kloster sehr ernst. Man befürchtet, er könne sich auf die Spur von Walter gesetzt haben – mit allen Konsequenzen, die sich daraus ergeben könnten.«

Franziska beugte sich über den Tisch zu mir herüber. Sie nahm meine Hände und sah mich fest an. »Dich nimmt diese Angelegenheit mehr mit, als du zugeben willst, Heinrich. Aus dem anfänglichen Fährtenspiel, zu dem dich – neben deiner Sorge um Martin – auch ein gutes Stück Neugier getrieben hat, ist nun eine verantwortungsschwere Suche geworden. Das belastet dich. Willst du nicht jetzt der Polizei das Weitere überlassen? Deren Möglichkeiten bei dieser Art von Nachforschungen sind einfach größer.«

Das war natürlich auch mir klar. Eine Suchaktion unter Einsatz aller polizeilichen Ressourcen würde um einiges erfolgversprechender sein als die Bemühungen eines Einzelnen. Im Übrigen hatte Franziska Recht. Die Verantwortung für Martin war mit jedem Mosaiksteinchen, das ich zusammengetragen hatte, größer geworden. Vor allem Salmes Brief hatte der Angelegenheit eine Dimension gegeben, der mein laienhaftes Vorgehen kaum mehr gerecht wurde. Die Ermittlungen gehörten jetzt in kompetente Hände, in die von Charly und Gunter und ihrem Team, die, dessen war ich mir sicher, mit außerordentlicher Effektivität, aber auch mit der erforderlichen Rücksichtnahme die Suche durchführen würden.

Mein Part bei der Aufspürung von Martins Fährte konnte also heute enden. Ich würde mit geschwellter Brust aus dieser Sache ausscheiden, hatte allen Grund, stolz zu sein auf das, was ich in den letzten Tagen herausgefunden hatte. Die Basis, die ich hinterließ, war ordentlich, darauf konnte die Polizei aufbauen.

Mit gestärktem Ego trat ich den Rückzug an. »Einverstanden, ab sofort widme ich mich nur noch meiner lieben Frau«, verkündete ich, um mit einiger Übertreibung fortzufahren: »Auch nach über drei Ehejahrzehnten hat sich mir das Geheimnis ihrer Schönheit noch immer nicht voll erschlossen, wartet das Rätsel ihrer Anziehungskraft auch weiterhin auf eine Entschlüsselung.« Ich warf die Arme in die Luft. »Arbeit also genug für einen umtriebigen Mann.«

Franziska verdrehte die Augen und schüttelte den Kopf. Dann hob sie ihrerseits den Arm und rief: »Bitte zahlen.«

Nach beglichener Rechnung brachen wir auf. Wir folgten der alten Kohlenstraße zwischen Kalbe und Kasseler Kuppe hinüber zur Ostflanke des Berges. Dort fanden wir den Pfad, der oberhalb der steilen Felsabbrüche am Rand des Gipfelplateaus entlangführte. Wie vorausgesagt waren wir allein mit der großartigen Natur, mit dem Wald und dem dunklen Basaltgestein, keine Menschenseele begegnete uns. Immer wieder öffnete sich durch die laublosen Bäume hindurch der atemberaubende Blick hinunter vom Berg, diesmal auf Eschwege und seine umliegenden Dörfer. Deutlich erkannten wir die Zwillingshügel der Leuchtberge, die weithin sichtbaren Wahrzeichen der Kreisstadt. Auch die rotziegeligen Dächer Oberhones machten wir aus.

Wir wanderten zügig. Der erwartete Regen war bisher ausgeblieben, tief zogen die Wolken über uns hinweg. Mit jedem Schritt, den wir gingen, vergrößerte sich auch der Abstand zu dem, was mich in den letzten Tagen beschäftigt hatte. Die Distanz, die ich zu errichten begann, war so etwas wie ein Schutzwall, mit dem ich meine Gefühle und meine übergroße innere Beteiligung an dem Geschehenen auszugrenzen oder doch zumindest einzudämmen versuchte. Ich war mir allerdings nicht sicher, ob mir das gelingen sollte. Jedenfalls würde es mir erst einmal gut tun, mich für einige Tage aus der Sache auszuklinken, zumal ich wusste, dass sich jetzt andere intensiv darum kümmerten. Es war dringend notwendig, die Gedanken wieder frei zu bekommen für wichtige Aufgaben, die auf mich warteten. Das Theaterstück zum Beispiel, das jetzt in die entscheidende Probenphase ging und mir eine Menge an Kraft und Ausdauer abfordern würde.

Ich blickte zur Seite, zu Franziska. Still stapfte sie auf dem engen Weg neben mir her. Das lautlose Bewegen ihrer Lippen zeigte mir, dass sie mit dem stummen Vorsichhersagen ihrer Rolle bereits begonnen hatte.

»Kannst du denn noch alles?«, wollte ich von ihr wissen.

»Bis jetzt ja. Ich bin gerade bei der delikaten Stelle, wo du mich der Sünde bezichtigst – der Pfarrer die eigene Frau – und ich dir entgegne ...« Abrupt blieb sie stehen, hob die Arme und deklamierte mit derart schallender Stimme vom Berg herab, dass ich fürchtete, noch in Thüringen führen die Geistlichen unter ihrer flammenden Anklage zusammen. »Es gibt keine Sünde. Die Kirche hat diese verfluchte Sünde erfunden. Mit der einen Hand hat sie Schuld verteilt, um im nächsten Augenblick mit der anderen die Vergebung der Sünden anzubieten.«

»Schweig!«, erwiderte ich, der entsetzte Pfarrer, so wie es die Rolle von mir verlangte.

»Ist ja gut«, winkte Franziska ab und setzte sich erneut in Bewegung. »Ich halte meinen Mund und übe wieder stumm.«

Beeindruckt folgte ich ihr. »Die Stelle hat was, vor allem so, wie du sie interpretierst – das ist schon fast prophetisch. Meinst du, eine solche Aussage könnte jemand übelnehmen?«

»Nein, warum auch. Es ist doch die Wahrheit.«

Ein Betrachter müsste sich wundern, wenn er uns so sähe. Die Münder unablässig tätig, Arme und Schultern in lebhafter Gestik bewegt, schritten wir schweigend durch den Wald. Ein seltsames Paar gaben wir ab, das sich pausenlos zu unterhalten und aufeinander einzusprechen schien, ohne dass ein Laut die Lippen verließ.

Einmal blieb Franziska stehen und sah mich an. »Warum, Heinrich, spielen wir eigentlich Theater, verkleiden uns und schlüpfen in die unterschiedlichsten Rollen? Kannst du mir das sagen?«

Überrascht war auch ich stehengeblieben. »Vielleicht wollen wir einfach nur aus unserer eigenen Haut heraus«, fiel mir keine bessere Antwort ein, »mal jemand anderer sein als der, den wir seit Jahren ertragen müssen.«

»Jemand anderer? Wie das?«

»Na, jemand mit edleren Eigenschaften und charismatischerer Ausstrahlung. Jemand mit größerer Begabung, als man sie selbst hat.«

»Aber wir lieben es doch auch, den Bösen zu spielen, den Schurken zum Beispiel oder den Versager. Hast du dafür eine Erklärung?«

Kurz dachte ich nach, dann gab ich mich überlegen. »Das ist doch ganz einfach. Je überzeugender wir den Fiesling spielen, desto größer steigt in der Wertschätzung des Publikums unsere schauspielerische Leistung. Denn wir sind ja – zumindest glauben wir das – von Natur aus alles andere als böse, sind die reinsten Gutmenschen.«

»Also ist das in beiden Fällen eine Art Selbsterhöhung?«

»Das könnte man so sagen.«

»Na, ich weiß nicht.« Franziska klang skeptisch, gab sich aber mit meinen Deutungsversuchen zufrieden.

Während wir weitergingen, setzte der Regen ein. Es war ein Regen solchen Ausmaßes, dass unsere Anoraks schon nach kurzer Zeit völlig durchnässt waren. Als wir zu frösteln begannen, traten wir den Rückweg an.

Nach den ereignisreichen vergangenen Tagen und den gestrigen Turbulenzen bei Hans stand uns der Sinn heute nach nichts anderem als nach Ruhe. Wir beschlossen, den Abend zu Hause in der Stille der Gemeinsamkeit, so wie wir sie liebten, zu verbringen.

Nach einem heißen Bad trafen wir uns vor dem flackernden Kamin. Ein Teller mit belegten Broten war vorbereitet, ich holte mir ein Bier und brachte Franziska – auf ihren ausdrücklichen Wunsch – ein Glas Martini. Offensichtlich hatte das gerade überstandene bacchantische Erlebnis keine trinktraumatischen Narben hinterlassen.

Wir aßen, lasen, schwiegen und tranken. Ich spürte, wie der Zwischenraum sich weiter vergrößerte, fern schon, fast am Horizont, lagen Borken, Großalmerode, das Kloster. Ich versank in meinem Buch, tauchte ein in eine fremde Geschichte und löste mich von dem, was mich zuletzt so gefangen gehalten hatte.

Der Morgen begann gleichermaßen friedvoll, wie der Abend geendet hatte. Nichts drängte uns, wir ließen uns Zeit in allem, duschten ausgiebig, frühstückten mit Bedacht und lasen die Zeitung in einer Ausführlichkeit, wie schon lange nicht mehr. Wir genossen die Freiheit, unsere Zeit zu verschwenden.

Morgende wie diese würden für Franziska bald rar werden. Wenn erst ihr Reisegeschäft wieder auf vollen Touren lief, die Klientel aus dem touristischen Winterschlaf erwacht war, würden solche morgendlichen Faulenzerminuten oder gar -stunden für sie kaum mehr möglich sein. Jetzt im März herrschte in ihrem Reisebüro noch die Ruhe vor dem Sturm, aber eben Ruhe. Siggi, die Mitarbeiterin in der Göttinger Filiale, war tüchtig genug und in der Lage, die anfallenden Beratungen und Buchungen alleine zu bewältigen. Aber das würde sich, das wusste Franziska nur allzu gut, sehr bald ändern.

Die zweite Kanne Kaffee stand auf dem Tisch. Ich bediente mich noch einmal und goss den Becher voll. Gerade wollte ich hinüber in mein Atelier und mit dem morgendlichen Klavierspiel beginnen, so wie ich es immer tat, wenn ich zu Hause war – da klingelte das Telefon.

Ich nahm ab und meldete mich mit dem Familiennamen.

»Bist du‘s, Heiner?«, wollte der Anrufer wissen, eine Frage, die unnötiger klang, als sie war. Die Stimme meines Sohnes war der meinen zum Verwechseln ähnlich.

»Hallo, Charly.« Ich hatte den Hauptkommissar sofort erkannt. »So früh am Morgen? Gibt's was Neues?«

»Wir brauchen dich.«

Selbst aus den wenigen Worten war eine Bedeutung und eine Dringlichkeit herauszuhören, die mich sofort aufmerken ließ. »Ist etwas passiert?«

»Ja.« Eine Pause entstand. Ich wartete auf mehr. Aber es kam keine weitere Erklärung, nur die Frage. »Kannst du gleich kommen?«

»Und wohin?«

»Nach Großalmerode auf den Friedhof. Falls du kein Auto zur Verfügung hast, schicke ich dir ein Fahrzeug.«

»Nein, nicht nötig, ich habe meinen Wagen da. Aber was, um Himmels willen, soll ich in Großalmerode? Und dann noch auf dem Friedhof?«

»Ich erzähl‘s dir, wenn du hier bist. Kommst du also?«

»Gut, ich komme«, sagte ich zu. »In einer halben Stunde bin ich bei dir.«

Diesmal nahm ich die Bundesstraße. Das war schneller als der Weg über den Meißner. Charlys Stimme hatte dringend geklungen. Was auch immer geschehen war, es musste gravierend sein und duldete offenbar keinen Aufschub.

Neben mir saß Franziska. Sie hatte unbedingt mitkommen wollen, als ich ihr von dem Anruf des Hauptkommissars erzählte. Die friedliche Idylle, aus der wir für kurze Zeit Martins Geschichte ausblenden konnten, hatte mit Charlys Telefonat sowieso ein Ende gefunden. Außerdem, Franziska war entscheidend bei den Nachforschungen beteiligt gewesen. Nun sollte sie auch erfahren, was Charly entdeckt hatte. Denn, dass es um etwas ging, das mit Martins Verschwinden oder dem damaligen Geschehen im Klostergewölbe zu tun hatte, stand für mich fest. Warum anders sollte die Polizei ausgerechnet in Großalmerode tätig und offenbar auch fündig geworden sein.

»Du meinst, es hängt mit diesem Prior Baldwin zusammen?«, wollte Franziska noch einmal von mir wissen, »deshalb ruft dich Charly zu sich auf den Friedhof – an sein Grab?«

»Warum sonst? Gunter hatte ja schon angedeutet, dass eine Schädelexhumierung notwendig werden könnte. Um festzustellen, ob Salme die Wahrheit geschrieben hatte.«

»Und weshalb will Charly dich bei so was dabei haben? Das ist doch polizeiliche Routinearbeit.«

»Das weiß der Teufel! Ich habe sowieso den Eindruck, dass hinter dem Anruf noch etwas anderes steckt. Irgend etwas Schwerwiegendes muss zu Tage gekommen sein – so wie Charly am Telefon klang.«

»Und was soll das sein?« Wie unter einem Frösteln legte sich Franziska die Arme um die Schultern.

»Keine Ahnung, aber nicht mehr lange und wir werden es wissen. Wir sind gleich da.«

Ich war schnell gefahren. Wenig mehr als zwanzig

Minuten hatte ich bis zum Ortseingang Großalmerode gebraucht. Von einer unbestimmten Unruhe ergriffen, hatte ich die meisten Geschwindigkeitsbeschränkungen missachtet. Franziska, wohl in der gleichen besorgten Ahnung wie ich, hatte entgegen ihrer sonstigen Gewohnheit mich nicht ein einziges Mal zur Mäßigung ermahnt.

Für die Schönheit des kleinen Städtchens hatte ich diesmal kein Auge. Kurz vor dem Rathaus bog ich nach links ab und fuhr durch enge Gassen den Berg zum Friedhof hinauf.

Auf dem Parkplatz unterhalb der Grabkapelle und auch quer über die Fahrbahn standen drei Streifenwagen und versperrten die Zufahrt. Ein rot-weißes Trassenband verwehrte auch den Fußgängern das Betreten des Friedhofs.

Oberkommissar Schröder erwartete uns. Sein stets freundliches Gesicht war von einer Ernsthaftigkeit, die mir augenblicklich bestätigte, dass ich nicht allein wegen eines ausgebuddelten Schädels hierher zitiert worden war.

»Was ist los, Gunter? Habt ihr das Skelett des Abtes exhumiert?«

»Ja schon seit den frühen Morgenstunden sind wir dabei.« Der Polizeibeamte begrüßte Franziska. Er zeigte wenig Verwunderung, dass sie mitgekommen war, er wusste um ihre Rolle in der Geschichte. Beide kannten sich gut. Unsere Familien, die Schröders und wir, wohnten im gleichen Dorf und waren befreundet.

»Und?«, fragte ich. »Was habt ihr gefunden?«

»Das wird euch Charly gleich zeigen. Kommt jetzt mit!«

Auf demselben lindengesäumten Weg, den ich erst vor kurzem gegangen war, folgten wir beide Gunter in den hinteren Teil des Friedhofs.

Das Grabmal Prior Baldwins mit dem großen Naturstein war von einer Menschentraube umstanden. Polizisten in Uniform, aber auch Zivilisten drängten sich innerhalb und außerhalb der Einfriedung um den Findling. Ein Fotograf wuselte zwischen der Menge herum auf der Suche nach der richtigen Bildeinstellung. Auch Männer mit Hacken und Schippen sah ich, sie mussten ihre Arbeit bereits getan haben. Stumm auf die Stiele gestützt standen sie da und schauten zu dem Erdhügel hin, den ich jetzt erst beim Näherkommen bemerkte.

Hauptkommissar Karl Montag löste sich aus der Gruppe, als er uns herankommen sah. Mit dem gleichen Ernst wie Gunter reichte er uns die Hand. Franziskas Anwesenheit kommentierte er mit keinem Wort. Sie schien ihn nicht zu stören. Lediglich, als er uns einen Weg durch die Menschen zu dem jetzt offenen Grab bahnte, drehte er sich zu ihr um und fragte: »Willst du das wirklich sehen? Es ist kein schöner Anblick?«

Franziska blieb kurz stehen, Zweifel schienen sie zu befallen. Dann aber, mit zusammengepressten Lippen, nickte sie Charly zu. »Ja, ich will es sehen. Was auch immer ihr gefunden habt.«

Wir traten an den Rand der ausgehobenen Grube. Franziska hielt sich hinter mir, ihre Finger schlossen sich krampfhaft um meine Hand. Sie zitterte in Erwartung dessen, was sie zu sehen befürchtete.

Ich folgte Charlys in die Tiefe deutenden Arm mit den Augen, sah auf das Skelett, das zu finden das Ziel der Graböffnung war, und erstarrte. Aber ich fing mich sofort und schob in einer schnellen Reaktion Franziska vom Grubenrand zurück. Doch ihr Aufstöhnen verriet, dass es bereits zu spät war, sie hatte das Grauenvolle schon gesehen.

»Wie konntet ihr das wissen?«, keuchte ich zu Charly hin und blickte voller Entsetzen zum Grabesgrund hinunter.

»Wir wussten es nicht, wir waren genauso überrascht, wie du es jetzt bist – und erschüttert.« Charly wandte sich ab, wir sollten seine Betroffenheit nicht sehen.

Am Nachlassen ihres Fingerdrucks merkte ich es, spürte, wie sich Franziskas Hand aus der meinen löste. Ihr Hinsinken auf die weiche Erde war ohne jeden Laut. Nur ein Hauch war zu hören, wie das Zischen eines Lichts, das im Wind verlischt. Ich beugte mich zu ihr hinunter, sah in ihr bleiches Gesicht und erkannte, dass es nur eine flüchtige Ohnmacht war, eine Schrecksynkope – kein Wunder bei dem, was sie gerade gesehen hatte.

Auch ich hatte Mühe, mich aufrecht zu halten. Aber nicht das Skelett des Priors war es, dessen Anblick mich mit Grauen erfüllte und mich von den Beinen zu holen drohte – es war der Blick auf den Toten an seiner Seite, der unerträgliche Blick in die leblosen Augen und das blutverschmierte Gesicht meines Freundes Martin.

18

Franziska saß auf einer Bank abseits des Grabes. Die Augen blickten wieder klar, die Farbe war auf ihre Wangen zurückgekehrt – nur der Schrecken und das Entsetzen über das Unfassbare war noch immer aus ihren Zügen herauszulesen. Sie hielt meine Hand umklammert wie eine Ertrinkende, die befürchtet, sie versinke, wenn sie sie losließe. Mit brüchiger Stimme stellte sie die Frage, die uns alle beschäftigte: »Wie konnte so etwas geschehen? Wer kann so etwas getan haben?«

Charly sah mich an und machte eine kaum sichtbare Kopfbewegung zu Franziska hin.

»Nein«, beantwortete ich seine unausgesprochene Frage, »sie will nicht nach Hause. Ich habe ihr angeboten, sie heimzufahren, aber sie lehnt es ab. Genauso wie ich will sie erst wissen, wie ihr ihn gefunden habt« – es fiel mir schwer, Martins Namen auszusprechen – »und wie er seinen Tod erlitten hat. Mir ist klar, dass jetzt so unmittelbar nach dem Auffinden noch nichts Definitives gesagt werden kann. Aber grobe Vorstellungen von dem Geschehen dürftet ihr doch schon haben.«

Der Hauptkommissar ließ sich müde neben Franziska nieder. Er wirkte mitgenommen, von seiner gewohnten Tatkraft war wenig übriggeblieben. Vornübergebeugt saß er da und starrte vor sich auf den Boden. Den Tod des Freundes steckte auch ein berufserfahrener Polizist wie er, dem der Fund von Leichen und deren Anblick durchaus vertraut ist, nicht so einfach weg. Dann, mit sichtbarer Entschlossenheit, richtete er sich auf. Den Oberkörper gegen das Rückbrett der Bank gelehnt, verschränkte er die Arme vor der Brust und blickte zum Grab hinüber.

»Gerade eben ist die Spurensicherung aus Kassel eingetroffen. Wir werden in der nächsten Stunde vielleicht Näheres wissen. Eines steht jedenfalls fest: Martin wurde erschlagen. Ihr habt seinen Kopf gesehen. Selbst wenn ihr nur einen flüchtigen Blick darauf geworfen habt, werdet ihr erkannt haben, dass ihm das Schädeldach eingeschlagen worden ist. Unser Doktor war kurz unten bei ihm in der Grube, hat sich die Verletzung angesehen. Der ganze hintere Teil der Schädeldecke ist eingedrückt, deshalb auch das viele Blut. Martin muss einen fürchterlichen Schlag erhalten haben, der ihn sofort getötet hat. Ob das allerdings die tatsächliche Todesursache ist, kann erst nach der Obduktion gesagt werden.«

»Und warum ...?« Franziska ließ den Satz unvollendet.

»Das herauszufinden wird unsere vordringliche Aufgabe sein. Zwei, drei Tage liegt er schon im Grab, schätzt der Doktor. Aber auch hier müssen wir die gerichtsmedizinische Untersuchung abwarten.« Charly beugte sich vor. An Franziska vorbei sah er mich an. »Deiner Schilderung nach, Heiner, wurde er lebend zuletzt von den Mönchen gesehen. Von späteren Lebenszeichen wissen wir jedenfalls nichts. Wenn ich mich richtig an das erinnere, was du erzählt hast, ist er einen Tag, bevor du dort ankamst, aus dem Kloster abgereist. Das heißt ...«, er hob die Hand und zählte stumm an den Fingern ab, »vier Tage ist das jetzt her, dass er das Kloster verließ. Seit dieser Zeit haben wir keinen Lebensbeweis mehr von ihm. Was nicht heißen muss, dass er seit vier Tagen tot ist. Wie gesagt, den genauen Zeitpunkt werden wir später, vielleicht schon morgen, wissen.«

»Habt ihr denn eine Idee, wer ...?« Auch diese Frage blieb unvollständig.

Charly schüttelte den Kopf. »Nein, nicht die geringste. Da wir kein Aufsehen erregen wollten, haben wir heute Morgen in aller Frühe mit der Exhumierung begonnen. Wir wollten das Skelett oder genauer gesagt den Schädel des Abtes, wollten überprüfen, ob er auch wirklich so zu Tode gekommen ist, wie in dem Brief beschrieben. Nicht einen Moment haben wir daran gedacht, noch etwas anderes in dem Grab zu finden. Ihr könnt euch den Aufruhr vorstellen, als plötzlich Martins Leiche auftauchte. Von einer Geheimhaltung des Unternehmens kann nun natürlich keine Rede mehr sein. Aus der persönlichen, intimen Geschichte ist jetzt ein Mordfall geworden.« Der Hauptkommissar stöhnte leise auf. Es fiel ihm schwer, seine innere Beteiligung zu verbergen. »Das ist schon etwas Besonderes, unvermittelt mit dem Tod eines vertrauten Menschen konfrontiert zu werden, plötzlich mit der Aufgabe befasst zu sein, den Mörder des eigenen Freundes zu suchen.« Erregt erhob sich Charly und ballte die Faust. »Aber er wird uns nicht davonkommen! Wo auch immer er sich verbirgt, wir werden ihn jagen und auch finden, dieses Schwein ...«

Erschrocken hielt er inne. Seine Hand fuhr an den Mund, als wolle er weitere Worte zurückhalten.

»Bist du denn überhaupt in der Lage, diesen Fall zu übernehmen?«, fragte ich, selbst bestürzt durch Charlys Ausbruch. »Bist du nicht emotional viel zu tief in das Geschehen verstrickt? Wie willst du objektiv und unparteilich an die Ermittlungen herangehen?«

»Entschuldigt, meine Nerven liegen etwas blank.« Der Hauptkommissar zwang sich zur Ruhe. »Ja, man hat mir angeboten, mich aus den Untersuchungen herauszuhalten, wenn ich das wollte. Aber ich habe diesen Vorschlag abgelehnt. Wer, außer mir, könnte geeigneter sein, den Fall zu lösen? Es wird keinen geben, der kompromissloser und mit größerem Eifer die Aufklärung vorantreiben wird als ich.«

»Eben«, gab ich zu bedenken.

Gunter war zu uns getreten. Er hatte Charlys Worte mit angehört. Beruhigend legte er dem Hauptkommissar die Hand auf die Schulter. »Ich werde schon dafür sorgen, dass deine Gefühle nicht aus dem Ruder laufen. Es widerspräche jeder Vernunft, dein Engagement nicht zu nutzen. Die momentane Verbitterung wird sich legen. Schon bald wirst du den Fall wieder sachlich betrachten können.«

Wie um zu beweisen, dass er schon jetzt in der Lage war, das Geschehene rational zu sehen, machte der Hauptkommissar auf einen ungewöhnlichen Fakt aufmerksam, der in der Tat ins Auge sprang. »Auffällig, möglicherweise auch ein erster Hinweis auf den Kreis des oder der Täter, ist die Tatsache, dass Martin ausgerechnet in diesem Grab verscharrt worden ist. Immerhin dem Grab seines möglichen Erzeugers. Das kann kein Zufall sein. Jemand, der Kenntnis von der alten Geschichte zwischen dem Prior und Salme hat, muss den Ermordeten mit voller Absicht neben seinen potentiellen Vater gelegt haben.«

»Aber warum?«, fragte ich verständnislos. »Kannst du mir mal sagen, was sich der Mörder davon verspricht, sein Opfer so aufwändig auf einem öffentlichen Friedhof unter die Erde zu bringen. Wie viel einfacher wäre es gewesen, es irgendwo im Wald zu vergraben oder auf dem Grund eines Sees zu versenken?«

»Der Ort, den er sich zur Beseitigung der Leiche ausgesucht hat, muss ihm absolut sicher erschienen sein. Wie konnte er damit rechnen, dass gerade jetzt eine Grabesöffnung durch uns erfolgt? Er wusste ja nichts von dem Brief, in dem Martins Mutter den Prior belastet. Aber warum die Leiche ausgerechnet hier in die Erde gelegt wurde – ich habe keine Ahnung. Da geht's mir genauso wie dir: Ich sehe keinen vernünftigen Grund dafür. Ich tippe eher auf ein sentimentales Motiv, das diesem seltsamen Bestattungsakt zugrunde liegt.« Charly machte eine bedeutungsvolle Pause. »Das aber würde heißen, dass der Täter über die Vorgänge des Jahres 1965 Bescheid wissen muss.«

»Du meinst über das, was damals im Weinkeller passiert ist?«

»Ja, genau das. Er muss die Verbindung Martins zu dem Abt kennen, sonst ergibt das Begräbnis hier keinen Sinn.«

»Aber wer weiß davon?« Ich begann, die in Frage kommenden Personen aufzuzählen. »Da sind einmal die Adressaten von Salmes Briefen, Martin und Erika Müller. Dann Franziska und ich, und schließlich ihr beide, du und Gunter. Das war's auch schon. Weitere Personen sind nicht eingeweiht. Ich wüsste auch nicht, wie andere von den damaligen Vorgängen erfahren haben könnten?«

Charly nickte zustimmend. »Wenn wir einmal davon ausgehen, dass weder wir Polizisten noch Franziska und du als Mörder in Frage kommen, bleibt aus diesem Kreis nur noch diese Frau Müller aus Borken übrig, Salme Jakobs Freundin. Aber auch die können wir ausschließen. Derjenige, der Martin in dieses Grab gelegt hat, ging davon aus, dass die damalige Tat Prior Baldwins und sein gewaltsamer Tod für immer der Öffentlichkeit verschlossen blieben. Andernfalls würde er es nicht gewagt haben, den Leichnam dorthin zu legen. Er hätte mit einer späteren Exhumierung rechnen müssen. Frau Müller hat aber schon vor zwei Wochen von dem Geheimnis erfahren. Sie wusste, dass auch Martin von seiner Mutter davon in Kenntnis gesetzt worden war. Möglicherweise hatte er es anderen weitererzählt. Unter diesen Umständen hätte sie nie und nimmer dieses Grab hier als Versteck gewählt – abgesehen davon, dass ich nicht den geringsten Grund erkennen kann, warum sie Martin ermordet haben sollte. Auch weist die Art, wie er starb, ebenso wie die beschwerliche Arbeit, die der Aushub eines Grabes darstellt, eindeutig auf einen Mann hin. Nein, Heiner, alle aus dem Kreis, den du genannt hast, können wir als Tatverdächtige streichen.«

»Aber wer kann es sonst gewesen sein?«, mischte sich Franziska ein. Ihre Stimme hatte die alte Festigkeit zurückerlangt, ihre Gestik war wieder lebhaft.

»Denk doch mal nach«, forderte sie der Hauptkommissar auf, »einer bleibt noch übrig. Einer, der wie kein anderer über die damaligen Ereignisse Bescheid weiß.«

»Mein Gott«, Franziska schlug sich mit der flachen Hand gegen die Stirn. »Natürlich – Walter, der ehemalige Klosternovize. Er hat ja alles miterlebt, war sogar mitbeteiligt an den Gräuel, die Martins Mutter angetan wurden.«

»Es ist durchaus möglich«, warf Gunter ein, »dass er und nicht Prior Baldwin Martins Vater ist. Jedenfalls kennt Walter die Zusammenhänge bestens. Außerdem hat er ein Motiv. Martin könnte ihn aufgespürt haben, ihm mit Aufdeckung, vielleicht auch Repressalien gedroht haben. Walter erschlägt ihn und legt die Leiche aus irgendeiner Gefühlsduselei in das Grab des Mitschuldigen von damals.«

Wir schwiegen. Gunters Ausführungen waren klar und logisch, wahrscheinlich trafen sie zu. Es konnte gar nicht anders sein.

»Und das heißt?«, fragte ich, obwohl ich die Antwort wusste.

»Wir suchen Walter«, wandte sich Charly mir zu. »Deshalb, Heiner, habe ich dich kommen lassen.«

19

Ein VW-Transporter stand im Hof unweit der Treppenstufen, die zum ehemaligen Gutshaus hinaufführten. Der Streifenwagen holperte über das Pflaster und hielt dicht neben dem Kleinbus. Gunter stellte den Motor ab. Aus dem Handschuhfach zog Charly einen Notizblock, überprüfte, dass er einen Stift dabei hatte. Dann stiegen wir aus. Den eigenen Wagen hatten wir am Friedhof stehengelassen. Von den Beamten war uns angeboten worden, zusammen mit ihnen im Polizeifahrzeug zu fahren. Gerne hatten wir diese Offerte angenommen. Warum sollten wir die stille Zufahrt zum Kloster unnötigem Autoverkehr aussetzen?

Franziska war ein paar Schritte auf den Hof hinausgetreten und blickte sich um. Sie sah hinüber zu dem Tor, unter das ich unlängst vor dem Regen geflüchtet war, ehe Bruder Valentino mich zu sich ins Haus gerufen hatte. Sie kannte die Örtlichkeit aus den Schilderungen, die ich ihr von meinem Besuch hier gegeben hatte.

Drei Tage erst war das her. Ich war damals im Unwetter gekommen, auf der Suche nach Martin und dem mysteriösen Zusammenhang, der ihn mit dem Kloster verband. Zwar war mein Nachforschen in der Sorge um den Freund begründet, aber es war, wie Franziska gestern richtig bemerkt hatte, doch eher spielerisch fahndender Natur gewesen. Angestachelt von einer ehrgeizigen Neugier glaubte ich mich einem Geheimnis auf der Spur, das aufzudecken in mir eine Art pfadfinderischen Eifer geweckt hatte. Auch wenn wir die Möglichkeit einer Gefährdung des Freundes nie ausgeschlossen hatten, mit einer solchen Katastrophe wie der, die jetzt eingetroffen war, hatten weder Franziska noch ich jemals gerechnet. Ich hatte Martin gesucht, hatte ihn dort, wo ich ihn suchte, nicht finden können. Nun war die Suche auf grauenhafte Weise zu Ende gegangen. Die Polizei hatte Martin entdeckt, erschlagen und ermordet, vergraben an einem Ort, wo ihn niemand vermutet hatte.

Seit heute Morgen nun lief eine neue Suche, eine Suche, die noch intensiver und beharrlicher sein würde als die vorherige – denn jetzt suchten wir Martins Mörder.

Verständlicherweise war der Benoniterkonvent der vorrangige Ort, an dem die Ermittlungen einsetzen mussten.

Mehrere Gründe sprachen dafür, dem Kloster als erstes einen Besuch abzustatten. Zum einen schien die vor mehr als vier Jahrzehnten dort abgelaufene düstere Geschichte eine entscheidende Rolle zu spielen, vor allem, was das Motiv des Mordes betraf. Auch die Tatsache, dass der Leichnam im Grab des früheren Priors abgelegt worden war, wies auf das Kloster hin. Und schließlich, Martin war an diesem Ort möglicherweise letztmalig lebend gesehen worden. Genügend Anlässe also für die Polizei, bei den Mönchen vorzusprechen.

Von meiner Anwesenheit versprachen sich die Beamten neben meiner Kenntnis der Lokalität vor allem einen persönlicheren Zugang zu den Klosterbewohnern. Meine fast schon freundschaftliche Beziehung zu Bruder Valentino würde vielleicht den einen oder anderen mönchischen Mund gesprächiger werden lassen. Franziska wurde als stille Zuhörerin geduldet.

Ein betagter Mönch, den ich nicht kannte, trat aus der Tür und schaute zu uns herunter. Verwunderung, vielleicht auch Erschrecken, spiegelten sich in seinem bärtigen Gesicht, aus dem unruhige Augen uns fragend ansahen. Wie tröstlich, dachte ich, dass auch fromme Christenmenschen beim Anblick der Polizei von einem Gefühl der Betroffenheit befallen werden, egal wie rein ihre Seelen auch sein mögen.

Inzwischen waren wir die Stufen zum Eingang hinaufgestiegen. Hauptkommissar Montag stellte sich und seinen Kollegen mit vollem Dienstrang vor und bat um eine dringende Unterredung. »Wenn möglich, möchte ich mit allen Hausbewohnern sprechen. Es geht um einen Mordfall.«

Entsetzt hob der alte Mönch, der sich als Bruder Gernold präsentierte, in einer Bewegung der Abwehr die Hände.

»Ein Mordfall? Was haben wir mit einem Mord zu tun?«

»Das würde ich gerne erklären, wenn auch die anderen da sind.«

»Ja, natürlich.« Bruder Gernold machte eine einladende Geste mit dem Arm und ging uns in den Flur voran. Es war ein seltsames Gefühl für mich, nach dem zwischenzeitlich Erlebten zurückzukehren in das Haus, das mich so gastfreundlich aufgenommen hatte, in die Räume, zwischen deren Mauern mir so schöne, gesellige Stunden mit dem kleinen Mönch vergönnt gewesen waren. Ich schaute mich um, erwartete jeden Augenblick den lieben Valentino aus einer Tür oder die Treppe herunterkommen zu sehen.

Bruder Gernold, der meinen suchenden Blick bemerkte, klärte uns über die Abwesenheit der Mitbrüder auf. »Ich bin allein im Haus. Die anderen muss ich erst rufen. Sie sind alle oben am Teich, roden dort ein Stück verwilderte Wiese. Wenn ich die Glocke läute, können sie in zehn Minuten hier sein. Bitte, kommen Sie herein.« Er öffnete uns die Tür zum großen Speisesaal und bedeutete uns, an dem langen Esstisch Platz zu nehmen. Dann verließ er mit einer gemurmelten Entschuldigung den Raum.

In schweigender Verwunderung ließen die Kommissare und auch Franziska die Blicke durch den Saal gleiten, verweilten kurz auf den prächtigen Landschaftsbildern und dem schlichten Altar. Aber was sie beeindruckte, war vor allem das, was sie vermissten.

»Mein Gott, dieser Raum hat ja überhaupt keine Fenster«, fasste Gunter sein Erstaunen in Worte.

»Ja, die Wände sind fensterlos und haben solch dicke Mauern, dass, wenn die Türen zu sind, kaum ein Geräusch von außen hier herein dringt. Die Mönche nennen ihren Speisesaal das schweigende Herz des Hauses«, gab ich das wieder, was Bruder Valentino mir seinerzeit erzählt hatte. Ich berichtete von der Absicht der Gutserbauer, mit diesem Raum ein befestigtes Refugium zu schaffen. »Dort hinten«, ich zeigte auf die Nische neben dem Altar, »dort liegt die Bibliothek. Wollt ihr sie sehen?«

»Später.« Charly bedeutete mir, sitzen zu bleiben. »Wir haben keine Hausdurchsuchungserlaubnis, sind auf das Wohlwollen der Mönche angewiesen. Warten wir also, bis sie kommen.«

Das Schlagen des Glöckchens schallte durch die offene Küchentür dünn zu uns herein. Es klang aufgeregt und dringlich wie ein Bimmeln, das vor einer heranziehenden Gefahr warnen will.

Nach einer Weile stand ich auf und ging in die Küche. Durch das Fenster schaute ich zu der kleinen Kapelle hinüber. Das Läuten hatte jetzt aufgehört, ich sah Bruder Gernold schwerfällig über den Hof wieder auf das Haus zuschlurfen.

Offenbar hatte das Glöckchen tatsächlich wie ein Alarmsignal geklungen, denn gerade mal sieben Minute waren vergangen, als die übrigen fünf Mönche das Refektorium betraten. Bruder Valentino stutzte kurz, als er mich sah, dann eilte er mit offenen Armen auf mich zu. »Welch eine Freude, Sie wiederzusehen.« Er ergriff meine Hände, zog mich zu sich heran und drückte mich an seine Brust. Dann wandte er sich an seine Mitbrüder. »Das ist Herr Gerhard, von dem ich euch erzählt habe, der Mann, mit dem man so herrlich musizieren, so köstlich essen und so ausgiebig trinken kann.« Er lachte und stieß mir dabei kumpelhaft in die Seite. »Wir haben im wahrsten Sinne des Wortes einen stürmischen Abend zusammen verbracht.«

Bruder Gernold, offensichtlich der rang- und lebensälteste des Klosters, übernahm nun die Vorstellung der anderen. Wieder fiel mir auf, welches Unbehagen die Erwähnung der Polizei unter den Klosterbewohnern auslöste.

Nachdem alle miteinander bekannt gemacht worden waren und sich an dem Tisch gegenüber saßen, eröffnete der Mönch das Gespräch. »Nun würden wir aber doch gerne wissen, was die Polizei hierher in unser Kloster führt. Ein Mordfall sagten Sie, Herr Kommissar?« In unbeabsichtigter Degradierung wandte er sich an den Hauptkommissar. Dabei breitete er unschuldsvoll die Arme aus. »Ich kann mir beim besten Willen nicht vorstellen, wie wir Ihnen in einem Mordfall helfen könnten.« Seine Worte wurden begleitet vom beifälligen Nicken der übrigen Fratres, deren Augen gespannt auf den Polizeibeamten gerichtet waren.

Einen Moment saß Charly stumm da. Er schien mit sich zu Rate zu gehen, wieviel des Falles er den Mönchen erzählen sollte. Aber was blieb ihm übrig? Wollte er Auskünfte von ihnen erhalten, musste er sie wenigstens in Grundzügen über das Geschehene unterrichten, auch über das, was sich vor über vierzig Jahren in ihrem Kloster ereignet hatte.

Der Hauptkommissar begann mit seinem Bericht. Er umriss grob die damaligen Abläufe und schilderte die Tatsachen, ohne darauf einzugehen, woher er die Informationen hatte. So erzählte er, dass sich Prior Baldwin und auch Walter, der Novize, an der damaligen Haushälterin vergangen hatten, ließ aber das Wie und die weiteren Einzelheiten aus. Ein Aufstöhnen ging durch die Reihe der Mönche, als sie erfuhren, dass der Ermordete, um den es ging, im Grab ihres ehemaligen Abtes gefunden worden war.

»Das an sich ist schon schlimm genug. Aber richtig makaber wird das Ganze erst dadurch, dass wir vermuten, der Tote könnte der Sohn des Priors sein, gewaltsam gezeugt damals hier im Kloster.« Hauptkommissar Montag sah die Mönche an, einen nach dem anderen, versuchte, in ihren Gesichtern zu lesen, ehe er fortfuhr. »Sie kennen den Toten. Seine Mutter, die damalige Wirtschafterin des Hauses, hieß Salme Jakob, ihr Sohn Martin war erst vor wenigen Tagen als Gast bei Ihnen.«

Sekunden des Schweigens breiteten sich über unsere Gruppe. Nun erst schienen die Mönche zu verstehen, dass sie der Mord, mit dem sie gerade konfrontiert wurden, durchaus etwas anging.

Ich schaute zu Bruder Valentino. Kurz kreuzten sich unsere Blicke. Mit zusammengepressten Lippen sah er mich an, nickte unmerklich, als begreife er jetzt, dass ich vor zwei Tagen nicht zufällig zu dem Kloster gekommen war.

Bruder Gernold beendete die Stille. Mit bemühter Bestimmtheit, die den Schrecken, der alle erfasst hatte, überspielen sollte, wandte er sich an die Polizeibeamten: »Gut, nun kennen wir den Sachverhalt, verstehen natürlich, dass Sie bei dieser Lage das Kloster in Ihre Ermittlungen mit einbeziehen müssen. Bevor Sie Ihre Fragen stellen, erklären Sie uns bitte, welche Rolle Herr Gerhard und seine Frau in diesem Mordfall spielen.«

Charly sah zu mir hinüber. Das kurze Heben seines Kinns enthielt die unausgesprochene Aufforderung an mich, die Frage des Mönches zu beantworten.

Ich drehte mich zu Bruder Gernold. »Meine Frau und ich sind, ebenso wie der Hauptkommissar, mit Martin Jakob befreundet. Als wir merkten, dass irgendetwas mit ihm nicht stimmte, irgendetwas Ernsthaftes ihn belastete, haben wir uns Gedanken gemacht, aber noch keine offiziellen Nachforschungen anstellen wollen, solange wir nicht wussten, um was es ging.«

In einem kurzen Abriss schilderte ich meine Versuche, herauszufinden, unter was der Freund litt, beschrieb wie Franziska und ich die Spur entdeckt hatte, die in das hiesige Kloster führte. »Und dann habe ich mich aufgemacht hierher auf der Suche nach der geheimnisvollen Beziehung, die Martin zu diesem Haus haben könnte. In der Klosterbibliothek habe ich die ersten Hinweise gefunden, die schließlich zur Aufdeckung jener fürchterlichen Geschichte führte, von der der Hauptkommissar soeben berichtet hat.«

Ich blickte auf den kleinen Mönch mir gegenüber und hob bedauernd die Schultern. »Tut mir Leid, Bruder Valentino, dass ich Ihnen den wahren Grund meines Besuchs verschwiegen habe. Aber wenigstens habe ich Sie nicht belogen. Das Unwetter und die dadurch erzwungene Übernachtung haben es mir erspart, einen Vorwand für die Einquartierung suchen zu müssen.«

»Ist schon in Ordnung, Herr Gerhard.« Bruder Valentino schien Verständnis für mein Handeln zu haben. »Der entsetzliche Tod Martin Jakobs beweist doch, wie dringlich und wichtig Ihre Nachforschungen waren, auch wenn sie letztendlich sein grausames Ende nicht verhindern konnten.«

Wieder vergingen einige schweigsame Sekunden. Die Erwähnung von Martins Tod ging allen, das merkte man, ganz schön unter die Haut. Auch dem Hauptkommissar fiel es sichtlich schwer, zur Tagesordnung überzugehen. Endlich, nach einem überlauten Räuspern, begann er mit der Befragung.

»Für die Polizei ist es im Moment vorrangig, jemanden zu finden, der sich an die alte Geschichte und auch an die Personen, die darin eine Rolle spielten, erinnern kann. Der günstigste Fall wäre natürlich, einer von Ihnen wäre damals,

als die Sache passierte, schon hier im Kloster gewesen und hätte das Ganze aus erster Hand miterlebt.«

»Da muss ich Sie enttäuschen, Herr Kommissar«, dämpfte Bruder Gernold Charlys Hoffnung. »Vierundvierzig Jahre, sagten Sie? Solange ist noch keiner von uns im Kloster Bielstein. Ich dürfte derjenige sein, der am längsten von uns allen hier ist. Als ich vor fünfunddreißig Jahren in dieses Haus kam, habe ich selbstverständlich von dem unglücklichen Tod des ehemaligen Priors gehört. Man hat es erwähnt, aber man redete nicht mehr darüber. Zum einen lag das Ereignis bei meinem Eintritt schon neun Jahre zurück, das Thema war also längst durch, wenn ich das so sagen darf. Zum anderen ist ein Unfalltod zwar tragisch, aber im Allgemeinen wenig spektakulär. Das Interesse daran erlahmt sehr schnell. Keiner der Mönche hat ja von dem gewusst, was wirklich geschehen ist.«

»Das stimmt so nicht«, berichtigte der Hauptkommissar, »einer hat davon gewusst – Walter, der Novize. Allerdings hatte er gute Gründe, darüber zu schweigen. Es wäre für uns von großer Wichtigkeit, Näheres über diesen Walter zu erfahren. Falls also jemand etwas von ihm weiß, das uns weiterhelfen könnte?«

Die Mönche sahen sich an und zuckten die Schultern.

»Wie hieß denn Walter mit Familiennamen?«, fragte einer der Fratres, der, wenn ich mich recht erinnerte, uns als Bruder Friedhelm vorgestellt worden war.

»Das wissen wir nicht. Wir kennen von ihm nichts weiter als seinen Vornamen, wissen nicht einmal, ob und wann er den Orden verlassen hat. Genau das hatte ich gehofft, von Ihnen zu erfahren.«

Bruder Gernold schüttelte den Kopf. »Einen Walter gibt es nicht bei den Benonitern, zumindest nicht in unserer

Sektion – und auch früher hat es, soweit ich mich entsinnen kann, keinen diesen Namens bei uns gegeben.« Seine Antwort klang bestimmt und definitiv.

»Sagen Sie«, wollte der Hauptkommissar wissen, »was wird aus einem Novizen in Ihrem Orden? Welche Laufbahn schlägt er ein?«

»Ganz einfach. Entweder er entscheidet sich nach einer vorgeschriebenen Zeit für den Ordensdienst, dann wird er als Mönch in den Konvent aufgenommen. Oder aber er stellt fest, dass das Klosterleben nicht dem entspricht, was er sich davon erwartet hatte. In diesem Fall endet sein Noviziat und er verlässt uns wieder. Letzteres muss bei jenem jungen Mann geschehen sein, denn sonst wüssten wir von einem Bruder Walter.«

Charly zog eine Kopie des Chronikfotos aus der Tasche, die ich ihm nach unserem Gespräch im Stadtcafé überlassen hatte. »Hier, dieses unscharfe Gesicht – das ist Walter. Ein Jüngling damals von siebzehn, achtzehn Jahren. Jetzt müsste er Ende fünfzig, Anfang sechzig sein. Kommt er jemand von Ihnen bekannt vor?« Er hielt die Aufnahme, auf der auch Salme zu sehen war, den Mönchen vor die Augen. Aber alle versicherten, diesen Jungen noch nie gesehen zu haben und auch niemanden zu kennen, der ihm ähnlich sah.

Der Hauptkommissar ließ sich nicht entmutigen. »Was ist mit den Namen der Mönche und Novizen, sind die nicht irgendwo archiviert? Bei der Zentralstelle des Ordens zum Beispiel? Möglicherweise mit näheren Angaben zur Person – Geburtsdatum, Herkunft, vielleicht auch der Aufenthaltsort nach dem Ausscheiden aus dem Kloster?«

»Was uns Mönche angeht, trifft das wohl zu. Ob allerdings Novizen, die nicht in den Orden übernommen werden, genauso erfasst werden, das kann ich Ihnen nicht sagen. Da sollten Sie bei unserem Generalpriorat nachforschen.« Er machte eine Handbewegung, die den Abstand der kleinen Dependance Bielstein zu der allmächtigen Ordenszentrale verdeutlichen sollte. Dann schien ihm etwas einzufallen. »Vielleicht haben wir ja selbst den Namen dieses Novizen irgendwo stehen. Da gibt es doch eine Chronik ...?« Fragend blickte er zu seinen Mitbrüdern.

Charly gab mir einen Wink, mit dem er mich bat, die Sachlage zu klären. »Es gibt eine Chronik, ja«, bestätigte ich, »ich habe sie hier in der Bibliothek entdeckt. Aber das, was wir suchen, werden wir darin nicht finden. Als ich sie durchblätterte, stellte ich fest, dass sämtliche Aufzeichnungen des Jahres 1965, des Jahres also, in dem der Prior zu Tode kam und Walter hier seine Novizenzeit verbrachte, verschwunden waren. Sie mussten gerade erst frisch herausgerissen worden sein, wie noch deutlich zu erkennen war. Für mich besteht nicht der geringste Zweifel, dass Martin die Seiten entfernt und an sich genommen hat.«

Es war augenscheinlich, dass die Nachricht für alle neu war. Das Fehlen der Seiten hatte offenbar bisher noch keiner bemerkt. Aufgeregt redeten die Mönche durcheinander.

Charly hob die Hand. »Herr Gerhard wird gleich mit uns in die Bibliothek gehen und uns die Stelle zeigen, wo er die Chronik gefunden hat.« Er wandte sich an Bruder Gernold. »Jetzt aber möchte ich zuerst noch etwas anderes von Ihnen wissen. Welche Grund für seinen Aufenthalt hat Herr Jakob bei seiner Ankunft hier angegeben? Und wann genau hat er das Kloster wieder verlassen?«

Der Angesprochene beugte sich vor. »Bruder Gabriel«, sprach er einen schmächtigen Mönch am Kopfende des Tisches an, »wenn du so freundlich wärest, dem Kommissar die gewünschte Auskunft zu geben. Du hast Herrn Jakob schließlich in Empfang genommen, als er zu uns kam.« Mit einer Handbewegung erteilte er seinem Mitbruder das Wort.

Nur zögernd kam der hohlwangige Mönch der Aufforderung nach. Unsicher erhob er sich von seinem Stuhl, in dicken Falten schlotterte die Kutte um seinen dürren Körper. Aufgeregt nestelte er an dem Seil, das ihm als Gürtel seines Habits diente. »Ja, also«, begann er mit piepsiger Stimme, »das war jetzt vor vier Tagen – oder waren es schon fünf Tage –, da kam der Herr Jakob zu uns. Er fuhr mit seinem Auto auf den Hof, stellte den Motor ab und stieg aus. Ich sah das deshalb so genau, weil ich gerade in der Küche damit beschäftigt war, die Kartoffeln für das Mittagessen aufzusetzen. Normalerweise ist das Bruder Valentinos Aufgabe, aber er hatte mich darum gebeten, weil er selbst an diesem Morgen zum Einkaufen in Großalmerode war. Also setzte ich die Kartoffeln auf und sah dabei, wie Herr Jakob – zu diesem Zeitpunkt wusste ich allerdings noch nicht, um wen es sich handelte – die Treppe emporgestiegen kam und an die Eingangstür klopfte ...«

»Bruder Gabriel«, unterbrach ihn Oberkommissar Schröder, der bisher schweigend der Befragung zugehört hatte. »Uns freut immer, wenn wir auf Zeugen stoßen, die das Geschehen so genau wiederzugeben in der Lage sind wie Sie. Jetzt aber würde es uns erst einmal reichen, zu erfahren, was Herr Jakob gesagt hat, nachdem er hinaufgestiegen, angeklopft und eingetreten war. Welche Begründung hat er gegeben für seinen Wunsch, einige Tage im Kloster verbringen zu wollen?« Gunters Stimme war die nur mühsam beherrschte Ungeduld anzuhören. Nicht ohne Ironie fügte er hinzu: »Er hat doch irgendetwas gesagt, oder?«

»Ja, ja, natürlich«, stammelte der Mönch. Verwirrt zog

und zerrte er an seiner Gürtelschnur. »Guten Morgen hat er gesagt – ja, genau so war‘s. Und dann habe ich ihn auch gegrüßt, habe, glaube ich, ebenfalls Guten Morgen gesagt – vielleicht aber auch Gott sei mit Ihnen ...«

»Danke, Gabriel, danke.« Unter der Einsicht, dass der halbe Tag bei dieser Art Schilderung draufgehen würde, übernahm nun Bruder Gernold wieder die Beantwortung der Fragen. »Ich glaube, wir alle können den Herren Kommissaren vom Eintreffen Herrn Jakobs berichten, denn schon kurz nach seiner Ankunft haben wir ihn ja ebenfalls begrüßt und willkommen geheißen.«

Die Schilderung, die der alte Mönch nun gab, deckte sich im Wesentlichen mit dem, was mir Bruder Valentino über Martins eigentümliches Verhalten erzählt hatte. »Herr Jakob gab als Grund für sein Kommen an, er suche Ruhe und Hilfe im Kloster. Er müsse mit einer schwierigen Lebenssituation zurecht kommen, die ihn zu überrollen drohte. Letzteres traf sicher zu, das merkte man dem Mann an. Er war mit seinen Nerven am Ende. Aber dass er Hilfe suchte, ließ er zumindest keinen von uns spüren. Er verschloss sich jedem Versuch, der Ursache seines Kummers auf den Grund zu kommen.«

»Was hat Martin denn den Tag über gemacht?«, nahm Charly die Befragung wieder auf.

»Seine Hauptbeschäftigung war, sich im Kloster und der Umgebung umzusehen. Angeblich interessierte er sich für das Leben im Konvent. Einen Großteil der Zeit hat er zum Beispiel in unserer Bibliothek verbracht. Jetzt kennen wir den Grund dafür.«

»Hatte Herr Jakob während seines Aufenthaltes hier Besuch?«

»Nein, wir haben selten Gäste. Er selbst und später der

Herr Gerhard – das waren die einzigen, die seit langem das Kloster besucht haben.«

»Dann zur Frage der Abreise. Wer von Ihnen hat Martin verabschiedet? Und wann war das?«

»Wir alle haben ihm Auf Wiedersehen gesagt. Ich erinnere mich noch gut. Es war nach dem gemeinsamen Frühstück, als Herr Jakob uns unerwartet seine sofortige Abfahrt mitteilte.«

»Gab er eine Erklärung dafür an? War etwas, das Ihnen an ihm auffiel?«

»Nein, er war seltsam wie schon am Vortag, war erregt, aber auch verstört, manchmal richtiggehend abweisend. Um ehrlich zu sein, wir haben ihn nicht nach einem Grund gefragt. Wir waren froh, dass er fuhr.«

»Sehe ich das richtig«, Charly legte nachdenklich den Finger an die Lippen, »Sie waren alle zusammen, als Martin seinen Wagen vom Hof lenkte? Und blieben auch zusammen? Keiner fehlte – keiner entfernte sich von den anderen?«

»Ich verstehe, worauf Sie hinauswollen.« Bruder Gernold lächelte, Nachsicht lag in seinem Blick. »Da wir Mönche ihn zuletzt lebend gesehen haben, sind wir natürlich als erste verdächtig, ihn umgebracht zu haben. Aber gerade für den Zeitpunkt von Martins Abreise hat jeder einzelne von uns ein perfektes Alibi. Wir waren zusammen, als uns Herr Jakob verließ und blieben auch den ganzen Vormittag zusammen. Das kann Ihnen jeder von uns bezeugen. An diesem Morgen nämlich bereiteten wir uns auf die bevorstehende Fahrt zum Zentralkonvent vor, besprachen, welche Position wir dort vertreten wollten und packten unsere Sachen.«

»Und Sie sind sicher – keiner hat in dieser Zeit das Kloster verlassen?«

»Ja, absolut sicher.«

»Und Herr Jakob ist auch nicht zurückgekommen?«

»Nein, ist er nicht.«

Charly seufzte und wandte sich an seinen Oberkommissar. »Denk dran, sobald wir hier fertig sind, müssen wir Martins Wagen suchen.« Unschlüssig kratzte er sich am Kopf. Das, was er wissen wollte, schien er erfahren zu haben. Er sah zu Gunter, dann zu Franziska und mir, als erwarte er von uns einen Einwand oder eine Ergänzung. Als wir schwiegen, erhob er sich. »Ich glaube, wir sollten uns jetzt die Bibliothek ansehen – später dann auch den Keller, in dem der Prior damals starb. Vorausgesetzt, Sie haben nichts dagegen.« Fragend blickte er Bruder Gernold an.

In einer Geste der Zustimmung erhob sich der alte Mann nun ebenfalls. »Nein, nein, wir haben selbstverständlich nichts dagegen. Auch wir sind daran interessiert, dass dieser fürchterliche Mordfall aufgeklärt wird.« In stummem Einvernehmen nickten die anderen Mönche und schoben ihre Stühle zurück.

Mit einer auffordernden Bewegung bat mich der Hauptkommissar voranzugehen. Die schmale Bibliothek fasste kaum die vielköpfige Menschengruppe, die sich hinter mir in die kleine Nische drängte. Zielgerichtet trat ich vor das Regal, in dem ich die das Kloster betreffenden Schriften wusste. Ich ließ den Blick über die Bücherreihe wandern und erkannte, dass die Chronik und das Fotoalbum noch an dem selben Platz standen, an den ich sie zurückgestellt hatte.

Ich war gerade dabei, die Hand zu den Büchern zu heben, als mir Charly in den Arm griff. »Warte, Heiner.« Aus seiner Hosentasche kramte er einige zusammengeknäuelte Gummihandschuhe hervor, entwirrte sie und reichte mir ein Paar. »Zieh die an, bevor du etwas anfasst. Vielleicht können wir einige verwertbare Fingerabdrücke auf dem Einband finden.«

Ich wurde an meine Krankenhauszeit in der Chirurgie erinnert, als ich in die Handschuhe schlüpfte. Nachdem auch die Polizeibeamten sich den Gummischutz über die Hände gestreift hatten, wandte ich mich erneut dem Regal zu. »Hier«, ich zog die beiden Bände heraus und hielt sie Charly hin, »hierdrin habe ich die Hinweise gefunden.«

Der Hauptkommissar nahm die Bücher entgegen, gab das Fotoalbum an Gunter weiter und blätterte die Chronik auf. Da er wusste, wo er suchen musste, hatte er die Stelle schnell gefunden, an der die Seiten entfernt worden waren. In ähnlicher Weise, wie ich es getan hatte, musterte er sorgfältig die Abrisskanten. »Tatsächlich«, bestätigte er schließlich und zeigte auch den anderen die verbliebenen Papierstümpfe, »die Aufzeichnungen über das Jahr 1965 fehlen. Es ist unverkennbar, dass sie frisch herausgerissen wurden.« Er drehte sich zu Bruder Gernold. »Ich möchte diese beiden Bücher zur näheren Untersuchung mitnehmen. Sie erhalten sie nach der Überprüfung gleich wieder zurück.« Er übergab Gunter die Chronik und bat ihn, sie zusammen mit dem Fotoalbum ins Auto zu bringen. »Und danach schauen wir uns den Keller an.«

Am Ausgang der Bibliothek wartete Bruder Valentino auf mich. Zwischen den Fingern hielt er den »Klösterlichen Pflanzengarten«. »Dieses unschuldige Büchlein war wohl nur der Deckmantel für Ihre heimlichen Nachforschungen?« Ein leichter Vorwurf lag in seiner Stimme. Drohend bewegte er den erhobenen Zeigefinger hin und her, aber seine freundlichen Augen nahmen der Drohung alle Wirkung. »Dabei steht soviel Interessantes auf diesen wenigen Seiten.« Betrübt schüttelte er den Kopf.

Dann aber legte er mir die Hand auf den Arm. Der leichte Druck seiner Finger versicherte mir auch ohne Worte, dass wir trotz meines Vertrauensmissbrauchs und trotz der Täuschung Freunde bleiben würden.

Der Zugang zum Keller befand sich noch immer, so wie Salme es beschrieben hatte, an der rückwärtigen Hausseite. Auch die eisenbeschlagene Eingangstür gab es noch. Schweigend umstanden wir Bruder Gernold, sahen zu, wie er sich mit dem großen Schlüssel abmühte. Als die schwere Tür schließlich aufschwang, machte der Mönch einen Schritt in die Öffnung hinein und knipste das Licht an. Dann trat er zurück, um dem Hauptkommissar den Vortritt zu lassen. Auch Gunter hatte sich uns wieder angeschlossen. Zügig folgte er seinem Chef in den Keller.

Als ich merkte, wie Franziska beim Eintreten erschauerte, nahm ich ihre Hand. Gemeinsam betraten wir die obersten Stufen der steinernen Treppe und sahen uns um.

Salme hatte Recht. Es war ein prächtiges Gewölbe, das sich unter uns auftat. Die Luft war klar und kühl, nichts roch trotz der Fensterlosigkeit nach Moder und Fäulnis. Was aber noch mehr auffiel und verwunderte, war die Inhaltslosigkeit und die Aufgeräumtheit des großen Raumes. Lediglich einige freie Regale standen an der glattwandigen Stirnseite, dazu ein paar abgenutzte Stühle im niedrigen Mittelteil der Wölbung. Zwei alte Weinfässer lagen nebeneinander unweit des Treppenniedergangs. Wahrscheinlich waren es die, von denen Salme geschrieben hatte. Sonst aber war der Keller vollkommen leer.

Die Polizeibeamten stiegen weiter hinunter und betraten den lehmigen Boden. Mit den Augen maßen sie die Strecke zwischen den Weinfässern und dem unteren Treppenabsatz. »Hier muss sich das Drama abgespielt haben.« Charly deutete auf die letzte Stufe. »Dort lag der Kopf des Priors – und da bei den Fässern ...« Er ließ den Satz unbeendet, wir wussten auch so, was er meinte.

Nichts erinnerte jetzt mehr an die zurückliegende Tragödie. Trotzdem war es für uns, die wir Salmes Brief gelesen hatten, ein bewegender, gleichsam bedrückender Moment, an diesem Ort zu stehen und zu wissen, was sich damals hier ereignet hatte.

Die Mönche waren erst gar nicht in den Keller hinabgestiegen. Verunsichert standen sie auf dem oberen Treppenabsatz und schauten zu uns herunter. Sie wirkten ratlos – kein Wunder. Das, was vor vierundvierzig Jahren hier geschehen war, hatte man ihnen nur andeutungsweise mitgeteilt.

Wir verließen den Keller. Es gab hier unten nichts mehr, das uns weiterhelfen konnte. Am Ausgang zog ich Bruder Valentino zur Seite. »Was hat das zu bedeuten? Dieses Gewölbe ist picobello aufgeräumt, nahezu leer. Kein Gerümpel, kein Durcheinander, wie man es normalerweise in einem Keller erwartet. Sogar der Lehmboden ist gefegt.«

Ein anerkennendes Lächeln erschien auf dem Gesicht meines Freundes. »Sieh an, Herr Gerhard wittert etwas Mysteriöses. Aber die Erklärung ist sehr prosaisch und banal. Wir bereiten das Gewölbe nämlich als Lager für unsere Gartenfrüchte vor«, erklärte er, »für Äpfel und Birnen, für Gurken, Kürbisse und Kartoffeln. Deshalb also entrümpeln und säubern wir den Raum.« Er klopfte mir auf die Schulter und strahlte mich an. »Zufrieden?«

Ich nickte. Was blieb mir übrig, als ihm zu glauben. Gemeinsam gingen wir zurück ins Haus.

Wir nahmen erst gar nicht wieder Platz, als wir uns im Speisesaal erneut versammelten. Der Hauptkommissar fasste das Ergebnis der Visite im Stehen zusammen. »Wir wissen jetzt also, dass Herr Jakob offensichtlich das, was er hier suchte, gefunden hat. Die herausgerissenen Seiten sind Beweis dafür, auch sein überstürzter Aufbruch. Das, was er wollte – wahrscheinlich den Namen des Novizen Walter –, hat er erfahren. Wir wissen außerdem, dass Martin vor vier Tagen nach dem morgendlichen Frühstück lebend das Kloster verlassen hat – Sie alle haben es bezeugt. Ihre Aussage ist bisher das letzte Lebenszeichen von ihm. Erst im Grab des Priors sehen wir ihn wieder – jetzt aber tot, mit zertrümmertem Schädel.«

Charly zögerte, ihm schien etwas einzufallen. »Wer pflegt eigentlich die Ruhestätte des ehemaligen Abtes? Macht das seine Familie?«

»Gelegentlich ja. Es gibt einen Bruder hier im Ort mit Frau und Söhnen. Die bepflanzen hin und wieder das Grab mit Blumen aus dem eigenen Gewächshaus«, gab Gernold Auskunft. »Aber in der Hauptsache kümmert sich unser Kloster um die Grabpflege. Das sind wir unserem alten Prior schuldig.«

Wir gingen zur Tür. Gunter übernahm es, die Mönche zu belehren. »Bitte, halten Sie sich zur Verfügung der Polizei, falls wir noch Fragen haben. Und wenn Ihnen etwas einfällt, das uns bei der Suche nach dem Täter helfen kann, dann informieren Sie uns umgehend.« Aus seiner Hemdentasche zog er eine Visitenkarte hervor. »Hier, unter dieser Nummer erreichen Sie uns auf der Polizeidirektion in Eschwege.« Er legte das Kärtchen auf ein Schränkchen im Flur, gleich neben das Telefon.

Dann verabschiedeten wir uns. Auf der Treppe zum Hof

drehte sich der Hauptkommissar noch einmal um. »Ich vergaß ganz, Sie zu fragen, ob Sie einen Verdacht haben, wer diesen Mord begangen haben könnte?«

Ich beobachtete die Mönche, versuchte aus ihren Mienen etwas herauszulesen, sah aber nur ein kollektives Schütteln der Köpfe. »Nein.« Frater Gernold formulierte die gemeinsame Antwort. »Wir haben keine Ahnung.«

Mein Blick blieb auf dem Gesicht Bruder Valentinos hängen. Unsere Augen trafen sich. Erstaunt registrierte ich den ernsten, fast schmerzlichen Ausdruck in ihnen. Kaum sichtbar für andere hob mein Freund die Hand. Es war ein Winken zum Abschied, nur für mich, und es enthielt das Versprechen eines baldigen Wiedersehens. Dennoch, ich war erschreckt. Ich vermisste das Lächeln, das er mir sonst zu schenken pflegte, spürte die Traurigkeit, mit der er mir hinterherblickte, als ich in den Streifenwagen einstieg.

Ein ungutes Gefühl befiel mich, eine Ahnung, dass wir uns schon bald wieder begegnen sollten unter Bedingungen, die nicht weniger unheilvoll als die heutigen sein könnten.

20

Noch am Abend desselben Tages trafen wir uns im Theater. Nachdem Franziska und ich aus Großalmerode zurückgekehrt waren, hatte ich als erstes unsere Schauspieltruppe telefonisch vom Tod des Mitspielers unterrichtet. Alle waren entsetzt, wie vor den Kopf geschlagen. Wir waren uns einig gewesen, so bald wie möglich zusammen zu kommen. Ich würde berichten, was geschehen war. Aber es galt auch zu besprechen, wie es mit dem Theaterspielen weitergehen sollte nach Martins schrecklichem Ende.

Mit voller Absicht hatte ich bei der Vorbereitung der Zusammenkunft den langen, sonst an der Seite platzierten Tisch in die Mitte der Bühne gezogen. Dort, im Schulsaal des Stückes, wo der Chor im Laufe der Handlung zu einer unzertrennlichen Gemeinschaft zusammenwächst, würden auch wir uns in dieser schweren Stunde gegenseitig beistehen und gemeinsam eine Entscheidung treffen.

Alle waren pünktlich, die meisten kamen sogar schon vor der vereinbarten Zeit. Keiner fehlte außer dem, wegen dessen Fehlen wir heute Abend hier zusammensaßen. Selbst Susann, meine Schwiegertochter, war gekommen. Mühsam schob sie den dicken Bauch mit meinem Enkel darin vor sich her. Ihr sonst vom sprichwörtlichen Glück einer werdenden Mutter erfülltes Gesicht wirkte heute unter dem Eindruck der schlimmen Nachricht gedrückt und traurig.

Ich gab zunächst eine kurze Zusammenfassung der Ereignisse des heutigen Tages, umriss auch das Vorausgegangene. Auf die Schilderung von Martins Veränderung in den Tagen vor seinem Tod konnte ich verzichten, sie hatten sie ja selbst miterlebt. Auch sparte ich alle persönlichen Dinge aus, die ich bei meinem Herumstöbern in Martins Leben erfahren hatte, vor allem die Details aus Salmes Brief. Obwohl – ich war mir ziemlich sicher, dass schon in den nächsten Tagen die Einzelheiten, die ich jetzt verschwieg, in den Zeitungen stehen würden. Der Fall war, was den Ort der Leichenfindung und auch die Vorgeschichte betraf, einfach zu spektakulär, um nicht von der Presse bis ins Kleinste ausgeschlachtet zu werden.

Als ich mit meinem Bericht zu Ende war, saßen wir eine Weile schweigend da, ungewohnt für unsere sonst so lebhafte Truppe. Jeder ergriff sich ein Getränk und versuchte, mit dem Gehörten fertig zu werden.

Brigitte stellte die Frage, die zu klären das Hauptziel unseres heutigen Zusammenkommens war. »Und was jetzt? Führen wir das Stück auf oder nicht?«

Ich war froh, dass in der folgenden Diskussion keiner der abgedroschenen Sätze fiel: ‚Wir spielen für Martin' oder ‚Martin hätte gewollt, dass wir weiterspielen'. Es ging jetzt nicht um Martin. Er war tot, hinterließ keine Angehörigen, auf die es Rücksicht zu nehmen galt. Es ging einzig um uns, um unsere Gefühlslage und die Bewertung, ob wir uns unter diesen Umständen überhaupt in der Lage fühlten, öffentlich aufzutreten. Ob nicht die allgegenwärtige Präsenz des toten Freundes während des Spielens eine zu große Belastung für uns bedeutete. Rein technisch würde es keine Schwierigkeiten bereiten, Martins Rolle weitgehend zu streichen und die wenigen Sätze, die für die Handlung bedeutsam waren, auf die anderen Schauspieler zu übertragen. Aber das war nebensächlich. Was jetzt zählte, war unsere Trauer und unsere Fähigkeit, mit ihr zurecht zu kommen.

Entscheidend schließlich für das Votum, »Wie im Himmel« aufzuführen, war die Botschaft, die von dem Stück ausging. Wir spürten, das wir die Kraft der Gefühle und die gegenseitige Stärkung, die hier der Chor im gemeinsamen Handeln erfuhr, auch an uns erfahren konnten, wenn wir zusammen blieben und spielten. Wir vereinbarten, uns so wie angesetzt zur Probe zu treffen. Bis dahin würde ich das Stück umgeschrieben haben und die neuen Rollenpassagen verteilen können.

Der nächste Tag verging und auch der folgende, ohne dass sich etwas tat. Wir trieben dahin, noch wie gelähmt von der Erkenntnis, dass Martin nun nicht mehr unter uns war.

Auch wenn ich es niemandem gegenüber erwähnte, gab ich mir heimlich eine Mitschuld an dem, was dem Freund passiert war. Ich hatte seine Spur gefunden, war ihr gefolgt und ihm dabei so nah gekommen, dass ich mir vorhielt, nicht intensiv genug den Weg weitergegangen zu sein, um ihn zu schützen.

Franziska waren meine Selbstvorwürfe nicht entgangen. »Es ist nicht deine Schuld. Du hast getan, was in deiner Macht stand. Mit einem solchen Ausgang konnte keiner rechnen«, versuchte sie mich zu trösten. Aber es gelang ihr nicht, mir das Gefühl zu nehmen, ich hätte mehr für Martin tun können, wenn ich die Suche engagierter angegangen wäre.

Am dritten Tag nach dem Auffinden des toten Freundes meldete sich Charly telefonisch bei mir. Schon mehrfach war ich in den Vortagen versucht gewesen, den Hauptkommissar anzurufen, ihn zu fragen, ob es neue Erkenntnisse, vielleicht sogar einen Verdächtigen gebe. Aber jedesmal hatte ich mir klar gemacht, dass die Polizei mitten in den Ermittlungen steckte, die Obduktions- und Laborergebnisse noch gar nicht vorliegen konnten. Und schließlich – der Fall war jetzt ein Mordfall und damit eine Angelegenheit, die ausschließlich in die Hände der Polizei gehörte. Ich hatte meine Finger tunlichst aus dieser Sache herauszuhalten. Aber interessiert hätte es mich schon, was die Kripo bis jetzt herausgefunden hatte und welchen Spuren sie folgte.

Nun also rief Charly an. Ohne große Umschweife kam er zur Sache. Das Geplänkel, das sonst häufig Gesprächen zwischen uns vorausging – Fachsimpeleien meist über die gemeinsame Begeisterung für den Handball, entfiel diesmal.

»Gerade vor einer halben Stunde sind die labortechnischen und genetischen Untersuchungsergebnisse eingegangen«, begann der Hauptkommissar. Sein sachlicher Ton ließ erkennen, dass er als Polizeibeamter sprach. »Ich dachte, ich unterrichte dich mal. Kann mir vorstellen, dass du schon unruhig auf Informationen wartest.« Er zögerte. Da aber keine Bemerkung meinerseits kam, fuhr er fort: »Die DNS-Analyse hat bestätigt, dass Baldwin von Harmsfeld tatsächlich der Vater von Martin ist – die genetische Übereinstimmung beweist das eindeutig. Außerdem wissen wir jetzt, dass die Schädelverletzung des Priors nicht durch das Aufschlagen auf einer Treppenstufe hervorgerufen wurde. Der Pathologe ist sich sicher, aus der Art und Lage der Knochenfragmente dies ausschließen zu können. Frag mich nicht, wie das möglich ist. Ein Schlag mit einem schweren Tonkrug hingegen soll seiner Ansicht nach zu dem Muster der Schädelfraktur passen. Salmes Bericht entspricht also der Wahrheit – aber nur zum Teil. Der Doktor hat festgestellt, dass noch ein zweiter Hieb erfolgt ist. Die Vielzahl der Knochensplitter deutet darauf hin. Ob Salme möglicherweise zweimal zugelangt hat, wissen wir nicht. In ihrem Bericht erwähnt sie nur einen Schlag.«

Ich hörte ein raschelndes Geräusch. Charly schien in irgendwelchen Papieren zu blättern. »Nun zu Martins Tod. Die Obduktion und die Blutanalysen haben ergeben, dass der Schlag auf den Kopf die einzige und ausschließliche Todesursache ist. Andere Gewalteinwirkungen gibt es nicht, der toxikologische Befund und die Untersuchung auf eventuelle Medikamenten- und Drogeneinwirkungen sind negativ.

Bei der Beschreibung der möglichen Tatwaffe hält sich der Gerichtsmediziner ziemlich bedeckt. Am besten, ich lese dir vor, was er schreibt: Die Impressionsfraktur im posterioren Parietal- und anterioren Occipitalbereich« – Charly betonte jede Silbe – »wurde von einem länglichen Gegenstand mit einer scharfen Kante verursacht. Da es grober Gewalt bedarf, die dicken ossären Strukturen des Craniums zu frakturieren, ist davon auszugehen, dass der Schlag mit einiger Kraft direkt von oben erfolgte. Wegen der starken sinusoiden Blutung waren Partikelteile des als Tatwaffe benutzten Gegenstands nicht zu sichern.«

Charly schnaubte. »Dass die immer so hochgestochen und gestelzt daherreden müssen, die Herren Mediziner. – Oh pardon«, ihm fiel ein, dass er gerade mit einem dieser Herren sprach. »Aber sag doch selbst, was soll ich mit so einer Beschreibung anfangen? Länglich, scharfkantig, das kann alles und nichts sein – ein Tischbein zum Beispiel, eine Bohle, ein Eisenpfosten.« Unwillig brummte er vor sich hin. Als ich noch immer nichts sagte, fragte er besorgt: »Bist du noch da, Heiner?«

»Ja, ich höre dir zu. Weiß man, wann Martin starb?«

Wieder raschelte Papier. »Sein Tod ist drei, maximal vier Tage vor dem Auffinden der Leiche eingetreten, sagen die Ärzte. Das passt zu der Aussage der Mönche, ihn lebend verabschiedet zu haben.

»Habt ihr denn schon eine Ahnung, was passiert sein kann?«

»Nicht die geringste. Nach dem Verlassen des Klosters verschwindet Martin spurlos und taucht erst wieder im Grab auf. Wir haben nicht den Hauch von Vorstellung, wohin er gefahren sein könnte und mit wem er zusammengetroffen ist.«

»Was ist mit seinem Auto?«

»Das haben wir gefunden. In einem Neubaugebiet oberhalb des Rathauses. Es war auf einem kleinen Platz am Ende einer Wohnstraße abgestellt. Die Türen waren unverschlossen, die Schlüssel steckten. Von den Teilen, die zum Bewegen des Fahrzeuges angefasst werden müssen – von den Türgriffen zum Beispiel, dem Lenkrad und dem Schalthebel – waren die Fingerabdrücke mit Seifenlauge sorgfältig abgewischt.«

»Und was heißt das?«

»Dass der Täter selbst das Fahrzeug dorthin gefahren hat.«

»Bedeutet das, dass Martin dort ermordet wurde?«

»Nein, das glaube ich nicht. Dafür liegt der Abstellplatz zu nahe an den Wohnhäusern. Das Risiko wäre zu groß. Ich nehme an, das Fahrzeug sollte lediglich vom Tatort entfernt werden. Der Mörder hat es willkürlich hierher gefahren.«

»Und wer, Charly, ist der Mörder?«

Die Pause nahm die Antwort vorweg. »Wenn wir das wüssten. Wir haben nicht die Spur von einem beweisbaren Verdacht.«

»Was ist mit Walter? Seid ihr bei seiner Identifizierung weiter gekommen?«

»Nein. Unsere Nachforschungen nach ihm sind eine einzige Sackgasse. Natürlich haben wir sofort bei der Zentralstelle angefragt, haben uns nach dem damaligen Klosterschüler erkundigt, aber ein Walter ist dort nicht registriert. Ein Novize, gab man uns die Auskunft, werde nur in dem jeweiligen Konvent, in dem er seine Ausbildung absolviert, aufgelistet. Wir können also davon ausgehen, dass er in der Chronik des Klosters Bielstein aufgeführt war auf den Seiten, die Martin herausgerissen hat.«

»Und diese Seiten hat man nicht gefunden? Weder im Grab noch im Auto?«

»Nein. Falls Walter tatsächlich der Mörder ist, müsste er

ja bescheuert sein, die Aufzeichnungen, die seinen Namen enthalten, nicht zu beseitigen. – Übrigens, wir waren auch bei dem alten Kellermann in Großalmerode. War aber Fehlanzeige. Mehr als das, was er dir schon über Walter erzählt hat, konnte er uns nicht berichten. Weder an seinen Nachnamen, noch, woher er stammte, konnte er sich erinnern – wenn es ihm überhaupt bekannt war.«

»Hat er euch auch im Badetuch gegenübergesessen wie mir bei meinem Besuch?« Ich musste lächeln, als ich an die eigentümliche Begegnung mit dem kauzigen Alten dachte.

»Du wirst es nicht glauben – auch uns, Gunter und mich, hat der Mann halbnackt empfangen. Nur ein Handtuch war um seine Hüften geknotet.«

»Dann hat er bestimmt wieder gebadet. Musstet ihr ihn aus der Wanne heben?«

»Nein, er saß in der hauseigenen Kellersauna, als wir kamen. Erst, als wir ablehnten, zu ihm in den Schwitzkasten hineinzukriechen, hat er sich ein Handtuch umgeschlungen und sich von seiner Frau im Rollstuhl aus der Sauna herausfahren lassen.«

Ein Bild tauchte plötzlich vor meinen Augen auf, so herrlich burlesk, dass ich nicht umhin konnte, laut aufzulachen.

»Was gibt's da zu lachen?«, wollte Charly wissen.

»Ich stelle mir gerade euch zwei in der Sauna bei der Befragung des alten Kellermann vor.«

»Mit oder ohne Kleidung?«

»Egal, eines ist so umwerfend komisch wie das andere. Das muss ich Franziska erzählen.«

Hauptkommissar Karl Montag unterbrach mein Lachen. Seine Stimme war trocken wie die Erde in meinen Blumentöpfen, die ich ständig zu gießen vergaß.

»Es freut mich, dass es mir auf so einfache Weise gelungen ist, Frohsinn in das Haus Gerhard zu bringen. Damit habe ich die gute Tat für den heutigen Tag vollbracht und kann mich wieder den ernsthaften Aufgaben meines Berufs zuwenden. Jedenfalls bist du jetzt über den aktuellen Ermittlungsstand informiert. Sollten wir etwas entscheidend Neues erfahren, ruf ich dich an. Das Gleiche gilt für dich, falls dir noch etwas einfällt.«

Ohne Gruß legte Charly auf. Er spielte den Gekränkten, der es übelnahm, wenn man sich über ihn lustig machte. Aber im Grunde war er einer, der sehr gut über sich selbst lachen konnte. Ich sah ihn vor mir, wie er Gunter von dem Bild, das mir vor Augen gekommen war, berichtete. Beide würden sich, da war ich mir sicher, köstlich amüsieren.

21

Die Vorbereitungen auf Oberhones großes Fest waren in vollem Gang. An allen Ecken und Enden wurde gewerkelt, ausgebessert und gestrichen, Unkraut, das sonst unbemerkt jahrelang unter der Mauer gestanden hatte, wurde akribisch entfernt, Büsche wurden gestutzt, Bäume geschnitten. So wie man sich selbst zu besonderen Anlässen festlich kleidet, begann auch unser Dorf sich zu seinem 750-jährigen Jubiläum das Feiertagsgewand überzustreifen.

Für den Großteil der Bewohner würde dies die einzige Gelegenheit sein, an einem der seltenen rundzahligen Dorfjubiläen teilzunehmen, denn bis zur 800-Jahrfeier war es weit, zu weit für die meisten, um sie zu erleben. Also war man jetzt gefordert, die Kräfte zu mobilisieren. Hier und heute war jeder aufgerufen, mit Ehrgeiz und Eifer daran mitzuwirken, das historische Ereignis in Szene zu setzen.

Schon vor Monaten war beschlossen worden, am Sonntag, dem Haupttag der Feierlichkeiten, neben einem beweglichen Festzug, so wie er seit Jahrzehnten bei einer Kirmes und zu Kinderfesten üblich ist, auch einen sogenannten stehenden Festzug zu installieren, ein verbales Paradoxon, das aber dennoch versprach, zu funktionieren und die Attraktion des Dorfjubiläums zu werden. Auf den Straßen und Plätzen der Gemeinde, auf den Höfen und in den Scheunen der landwirtschaftlichen Betriebe wollte man die Vielfalt des örtlichen Lebens präsentieren. Das alte Handwerk sollte in selbstgezimmerten Buden und nachgebauten Werkräumen zumindest für diesen Tag wieder Auferstehung feiern und die Produkte des Dorfes an festlich geschmückten Ständen zur Verköstigung und zum Verkauf angeboten werden. Auch die Vereine waren aufgerufen, das Fest mitzugestalten. So wollte die Feuerwehr in bewährter Weise mit Spritze und Einsatzwagen, der Sportverein mit der obligatorischen Torwand und die beiden Gesangvereine mit dem, was ihre Kehlen herzugeben in der Lage waren, zum Gelingen des Tages beitragen.

Auch wir als Kulturkreis Oberhone waren in dieses Konzept mit eingebunden. Unser Theater war einstimmig in Ermangelung einer Alternative zum Musentempel des Dorfes bestimmt worden. Vorführungen und Ausstellungen der unterschiedlichsten Kunstrichtungen sollten in seinen Räumen stattfinden.

Im Mittelpunkt des künstlerischen Treibens stand zweifellos unser Theaterstück. Es war geplant, »Wie im Himmel« insgesamt viermal während der Festwoche zur Aufführung zu bringen. Die Proben dazu waren nun fast abgeschlossen. Nach der anfänglichen Beklemmung angesichts Martins Tod und der Betroffenheit, von der keiner sich ausnehmen konnte, agierten wir nun wieder mit der alten Spielfreude. Wie befreit suchten sich unsere aufgewühlten Gefühle jetzt in der Hingabe an die Theaterrolle neue, entlastende Bahnen.

Unter diesen Aktivitäten verlor ich für kurze Zeit die Mordermittlungen aus den Augen. Wohl unterbewusst verdrängte ich die Gedanken an das fürchterliche Geschehen. Eine Schutzreaktion, denn das Gefühl, versagt zu haben, saß noch immer wie ein schmerzender Stachel in mir fest.

Auch Franziska sprach kaum von dem, was gewesen war. Vielleicht tat sie das aus Rücksicht auf mich, wollte nicht an das Unheilvolle erinnern, das zu verhindern mir nicht gelungen war.

Aber das Gegenteil von dem, was sie sich erhoffte, trat ein. Je länger der Zeitraum wurde, in dem ich nichts von der Polizei hörte, je größer der Abstand zu dem Mordgeschehen, desto unruhiger wurde ich. Da hing etwas ungelöst in der Schwebe, eine Sache, die mich innerlich anging, die mich, obwohl ich es nach außen hin nicht zugab, beschäftigte. Die Tatsache, dass Martins Mörder frei herumlief, war eine Herausforderung, die es mir unmöglich machte, auf Dauer stillzuhalten und nichts zu tun.

Am Samstag traf ich den Hauptkommissar, zufällig, wie ich mir einredete. Aber im Grunde ging ich zum Handball, weil ich wusste, dass auch Charly in der Halle sein würde. Es gab kein Heimspiel des Eschweger TSV, das er versäumte, in dem er nicht mit seiner Mannschaft zitterte und litt. Impulsiv und emotional pflegte er die wechselvollen Auftritte des Teams zu verfolgen und zu kommentieren. Es bedurfte meist einer Weile nach dem Ende der Partie, ehe er wieder einer sachlichen Betrachtung des Spiels zugänglich war.

Also wartete ich bis zum Abpfiff, ließ die drei, vier Minuten verstreichen, die der engagierte Fan zum Herunterfahren seiner Erregung braucht – dann trat ich von hinten an Charly heran, legte ihm die Hand auf die Schulter und solidarisierte mich mit seiner empörten Seele. »Nie und nimmer war das ein Platzverweis für Henni«, stimmte ich in die allgemeine Entrüstung ein. »Und dann die zweifelhaften Siebenmeterentscheidungen – also heute war der Schiri alles andere als ein Heimschiedsrichter.«

Das bärtige Gesicht des Freundes strahlte. Mit dieser Beurteilung des verlorenen Spiels war er voll und ganz einverstanden. »Nicht wahr, jede Menge fragwürdiger Pfiffe. Dabei hatte der Gegner die Hilfe der Unparteiischen gar nicht nötig. Die Mannschaft war eindeutig besser, das muss man fairerweise anerkennen.«

Charlys letzter Satz zeigte, dass er aus der Rolle des parteilichen Fans bereits herausgeschlüpft war und das Spiel langsam abzuhaken begann. Ein Gespräch über ein handballfremdes Thema würde jetzt möglich sein.

»Kommt ihr voran mit euren Ermittlungen?«, fragte ich deshalb. Wir standen mitten im Pulk der diskutierenden Zuschauer, ich musste schreien, um mich verständlich zu machen.

Charly zog mich in eine ruhige Ecke der sich allmählich leerenden Halle, hier war ein Reden in normaler Lautstärke möglich. »Ich habe dir doch versprochen, dich anzurufen, wenn neue Erkenntnisse vorliegen. Die Tatsache, dass du nichts von mir gehört hast, beantwortet deine Frage. Unser heißer Favorit für die Täterschaft, dieser Walter, ist einfach nicht aufzutreiben. Solange wir nicht wissen, was auf den verschwundenen Chronikseiten steht, haben wir nichts, wo wir ansetzen können.«

»Und wenn's jemand ganz anderer war? Warum seid ihr so fixiert auf Walter?«

»Nenn mir einen Grund, warum jemand anderer Martin umbringen sollte. Außer Walter fällt mir niemand ein, der ein Motiv haben könnte.«

Ich gab ihm Recht. Auch ich hatte keine andere Idee. Als ich Charly verließ, waren wir uns einig. Es gab nur einen Weg, den Fall zu klären: Walter musste gefunden werden. Aber das war ja gerade das Problem.

Es war nicht weit von der Sporthalle in Eschwege zurück nach Oberhone, zwei, drei Kilometer, mehr nicht. Ich war zu Fuß gekommen, jetzt wollte ich auch zurücklaufen. Nach dem Lärm während des Spiels freute ich mich auf den Gang durch die stille Natur.

Inzwischen war es dämmrig geworden. Die Konturen der Weidenzäune hatten ihre Schärfe verloren, Bäume und Büsche verschwammen im diffusen Licht. Auf einem abschüssigen, holprigen Feldweg spazierte ich den Heuberg hinunter meinem Dorf entgegen. In den Ortschaften unter mir waren die Straßenlaternen bereits eingeschaltet, ich erkannte jenseits der Wehre Eltmannshausen, darüber Alberode. Ruhig schritt ich dahin und versuchte, das friedvolle Bild in mir wirken zu lassen.

Aber so ganz wollte mir das nicht gelingen. Ich spürte, dass sich nach dem Gespräch mit Charly etwas in mir festgesetzt hatte, das mich beunruhigte, eher eine Ahnung, dass noch etwas unerledigt war von dem, was ich mir während meiner Nachforschungen im Kloster vorgenommen hatte. Zunächst kam ich nicht darauf, was es sein könnte. Es musste etwas mit Walter zu tun haben, mit seiner Unauffindbarkeit nach dem Verschwinden der herausgerissenen Seiten. Falls diese Blätter nicht wieder auftauchten und Walters Identität preisgaben, würde es schwer werden, ihn ausfindig zu machen. Ich sponn den Gedanken weiter, hoffte, so herauszufinden, was es war, das mich unterschwellig beschäftigte und von dem ich nicht wusste, um was es sich konkret handelte.

Eigentlich gab es nur eine Möglichkeit, Walter aufzustöbern: Man musste Zeugen der damaligen Zeit finden, die sich an ihn erinnerten, die genau die Details kannten, die zu seiner Identifizierung und seinem jetzigen Aufenthaltsort führten. Ich war diesen Weg ja schon einmal gegangen, als ich Herrn Kellermann aufgesucht hatte. Damals hatte mich die schnell gefundene Spur nach Borken davon abgehalten, mich nach weiteren Zeitzeugen umzusehen. War es dieses Versäumnis, das mir jetzt so vage im Kopf herumging?

Ich blieb stehen. Die weißen Felsen des Gipssteinbruchs neben mir schimmerten schwach im letzten Licht des Tages, kaum hörbar raschelten ein paar welke Blätter im Wind. Vor meinem geistigen Auge tauchte ein Bild auf: Eine Mauer, darunter ein eingezäuntes Areal mit Reihen von Metallkreuzen – ich selbst davor, etwas auf einen Zettel schreibend.

Auf einmal wusste ich, was ich noch nicht zu Ende geführt hatte. Damals auf dem kleinen Friedhof von Bielstein hatte ich mir die Namen der toten Mönche aufgeschrieben. Ich hatte sie mit der Liste in Hermann Honsels Büchlein vergleichen wollen, um so die Klosterbewohner herauszufiltern, die das Jahr 1965 erlebt und möglicherweise bis heute überlebt hatten. Die folgenden Ereignisse hatten diese Absicht jedoch an den Rand gedrängt. Nach dem Auffinden von Salmes Brief schien geklärt, was 1965 geschehen war, Zeugnisse anderer waren nun nicht mehr notwendig. Das war der Grund, weshalb ich überhaupt nicht mehr an meine Friedhofsnotizen gedacht hatte.

Jetzt aber, nach Martins Tod, auf der Suche nach Walter, war es möglicherweise hilfreich, das nachzuholen, was ich mir damals vorgenommen hatte.

Natürlich, dieses Vorgehen war unsicher. Die Wahrscheinlichkeit, einen Überlebenden dieser Zeit zu finden, war nicht sehr groß. Aber es war eine Chance, den Leerlauf zu beenden und wieder Fahrt aufzunehmen bei der Fahndung nach Martins Mörder.

Ich eilte durch die menschenleeren Dorfstraßen, passierte den Sportplatz und erreichte unser Haus. Im Wohnzimmer brannte Licht. Ich schaute auf die Uhr. Franziska würde vor dem Fernseher sitzen und sich die Nachrichten ansehen. Vielleicht aber auch saß sie vor dem Kamin und las. Ich wollte später zu ihr hineingehen.

Jetzt aber musste ich mich erst einmal davon überzeugen, ob es den Zettel noch gab, auf dem ich die Namen der verstorbenen Mönche festgehalten hatte. Ich schloss mein Auto auf und durchwühlte das Handschuhfach, aber vergebens. Das was ich suchte, war nicht da. Dann erinnerte ich mich, dass ich das Papier in die Seitentasche meines Rucksacks gesteckt hatte. Tatsächlich. Dort fand ich es, zerknittert zwar und reichlich geknäuelt, aber noch vollständig. Ich nahm es mit in mein Arbeitszimmer, glättete es und legte es unter ein dickleibiges Buch. Dann machte ich mich auf die Suche nach Hermann Honsels Auflistung der Klosterbewohner.

Ich hatte mir, wie seinerzeit Martin auch, Kopien von den betreffenden Seiten gemacht, irgendwo in einer der Schubladen mussten sie liegen.

Während ich suchte, dachte ich an die Unterhaltung, die

ich beim Zurückbringen des Büchleins in die Bibliothek mit Frau Leonhäuser geführt hatte. Sie hatte mich gefragt, ob mir das Bändchen nützlich gewesen war bei meinem Bemühen, mehr über das Klosterleben zu erfahren, ob es mir die Anregungen, die ich mir von seiner Lektüre versprochen hatte, liefern konnte. »Für das Theaterstück, das im Kloster spielen soll«, erinnerte sie sich an das Märchen, das ich ihr aufgetischt hatte. »Da braucht man schon Milieukenntnisse – und vor allem ein Gespür für das Atmosphärische.«

Es war mir ausgesprochen unangenehm gewesen, erneut zu einer Erfindung greifen zu müssen, um die frühere Lüge zu ersetzen. »Tut mir Leid, Ihnen sagen zu müssen, dass wir kein Klosterstück aufführen werden. Beim Studium der Materie ist mir klar geworden, wie sensibel diese klerikalen Themen gehandhabt werden müssen. Wie leicht kann man da, ohne es zu wollen, Gefühle verletzen. Wir werden stattdessen eine Komödie spielen, einen Generationenkonflikt, der sich auf turbulente und lustige Weise löst.«

»Schade.« Frau Leonhäusers Enttäuschung war echt gewesen, sie hatte sich sichtlich auf das Klostermysterium gefreut.

Bemüht, sie wieder aufzurichten, hatte ich mir etwas Tröstliches einfallen lassen. »Es ist immer schwierig, die ganze Bandbreite der menschlichen Empfindungen in einem strengen klösterlichen Rahmen zur Entfaltung zu bringen. Da gibt es Nonnen in dem einem, Mönche in dem anderen Kloster, beide streng isoliert. Das zwischengeschlechtliche Spannungsfeld reduziert sich damit beträchtlich. Für Liebe und große Gefühle ist da zu wenig Platz. Die aber werden in unserem neuen Stück nicht zu kurz kommen, das verspreche ich Ihnen.«

»Herr Dr. Gerhard«, die förmliche Anrede hatte mich

aufmerken lassen, »ich wusste gar nicht, dass Sie zu der Spezies Mann gehören, die glauben, ein bunter Strauß Gefühle reiche aus, um eine Frau im siebten Himmel schweben zu lassen.« Die Bibliothekarin hatte spöttisch die Lippen gespitzt und mich belehrt: »Meine Erwartungen an das Klosterstück waren aus guten Gründen nicht klein. Denn gerade in der strengen Zucht und der Unterdrückung der Gefühle liegt ja ein unerschöpfliches Potenzial für Konflikte und menschliche Tragödien. Deshalb nochmals: Schade.« Dann aber, beim Anblick meines betretenen Gesichtes hatte sie schnell hinzugefügt, mir sogar dabei versöhnlich die Hand auf den Arm gelegt. »Sie haben Recht, Herr Gerhard, Gefühle sind wichtig. Ohne Gefühle ist ein Theaterstück wie eine Suppe ohne Pfeffer und Salz.« Mit dem ihr eigenen zurückhaltenden Enthusiasmus hatte sie schließlich bekannt: »Egal, was Sie spielen, Theater ist immer schön. Ich bin gespannt auf die neue Komödie im Herbst.«

Ich musste lange nach den Kopien suchen, war schon nahe daran, mich damit abzufinden, mir noch einmal Hermann Honsels Büchlein in der Bibliothek ausleihen zu müssen, als ich sie schließlich doch noch zwischen den Seiten meiner Theaterrolle fand. Ich nahm das Blatt mit der Auflistung der Klosterbewohner und ging zum Schreibtisch. Dort legte ich es neben den Friedhofszettel, der sich unter dem Gewicht des Wälzers inzwischen leidlich geglättet hatte.

Das Weitere war einfach. Ich brauchte nichts anderes zu tun, als die Namen der Mönche, die ich mir von den Grabkreuzen abgeschrieben hatte, aus Hermann Honsels Liste herauszustreichen. Diejenigen, die übrig blieben, waren die, um die es mir ging. Es war beileibe nicht zwangsläufig, dass die Personen, die sich hinter den verblieben Namen verbargen, noch am Leben waren. Am Beispiel des Priors hatte ich erfahren, dass eine Bestattung außerhalb des Klosterfriedhofs durchaus möglich war, ja sogar mit großer Wahrscheinlichkeit bei allen Fratres zur Anwendung kam, die vor ihrem Tod aus dem Ordensdienst ausgeschieden waren.

Nur drei Mönche überstanden meine Auslese. Für sie gab es in der Spanne des in Frage kommenden Zeitraums keinen Beleg ihres Ablebens. Ich schrieb mir die Namen heraus und stellte den Computer an.

Franziska stand in der Tür, ich hatte ihr Kommen nicht bemerkt. »Habe ich doch richtig gehört. Du bist zurück vom Handball?« Sie trat zu mir und stellte sich hinter mich. Diesmal war ihre Frage nicht rhetorisch, als sie wissen wollte: »Was machst du da?« Verwundert zeigte sie auf die CD, die ich gerade in das Laufwerk schob.

»Ich suche die Adressen dieser drei Mönche«, ich deutete auf die notierten Namen. »Sie könnten noch am Leben sein und uns dabei helfen, Walter zu finden.«

»Uns?« Erstaunen und Vorwurf mischten sich in ihrer Stimme. »Ich denke, die Suche ist Aufgabe der Polizei? Waren wir uns nicht einig, dass wir uns aus einem Mordfall heraushalten?«

»Ja, ja«, beruhigte ich, »das ist schon richtig. Aber Charly ist in einer Sackgasse. Er kommt nicht weiter, kann diesen Walter nicht finden. Und da habe ich mir gedacht, ein bisschen Hilfe ...« Ich erzählte Franziska von dem Gespräch in der Sporthalle, von meiner Eingebung während des Heimwegs und der Schlussfolgerung, die mich zu den drei vorliegenden Namen geführt hatte. »Es kann doch nicht schaden, mal zu überprüfen, wer von den dreien noch lebt.«

»Da hast du eigentlich Recht.« Franziska zog sich einen Stuhl heran, setzte sich neben mich und sah mir zu, wie ich den Bildschirm zum Leben erweckte. Die Neugier war erwacht. Da ich schon mehrfach erlebt hatte, welche Überwindung und Kraftanstrengung es für eine Frau, speziell für meine, bedeutet, ihrer Neugier zu widerstehen, wusste ich, dass ich eine Verbündete an meiner Seite hatte. Allerdings auch eine kritische, denn sie hatte gleich einen Einwand.

»Du willst die Adressen aus dem Telefonverzeichnis heraussuchen. Sehr unwahrscheinlich, dass du da etwas findest. Von diesen Männern dürfte kaum noch einer am Leben sein. Und die, die im Orden geblieben sind, haben keinen eigenen Anschluss, nur den ihres Klosters.«

»Aber es besteht zumindest die Chance, dass von den dreien noch jemand lebt und telefonisch registriert ist, jemand, der vorzeitig aus dem Ordensdienst ausgeschieden ist. Du weißt, wie freizügig die Statuten der Benoniter sind, wie groß das Kommen und Gehen der Mönche. Einen Versuch ist es jedenfalls wert.« Ich wendete mich dem Bildschirm zu.

Auf der Anzeige erschien das Verzeichnis aller deutschen Telefonnummern. Ich wies auf die Eintragungen. »Was ist das heute so einfach, eine Adresse herauszufinden. Ein paar Klicks mit der Maus und du hast sie. Früher wurden ganze Heerscharen von Polizisten und Detektiven losgeschickt, um an solche Auskünfte zu kommen.« Während ich den ersten Namen in das Suchkästchen eintippte, philosophierte ich. »Ist das nun Fortschritt oder eine Bankrotterklärung? Unsere geistigen Fähigkeiten, unser Kombinations- und Spürsinn verkümmern immer mehr. Heutzutage werden dem Dümmsten und Faulsten die gleichen Informationen zugänglich wie dem Engagierten und Klugen. Ist das gerecht?«

»Zumindest ist es praktisch«, stellte Franziska fest und tippte mit dem Finger auf den Monitor. »Ein Egon

Barengräser konnte nicht gefunden werden«, zitierte sie die Bildschirmauskunft. »Hast du den Namen auch richtig eingegeben?«

Ich wiederholte den Vorgang. Wieder fand sich kein Eintrag unter diesem Namen.

»Das kann viel bedeuten, einmal, dass der Mann noch Mönch in irgendeinem Kloster ist und kein eigenes Telefon hat – in diesem Fall können wir uns später bei der Zentrale der Benoniter erkundigen, wo er steckt – oder aber der Anschluss existiert deshalb nicht mehr, weil es einen Egon Barengräser nicht mehr gibt.«

»Du meinst, der Mann ist tot?«

»Wahrscheinlich, damit wäre er natürlich auch für uns gestorben. Gehen wir zum nächsten über.«

Wie befürchtet, spuckte der PC nach dem Eingeben des Dutzendnamens Gerhard Becker eine Unzahl von Telefonadressen aus. Wir überflogen sie flüchtig, sieben der angegebenen Wohnorte waren dem nordhessischen Raum zugehörig.

»Lass uns das für später aufheben«, schlug ich vor, »falls wir mit dem dritten Namen nicht klarkommen, können wir immer noch hierauf zurückgreifen.« Ich druckte die Seiten mit den Beckers aus und unterstrich die Nordhessen. Dann gab ich den letzten Namen in das Suchrechteck ein.

Diesmal war die Wahrscheinlichkeit, auf viele Telefoneintragungen zu stoßen, gering, eigentlich gleich null. Sowohl der Vorname als auch der Familienname waren von einer solchen Rarität, dass sie für sich allein schon Seltenheitswert hatten, in ihrer Kombination jedoch einen Namensdoppelgänger nahezu ausschlossen. Und wirklich, nur ein Teilnehmer im deutschen Netz war unter Frido-Bernwald Nizelisinius eingetragen.

»Wie kann man sein Kind so nennen?«, wunderte sich Franziska, die dreifache Mutter, und schüttelte den Kopf.

»Denk dran«, erinnerte ich sie, »der Mann muss um die achtzig sein, ist also in einer Zeit geboren, in der das Germanische hoch im Kurs stand. Der arische Wahnsinn war nicht mehr fern, klopfte schon an die Tür. Damals gab es noch ganz andere Namensexzesse.«

»Gut, dass der folgende Kurssturz so radikal war und diese Herrenrassenbörse für immer zusammengebrochen ist.«

»Hoffentlich!« Ich wandte mich wieder dem Bildschirm zu, las die Anschrift und stutzte: »Schau doch mal den Wohnort«, forderte ich Franziska auf, »gleich um die Ecke, auch nicht weit vom Kloster entfernt. Das könnte unser Mann sein.«

»Wahrhaftig, dieser Frido soundso kommt aus Melsungen. Das hört sich in der Tat wie eine heiße Spur an. Ob er noch lebt?«

»Das werden wir gleich wissen.« Ich stand auf und holte das Telefon aus dem Flur.

»Du willst anrufen?«

»Warum nicht? Um diese Uhrzeit ist noch keiner im Bett.« Ich wählte die unter Nizelisinius angegebene Nummer, wobei es mich erstaunte, dass der alte Herr einen Handyanschluss hatte.

Ich ließ es lange klingeln. Schon beim fünften Läuten zischte mir Franziska zu. »Leg auf, der Mann wird schlafen.« Dann aber, nach dem neunten Signalton wurde endlich abgehoben.

»Ja, bitte?«, fragte eine zwar leise, aber alles andere als gebrechlich klingende Männerstimme.

Franziska machte mir Zeichen, den Lautsprecherknopf zu drücken, damit sie mithören konnte.

»Spreche ich mit Herrn ...?« Ich zögerte und versuchte, auf dem Monitor den Namen zu lesen.

»Nizelisinius«, kam mir der alte Mann zuvor. »In der Schule haben sie mich immer Nietzsche genannt, weil sie Nizelisinius nicht aussprechen konnten. Wenn Sie wollen, tun Sie das auch. Ich habe mich inzwischen daran gewöhnt.«

»Herr ... Nietzsche«, es fiel mir schwer, diesen bildungsbeladenen Namen über die Lippen zu bringen. Das streng blickende Gesicht des deutschen Philosophen mit dem ausladenden Oberlippenbart passte so gar nicht zu der freundlichen Art meines Gesprächsteilnehmers. »Herr Nietzsche«, wiederholte ich und merkte, dass es mir jetzt schon leichter fiel, die hilfreich errichtete Sprachbrücke zu betreten, »ich bitte um Entschuldigung, dass ich Sie zu so später Stunde noch anrufe ...«

»Och, das macht überhaupt nichts. Ich freue mich, mit Ihnen ein bisschen plaudern zu können«, versicherte mir der Herr mit dem unaussprechlichen Namen. Seine Worte klangen fröhlich und wach, ich war mir sicher, dass er noch nicht geschlafen hatte. »Wissen Sie, in meinem Alter genießt man jeden Kontakt mit anderen Menschen. Es wird ganz schön still und einsam, wenn man auf die Neunzig zugeht.« Der Hauch von Melancholie, der sich seinen Worten beigemischt hatte, wurde jedoch schnell abgelöst durch ein freudvoll boshaftes Kichern. »So spät abends wird es eigentlich nicht so gern gesehen, wenn ich telefoniere. Angeblich soll das die Nachtruhe stören. Deshalb habe ich mein Handy immer im Bett versteckt, damit's niemand außer mir hört, wenn's klingelt. Will ja keinen Ärger machen. Dann kann's schon mal eine Zeit lang dauern, bis ich's finde. Wer mich abends oder nachts anruft, der muss Geduld haben.« Wieder kicherte er. »Wenn die Schwester wüsste, dass ich jetzt telefoniere...« Die Vorstellung schien ihm Vergnügen zu bereiten.

»Sie wohnen bei Ihrer Schwester?«, fragte ich etwas ratlos nach dem Monolog des Alten.

»Wo denken Sie hin. Ich habe mein Lebtag keine Schwester gehabt – war ein Einzelkind.« Selten hatte ich eine so liebenswerte Entrüstung gehört. »Die Schwestern, die mich umsorgen, sind nicht meine leiblichen Schwestern. Die hier sind von anderem Kaliber. Meist sind sie ja Engel, ohne Flügel und ohne Heiligenschein – aber sie können auch Teufel sein, da kann ich ein Lied von singen. Doch will mich nicht beschweren, es ist durchaus passable hier im Seniorenzentrum.«

»Sie sind im Altersheim?«, rutschte es mir heraus.

»Altersheim – wie das klingt. Fragen Sie mal einen von uns, ob er sich alt fühlt. Dann schon lieber Seniorenresidenz oder etwas ähnlich Pompöses.« Er schnaufte wie ein Seehund, der gerade zum Luftholen aus dem Wasser aufgetaucht war. »Was wollen Sie eigentlich von mir?«, wünschte er plötzlich zu wissen. Ihm war eingefallen, dass er mich noch gar nicht nach dem Grund meines Anrufs gefragte hatte. »Warum telefonieren Sie mitten in der Nacht mit mir?«

Ohne das freundliche Vorgespräch hätte ich jetzt vielleicht erschrocken eine Entschuldigung gemurmelt. So aber beantwortete ich ruhig seine Frage und berichtigte ihn zunächst: »Also, mitten in der Nacht, Herr Nietzsche, ist es ganz bestimmt noch nicht. Der Abend hat gerade erst angefangen. Und was ich von Ihnen will, hängt davon ab, ob Sie die Person sind, die ich suche.«

»Wen oder was suchen Sie denn?«

»Ich suche einen ehemaligen Mönch des Klosters Bielstein mit Ihrem Namen. Könnte es sein, dass Sie das sind?«

»Kann schon sein«, seine Stimme klang jetzt vorsichtig. »Und weshalb suchen Sie diesen Mönch?«

»Ich brauche ein paar Auskünfte aus der damaligen Klosterzeit, speziell aus dem Jahr 1965.«

»Sind Sie von der Polizei?« Es war immer das Gleiche, an das die Leute zuerst dachten.

»Nein, ich überarbeite ein Buch, das die einzelnen Klöster beschreibt«, griff ich wieder einmal zu der vertrauten Lüge. »Jemand, der die Zeit miterlebt hat, könnte mir dabei eine große Hilfe sein.«

»Ach so«, er schien enttäuscht. Von einem Kontakt mit der Polizei versprach er sich ganz offensichtlich ein aufregenderes Abenteuer als von dem Gespräch mit einem Bücherschreiber. »Wahrscheinlich bin ich aus diesen Jahren der Letzte, der noch am Leben ist. Ich war seinerzeit der Jüngste im Kloster. Meine damaligen Mitbrüder dürften inzwischen alle gestorben sein.«

»Darf ich Sie vielleicht morgen besuchen?«, fragte ich. »Würde Ihnen zehn Uhr passen?«

»Ja, meinetwegen, kommen Sie nur. So lerne ich wenigstens meinen nächtlichen Störenfried kennen.« Er lachte.

»Abendlichen«, verbesserte ich erneut und lachte mit.

Ich legte das Telefon auf dem Schreibtisch ab und sah meine Frau an. »Ganz schön clever, der Alte. Schafft sich ein Handy an und nimmt es mit ins Bett. Wer weiß, was für Gespräche er heimlich führt.«

»Du solltest dich schämen, Heinrich, auch wenn's stimmen mag«, tadelte Franziska und hob den Finger. »Man merkt, dass du in die Jahre kommst, in denen Männer solche Fantasien entwickeln.« Sie seufzte, wurde dann aber ernst. »Du willst also morgen nach Melsungen?«

»Ja, du hast doch mitgehört. Der Mann ist trotz seines

Alters noch topfit, zumindest geistig. Das lässt erwarten, dass er sich noch an die früheren Zeiten erinnern kann. Vielleicht erfahre ich etwas über Walter. Seinen vollständigen Namen zum Beispiel.«

»Und dann?«

»Finde ich auf die gleiche Weise, wie ich zu Nietzsche gefunden habe, zu ihm.«

»Dem möglichen Mörder.« Franziska erhob sich neben mir, ging um den Schreibtisch herum und stellt sich so, dass ich sie ansehen musste. »Heinrich, die Wege eines Mörders zu kreuzen, ist gefährlich, deshalb sollte das Sache der Polizei sein. Es reicht, dass du die Spur nach Melsungen entdeckt hast. Alles Weitere überlass Charly und seinen Leuten.« Sie unterstrich ihren Appell, indem sie die Arme in die Seiten stemmte. »Versprichst du mir das?«

Ich zögerte. »Kannst du mir sagen, warum es gefährlich sein soll, mit dem alten Mann zu sprechen?«

»Was, wenn der Mörder den gleichen Gedanken hatte wie du? Wenn es ihm gelungen ist, den letzten Zeugen von damals aufzuspüren, aber nicht, um von ihm etwas zu erfahren, sondern um ihn zum Schweigen zu bringen? Und dabei kommst du ihm in die Quere.«

»Ist das nicht reichlich konstruiert? Vielleicht weiß dieser Nietzsche ja gar nichts. Warum denn dann die Polizei einschalten? Nein, morgen das Gespräch – das lass mich noch machen, danach sehen wir weiter.«

Aus langer Erfahrung wusste Franziska, dass ich mich von dem, was ich mir einmal in den Kopf gesetzt hatte, nur selten abbringen ließ. Sie beugte sich über den Schreibtisch zu mir hinüber, nahm meinen Kopf zwischen die Hände und küsste mich. »Sei vorsichtig, Heinrich. – Und wenn du wieder zurück bist, erzählst du mir von dem Alten – von Frido Bernwald, den alle Nietzsche nennen.«

22

Der Fremde kennt von Melsungen allenfalls das bedeutende medizinisch-pharmazeutische Unternehmen, das der Stadt zu Steuereinnahmen und der Bevölkerung zu Arbeitsplätzen verhilft. Vielleicht erinnert er sich auch noch an den spektakulären Unfall, als vor einigen Jahren ein Lastwagen ungebremst die westliche Steilabfahrt hinunter in die Innenstadt und dort in ein Wohnhaus raste. Neuerdings mag auch der Ortsnamen häufiger im Zusammenhang mit dem ansässigen Handballbundesligisten fallen. Sonst aber schlummert das kleine Städtchen am Ufer des stillen Flusses vor sich hin, träumt im alten Glanz seiner Vergangenheit und beweist, wie anmutig schön ein schlafendes Gesicht sein kann.

Ich war zeitig aus Oberhone aufgebrochen. Ich liebte es, weit vor einem vereinbarten Termin an einem Ort zu sein, seine Atmosphäre in mich aufzunehmen und mich erst dann der Angelegenheit zuzuwenden, deretwegen ich gekommen war.

Es war Sonntag heute, die Straßen waren an diesem frühen Morgen menschenleer, ich hatte die Stadt für mich. Ich genoss es, durch die sonst so belebte Kasseler Straße zu schlendern, ohne einer Auslage oder einem Passanten ausweichen zu müssen. Auf dem Marktplatz blieb ich stehen, sah mich um und verweilte vor dem gleichermaßen mächtigen wie prächtigen Fachwerkrathaus. Mein heute unverstellter Blick glitt lange über die roten Balken und die weißen Sprossenfenster bis hinauf zu den Ecktürmchen im steilen Dach. Es war ein stolzer Bau, geprägt von dem Selbstbewusstsein einer Zeit, in der Melsungen noch im Schnittpunkt bedeutender Handelswege lag.

Von der Bartenwetzerbrücke schaute ich hinab in den Fluss. Unter mir lag die Furt, eine der Voraussetzungen für die mittelalterliche Stadtaussiedlung an dieser Stelle. Ich legte meine Hand in die Scharte, die die damaligen Holzfäller beim Schärfen ihrer Barten in den Sandstein gewetzt hatten, so als wollte ich die Ruhe dieses Morgens aus dem kalten Stein auf mich übertragen. Eine Weile stand ich so – still, unbeweglich und zufrieden. Unter mir plätscherte das Wasser, kein Fußgänger näherte sich, kein Hund betrat die alte Bogenbrücke.

Nach einigen Minuten beendete ich den Zauber und bummelte zurück zu meinem Auto. Bereit nun für das geplante Treffen, fuhr ich gemächlich in engen Kurven den Hang hinauf, vorbei an der Jugendherberge, die ich von früheren Aufenthalten her kannte, und erreichte pünktlich um zehn Uhr das Dr.-Horst-Schmidt-Haus, das Altenzentrum der Stadt Melsungen.

Links hinter der Eingangspforte lag ein kleines Zimmer, in dem laut Aufschrift die diensthabende Schwester residierte. Ich klopfte an die offene Tür und streckte den Kopf in den Raum hinein. Eine stämmige, resolute Frau in mittleren Jahren sah zu mir auf. Sie trug einen grauen Kittel, hatte das Haar hochgebunden und wirkte, als stünde sie mit beiden Beinen fest auf dem Boden.

Ich grüßte und erkundigte mich nach dem Hausbewohner, mit dem ich verabredet war. Sicherheitshalber las ich den Namen von dem Zettel ab, auf den ich ihn mir vorsorglich notiert hatte.

»Ah, Sie wollen zu Nietzsche?« Sie nickte, ein Lächeln milderte ihren strengen Mund.

»Wo kann ich ihn finden?«, fragte ich in der Erwartung, die Nummer seines Wohnraumes zu erfahren.

Die Auskunft verblüffte mich. »Mit der geringsten Wahrscheinlichkeit in seinem Zimmer. Um diese Zeit ist er längst unterwegs. Entweder Sie finden ihn im Garten bei seinen Bohnen, oder aber da unten im Schlachtgetümmel.« Nun lachte sie laut und deutete auf eine Treppe, die in das Untergeschoss führte. »Dort hinten die Glastür«, ihr Arm schwenkte herum und zeigte auf das Ende des Flurs, »dort geht es hinaus in den Garten.«

»Ist der alte Herr denn noch so mobil?«

»Mobiler, als es uns lieb ist«, stöhnte die Frau, »der berühmte Sack Flöhe ist leichter zu hüten als unser Hobbyhistoriker.« Noch einmal wies sie stumm zu der Glastür, dann wandte sie sich wieder den Eintragungen zu, bei denen ich sie gestört hatte.

Unschlüssig blieb ich einige Minuten im Flur stehen. Hatte ich richtig gehört? Der alte Mann war im Schlachtgetümmel? Was sollte das heißen? Obwohl meine Neugier geweckt war, beschloss ich, erst nachzusehen, ob ich ihn draußen bei seinen Bohnen fand.

Im Garten war, das sah ich auf den ersten Blick, nahezu niemand. Lediglich eine alte Frau schlurfte mit ihrem Rollator den befestigten Weg entlang. Das Wasser ihrer kleinen Gießkanne, die sie schief zwischen den Fingern eingeklemmt hielt, tropfte auf den Boden. Von einem Mann war keine Spur. Dennoch verharrte ich eine Weile und betrachtete verwundert die seltsame Anlage. Es dauerte einen

Moment, bis ich begriff, dass die Heimbewohner selbst ihre Beete versorgten, sie mit Salatgurken, Tulpenzwiebeln und Blumensamen, mit Rübenstecklingen und Kürbiskernen bestückten. Man hatte ihnen dafür kleine Landparzellen zur Verfügung gestellt, die, altersgerecht eingerichtet, von unterschiedlicher Höhe waren, damit auch Rollstuhlfahrer oder Senioren, denen das Bücken schwerfiel, dort tätig sein konnten. An einem in der Mitte der Anlage eingerichteten Brunnen hingen, wie auf Friedhöfen, grüne Miniaturgießkannen. Gartengerät, alles klein und handlich, lag in einem Holzregal daneben.

Berührt von der schönen Idee, den Bewohnern das, was ihnen vertraut war, solange wie möglich zu erhalten, ging ich die Reihen der Beete entlang. Helle Namensschildchen verkündeten, wer für das jeweilige Landstück zuständig war. Er war nicht schwer, das Areal zu finden, das mein gesuchter Gesprächspartner bearbeitete. Runde Holzstangen, die wie das Gestänge eines Indianerzeltes über Kreuz aneinander gebunden waren, verrieten schon von weitem den Ort, an dem Bohnen angebaut wurden. Als ich herankam, bestätigte das Namensschild meine Vermutung. ‚Nietsche' stand darauf, falsch und verkürzt ohne z. Ob das der Alte so gewollt hatte – vielleicht in bewusster Abgrenzung von dem bissigen Philosophen?

Zurück im Haus suchte ich die Treppe, die, wohin auch immer, nach unten führte. Auch ein Fahrstuhl bot sich gleich daneben an. Ich ignorierte ihn und stieg langsam die Stufen hinunter. Was hatte die Ankündigung der Schwester nur zu bedeuten? Ein Schlachtgetümmel!?

Der Gang, in den ich gelangte, war hell erleuchtet, mehrere Räume gingen zu beiden Seiten von ihm ab. Ein Teil der Türen war beschriftet, scherzhafte Bezeichnungen wie »Werkelhalle«, »Farbkleckserei« und »Hüpfdohlensaal« wiesen auf ihre Verwendung als Bastel-, Mal- und Gymnastikzimmer hin. Ganz augenscheinlich war ich auf dem Flur gelandet, in dessen Räumen versucht wurde, die Bewegungsarmut der alten Menschen auszugleichen, ihre Fingerfertigkeit zu erhalten und ihre Kreativität zu wecken und zu fördern.

Als ich die Tür fand, die ich suchte, wurde mir klar, was die Schwester gemeint hatte. Sie hatte nichts anderes als den Namen des Zimmers genannt, als sie von »Schlachtgetümmel« sprach. Ich betrachtete das makabre Schild, das ehemals genauso schlicht und funktional wie die Schilder der anderen Räume gewesen sein musste. Jetzt aber war es durch eine bunte Zusatzbemalung martialisch entstellt: Zwei Kanonen in stahlblauer Farbe umstanden die Anfangssilbe »Schlacht«, eine Muskete, ein Morgenstern und ein Dragonersäbel umrahmten den Endteil »getümmel«. Von jedem einzelnen der Buchstaben rann schaurig und scharlachrot ein Tropfen Blut. Nun war ich aber doch gespannt, was sich hinter dieser Tür verbarg.

Ich klopfte einmal, klopfte zweimal, pochte schließlich mit der Faust gegen das Türblatt. Immerhin hatte ich es mit einem über Achtzigjährigen, vielleicht Schwerhörigen zu tun. Nichts rührte sich im Rauminneren, niemand forderte mich auf einzutreten. Und wenn er nun wirklich nicht hörte, dass ich klopfte? Ich drückte die Klinke herunter und öffnete die Tür.

Ein Schuss knallte, noch im Fallen sah ich eine Rauchwolke irgendwo im Zimmer aufsteigen, dann lag ich auf dem Boden. Ich hielt mir die Hände über den Kopf, als könnte mich das vor einer Kugel schützen, und versuchte, vorsichtig zwischen den Armen hindurch zu sehen, was geschehen war.

Inzwischen hatte sich der Rauch im ganzen Zimmer verteilt. Schemenhaft sah ich hinter einem riesigen Tisch den Kopf eines Menschen hervorschauen, der, soviel erkannte ich, an meiner misslichen Lage sichtbar Gefallen fand. Leise und glucksend lachte er zu mir hin, aber es war nichts Boshaftes in seinem Lachen. Eher schien es, als wolle er mir zusichern, dass mir nichts geschehen war, mir zu verstehen geben, dass ich mir keine Sorgen zu machen brauchte.

Sicherheitshalber befühlte ich meine Arme und Beine, tastete nach Blut und prüfte, ob mir etwas weh tat.

Noch während ich mich examinierte, kam der Mann um den Tisch herum und begrüßte mich mit ausgestreckter Hand. »Willkommen im Historiensaal der Freien Universität Melsungen. Ich nehme an, Sie sind Herr Gerhard?«

Erst jetzt bemerkte ich, dass mein Gegenüber im Rollstuhl saß. Schnell rappelte ich mich auf, streckte mechanisch meinen Arm aus und stammelte: »Was war das?«

»Ach, nur eine kleine Begrüßung«, der alte Mann winkte ab und schüttelte meine Hand. »Hat Ihnen Schwester Agnes nicht gesagt, dass jeder, der mich im Historiensaal besucht, so begrüßt wird? Stilgerecht und historisch korrekt, mit einem Böllerschuss aus der dicken Karoline – einer Modellnachbildung der berühmten schwedischen Kanone aus dem dreißigjährigen Krieg. Ich fülle sie mit Schwarzpulver, lasse aber die Kugel weg. Ein würdevoller Empfang, nicht wahr? – Übrigens, ich bin Nietzsche, der, den Sie sprechen wollten.«

Ich sah mich im Zimmer um. Die Rauchschwaden hatten sich inzwischen so verzogen, dass ich nun Einzelheiten darin wahrnehmen konnte. Jetzt im Stehen blickte ich von oben auf das, was mir vom Boden aus als riesiger Tisch erschienen war. Ich erkannte, dass ich einen großen, auf Holzstützen ruhenden Sandkasten vor mir hatte. Sofort wurde ich an meine Zeit als Arzt bei der Bundespolizei erinnert. Dort hatte es ähnliche sandgefüllte Kästen gegeben, in die Bäume und Häuser, ja ganze Wälder, Dörfer und Flüsse hineingebaut worden waren. Den Polizeianwärtern sollte so die Geländebeschaffenheit vor einem bevorstehenden Einsatz demonstiert werden.

Auch dieser Sandkasten hier war vollgestellt mit Figuren und Modellgegenständen, Häusern vor allem, Türmen und Mauern, auch eine Kirche war dabei. Auf den ersten flüchtigen Blick sah es aus wie eine Stadt an einem Fluss, um die sich viele Menschen drängten. Die Personengruppen, das erkannte ich, standen nicht zufällig im Sand. Sie waren geordnet, waren in einer bestimmten Absicht aufgestellt. Irgendeine Szene sollte hier augenscheinlich dargestellt werden. Sonst aber war der Raum bis auf einen kleinen Schrank in der Ecke und ein Wandbord, auf dem die Empfangskanone stand, leer. Möglicherweise war er bewusst so spärlich möbliert, um dem Rollstuhl genügend Platz für ein Umfahren des Sandkastens zu lassen.

»Da staunen Sie«, sprach mich Herr Nietzsche an und deutete auf das Szenarium. Während er um das Tableau herumfuhr, hatte ich Gelegenheit, ihn zu betrachten. Er sah viel jünger aus, als es bei dem Alter, das er gestern am Telefon angedeutet hatte, zu erwarten gewesen wäre. Sein bemerkenswert faltenloses Gesicht war glatt rasiert und voller Leben, die Augen leuchteten und um den Mund hing noch immer ein Rest des Lachens von eben. Kräftige Arme unter breiten Schultern verrieten, dass er seinen Rollstuhl viel bewegte und häufig mit ihm unterwegs war. »Ich war gerade dabei, die Schlacht zwischen Landgraf Ludwig I. und dem Erzbischof von Mainz nachzustellen. Sie glauben gar nicht, wie mühsam das ist, die im Gefechtsverlauf sich dauernd ändernden Fronten immer wieder umzubauen. Ständig muss ich von den Mainzern zu den Kasselern fahren und wieder zurück. Gut, dass Sie jetzt gekommen sind.« Er rollte dicht an mich heran und packte meinen Arm. »Sind Sie katholisch?«

»Nein«, antwortete ich erschrocken und heftiger, als ich es wollte, »ich bin protestantisch.«

»Dann übernehmen Sie eben die landgräflichen Truppen. Ich führe die des Erzbischofs in die Schlacht. Obwohl, auch ich bin evangelisch, aber einer muss es ja machen.«

In den folgenden Minuten spielten wir Krieg. Die Anfangsphase der historischen Schlacht von 1427 war so intensiv und fesselnd, dass ich gar nicht dazu kam, an das Kloster und an Walter zu denken, geschweige denn eine diesbezügliche Frage zu stellen.

Schließlich in einer Gefechtspause, als sich die Truppen beider Seiten nach aufreibenden Scharmützeln sammelten und neu aufstellten, kam mir wieder in den Sinn, weshalb ich eigentlich hierher gekommen war. »Sagen Sie, Herr Nietzsche, an Ihre Zeit damals im Kloster Bielstein – haben Sie da noch Erinnerungen? Zum Beispiel an das Jahr 1965?«

Der Alte sah auf. Ein kurzer Hauch von Unwillen huschte über sein Gesicht. Dann aber schien ihm einzufallen, dass er mir gestern Abend seine Bereitschaft zur Hilfe zugesichert hatte. »1965? War das nicht das Jahr, in dem der Prior starb?«

»Richtig, um diesen Zeitraum geht es?«

»Und das brauchen Sie für Ihr Buch?«

»Es ist das Buch eines anderen, ich aktualisiere es nur. Zum Beispiel ergänze ich die Liste der Klosterbewohner. Im

Jahr 1965 gibt es noch einige Lücken. Damals soll es eine Haushälterin gegeben haben ...«

»Sie meinen Salme?« Er nickte anerkennend. »Tolles Weib. War eine Baltin, ich glaube, sie kam aus Estland. Obwohl wir Mönche solche Gedanken eigentlich gar nicht haben dürften, beim Anblick dieses Mädchens bekamen einige von uns weiche Beine.« Versonnen blickte er über das Schlachtfeld. »Schade, dass sie schon so bald das Kloster verließ. Würde gerne wissen, was aus dieser Frau geworden ist.«

Ich machte keine Anstalten, ihn über Salme Jakobs Schicksal zu informieren. Sie war nicht der Gegenstand meiner jetzigen Nachforschungen, heute interessierte mich anderes. »Da gab es noch jemanden, der nur unvollständig in der Liste erfasst ist. Ein gewisser Walter, ein Novize – außer seinem Vonamen weiß ich nichts von ihm.«

»Und noch nicht einmal den kennen Sie.« Er wandte sich wieder dem Sandkasten zu. »Lassen Sie uns jetzt die zweite Phase der Schlacht beginnen.«

Ich spielte mit, was blieb mir anderes übrig, wollte ich den Alten nicht verärgern. So dauerte es mehrere Dutzend Kanonenschüsse und hunderte von Leichen, ehe ich die Gelegenheit fand nachzuhaken. »Sie sagten soeben, ich würde nicht einmal den Vornamen des Novizen kennen – wie meinten Sie das?«

»Nun, so genau erinnere ich mich auch nicht mehr an den Jungen. War ein netter Bursche, dieser Walter, das weiß ich noch – und, dass er nicht Walter hieß. War wohl eine Art Spitzname.«

»Und wie lautete sein richtiger Rufname?«

»Keine Ahnung, muss was wenig Geläufiges gewesen sein. Wenn ich‘s noch richtig in Erinnerung habe, war Walter so etwas wie eine Abkürzung dafür. Wir gebrauchten sie, weil sein Name unpraktisch war, einfach zu lang. So wie bei Nizelisinius und Nietzsche.« Er lachte und schlug sich mit der flachen Hand vor die Brust. Dann drehte er sich wieder dem Schlachtfeld zu.

»Und sein Familienname?«, fragte ich schnell, vielleicht eine Spur zu eifrig. Als ich merkte, dass der Alte mich forschend ansah, fügte ich hastig hinzu. »Dieser Walter ist der einzige, dessen voller Name mir noch fehlt. Auch wo er herstammt, würde ich gerne wissen.«

Frido-Bernwald Nizelisinius wendete den Rollstuhl. Zurückgelehnt, die Arme auf den Seitenstützen abgelegt, schaute er nachdenklich zu mir auf. »Da kann ich Ihnen leider nicht helfen, Herr Gerhard. Ich habe keinen blassen Schimmer, wie Walter mit Nachnamen hieß, noch, woher er kam. Wahrscheinlich habe ich seinen Familiennamen nie gehört. Wir Mönche haben uns stets nur mir dem Vornamen angeredet, den vollen Namen also meist gar nicht gewusst. Tut mir Leid, wenn Sie extra den Weg zu mir gemacht haben, um das erfahren zu müssen.« Bedauernd hob er die Hände, meine Enttäuschung war wohl zu deutlich sichtbar.

Dann aber, mit einer brüsken Drehung, widmete er sich wieder ganz der kriegerischen Auseinandersetzung im Sandkasten, deren blutiger Kampf in die Endphase einzutreten begann. Notgedrungen folgte ich seinen Anweisungen, verschob und versetzte meine Figuren, um nach historischem Vorbild auf die Truppenbewegungen der Mainzer zu reagieren.

Ich war nur halb bei der Sache, hätte wegen meines Abgelenktseins fast die entscheidende Wendung im Schlachtverlauf zugunsten des Landgrafen verpasst. Ich sinnierte darüber nach, was ich den ehemaligen Mönch noch fragen konnte, um Walters Identifizierung näher zu kommen. Das einzige, was er mir bisher an Neuem hatte mitteilen können, war seine vage Erinnerung, Walter könne die Kurzform eines selten gebräuchlichen Vornamens sein. Ich zerbrach mir den Kopf, welche Namen dafür in Frage kommen könnten, riskierte durch meine Grübeleien, dass die erzbischöflichen Musketiere in die Phalanx meiner Geharnischten eindrangen, und fuhr mit einem leisen Aufschrei aus meinen Gedanken auf.

»Nein, warten Sie«, versuchte mich Nietzsche in meine Schranken zu weisen, »der Heerführer muss erst noch fallen, vorher kapitulieren die Mainzer nicht. Für den Siegesjubel ist es noch zu früh.« Dann aber, als er mich mit offenem Mund und geweiteten Augen dastehen sah, begriff er, dass mein Ausruf nicht dem Schlachtgeschehen gegolten hatte. »Was haben Sie?«, fragte er mit Besorgnis in der Stimme.

Ich zeigte mit dem zitternden Finger auf ihn. »Sie sagten, der Novize damals trug einen wenig geläufigen Namen – deshalb verkürzten Sie ihn zu Walter ...«

»Ja, vielleicht hieß er Waldemar, vielleicht auch Valerian oder sonst etwas?«

»Könnte es sein« – ich machte eine Pause, es fiel mir schwer, das Folgende auszusprechen –, »dass er mit unverkürztem Namen Valentino hieß?«

»Ja«, bestätigte er alte Herr lebhaft, erfreut, mir nun doch helfen zu können, »Valentino, das war sein richtiger Name, jetzt erinnere ich mich.«

»Sie sind sich sicher?«

»Ganz sicher. Wenn Sie mal selbst so alt sind wie ich, werden Sie‘s am eigenen Leib erleben. Vieles von dem, was hier oben gespeichert ist«, er tippte sich an die Stirn, »taucht wieder in voller Klarheit auf, wenn man nur daran erinnert wird. Er hieß Valentino, Ihr Walter, das ist so sicher wie die Tatsache, dass die landgräflichen Truppen die Schlacht gewinnen werden.«

23

Auf dem Anstieg der Straße von Günsterode hinauf nach Hessisch Lichtenau bog ich in einen Waldweg ein. Nach wenigen Metern hielt ich an und stellte den Motor aus, blieb aber noch einige Augenblicke im Wagen sitzen. Immer noch fiel es mir schwer, einen klaren Gedanken zu fassen. Schließlich stieg ich aus. Rechterhand vom Hauptweg führte ein kleiner Pfad steil unter hohen Fichten aufwärts. Ich nahm ihn und stapfte zügig bergan.

Der Weg tat mir gut. Ich spürte, wie die Benommenheit, die seit meinem Aufbruch aus Melsungen wie ein Nebel über meinem Denken lag, sich allmählich aufzulösen begann. Die Fähigkeit, logisch zu folgern und Schlüsse zu ziehen, kehrte langsam wieder zurück. Trotz des kühlen Tages war ich geschwitzt und außer Atem, als ich den Gipfel des Himmelsbergs erreichte. Auf einem Baumstumpf ließ ich mich nieder und überdachte das, was gerade geschehen war.

Nach dem Aufdecken von Walters Identität, der entsetzlichen Erkenntnis, dass mein Freund Valentino jener Mann war, den wir, die Polizei und auch ich, so verzweifelt suchten, hatte ich das Altenzentrum fluchtartig verlassen. Ich hatte mir nicht mehr die Mühe gemacht, Nietzsche nach seiner damaligen Zeit im Kloster zu befragen, warum er zum Beispiel dem Orden beigetreten war oder was ihn zum

Ausscheiden bewogen hatte. Auch nicht, wie es zu seiner Leidenschaft für das Historische gekommen war. Froh, dem Haus den Rücken kehren zu können, war ich in mein Auto eingestiegen und hatte die erstbeste Straße genommen, die aus der Stadt herausführte. Wie in Trance war ich gewesen, unfähig, das gerade Gehörte und Entdeckte sachlich zu verarbeiten.

Tief atmete ich die klare Bergluft ein. Ein schwacher Wind ging hier oben auf dem Gipfel. Ich wandte ihm mein Gesicht zu, die Kühlung war angenehm. Als ich fühlte, wie Ruhe und klares Urteilen wieder Einzug in mir hielten, fokussierte ich meine Gedanken auf das, was ich gerade erfahren hatte.

Fakt schien zu sein, dass Walters unverkürzter Name Valentino lautete. Ich glaubte dem alten Nietzsche, seine Erinnerung war zu bestimmt gewesen, um unrichtig zu sein. Der weitere Schluss lag geradezu auf der Hand, denn das ganze Mordgeschehen rankte sich ja regelrecht um das Kloster. Man hatte Martin dort zuletzt lebend gesehen, seiner Mutter war in diesen Mauern vor Jahren das schreckliche Leid angetan worden, und auch der Leichenfund im Grab des Abtes hatte Bezug zum Kloster. Und nun gab es ausgerechnet dort einen Mönch mit dem Namen Valentino, dem vollständigen Vornamen des Novizen Walter, jenes Walters, der als einziger ein erkennbares Motiv für den Mord an Martin besaß. Innerlich sträubte ich mich, an diesen Zusammenhang zu glauben, aber es war unmöglich, die Augen vor den Tatsachen zu verschließen.

Bruder Valentinos Bild tauchte vor mir auf, dieses freundliche Gesicht mit dem einnehmenden Lächeln. Sah so ein Mörder aus? Natürlich nicht. Aber wie viele Beispiele gab es, in denen ehrenwerte Personen mit dem Aussehen eines Biedermannes oder Wohltäters eigenhändig andere Menschen in den Tod geschickt hatten. Der Druck, der sie in die Enge trieb, musste nur stark genug sein, der Vorteil, den sie sich von ihrer Tat versprachen, nur groß genug.

Unschlüssig, was ich nun tun sollte, stand ich auf und trat den Rückweg an. Während des Gehens wog ich die Möglichkeiten ab. Sollte ich erst mit Bruder Valentino sprechen, ihn mit meinem Wissen konfrontieren und hören, was er dazu zu sagen hatte? Immerhin, wir hatten uns als Freunde getrennt, war ich ihm das nicht schuldig? Allerdings, so ein Gespräch hatte seine Risiken. Was, wenn ich ihn warnte und er sich der Strafverfolgung entzog? Oder, schlimmer noch, wenn er mich als einzigen Kenner seiner Identität aus dem Weg zu räumen versuchte? Diesen Gedanken verwarf ich jedoch sofort. Niemals würde Bruder Valentino die Hand gegen mich erheben, nicht nach den Stunden, die wir zusammen verbracht hatten.

Unsicher, wie ich vorgehen sollte, kehrte ich zum Auto zurück. Die Alternative war, die Polizei zu unterrichten. Im Grunde wusste ich, dass ich letztendlich darum nicht herumkommen würde, aber im Moment konnte ich mich zu diesem Schritt einfach noch nicht durchringen. Ich wollte erst mit Franziska reden, wollte mit ihr das weitere Vorgehen abstimmen, vorher würde ich nichts unternehmen. Gemeinsam ließ sich das Wissen, das auf mir lastete, und die Verantwortung, die sich daraus ergab, leichter tragen.

Als ich in die Einfahrt fuhr, kam mir meine Frau über den Hof entgegen. Ihr Gesicht hatte einen Ausdruck von Ratlosigkeit, ihre Augen verrieten, dass sie mir etwas sagen wollte.

»Was ist los?«, fragte ich, als ich aus dem Wagen stieg, »du hast doch etwas auf dem Herzen, ich seh's dir an.«

»Wir bekommen Besuch, Heinrich.«

»Besuch?«, fragte ich verwundert. »Wer kommt uns denn heute am Sonntag besuchen?«

»Vorhin um elf kam der Anruf. Ich habe gesagt, dass du erst am Nachmittag zurück bist. Er will am frühen Abend vorbeischauen, nur auf ein paar Worte, wie er betonte. Aber so, wie er es sagte, klang es seltsam – ich habe kein gutes Gefühl bei der Sache.«

»Von wem, um alles in der Welt, sprichst du? Wer kommt am Abend vorbei?«

»Es war ein Anruf aus dem Kloster Bielstein. Bruder Valentino bat um ein persönliches Gespräch mit dir – noch heute.«

»Mein Gott«, entfuhr es mir. Ich musste mich an der offenen Fahrzeugtür abstützen. Ich begriff, dass mir die Entscheidung meines Handelns nun abgenommen war.

Verwundert über meine heftige Reaktion sah mich Franziska fragend an. »Wäre es dir lieber gewesen, ich hätte dich verleugnet?«

»Nein, nein«, wehrte ich ab, »das ist es nicht. Es ist gut, dass er kommt, jetzt, wo ich die Wahrheit über ihn weiß.« Ich schloss die Autotür und drehte mich Franziska zu. »Ich habe es heute herausgefunden, in Melsungen. Der Alte hat's mir erzählt. Jener Walter, hinter dem wir so her sind, ist kein anderer als Bruder Valentino.«

Im Haus berichtete ich Franziska von meinen Erlebnissen im Seniorenheim, erzählte, wie ich mühsam zwischen den Szenen der großen Schlacht aus Herrn Nietzsche die wenigen Informationen, über die er verfügte, herausgekitzelt hatte. »Als er von der Verkürzung des Vornamens sprach, habe ich in einer plötzlichen Eingebung den Namen Valentino ins Spiel gebracht. Sofort war sich der alte Herr sicher, dass dies Walters vollständiger Name war. Jetzt brauchte ich nur noch zwei und zwei zusammenzuzählen, um zu dem Schluss zu kommen, dass niemand anderer als Bruder Valentino aus dem Kloster Bielstein der Novize von damals sein kann.«

»Ja, das würde so vieles erklären.«

»Man könnte es sich einfach machen, die Täter-Opfer-Beziehung liegt ja offen vor uns: Martin entlarvt Valentino als Walter, droht ihm mit der Aufdeckung seiner damaligen Tat. Daraufhin bringt ihn Valentino um und verscharrt ihn.«

»Du glaubst, dass es so war?«

»Nein, mein Gefühl sagt mir, dass es nicht so war, nicht so gewesen sein kann. Ich habe mit dem kleinen Mönch musiziert – mit ihm gegessen, getrunken und gelacht. Dieser Mann geht nicht einfach hin und bringt jemanden um. Nicht Bruder Valentino.« Ich hörte den Trotz in meiner Stimme und fühlte, dass ich den gefährlichen Weg ging, wider alle Fakten meinen Empfindungen zu folgen. Aber das musste nicht das Schlechteste sein. Ich erinnerte mich an frühere Fälle, in denen meine intuitiven Eingebungen oftmals dann zu Ergebnissen geführt hatten, wenn mit Indizien und Tatsachen kein Resultat erzielt werden konnte.

»Hat Bruder Valentino angedeutet, was er von mir will?«, fragte ich meine Frau.

»Nein, er klang irgendwie bedrückt, zögerlich – so als müsse er sich überwinden, diese Verabredung mit dir zu treffen. Vielleicht ist ihm inzwischen klar geworden, dass man früher oder später seine Identität als Walter aufdecken wird – deshalb will er sich stellen.«

»Warum geht er dann nicht zur Polizei?« Wir hatten beide keine Antwort auf die Frage. Daher schlug ich vor: »Warten wir den Abend ab, dann werden wir es erfahren.«

Kurz nach sieben fuhr der Kleinbus des Klosters auf den Hof. Um uns von der ständigen Frage nach dem Grund von Valentinos Kommen abzulenken, hatten wir gerade die Abendnachrichten im Fernsehen eingeschaltet, waren aber nur mit halbem Herzen bei den Tagesneuigkeiten gewesen. Zu sehr hatte uns das bevorstehende Treffen beschäftigt. Froh, dass nun das ungewisse Warten ein Ende hatte, ging ich dem Mönch entgegen.

Selbst im schwachen Licht der Außenleuchte war zu erkennen, wie bleich und mitgenommen Bruder Valentino aussah. Das Lächeln war nicht wieder in sein Gesicht zurückgekehrt, seine Augen hatten ihr lebensfrohes Leuchten verloren. Statt der Kutte trug er heute einen grauen Anzug, der ihn noch farbloser erscheinen ließ.

Kraftlos ergriff er meine ausgestreckte Hand. »Danke, Herr Gerhard, dass ich zu Ihnen kommen darf. Es ist dringend, sonst hätte ich Sie nicht heute am Sonntagabend gestört.«

»Sie stören nicht, überhaupt nicht, Bruder Valentino. Und wenn es dringend ist, erst recht nicht.« Unwillkürlich stützte ich ihn, als wir die Stufen zum Kücheneingang hinaufstiegen. So zerbrechlich wirkte er heute.

Franziska erwartete uns vor dem Kamin. Mit dem Gespür für die Sensibilität dieses Gesprächs hatte sie auf jeden Aufwand verzichtet. Lediglich eine Kanne schwarzer Tee war aufgebrüht, ich hatte ihr von Bruder Valentinos Vorliebe dafür erzählt.

Ohne Überschwang, aber herzlich, hieß sie unseren Gast willkommen und bat ihn, in einem der Sessel Platz zu nehmen. »Wenn Sie mit meinem Mann unter vier Augen sprechen wollen, lasse ich Sie gerne allein«, bot sie an und machte Anstalten, sich zu erheben.

»Nein, bleiben Sie, Frau Gerhard, Sie wissen sowieso schon das meiste, Sie können genausogut auch noch den Rest erfahren.«

Wir schwiegen, während wir uns die Getränke eingossen. Stumm blickten wir eine Weile in die hüpfenden Flammen, deren Widerschein über unsere Gesichter huschte. Ich spürte, wie der kleine Mann mit sich rang, wie schwer es ihm fiel, sich zu überwinden, uns das, was ihm auf der Seele lag, vorzutragen.

Um ihm den Einstieg in das Gespräch zu erleichtern, erzählte ich von meinem Nachmittag in Melsungen. Bei der Erwähnung des alten Nizelisinius seufzte er auf. Ein warmes, erinnerndes Glimmen erschien in seinen Augen. Dann aber, als ihm bewusst wurde, was mein Bericht für ihn bedeutete, senkte er den Blick. Obwohl er uns ansprach, war es, als spräche er zu sich selbst. »Wussten Sie, dass alle ihn nur Nietzsche nannten? Nicht nur sein Familienname, auch sein Rufname war unaussprechlich – da haben wir ihn eben vereinfacht.« Der Mönch hob den Kopf, eine Frage lag in seinem Blick. »Konnte er sich noch an die alten Zeiten erinnern?«

Ich nickte. »Zwar nicht mehr an sehr viel, aber doch noch an einiges – vor allem an das, was ich von ihm wissen wollte. So konnte er mir zum Beispiel von einem anderen Namen berichten, der ebenfalls verändert und verkürzt worden war.«

Bruder Valentino hatte das Gesicht dem Kaminfeuer zugewandt, Schatten tanzten über seine geschlossenen Augen. Äußerlich unbewegt, wie ein Delinquent, der gefasst seinen Urteilsspruch entgegennimmt, saß er da und wartete darauf, dass ich weitersprach.

»Der alte Mann konnte sich zunächst nur unklar erinnern, als ich ihn nach Walter fragte, den Novizen, mit dem er damals im Kloster zusammen gewesen war. Er wusste lediglich, dass Walter eine Namenskurzform darstellte, die leichter auszusprechen war als er richtige Name. Als ich ihn aber gezielt fragte und einen Namensvorschlag machte, war er sich absolut sicher, dass Walters vollständiger Name Valentino lautete.«

Das Knistern des brennenden Buchenholzes war das einzige Geräusch im Raum, auch von draußen drang kein Laut herein. Ich sah zu Franziska. Ihr anteilnahmsvoller Blick war auf den kleinen Mönch gerichtet, der zusammengekauert in seinem Sessel hockte. Fast hatte es den Anschein, als schliefe er.

Endlich, nach Sekunden versunkenen Schweigens, schaute Bruder Valentino auf. Die vorherige Spannung war nun aus seinem Gesicht gewichen, seine Augen blickten freier, ein Anflug von Erleichterung war in ihnen zu lesen. »Es ist gut, dass Sie es jetzt wissen.« Seine Stimme war ruhig, nichts mehr von dem Unsteten, Fragenden zu Beginn. Bedächtig goss er sich aus der Teekanne nach.

»Dies war der eine Grund, warum ich um das Gespräch heute bat. Ich wollte Ihnen das Geheimnis um Walter aufdecken, nun haben Sie seine Identität selbst herausgefunden.« Er griff nach der Tasse und nahm einen Schluck. »Es würde mir viel bedeuten, wenn ich Ihnen die Gründe darlegen darf, warum ich so lange geschwiegen habe. Das soll keine Rechtfertigung sein, aber es würde mir helfen, zu wissen, dass Sie mein Handeln, wenn auch nicht billigen, doch zumindest verstehen.«

Er nahm erneut die Tasse auf, hielt sie aber, ohne zu trinken, in der Hand. Dann begann er zu erzählen. »Aus Salme Jakobs Brief wissen Sie ja von den Vorgängen damals vor vierundvierzig Jahren. Auch ich kenne den Inhalt dieses Briefes, denn ich habe ihn gelesen. Martin hatte ihn dabei, als er das Kloster besuchte. Ich habe ihn in seinem Zimmer gefunden, als ich heimlich seine Sachen durchwühlt habe.« Er stellte die Tasse auf den Tisch zurück. »Sie werden sich fragen, wie ich dazu komme, ungebeten das Zimmer eines Gastes zu betreten und sein Gepäck zu durchsuchen. Der Grund ist einfach. Ich wusste von Anfang an, dass Martin nicht der harmlose Klosterbesucher war, der er zu sein vorgab. Schon als er in das Haus hereinkam und ich ihn zum ersten Mal sah, hatte ich das Gefühl, in ein vertrautes Gesicht zu schauen. Als er sich dann vorstellte, seinen Namen Jakob nannte, wusste ich sofort, dass ich Salmes Sohn vor mir hatte, zu sehr sah er seiner Mutter ähnlich. Aber auch etwas anderes erkannte ich augenblicklich: Ich war nicht Martins Vater, die Nase und die fliehende Stirn, beides hatte er unverkennbar von Prior Baldwin geerbt.

In den Folgestunden beobachtete ich Martin sorgfältig, registrierte jeden Schritt, den er tat. Ich entschloss mich, sein Zimmer zu durchsuchen, um einen Anhalt zu bekommen, hinter was er her war. Salmes Brief bestätigte meine Befürchtung, dass es ganz offensichtlich die frühere Geschichte mit seiner Mutter war, der er auf den Grund gehen wollte. Als ich entdeckte, dass er die alten Aufzeichnungen in der Bibliothek durchstöberte, war mir klar, dass er nach Zeugen der damaligen Tat suchte – und vor allem nach mir, dem Täter. Es gab für mich keinen Zweifel, er wollte herausfinden, wer dieser Walter war, der seiner Mutter das angetan hatte. Um zu vermeiden, dass er meine Identität entdeckte, riss ich die Seiten aus der Chronik heraus.«

»Sie waren das also?«, rief ich erstaunt, »und wir glaubten, es sei Martin gewesen.«

»Ich entfernte alle Seiten des Jahres 1965, da ich nicht die Zeit hatte, sie mir vorher durchzulesen. Hier sind sie, ich habe sie mitgebracht.« Aus der Innentasche seine Jacketts zog er mehrere gefaltete Papierbögen und reichte sie mir hin. »Als ich sie später durchlas, sah ich, dass es gut war, sie entfernt zu haben. Mein Name war tatsächlich in voller Länge aufgeführt, sogar mit dem Vermerk, dass mich jedermann Walter nannte.«

»Und Sie glauben, Martin hat nicht herausgefunden, dass Sie und Walter identisch sind?«

»Ich bin mir eigentlich sicher, dass er das Kloster verließ, ohne die Wahrheit zu kennen.«

»Lebend verließ?«, hakte ich ein und bereute im selben Atemzug, gefragt zu haben.

Bruder Valentino sah mich an, wandte mir mit aller Offenheit sein Gesicht zu, als wollte er zeigen, dass er nichts zu verbergen hatte. »Sie haben Recht, so zu fragen. Nach dem, was ich gerade erzählt habe und dem, was mit Martin geschehen ist, ist es fast zwangsläufig, einen Zusammenhang zwischen beidem anzunehmen. Aber Sie müssen mir glauben, ich habe Martin nicht getötet. Er ging lebendig aus dem Kloster fort. Danach habe ich ihn nicht mehr gesehen.«

»Warum war Ihnen eigentlich soviel daran gelegen, zu verbergen, dass Sie der Novize Walter von früher sind?«, wollte Franziska wissen, »strafrechtlich war das, was Sie damals getan hatten, doch ohne Bedeutung.«

»Aber nicht moralisch. Es war die Scham, das Entsetzen, das mich erst Jahre später über das, was geschehen war, befiel. Als Achtzehnjähriger war ich mir damals der Schwere meines Vergehens gar nicht bewusst gewesen. Mein triebhaftes Handeln wurde von mir eher als ein Tribut an die erwachende Männlichkeit angesehen und bagatellisiert.

Nicht im Entferntesten habe ich mir seinerzeit Gedanken darüber gemacht, was mein Tun für den anderen Menschen bedeutet haben musste, wie es in sein Leben eingegriffen, es beeinflusst und sogar zerstört haben konnte. Durch die Tatsache, dass ich kurz darauf aus dem Orden ausschied und mein Studium begann, habe ich meine Untat – so sehe ich sie heute – aus den Augen verloren. Erst später, als ich schon längst im Beruf tätig war und eine Familie gegründet hatte, hat mich mein Gewissen eingeholt und mir die Geschehnisse von damals in schrecklicher Anklage ins Gedächtnis zurückgerufen. Ich habe daraufhin versucht, mit Salme Jakob in Kontakt zu kommen, selbst auf die Gefahr hin, dass meine Frau von der alten Geschichte erfährt. Aber Salme hat es abgelehnt, mit mir zu reden. Sie hat das Geheimnis für sich behalten, hat nie mit anderen über das Vorgefallene gesprochen.«

»So wie sie es in ihrem Brief geschrieben hat«, bestätigte ich. »Aber warum sind Sie dann ausgerechnet in das Kloster Bielstein zurückgekehrt – an einen Ort, der soviel belastende Erinnerungen für Sie birgt?«

»So genau weiß ich das bis heute nicht. Einerseits kannte ich das Kloster, liebte seine Lage und Einsamkeit. Als ich nach dem Tod meiner Frau etwas suchte, das mich auffangen und meine Leere ausfüllen konnte, schien mir Bielstein der richtige Platz dafür. Auf der anderen Seite mag es auch so etwas wie Sühne gewesen sein, zukünftig dort zu leben, wo ich ständig an das schwärzeste Kapitel meines Lebens erinnert wurde. Und tatsächlich, die Anfangszeit hier im Konvent war schlimm. Die alten Bilder verfolgten mich in meinen Träumen. In einer Art Selbstgeißelung zwang ich mich, in den Keller zu gehen und dort zu beten. Ich versuchte, durch ein besonders bußfertiges Mönchsleben meine

Reue zumindest dem Herrgott sichtbar zu machen. Mit den Jahren erst kam ich zur Ruhe, begann, das damals Geschehene allmählich aus meinem Leben auszublenden. Bis dann Martin kam, später Sie – und dann die Polizei.«

Ich stand auf und holte mir ein Bier aus dem Kühlschrank. Bruder Valentino lehnte den Rotwein, den ich ihm anbot, ab. Er müsse noch Auto fahren. Das Feuer im Kamin war heruntergebrannt. Franziska legte Holzscheite auf die rote Glut. Wir schwiegen und sahen zu, wie die Flammen erneut emporzüngelten und ihr warmes, flackerndes Licht auf unsere Gesichter warfen.

»Sie sprachen vorhin von dem einen Grund, der Sie hierher geführt hat«, rief ich Valentino seine vorherige Bemerkung ins Gedächtnis. »Gibt es denn noch einen anderen?«

»Ja, einen Grund, von dem ich noch nicht einmal weiß, ob er als Grund taugt, Sie damit zu belästigen. Aber ich hielt es für richtig, meine Entdeckung nicht für mich zu behalten.«

Bruder Valentino richtete sich in seinem Sessel auf. Die Körpersprache verriet, welche Last nach der Offenlegung seiner persönlichen Verstrickung ihm von den Schultern und, mehr noch, von der Seele genommen war. Seine Augen hatten ihren Glanz zurück, seine Stimme klang wieder sachlich, als er sprach: »Nach den Turbulenzen und dem schrecklichen Ende der Geschichte durch Martins Tod habe ich mir noch einmal die Seiten der Chronik vorgenommen.« Er zeigte auf die Blätter, die ich auf dem Tisch ablegt hatte. »Dabei fiel mir etwas auf, das ich völlig aus meiner Erinnerung verloren hatte. Ich verdanke es nur der konzentrierten Aufmerksamkeit, mit der ich aufgrund der Ereignisse die Aufzeichnungen durchstudierte, dass ich nicht darüber hinweg las. Es war nicht mehr als ein kleines

Detail, aber es löste in mir einen Widerhall aus, der zunächst nur diffus und vage war, dann aber mehr und mehr an Schärfe gewann, bis ich schließlich das Bild wieder deutlich vor Augen hatte. Sie kennen das wahrscheinlich selbst. Eine Bemerkung über ein Urlaubserlebnis zum Beispiel, ein Essen vielleicht, und schon läuft ein ganzer Film von Eindrücken, von Gerüchen und Geräuschen in einem ab.«

Er beugte sich vor, griff nach den Seiten und blätterte, bis er das fand, was er suchte. »Hier, diese zwei Sätze haben mich stutzig gemacht. Sie beziehen sich auf den Tag, an dem Salme das schreckliche Leid angetan wurde, auf den Abend, als der Prior starb. Am besten, ich lese sie vor.« Stumm überflog er noch einmal die Zeilen, dann begann er zu rezitieren: »Ludwig von Harmsfeld, der Bruder des Priors, besuchte heute das Kloster. Als Leiter des städtischen Stiftungsgremiums, das sich die Unterstützung des Ordens beim baulichen Erhalt der Gebäude zum Ziel gesetzt hat, überzeugte er sich durch eigenes Inaugenscheinnehmen von der vorhandenen Bausubstanz und den am notwendigsten zu beseitigenden Mängeln.«

Bruder Valentino senkte das Blatt und sah in unsere ratlosen Gesichter. Er klopfte mit der Hand auf das Papier. »Es gab damals in Großalmerode so eine Art Förderverein, der dem chronisch geldknappen Orden unter die Arme greifen wollte. Das alte Gut sollte nicht verkommen, also musste man Mittel auftreiben, um es instandzusetzen. Dabei hat die Familie des Priors eine tragende Rolle gespielt. Die von Harmsfeld zählten nämlich seinerzeit zu den wohlhabendsten Bürgern Großalmerodes. Alter Landadel, seit Jahrhunderten hier ansässig. Der große Herrensitz oben am Hirschberg ist noch heute in ihrem Besitz.«

»Gut, das mag ja sein«, räumte ich ein. »Aber was ist daran so bedeutungsvoll?«

»Zunächst nur die Tatsache, dass dieser Ludwig am Todestag seines Bruders im Kloster war. Das geht nicht nur aus den Eintragungen in der Chronik hervor, sondern es gibt auch Zeugen, die ihn gesehen haben. Mich zum Beispiel. Aber das Ganze wird erst durch den Ort interessant, an dem ich ihn damals getroffen habe.« Er blickte von Franziska zu mir, sah das Unverständnis in unseren Gesichtern. »Ich bin ihm nämlich im Keller begegnet, genau zu der Zeit, als sein Bruder, der Prior, starb. Das heißt, begegnet ist nicht das richtige Wort, denn er hat mich nicht gesehen. Ich konnte das Gewölbe noch rechtzeitig verlassen, ehe er mich bemerkte.«

Bruder Valentinos Mimik hatte an Lebhaftigkeit gewonnen. Mit dem Eifer des Spurensuchers, der plötzlich auf eine Fährte gestoßen war, erzählte er uns von seiner damaligen Beobachtung. »Es war ein ungewöhnlich heißer Märztag, daran erinnere ich mich noch gut. Wir Mönche waren alle oben am Teich, hatten das aufgestaute Wasser zum Teil abgelassen, um die Forellen besser zählen zu können. Es ging auf den Abend zu. Prior Baldwin verließ uns vorzeitig. Er gab an, die Hitze mache ihm so zu schaffen, dass er sich vor dem Essen noch ein wenig hinlegen müsse.

Auch ich kehrte vor den anderen ins Haus zurück. Ich weiß heute nicht mehr, aus welchem Grund, aber es war damals durchaus üblich, den Novizen loszuschicken für irgendwelche Erledigungen. Als ich den Flur betrat, bemerkte ich, dass die Hintertür einen Spaltbreit offenstand. Ich ging, um sie zu schließen, die Wärme sollte nicht von draußen eindringen können. Dabei sah ich gerade noch, wie unser Abt den Keller betrat und die Tür hinter sich zuzog. Verwundert, dass er nicht ruhte, wie er angekündigt hatte, ging ich hinterher. Leise öffnete ich die Tür und blieb im dunklen Eingang oberhalb der Treppe stehen. Von dort sah ich mit an, wie sich Prior Baldwin an Salme verging.« Ein dunkler Schatten fiel über Valentinos Gesicht, als er den Kopf aus dem Schein des Feuers drehte und in den Raum starrte. »Das, was damals mit mir geschah, ist für mich heute unfassbar, aber es geschah, lief ab wie ein unaufhaltsames Naturgesetz. Statt entsetzt zu sein, erwachte in mir eine unstillbare Begierde, die mich dazu trieb, mich nur zwei Tage später selbst an der jungen Frau zu vergehen.«

Kurz unterbrach Bruder Valentino seinen Bericht. Die Bilder jener Tage stürmten auf ihn ein. Dann fuhr er fort, sichtlich bemüht, die Emotionen aus seiner Schilderung herauszuhalten. »Gerade eine Woche vorher war ich achtzehn geworden, ein Jungspund ohne jegliche Lebenserfahrung, ausgeliefert seinen Trieben, aber auch seinen Ängsten. Das erklärt vielleicht meine feige Reaktion, die ich mir bis heute nicht verzeihen kann und für die ich mich in Grund und Boden schäme. Als Salme dem Prior den Krug auf den Kopf schlug und dieser blutüberströmt zusammenbrach, lief ich weg anstatt zu helfen. Ich habe immer wieder nachgegrübelt, warum ich das tat. War es die Angst, als heimlicher Lauscher entlarvt zu werden, wenn ich dem Verletzten beistand? Zu meiner Entlastung kann ich allenfalls anführen, dass ich niemals damit rechnete, Prior Baldwin könne durch den Schlag mit einem Krug tödlich getroffen worden sein.

Jedenfalls schlich ich lautlos aus dem Keller und lehnte mich, als ich spürte, wie mir die Beine zitterten, an die Hauswand. Ein Geräusch schreckte mich auf. Ich blickte in die Richtung, aus der es kam und sah eine Gestalt sich langsam auf den Kellereingang zubewegen. Ein schwacher

Lichtschein drang durch die offenstehende Tür aus dem Gewölbe herauf, in ihm erkannte ich Ludwig von Harmsfeld. Nur kurz blieb der Mann im Eingang stehen, bevor er die Treppe hinunter in die Tiefe eilte.«

»Mein Gott, und dann«, fragte Franziska und hielt den Atem an. Sie war gleichermaßen entsetzt wie ich bei dem Gedanken, der sich aufdrängte.

»Einen Moment blieb ich noch stehen im Dunkel der Wand, überlegte kurz, ob ich dem Mann folgen sollte. Dann aber lief ich zurück ins Haus. Bald darauf erschien auch Salme wieder, wenig später die Fratres. Ich tat so, als sei nichts geschehen, machte mir selber vor, ich hätte nichts gesehen und wurde so mitschuldig am Tod Prior Baldwins.«

»Wie kommt es, dass dieser Ludwig abends alleine umherstreift?«, wunderte ich mich. »War er nicht Gast Ihres Klosters und wurde herumgeführt?«

»Nein, Herr von Harmsfeld hat sich in unserem Haus frei bewegt. Er war oft zu Besuch im Konvent, weniger als Leiter des Stiftungsgremiums, sondern vielmehr als Bruder des Priors. Er kannte sich aus, musste auf seinen Inspektionsgängen nicht begleitet werden.«

Für eine Weile war es still im Raum. Die Gedanken irrten durch unsere Köpfe und machten uns sprachlos. Wir versuchten, das Gehörte einzuordnen. »Und Sie glauben, das, was Sie gerade erzählten, hat etwas mit Martins Tod zu tun?«, fragte ich.

»Ja, die Verbindung ist doch offensichtlich.«

Als der Mönch sah, dass wir noch immer nicht begriffen, erklärte er uns den Zusammenhang, der ihm, wie er sagte, nach einigem intensiven Nachdenken regelrecht ins Auge gesprungen war.

Vor gut einer halben Stunde hatte Bruder Valentino mit seinem VW-Bus den kurvenreichen Rückweg nach Großalmerode angetreten. Die Erleichterung war ihm bei seiner Abfahrt ins Gesicht geschrieben. Er hatte das, was ihm am Herzen gelegen und ihn bedrückt hatte, uns anvertrauen können, hatte die Entscheidung, wie weiter vorzugehen war, in unsere Hände gelegt.

Franziska und ich saßen noch lange am Feuer zusammen. Wir waren zu aufgewühlt, um jetzt schon zu Bett zu gehen, befanden uns noch ganz unter dem Eindruck des logischen Konstruktes, das uns der Mönch gerade vorgetragen hatte. Wenn das stimmte, was er sich zusammengereimt hatte – und es gab eigentlich keinen Grund, an seinen Schlüssen zu zweifeln –, stand der Fall vor seiner unmittelbaren Klärung. Es war unumgänglich, dass wir die Polizei sobald wie möglich von der neuen Entwicklung unterrichten mussten. Sowohl die Suche nach Walter als auch die nach einem anderen Täter oder einem Motiv waren nun hinfällig geworden. Allerdings waren wir uns auch darüber im Klaren, wie schrecklich wir uns blamieren konnten, wenn wir uns irrten. Wie, wenn wir völlig Unbeteiligte in unangenehme polizeiliche Ermittlungen hineinziehen und sie womöglich ungerechtfertigten Verdächtigungen aussetzten?

Wieder einmal erstaunte mich meine Frau. Gewohnt, dass sie mich zur Zurückhaltung aufforderte und mit Ermahnungen überhäufte, mich nicht in Dinge einzumischen, für deren Erledigung offizielle Stellen zuständig waren, verwunderte mich ihr Vorschlag, uns zuerst selbst von der Richtigkeit der Annahme Bruder Valentinos zu überzeugen, ehe wir die Polizei informierten.

»Gut«, stimmte ich ihr zu, »das Ganze ist so neu und unglaublich, dass ich mich wohler fühle, wenn ich wenigstens in Grundzügen den Wahrheitsgehalt überprüft habe. Setzen wir uns eine Frist: Morgen Mittag, 12 Uhr. Bis dahin sehe ich zu, was ich herausbekommen kann – und danach rufe ich Charly an, so oder so.«

»Das heißt, du willst noch einmal nach Großalmerode?«

»Ja, gleich morgen nach dem Frühstück fahre ich los. Ich glaube, ich weiß, wo ich die Informationen, die ich brauche, erhalten kann.«

24

Ich kam von Epterode herunter in die Stadt gefahren. Ein matter Schimmer lag auf den nassen, grauen Schieferdächern, das Freundliche, mit dem mich der schöne, kleine Ort noch vor einigen Tagen empfangen hatte, war heute verschwunden. Trübe und düster präsentierte sich Großalmerode an diesem Morgen. Schon auf dem Weg hierher hatte es ununterbrochen geregnet, tiefhängende Wolken verhüllten den Gipfel des Meißners. Ich hatte mich entschlossen, den Berg zu umfahren, hatte die Strecke über Walburg und Rommerode gewählt.

Aber es lag weniger am ungastlichen Wetter, dass mir das Städtchen heute so abweisend erschien. Es konnte ja nicht über Nacht seinen Charme verloren haben, mit dem es mich noch vor kurzem eingefangen hatte. Es waren, das wusste ich, vor allem die unheilvollen Ereignisse der letzten Tage, dass ich so empfand. Ein Schauern überkam mich, als ich die Straße passierte, die zum Friedhof führte. Ich sah die schrecklichen Bilder wieder vor mir, die ich vergeblich zu verdrängen versucht hatte.

Am Kirchrain bog ich ein und parkte vor dem Museum. Selbst das warme Gelb des gegenüberliegenden Gotteshauses wirkte heute schmutzig, von den Ziegeln des Schieferturms tropfte das Wasser in dicken Perlenfäden.

Die kurze Strecke zu meinem Ziel ging ich ohne Schirm. Ich überquerte die Hauptstraße, sah hinüber zum Rathaus. Nichts regte sich dort. Das schöne Gebäude lag still, wie unbewohnt da, der Publikumsverkehr hatte zu dieser Zeit noch nicht eingesetzt.

Verwundert registrierte ich, dass mich ein frohes Gefühl durchströmte, als ich vor dem Fachwerkhaus am Mühlgraben stand. Ich freute mich, die beiden alten Herrschaften wiederzusehen, das kleine gebückte Hutzelweibchen und den ausgemergelten, greisen Mann mit dem freundlichen Pferdegesicht. Aber durfte ich sie zu dieser frühen Morgenstunde überhaupt schon stören? Dann fiel mir ein, dass betagte Menschen selten Langschläfer waren. Ich drückte auf den Klingelknopf und war gespannt, in welcher Aufmachung der Alte heute seinen Besuch empfing.

Erna Kellermann öffnete die Tür. Diesmal hatte ich sie nicht beim Baden ihres Mannes überrascht wie beim letzten Mal, das sah ich. Sie war frisch frisiert, hatte womöglich ein bisschen Rouge auf die Wangen gelegt und sah mich mit wachen Augen an.

»Ja?«, fragte sie, nachdem sie meinen Gruß erwidert hatte.

Dann plötzlich erkannte sie mich. »Ah, Sie sind doch der Herr, der das Buch über die Klöster schreibt. Herr Gebhardt, nicht wahr?«

»Gerhard«, berichtigte ich und rief ihr meine Hilfsaktion

ins Gedächtnis. »Ich bin der, der Ihren Mann aus der Badewanne gehievt hat.«

»Ja, ja«, erinnerte sie sich und nickte. »Aber kommen Sie doch herein. Wir sind gerade beim Frühstücken.«

Pro forma protestierte ich, gab vor, gerne später noch einmal wieder kommen zu wollen, aber mein Protest war so lau, dass sie nicht einmal darauf antwortete, sondern die Tür hinter mir schloss und durch den Flur in das Wohnzimmer voranging.

Fritz Kellerman bedurfte keiner Nachhilfe, er wusste sofort, wen er vor sich hatte. »Ah, der Herr Gerhard«, begrüßte er mich und streckte mir aus dem Rollstuhl die Hand entgegen. Dabei entblößte er sein Gebiss und versicherte, dass er sich freue, mich wieder in seinem Haus willkommen heißen zu dürfen. »Brauchen Sie weitere Informationen über die frühere Klosterzeit? Welches Jahr war das nochmal, das Sie interessierte? 1965?«

»Ja. Dass Sie das noch wissen!?«, bewunderte ich sein Gedächtnis und drückte ihm die Hand.

Im Gegensatz zum letzten Mal war der alte ehemalige Lehrer vollständig angezogen. Nasse, schüttere Haarsträhnen klebten ihm am Kopf und verrieten, dass er sein morgendliches Bad diesmal schon hinter sich hatte. Wahrscheinlich war der Pflegedienst heute wie gewohnt erschienen.

Unaufgefordert stellte Frau Kellermann Teller und Tasse vor mich hin, goss Kaffee ein und bat mich zuzugreifen. Der Tisch war einfach, aber verlockend gedeckt, vor allem dem Schinken konnte ich nicht widerstehen. Ich schmierte mir ein Brötchen und lenkte das Gespräch auf das, was ich wissen wollte. Dabei ging ich nicht direkt auf mein Ziel los, sondern nahm den Umweg über den toten Abt.

»Sagen Sie, Herr Kellermann, über Prior Baldwin – da

weiß ich noch zu wenig. Wenn Sie mir da vielleicht etwas erzählen könnten. Immerhin soll er ja damals ein angesehener Mann in Großalmerode gewesen sein. Wie ich erst jetzt erfahren habe, entstammt er sogar einem traditionsreichen ortsansässigen Adelsgeschlecht.«

»Der gute Baldwin«, sinnierte der Alte vergangenen Zeiten nach. »Starb einfach zu früh. Wäre jetzt um die hundert, könnte vielleicht sogar noch leben, wenn das mit dem Sturz nicht passiert wäre.« Er winkte ab. »Ist ja heutzutage nichts Besonderes mehr, so alt zu werden.« Aus der Handbewegung, mit der er dieses demographische Phänomen abtat, schloss ich, dass auch er vorhatte, sich in die Phalanx der Hundertjährigen einzureihen. »War ein guter Landwirt, der Baldwin, verstand was von Rinder- und Pferdezucht. Hat das große Gut oben am Hirschberg bis zu seinem Eintritt in den Orden geleitet, hat es erfolgreich bewirtschaftet und es zu einem prosperierenden Betrieb gemacht. Dürfte wohl einer der reichsten Bürger Großalmerodes gewesen sein.«

»Und das lässt er alles zurück und geht ins Kloster?«

»Ja, hat damals ganz schön Aufsehen erregt, als er seinen Entschluss öffentlich machte. Seine Begründung war wenig spektakulär. Kein Schlüsselerlebnis, keine Offenbarung oder Erscheinung – er suchte einfach nach einem tieferen Lebenssinn und glaubte, diesen im Kloster finden zu können.«

»Hat er den Hof dann verkauft – oder zumindest verpachtet?«

»Nein, das kommt bei diesen Adligen so gut wie nie in Betracht. Dazu hängen sie zu sehr an ihren alten Gütern und Ländereien, vererben sie von Generation zu Generation innerhalb der Familie. Auch als Abt des Klosters ist Baldwin nominell der Besitzer des Landguts geblieben.«

»Hatte er denn keine Familie, der er den Besitz übergeben konnte?«

»Nun, Baldwin hatte keine eigenen Kinder, war auch nie verheiratet. Bei den von Harmsfeld war es unumstößliche Tradition, dass der älteste Sohn das Erbe bis zu seinem Tod behielt. Erst danach ging der Besitz wiederum auf den ältesten Sohn des Verstorbenen über. Damit sollte gewährleistet werden, dass der Hof und die Ländereien zusammenblieben und nicht auf viele verteilt wurden. Natürlich konnte der Eigentümer anderen die Verwaltung und Bewirtschaftung des Gutes überlassen. Zum Beispiel dann, wenn er selbst aus Krankheits- oder Altersgründen nicht mehr dazu in der Lage war. Aber er blieb bis zum Schluss der Eigentümer. So ist es ja auch in diesem Fall abgelaufen. Als Baldwin sich für ein Leben im Kloster entschieden hatte, beauftragte er seinen jüngeren Bruder Ludwig mit der Weiterführung des Hofbetriebs. Erst nach dem Tod des kinderlosen Priors hat Ludwig von Harmsfeld das Gut als Besitzer zugesprochen bekommen.«

Erna Kellermann war der Stolz anzusehen, mit dem sie die geschliffenen Ausführungen ihres Mannes verfolgt hatte. Ihre kleinen Augen leuchteten und glänzten vor Rührung. »Wie kommt es, dass du das alles noch so gut weißt, Fritz«, himmelte sie ihn an. Als Zeichen ihrer Bewunderung goss sie erst ihm, dann mir aus der Kaffeekanne nach.

Der Angesprochene lachte. Die Anerkennung seiner Frau tat ihm gut, auch wenn er ihre Illusion auf ein irdisches Maß reduzieren musste. »Es gibt dafür eine ganz simple Erklärung. Damals zum großen Stadtjubiläum haben wir die Geschichte der Familie von Harmsfeld für die Festschrift zusammengetragen. Ich als ehrenamtlicher Archivar habe natürlich bei der Erstellung dieses Beitrags mitgewirkt, habe selbst recherchiert und mit den von Harmsfeld gesprochen. Meine guten Kenntnisse sind deshalb keine Zauberei, sondern einfach das Ergebnis meiner intensiven Beschäftigung mit der Materie.«

»Trotzdem, schon erstaunlich, dass Sie das alles so zusammenkriegen«, lobte nun auch ich seine geistige Frische. »Dieser Ludwig – hat der denn männlichen Nachwuchs, dem er den Gutshof später vererben kann?«

»Ja, zwei Söhne, wobei der ältere nach dem Tod des Vaters erben wird. Die traditionelle dynastische Linie wird also fortgesetzt.«

Ich versuchte, die Ungeduld in meiner Stimme zu verbergen, als ich nun die entscheidende Frage stellte. »Was würde denn geschehen, wenn plötzlich ein Sohn von Baldwin auftauchen und Anspruch auf sein Erbe erheben würde?«

»Baldwins Sohn? Ja, wo soll der denn herkommen?«

»Na, könnte doch sein, dass der Gutsherr in seiner vorklösterlichen Zeit nicht so ganz enthaltsam gewesen war. So mancher Feudalherr hat seine Mägde und Angestellte nicht nur zum Arbeiten beschäftigt«, erfand ich ins Blaue.

»Aber, Herr Gerhard, wo leben Sie denn? Die Zeiten der Leibeigenschaft sind längst vorbei.« Ein Lächeln begleitete sein Kopfschütteln und nahm ihm das Belehrende. »Obgleich, Baldwin war kein Kostverächter. Er war eine begehrte Partie, die Mädchen rissen sich um ihn. So gesehen hätte es durchaus auch mal versehentlich zu Nachwuchs kommen können. Aber davon ist mir nichts bekannt.«

»Er war also ein Draufgänger?«

»Na ja, er hat halt nichts liegen gelassen, was am Weg lag. Vielleicht hatte er ja diese Art Leben satt, wollte sich von den weltlichen Genüssen abkehren und ging deshalb ins Kloster. Da unten in Mallorca haben sie uns auf einer Inselrundfahrt von einem Heiligen erzählt – ich habe den Namen vergessen, weiß nur noch, dass vier L darin vorkamen. Der soll‘s extrem getrieben haben, soll ein Mädchen nach dem anderen flachgelegt haben ...«

»Aber Fritz«, pikierte sich seine Frau mit einem leisen Aufschrei, »wie kannst du so etwas sagen!«

»Jedenfalls war er ein wüster Bruder, der mit den vier L«, ignorierte der Alte den moralischen Einwurf seiner Frau. »Und dann war er plötzlich von einem auf den anderen Tag geläutert, war des sündigen Lebens überdrüssig. Er gründete eine Klosterschule und wurde ein Heiliger. Vielleicht war‘s bei Baldwin ähnlich.«

»Na, ich weiß nicht. Das mit dem Heiligen auf Mallorca liegt immerhin schon fast achthundert Jahre zurück. Und außerdem wurde Ramon Llull von einer göttlichen Eingebung auf den rechten Weg gebracht.«

»Ach, Sie kennen den Typ?« Missbilligend sah er mich an, als wollte er sagen: Warum lässt du mich reden, wenn du schon alles weißt. Dann aber hoben sich seine Mundwinkel und mit ihnen die Segelohren, die Zähne bleckten mich an, die warme Freundlichkeit war in sein Gesicht zurückgekehrt. »Ist ja auch egal, wie‘s bei Baldwin war, jedenfalls ging er ins Kloster. Und von einem Sohn ist, wie gesagt, nichts bekannt – und das heißt schon was in Großalmerode, wo jeder von jedem alles weiß.«

Ich ließ nicht locker. »Interessant wäre es schon zu wissen, wie die Rechtslage ist, wenn jetzt unverhofft ein Sohn Baldwins auf der Bildfläche erscheinen würde.«

Herr Kellermann wiegte den Kopf. Er schien die Möglichkeiten abzuwägen. »Ich nehme an, dann ist die Kacke am dampfen – zumindest aus Ludwigs Sicht«, konstatierte er und provozierte einen erneuten Aufschrei seiner Frau.

»Aber wenn Sie‘s genau wissen wollen ... Erna, holst du mal das Telefon - und bring das Fernsprechbuch mit.«

Während die kleine Frau wortlos seinen Anweisungen folgte, forderte er mich auf, mich doch noch einmal am Brötchenkorb und an der Wurstplatte zu bedienen. Es kostete mich Überwindung, unter der Vorgabe, ich sei satt, abzulehnen.

Neugierig schaute ich zu, wie der alte Mann das Telefonverzeichnis durchblätterte, schließlich eine Nummer wählte und dem Signalton lauschte.

Eine Frauenstimme meldete sich, das hörte ich selbst über den Tisch hin.

»Hallo, Christel, hier ist Fritz – Fritz Kellermann. Ich hoffe, ich störe euch nicht so früh am Morgen ... Ja, das machen wir gerade auch. Sag mal, kann ich Harald sprechen?«

Wieder eine Entgegnung der Frauenstimme, dann war es still. Der alte Mann nickte mir beruhigend zu. Alles war gut, Harald, wer immer das sein mochte, wurde offensichtlich gerade ans Telefon geholt.

Das folgende Gespräch begann, wie die meisten Gespräche unter Freunden und Bekannten beginnen. Fragen nach dem Befinden wurden gestellt und beantwortet, einige Belanglosigkeiten ausgetauscht und auch ein paar Worte über das gestrige Punktspiel des FC Großalmerode gewechselt. Schließlich kam Fritz Kellermann zu dem, weshalb er anrief. »Harald, ich habe gerade Besuch. Ein Herr Gerhard aus Eschwege ist da. Er ergänzt und aktualisiert ein Buch über das Kloster Bielstein. Vor allem an den früheren Klosterjahren ist er interessiert. Ich gebe ihm das an Auskünften und Informationen, was ich noch weiß. Bei unserem Gespräch über den ehemaligen Prior Baldwin sind wir gerade auf eine Frage gestoßen, die eigentlich nur ein Rechtsanwalt beantworten kann. Deshalb rufe ich dich an. Ich weiß, dass du die Familie von Harmsfeld vor der Aufgabe deiner Kanzlei juristisch beraten hast, also genauer als jeder andere Auskunft geben kannst. - Am besten, ich übergebe dich mal an Herrn Gerhard, dann kann er dir selbst sagen, was er wissen will.« Der Alte beugte sich vor und reichte mir über den Tisch den Hörer zu.

Rechtsanwalt Harald Balders hatte seine kräftige, gerichts- und verhandlungserprobte Stimme bis über die Zurruhesetzung hinaus bewahrt. Sein tiefer Bass dürfte so manchen seiner Prozessgegner und Klienten eingeschüchtert oder auch beruhigt haben, je nachdem, auf welcher Seite der jeweilige stand.

»Was wollen Sie denn wissen, junger Mann?«, wies er mich jovial auf seinen Alters- und Erfahrungsvorsprung hin.

»Nun, es ist etwas, was mich persönlich interessiert, ein Gedanke, der mir soeben bei meinem Gespräch mit Herrn Kellermann kam. Wie wäre denn die rechtliche Lage hinsichtlich des Erbes, wenn Prior Baldwin einen Sohn hinterlassen hätte?«

»Hat er das?«

»Herr Kellermann meint, nein«, drückte ich mich um eine Antwort. »Doch theoretisch gesehen und angenommen, es gäbe ihn, diesen Sohn – würde Ludwig von Harmsfeld sein Erbe an ihn zurückgeben müssen?«

»Das also beschäftigt Sie? Zugegebenermaßen, eine interessante Konstellation.« Die Pause verriet, dass er nachdachte. Wahrscheinlich weniger über den Sachverhalt, als vielmehr, wie viel er mir davon sagen durfte. Immerhin waren die von Harmsfeld einmal seine Klienten gewesen. »Nun«, dehnte er die Antwort hinaus, »theoretisch und allgemein gesprochen, ohne Bezug auf den konkreten Fall, über den ich natürlich nicht reden darf, könnte es durchaus so sein.«

»Was könnte sein?«

»Dass der Bruder des verstorbenen Besitzers, der das Erbe in Ermangelung eines vorrangig erbberechtigten Sohnes angetreten hat, dieses an den hypothetischen, aus dem Nichts auftauchenden Sohn«, der Jurist lachte über seine Formulierung, »abtreten muss.«

»Alles? Hof, Ländereien? Auch die bisherigen Einkünfte?«

»Ja, den ganzen Grundbesitz mit allem, was darauf steht und wahrscheinlich auch das, was er an Überschüssen erwirtschaftet hat. Natürlich würde man über Abfindungen für Investitionen, die der Bruder aus seinem Privatvermögen getätigt hat, sprechen müssen. Auch ein gewisser Pflichtanteil würde ihm zustehen. Aber ansonsten ist in einem solchen, immer noch theoretischen Fall alles testamentarisch so geregelt, dass der jüngere Bruder das Erbe an den Sohn des älteren Bruders verlieren würde.«

»Mein Gott, dann stimmt es also«, entfuhr es mir.

»Ist wohl doch nicht so theoretisch und fiktiv, mit was Sie sich da befassen?«, argwöhnte Harald Balders und fühlte sich bemüßigt, noch einmal zu betonen. »Meine Auskunft eben bezog sich – dass das auch wirklich klar ist – auf keinen speziellen Casus, sondern war lediglich die Erörterung eines allgemeinen juristischen Problems.«

Nachdem ich ihm versichert hatte, dass ich es genau so und nicht anders verstanden hätte, mich bei ihm bedankt und von ihm verabschiedet hatte, reichte ich das Telefon dem Hausherrn zurück. Mich wunderte, dass der Anwalt und auch Fritz Kellermann bisher mit keiner Silbe auf den ins Auge springenden Zusammenhang zwischen meinen Fragen und den Blutsbanden Baldwins zu Martin eingegangen waren. Offensichtlich war die Nachricht von der Vaterschaft des Priors noch nicht bis nach Großalmerode vorgedrungen, die Geheimhaltung der Polizei erstaunlich wasserdicht. Ein paar Worte wechselten die beiden alten Freunde noch, amüsierten sich darüber, was die jungen Leute so alles wissen wollten – wobei ich zum zweiten Mal erfuhr, wie relativ der Begriff jung doch war. Dann beendeten sie das Telefonat, nicht ohne abschließend noch Grüße an die Ehefrauen ausrichten zu lassen.

»Na, ist das, was Sie wissen wollten, nun zu Ihrer Zufriedenheit beantwortet?«, fragte Fritz Kellermann, während seine Frau das Telefon in die Diele zurückbrachte.

»Ja, das war ein guter Einfall, einen Juristen bei diesem Thema zu Rate zu ziehen. Es geht doch nichts über eine fachkompetente Auskunft.« Aber dann konnte ich mir eine Frage nicht verkneifen. »Ist Rechtsanwalt Balders früher politisch aktiv gewesen?«

»Ja, er hat jahrzehntelang die größte Partei der Gemeinde geführt.«

»Deshalb also.« Nun begriff ich die vielen Windungen, Umschreibungen und Absicherungen, die ich gerade gehört hatte.

Es war Zeit, mich zu verabschieden. Das, was ich vermutet hatte, war mir durch die Auskünfte des alten Lehrers und des Advokaten bestätigt worden. Jetzt galt es, noch die letzte Gewissheit zu erhalten.

»Hat denn das, was Sie an Prior Baldwin interessiert, etwas mit dem jüngst in seinem Grab gefundenen Toten zu tun?«, fragte mich Fritz Kellermann nun doch, während er, geschoben von seiner Frau, neben mir her den Flur entlang zur Haustür rollte.

»Nur bedingt«, wich ich aus und war froh, dass der Alte nicht nachhakte.

»Neulich waren Polizisten hier«, berichtete er und drehte sich zu seiner Frau. »Nette Typen, nicht wahr, Erna? Die hatten so gar nichts von diesen knallharten Figuren, die immer im Fernsehen die Krimis bevölkern. Wollten auch alles mögliche über das Kloster wissen, über die alten Zeiten und den Prior. Na, kann man ja verstehen. Die Leiche wurde schließlich in Baldwins Grab gefunden. Waren gemütliche Burschen, die beiden, richtig vertrauenserweckend – allerdings auch etwas prüde. Wollten partout nicht zu mir in die Sauna rein – als hätten sie noch nie einen nackten Mann gesehen.«

Sein fröhliches Lachen klang mir noch im Ohr, als ich mich durch den unvermindert fallenden Regen auf den Weg zurück zu meinem Auto machte.

25

Ein letzter Schritt war noch zu gehen, bevor ich endgültig sicher sein konnte. Ich sah auf die Uhr. Fast zwei Stunden noch bis zum Mittag. Vielleicht gelang es mir, in der verbleibenden Zeit Beweise für das Vermutete zu finden. Welch eine Genugtuung wäre das, der Polizei den Fall hieb- und stichfest präsentieren zu können.

Vergeblich versuchte ich, Franziska telefonisch zu erreichen. Ihr Handy war nicht angestellt und auf dem Festnetzanschluss sprang nach dem fünften Läuten der automatische Anrufbeantworter an. Ich wählte noch einmal die Hausnummer und sprach auf das Band: »Bis jetzt läuft alles gut. Bei Kellermanns habe ich bestätigt bekommen, was Bruder Valentino gestern angedeutet hat. Nun will ich mich vor Ort noch von der Richtigkeit überzeugen. Ich werde danach, wie verabredet, Charly informieren.«

»Gut Harmsfeld« stand auf dem Schild, das in den Wald hineinwies. Ich folgte dem breiten, befestigten Weg, der in sanften Kurven an der Ostseite des Hirschbergs hinaufstieg. Bald blieben die Bäume zurück, weite, freie Wiesenflächen lagen vor mir und ließen den Blick ungehindert auf den großen Gebäudekomplex in ihrer Mitte fallen.

So wie auf dem ehemaligen Gut Bielstein war auch hier zwischen den beiden Hauptgebäuden, der Stallung und dem Wohnhaus, ein repräsentativer Torbogen errichtet, der sie verband und gegen den Hof hin abschloss. Überhaupt war die Anlage der des Klosters sehr ähnlich, nur dass hier alles noch geräumiger und imposanter dimensioniert war. Der Gedanke drängte sich auf, dass der Besitzer von Bielstein seinen Hof nach dem hiesigen Vorbild hatte errichten lassen.

Während ich die Auffahrt hinauffuhr, betrachtete ich die Gebäude. Man sah und sollte erkennen, dass Gut Harmsfeld einst mit viel Geld erbaut worden war von Menschen, die sich den Prunk von edlen Hölzern und wertvollen Steinen leisten konnten. Auch später hatte es augenscheinlich nie an Mitteln gefehlt, die prächtige Anlage zu erweitern, zu erneuern und zu erhalten. Meine Bemerkung über die Feudalherren fiel mir ein. Vielleicht hatte ich hier doch nicht so falsch gelegen.

Ich parkte seitlich der großzügigen Freitreppe, die in breiten Sandsteinstufen zum Eingang des zweistöckigen

Wohnhauses hinaufführte. Als ich ausstieg, erwartete mich eine Frau auf dem obersten Absatz. Sie musste mein Kommen durch eines der Fenster bemerkt haben.

Während ich grüßte, sah ich sie an. Sofort war ich mir sicher, dass ich die Hausherrin vor mir hatte. Verstärkt noch durch ihre Position einige Stufen über mir, strahlte sie jene Herrschaftlichkeit aus, die sie ihrer Angehörigkeit zum Adel und ihrer Stellung als Patronin des Gutes verdankte.

»Frau von Harmsfeld?«, fragte ich nach oben.

»Was wollen Sie?«, erkundigte sie sich, ohne meinen Gruß zu erwidern oder meine Frage zu beantworten. Stolz, mit erstaunlicher Aufrechtigkeit angesichts ihres Alters – sie mochte Siebzig, vielleicht auch darüber sein – stand sie im leichten Nieselregen und blickte auf mich herunter.

»Ich möchte Ihren Mann, Herrn Ludwig von Harmsfeld, sprechen.«

»Sind Sie angemeldet?«

»Nein, das nicht. Es hat sich gerade eben erst ergeben, dass ich ein paar Auskünfte von ihm benötige. Könnten Sie ihn vielleicht rufen?«

»Nein, er ist nicht im Haus.« Mit aufeinandergepressten Lippen starrte sie an mir vorbei ins Leere. Erst jetzt begriff ich, dass die Schroffheit, mit der sie mich empfangen hatte und die Härte in ihrem Gesicht nichts anderes waren als ein schützender Mantel, der die Verbitterung dieser Frau verbergen sollte. Unwillig wandte sie mit einer brüsken Bewegung den Kopf zur Seite, als sie meine Musterung wahrnahm. Steingraue Haare fielen ihr in die Stirn und gaben ihr kurzzeitig ein wildes, zorniges Aussehen. Mit dem ausgestreckten Arm deutete sie auf ein abseitiges Holzgebäude. »Sehen Sie dort den Schuppen? Da finden Sie meinen Mann.« Ohne meinen Dank abzuwarten, drehte sie sich um und ging ins Haus zurück. Geräuschvoll fiel die Tür hinter ihr ins Schloss.

Auf dem Gang hinüber zu dem angegebenen Gebäude passierte ich den langgestreckten Stall. Pferdeköpfe schauten aus den halboffenen Türen. Ein Großteil der Verschläge war leer. Die Rinder befanden sich auf den Weiden. Ich hatte sie rund um das Haus grasen sehen. Aus einem verglasten Gewächshaus linkerhand schimmerte das Rot der ersten Frühtomaten; Tulpen, Narzissen, Hyazinthen und Primeln leuchteten in allen Farben durch die schrägen Scheiben. Ein einsamer Streifen Stiefmütterchen stand verloren am Rand eines schwarzerdigen Beetes.

Das gut hundert Meter abseits der übrigen Gebäude gelegene Holzhaus, wahrscheinlich eine alte Scheune, war nach den praktischen Kriterien der landwirtschaftlichen Nutzung gebaut. Ein großes Tor an der Stirnseite ermöglichte es beladenen Fahrzeugen, hineinzufahren und entladen zu werden. Ich war sicher, auch an der Rückseite befand sich ein Tor, das als Ausfahrt diente und dem Landwirt ein Umspannen oder Wenden des Gefährts ersparte. Tief hingen die Dachtraufen herunter, fast bis auf den Boden. Das kannte ich von den niedersächsischen Heidehäusern. Fenster konnte ich keine sehen.

Eine kleine Tür war in das große Holztor eingelassen. Sie stand offen. Aus dem Schuppeninneren waren Hammerschläge zu hören.

Ich trat ein und blieb verwundert stehen. Ich hatte Dunkelheit oder zumindest dämmrige Beleuchtung erwartet. Stattdessen war der weite, hallenförmige Raum in gleißende Helligkeit getaucht. Strahler an den Decken und an den Seitenwänden warfen ihr Licht auf einen Fahrzeugpark, den ich so hier nicht vermutet hätte. Zwanzig, fünfundzwanzig

Traktoren aller Größen standen in loser Ordnung im Raum verteilt. Alle waren auf Hochglanz poliert und, soweit ich das auf den ersten Blick beurteilen konnte, in tadellosem Zustand. Ich sah Baujahre und Modelle, die ich noch aus meiner Jugendzeit kannte: Den Lanz 25, daneben einen grasgrünen Hanomag und weiter hinten den alten, stabilen Allgeier. Spuren auf dem gepflasterten Boden verrieten, dass die Fahrzeuge bewegt wurden, also noch fahrtüchtig waren. Hier war ein Sammler am Werk, der einiges an Werten zusammengetragen hatte.

Ein Mann stand mit dem Rücken zu mir an einer Werkbank und bearbeitete eine Bremstrommel mit dem Hammer. Ich wartete eine Pause zwischen den Schlägen ab, um mich bemerkbar zu machen.

»Hallo«, rief ich in den Raum hinein. »Darf ich eintreten?«

Der schon zum Schlag erhobene Arm verhielt, langsam senkte sich der Hammer, als sich der Angesprochene zu mir umdrehte. Ein Gesicht sah mich an, das mir auf den ersten Blick unsympathisch war. Die Härte, die ich seiner Frau fälschlicherweise zugeschrieben hatte, war in die Züge des Mannes eingebrannt. Weit auseinanderstehende Augen sahen mich lauernd an, der schwere Körper wirkte trotz seiner Masse wie auf dem Sprung. Mit zusammengekniffenem Mund grunzte er unwirsch etwas vor sich hin, das ich als Aufforderung verstand, hereinzukommen.

Ludwig von Harmsfeld bot mir keinen Handschlag an, als ich mich ihm näherte, und auch mir widerstrebte es, ihm die Hand zu reichen.

»Wer sind Sie?«, herrschte er mich an. Es war keine Frage, sondern die deutliche Aufforderung, mich schleunigst zu identifizieren. Dabei kam er mir so nahe, dass ich seinen Atem spürte und den Alkohol darin roch.

Instinktiv trat ich einen Schritt zurück. »Mein Name ist Gerhard«, zwang ich mich mit der Ruhe zu antworten, die ich nicht empfand. »Ich überarbeite ein Buch, das von den Klöstern dieser Gegend handelt. Dafür brauche ich einige Auskünfte und Daten über den damaligen Prior des Klosters Bielstein, Ihren Bruder Baldwin. Ich nehme an, Sie können mir einiges über ihn erzählen.«

»Wie komme ich dazu, was habe ich mit meinem Bruder zu tun?«

»So ungefähr hat das schon einmal ein Geschwister gesagt, am Anfang der Menschheitsgeschichte, vor langer Zeit – vorher hatte er allerdings seinen Bruder erschlagen.«

»Was soll das?«, fuhr Ludwig von Harmsfeld auf. Die Hand mit dem Hammer hob sich. »Was wollen Sie damit sagen?«

»Zunächst noch gar nichts. Ich habe nur auf die Ähnlichkeit Ihres Ausspruchs mit dem von Kain hingewiesen, der sich vom Sinn her gleichermaßen ausgedrückt hat – nachdem er Abel erschlagen hatte.«

Misstrauisch beäugte mich der Gutsbesitzer. Die Falten seines Gesichtes vertieften sich, während er abwägte, ob er mit mir reden oder mich zum Teufel jagen sollte. Mit der wettergegerbten Hand fuhr er sich nachdenklich über die Stirn und schob die welke Haut vor sich her.

»Gut«, rang er sich durch und bekräftigte seinen Entschluss mit einem lauten Hammerschlag auf das Metall, »stellen Sie Ihre Fragen – aber beeilen Sie sich, ich habe wenig Zeit. Und danach verschwinden Sie.«

Sein Sinneswandel, das war offensichtlich, entsprang vor allem dem Wunsch zu erfahren, welchen Kenntnisstand ich von der damaligen Unfallgeschichte hatte. Ich beschloss, nicht lange drum herum zu reden und zu riskieren, dass sein Interesse erlahmte. Ich würde ihm Fragen stellen und ihn mit Fakten konfrontieren, die seine Aufmerksamkeit, da war ich mir sicher, hochhalten würden.

»Der Tod Ihres Bruders war damals etwas rätselhaft. Sogar die Polizei war im Kloster.«

»Es war ein Unfall, er ist die Kellertreppe heruntergestürzt.«

»Ja, so hieß es offiziell. Aber hinter vorgehaltener Hand wurde auch über ein mögliches Verbrechen gemunkelt. Wissen Sie etwas darüber?«

»Pahh!« Der Gutsherr blies die Backen auf. »Wer hat Ihnen denn diesen Floh ins Ohr gesetzt. Ich war schließlich nicht dabei, als es passierte. Wie kann ich also davon wissen?«

»Immerhin waren Sie am Todestag Ihres Bruders im Kloster«, setzte ich meinen ersten Stich.

Wie sehr ich traf, zeigte mir seine Reaktion. Seine Augen, die mich bis jetzt selbstsicher fixiert hatten, wanderten unruhig durch den Raum, die Hände gerieten in Bewegung. Als er mich wieder anschaute, lag Trotz in seinem Blick. »Und das wollen Sie wissen?«

»Es steht in der Klosterchronik.«

»Ah, jetzt erinnere ich mich. Ich inspizierte die Gebäude, da Renovierungen anstanden. Ich ging herum und sah mir die Schäden an ...«

»Und gingen dabei auch in den Keller?«

»Vielleicht, wenn es auch dort unten etwas auszubessern gab, warum nicht. – Aber hören Sie, was sollen diese Fragen oder vielmehr Behauptungen. Was bezwecken Sie damit?«

»Ich will wissen, wie Prior Baldwin starb.«

»Dann sollten Sie die Polizei fragen und nicht mich. Die hat schließlich den Unfall damals untersucht.«

»Die Polizei weiß längst nicht so viel wie Sie. Zum Beispiel weiß sie nicht, was geschah, als Sie exakt zum Todeszeitpunkt Ihres Bruders bei ihm im Keller waren.«

Der zweite Stich saß noch tiefer. Seine Selbstsicherheit brach völlig zusammen, Angst machte sich nun in seinem Gesicht breit.

»Wie können Sie so etwas behaupten«, versuchte er zu protestieren. Aber es war nur ein schwacher Protest, die Furcht lähmte ihm die Stimme.

»Es gibt einen Zeugen, der gesehen hat, wie Sie zur fraglichen Zeit in den Keller gegangen sind.«

»Sie sind ja verrückt.« Mit der Hand griff der Gutsherr nach hinten, um sich festzuhalten. Schwer ging sein Atem. Mühsam zog er sich einen Hocker unter der Werkbank hervor und ließ sich darauf nieder. Die Farbe war aus seinem Gesicht gewichen. Erst jetzt sah ich, dass ich einen alten Mann vor mir hatte.

Vielleicht war es die sichtbare Schwäche und das Gefühl, mich vor einem alten Menschen nicht fürchten zu müssen, die mich alle Vorsicht vergessen ließ. Dabei wusste ich nur zu gut, hatte es selbst bei einem Waldspaziergang erfahren, als ich von einem angeschossenen Wildschwein attackiert worden war, wie gefährlich waidwunde Tiere sein können. Diesbezüglich machten auch Menschen keine Ausnahme. Ich war der Meinung, der Alte, der sich keuchend am Schraubstock festhielt, habe sich in sein Schicksal ergeben, ich machte mir vor, er würde meinen weiteren Stichen keinen Widerstand leisten. Mutig – oder leichtsinnig, je nach dem, wie man es betrachtete – setzte ich meine Inquisition fort.

»Der Tod Ihres Bruders hat sich für Sie gelohnt. Sie wurden Gutsherr. Die Frage ist, haben Sie bei seinem Tod nachgeholfen oder nicht. Immerhin hat der Gerichtsmediziner festgestellt, dass zwei Schläge Baldwins Kopf getroffen haben.«

Ludwig von Harmsfeld schwieg. Noch immer hatte seine Hand den Schraubstock umklammert, als fürchtete er, den Halt zu verlieren. Der Blick war starr auf den Boden gerichtet.

»Nun gut«, fuhr ich fort, als auch nach einigem Zuwarten keine Reaktion kam, »kommen wir zu der nächsten, wesentlich gravierenderen Geschichte. Im ersten Fall, beim Tod des Priors, war es die günstige Gelegenheit, die Sie spontan zur Beseitigung Ihres Bruders nutzten. Im zweiten Fall aber, über den ich jetzt mit Ihnen reden will, war die Tat geplant und mit großer Heimtücke ausgeführt. Ich spreche vom Tod Ihres Neffen Martin Jakob.«

Der Gutsbesitzer hob den Kopf. Die Farbe war ins Gesicht zurückgekehrt, der erste Schreck überwunden, aber die Angst war geblieben. Er sah mich an, ohne etwas zu sagen – eine stumme Aufforderung an mich weiterzureden. »Es muss ein Schock für Sie gewesen sein, als Sie erfuhren, dass ein Sohn Baldwins existierte. Ich nehme an, Martin hat es Ihnen selbst gesagt, ohne zu wissen, dass er damit sein eigenes Todesurteil sprach. Vielleicht wollte er ja nur etwas über seinen Vater von Ihnen erfahren. Möglicherweise hatte er aber auch von den Erbkonditionen gehört und wollte deswegen mit Ihnen reden. Wie es wirklich war, wissen nur Sie allein.«

»Er kam als Neffe, wollte mit seinem Onkel über den Vater sprechen. Von den Erbbedingungen hat er nichts gewusst.« Von Harmsfelds Stimme war leise, aber fest. Ich war froh, dass er sich entschlossen hatte zu reden.

»Ihnen war natürlich sofort klar, was sein Auftauchen hinsichtlich der Besitzrechte des Gutes für Sie bedeutete.«

»Ja. So wie Sie sagten – es war ein regelrechter Schock. All das, was ich mir in den letzten Jahrzehnten aufgebaut hatte, sollte plötzlich in andere Hände fallen, mein Sohn nach meinem Tod leer dastehen?«

»Und da entschlossen Sie sich, Martin zu töten.« Ich schüttelte den Kopf bei dem Gedanken an den kaltblütigen Plan. »Aber warum haben Sie Martins Leiche zu seinem Vater ins Grab gelegt? Das ergibt doch keinen Sinn.«

»Für Sie nicht. Sie würden's nie verstehen. Dazu muss man erlebt haben, was es bedeutet, vom eigenen Bruder derartig gedemütigt zu werden. Nach seinem Eintritt ins Kloster hätte er mir das Gut und die Ländereien vermachen müssen. Das war er mir schuldig, denn ich habe ja schließlich von da an die ganze Arbeit gemacht. Habe meinen Schweiß und mein Geld in den Hof gesteckt, damit der Betrieb läuft. Aber was macht mein Herr Bruder? Besteht darauf, die Besitzrechte auf Lebenszeit zu behalten.«

»Ein Grund für Sie, ihn umzubringen.«

»Er hat es verdient. Ich habe ihn gehasst für seine Haltung, habe ihm den Tod mehrfach gewünscht. Und als dann die Gelegenheit ...« Er stockte, als er erkannte, was er gerade zu gestehen im Begriff war. Aber es hielt ihn nicht ab, weiterzureden. »Es war für mich eine Genugtuung, ein Gefühl größter Befriedigung, ihm den toten Sohn an die Seite zu legen. Meine späte Rache für das, was er mir angetan hatte.«

Der alte Mann erhob sich von seinem Sitz. Geräuschvoll schob er den Hocker unter die Werkbank zurück, dann drehte er sich zu mir um. Eine unnatürliche Erregung hatte ihn erfasst.

Zu spät wurde mir klar, dass die Veränderung meines

Gegenübers nicht durch das verursacht war, was er mir gerade gestanden hatte. Ich hätte längst stutzig werden müssen, als er mir immer freizügiger von seinen Taten erzählte und sich damit mehr und mehr dem Richter auslieferte.

In einer Plötzlichkeit, die wie eine Welle über mich kam, spürte ich, dass ich mich in unmittelbarer Gefahr befand. Verzweifelt versuchte ich zu erkennen, wie der Alte mir schaden könnte. Erst als sein Blick an mir vorbeiglitt, begriff ich, dass die Bedrohung nicht von vorne, sondern von rückwärts kam. Aber da war es schon zu spät. Der Schlag traf mich mit voller Wucht auf den Schädel. Ich stürzte, sah über mir die Lampen kreisen. Aber noch bevor ich auf dem Boden aufschlug, war nichts als unendliche Schwärze um mich herum.

Ich erwachte langsam. Wäre nicht der Kopfschmerz gewesen, ich hätte es genossen, so ganz allmählich wieder aufzutauchen aus dem tiefen Schlaf. Ein gleichmäßiges Geräusch lullte mich ein, ich lehnte weich in einem Polster und hatte keine Eile, die Augen aufzuschlagen.

Dann, mit einem Mal, waren die Bilder wieder da: Ich sah den Mann, sah die Werkbank, den Raum mit den Traktoren – ich fühlte den Schlag, sah mich stürzen ... Aber wer hatte geschlagen? Ich war mir sicher, der Mann vor mir hatte sich nicht bewegt.

Unwillkürlich befühlte meine Hand die Schädelstelle, an der ich getroffen worden war. Ich ertastete eine Beule, die mir fußballgroß erschien, wusste aber aus Erfahrung, wie sehr der blind palpierende Finger die Gegenstände vergrößerte. Die Haarsträhnen rings um die Schwellung waren verklebt, das Blut längst geronnen. Körnige Krümel lösten sich, als ich darüber strich.

Ich machte die Augen auf, um zu sehen, wo ich war. Dabei versuchte ich, mich zu erheben, stieß aber mit dem Kopf an eine Begrenzung über mir, deren schmerzhafte Berührung mich laut aufschreien ließ. Ich fiel zurück und wartete, bis das Brennen und Pochen nachließ, dann machte ich erneut den Versuch, mich zu orientieren.

Obwohl es nahezu dunkel war, war mir schon nach wenigen Sekunden klar, wo ich mich befand. Ich hatte ertastet, was ich nicht sehen konnte, und sehr schnell die Gegenstände um mich herum erkannt. Auch das Geräusch, das mich schon während meiner Bewusstlosigkeit begleitet hatte und das auch jetzt noch unverändert zu hören war, wusste ich zu deuten. Ich saß, daran hatte ich nicht den geringsten Zweifel, in der Fahrerkabine eines Traktors und vernahm das Tuckern des laufenden Motors.

Meine Hand fuhr an den Seitentüren entlang, um den Griff zum Öffnen zu finden oder auch eine Vertiefung, in die ich hineingreifen musste, um den Schließmechanismus zu betätigen. Aber so lange ich auch suchte, ich fand nichts, mit dem man die Tür hätte öffnen können.

Erst jetzt fiel mir der intensive Abgasgeruch auf, der die Kabine mehr und mehr erfüllte. Wahrscheinlich gab es irgendwo eine undichte Stelle, durch die der Qualm von außen eindrang. Ich musste den Motor abstellen, der Gestank wurde langsam unerträglich.

Meine Finger glitten über das Armaturenbrett, suchten den Zündschlüssel – aber vergeblich. Doch ich war mir sicher, dass es der Motor dieses Traktors war, der lief. Deutlich fühlte ich das rhythmische Vibrieren, spürte das Stampfen in den Zylindern unter der Motorhaube vor mir. Aber warum konnte ich den Motor nicht abstellen, warum nicht von innen die Tür öffnen?

Ich saß da und grübelte. Als ich begriff, überfiel mich die Erkenntnis mit einer Wucht, die mich laut aufstöhnen ließ. Jemand wollte, dass der Motor weiter lief und ich die Kabine nicht verlassen konnte, jemand, der beabsichtigte, mich mit den Abgasen zu töten. Und auch das war mir klar: Wenn ich nichts dagegen tat, würde es ihm schon bald gelungen sein.

Fieberhaft suchte ich nach dem Rohr, das das Gas ins Innere leitete. Ich lauschte auf ein Geräusch, ein Zischen oder Pfeifen, das mir die Stelle des Eintritts verriet, aber ich hörte nichts als das gleichmäßige Laufen des Motors. Ich konzentrierte mich nun darauf, anhand des Geruchs den Ort zu finden, an dem die Gaskonzentration am höchsten war. Dort nämlich musste die Eintrittsöffnung für den Zuleitungsschlauch liegen. Vielleicht gelang es mir, ihn nach außen zu drücken.

Ich schnüffelte durch die Kabine und wurde fündig, als ich mich unter den Fahrersitz bückte. Es war eindeutig, hier roch es so stark nach Motorgasen, dass ich mich gleich wieder erheben musste, um nicht husten zu müssen. Die Freude, den Eintritt gefunden zu haben, währte nur kurz. Denn als ich mit der Hand nach dem Schlauchende tastete, stieß ich auf eine stabile, mit unzähligen Löchern versehene Stahlplatte, die rund um die Sitzhalterung festgeschweißt war und den Zugriff verhinderte. Es war unmöglich, das begriff ich mit Entsetzen, alle diese Öffnungen zu verstopfen.

Panik überfiel mich. Welch ein perfides, ausgeklügeltes Mordszenarium. Ich saß in der Todeszelle, atmete, ohne es verhindern zu können, das tödliche Gas ein und hatte keine Chance, der Falle zu entrinnen. Oder doch? Was, wenn ich die Scheibe einschlug? Ich tastete nach einem losen Gegenstand, den ich als Hammer benutzen konnte, fand aber nichts. Auch diesbezüglich war also Vorsorge getroffen. Ich versuchte, mit dem Ellbogen das Glas zu zersplittern, legte alle Kraft, die ich noch hatte, in den Stoß hinein. Aber ich musste scheitern an dem bruchsicheren Glas, das hier eingebaut worden war.

Ich schrie und tobte, klopfte gegen die Bleche, doch niemand hörte mich oder wollte mich hören.

Das Kohlenmonoxid begann in meinem Körper Wirkung zu zeigen. Ich merkte, wie ich schläfrig wurde und anfing, verschwommen zu sehen, spürte, wie mir das Atmen immer schwerer fiel. Fünf Minuten gab ich mir noch, solange würde ich vielleicht noch bei Bewusstsein bleiben, bevor die Atemlähmung dem Ganzen ein Ende machte.

Noch einmal keimte Hoffnung auf, als ich an mein Handy dachte. Ich konnte Hilfe rufen, vielleicht würden die Retter ja noch rechtzeitig eintreffen.

Der Griff in die Tasche zeigte, dass auch daran gedacht worden war. Man hatte mir das Handy abgenommen, auch mein Portemonnaie und der Autoschlüssel fehlten. Nun wusste ich, dass ich verloren war.

Erschöpft lehnte ich mich in meinem Sitz zurück und fügte mich in mein Schicksal.

Das Letzte, was ich, im Unterbewusstsein schon, wahrnahm, war ein plötzlich aufflammendes Licht um mich her. Eine Gestalt näherte sich dem Traktor. Ich ahnte, dass man kam, um sich von meinem Tod zu überzeugen.

Aber ich hatte nicht mehr die Kraft aufzubegehren. Ein zweites Mal versank ich in dem schwarzen Loch, aus dem es diesmal kein Erwachen geben sollte.

26

Ich erwachte und sah auf eine faltige alte Hand, die mir eine Maske auf Mund und Nase drückte. Mit den Augen folgte ich dem gestreckten Arm aufwärts und blickte in ein runzeliges Gesicht, das mich aufmunternd anlächelte. »Na, endlich ausgeschlafen? Willkommen unter den Lebenden.«

Ich verdrehte den Kopf, soweit die Maske das gestattete, und versuchte nach links und rechts zu schauen. Die Erinnerung kam zurück, als ich die Traktoren um mich herum sah. Neu waren die beiden Polizisten, die im Raum umhergingen.

Der ältere Herr, der neben mir kniete, trug eine schwarzgefasste Brille mit Gläsern von der Stärke einer Briefmarkenlupe. Seine rechte Hand hielt die Maske, mit der linken stützte er eine kleine Sauerstoffflasche, um sie vor dem Umfallen zu bewahren. Das Stethoskop um den Hals und die Arzttasche neben ihm wiesen ihn als Mediziner aus.

»Drei, vier Minuten noch«, informierte er mich. »Sauerstoff ist das beste Mittel, um das Kohlenmonoxid wieder aus dem Blut herauszutreiben. Das wird schon.« Kurz lüftete er die Maske, um mir Gelegenheit zur Antwort zu geben.

»In Ordnung, danke«, war alles, was ich mit heiserer Stimme von mir geben konnte.

Während der Arzt die Sauerstoffzufuhr fortsetzte, erklärte er, wie er hierher gekommen war. »Die Polizei hat mich angerufen. Sie hätten einen bewusstlosen Mann mit einer Autoabgasvergiftung gefunden. Ich schnappe mir also die Flasche und dann nichts wie los. Meine Praxis ist ja nicht weit von hier. So, wie Sie hier liegen, habe ich Sie vorgefunden, rosigrot wie im Lehrbuch. Sie schliefen tief und schnauften vor sich hin. Ich hatte meine liebe Mühe, den besorgten Polizisten klar zu machen, dass Sie mit dem Sauerstoff schon sehr bald wieder auf dem Damm sein würden. Die wollten Sie doch mit aller Macht per Hubschrauber in irgendeines dieser Vergiftungszentren schaffen.« Er schüttelte den Kopf, hob die Maske hoch und drehte die Flasche zu. »So, das reicht. Jetzt sehen Sie wieder wie ein normaler Mensch aus.« Noch einmal inspizierte er meine Pupillen und fühlte den Puls, dann stand er auf und packte das Stethoskop in die Tasche. »Ist heutzutage gar nicht mehr so einfach, sich mit Motorgasen umzubringen, bei all den Katalysatoren und Emissionsfiltern. Aber diese alten Traktoren hier – auf die kann sich ein Selbstmörder noch hundertprozentig verlassen.«

»Ich wollte mich nicht umbringen«, protestierte ich und versuchte, mich zu erheben. Ich merkte, dass ich noch ganz schön zittrig war. Der Arzt reichte mir die Hand und half mir auf.

Ich wandte mich an einen der Polizisten. »Wie kommt es, dass Sie mich noch rechtzeitig gefunden haben? Ich hatte schon mit dem Leben abgeschlossen.«

Der Beamte deutete in eine Ecke des Raumes. »Frau von Harmsfeld hat uns angerufen. Ihr Mann und ihr Sohn seien gerade dabei, jemanden zu ermorden.«

Mein Blick ging hinüber zu der Stelle, auf die der Arm zeigte. Reglos und stolz, so wirkte es zumindest auf die Entfernung, stand die Gutsherrin unweit der Tür und schaute in meine Richtung. Sie hatte die Arme vor der Brust verschränkt und wirkte wie eine steingewordene Statue. Kurz kreuzten sich unsere Blicke, dann drehte sie sich um und ging zur Tür. Ihr Schritt war schwer, sie hatte Mühe, sich auf den Beinen zu halten. Ich schaute ihr nach, bis sie verschwunden war. Diese Frau hatte mir das Leben gerettet.

Ich ließ die Augen umherwandern, suchte nach dem Ort, an dem ich beinahe zu Tode gekommen war. Mein Blick blieb an dem grasgrünen Hanomag hängen, der vorhin schon meine Aufmerksamkeit erregt hatte. Die Tür auf der Fahrerseite stand offen. Das Fenster war zersplittert, das Blech verbeult. Es war offensichtlich, dass sich hier jemand den Zugang zur Kabine gewaltsam verschafft hatte.

»Wir mussten mit Vorschlaghammer und Stemmeisen arbeiten, um die Tür aufzukriegen«, klärte mich der Polizist auf, der bemerkte, wohin ich schaute. »Eine regelrechte Festung ist das, da wären Sie nie alleine herausgekommen.«

Ungläubig stand ich da, sah auf den Traktor und wunderte mich, dass so wenig in mir geschah. Ich hatte immer geglaubt, im Angesicht des Todes passierte mit dem Sterbenden etwas Großes, Einmaliges. Es gab Berichte, die davon erzählten, dass das Leben unmittelbar vor dem Tod noch einmal in Sekundenschnelle an einem vorüberlief, andere hatten vor ihrem Ende göttliche Visionen. Und dann erst die Gefühle nach der Errettung: Jubel, Glück, Seligkeit. Aber von alledem war nichts in mir, ich empfand nichts anderes als eine abgrundtiefe Leere.

Dann fiel mir etwas ein: »Sie sprachen eben von dem Gutsherrn und seinem Sohn«, wandte ich mich an den Polizisten. »Bisher bin ich davon ausgegangen, das Ludwig von Harmsfeld seine Taten alleine begangen hat.«

»Nein. Er und sein Sohn stecken unter einer Decke. Alleine hätte der Alte Sie niemals in die Traktorenkabine schaffen können. Aber Näheres weiß ich auch nicht. Da müssen Sie schon den Kommissar fragen.«

»Wo sind die beiden jetzt, der Gutsbesitzer und sein Sohn?«

»Auf dem Weg nach Kassel ins Untersuchungsgefängnis.«

Der andere Polizist kam von der Werkbank herüber. In den Händen hielt er mein Handy, den Autoschlüssel und die Geldbörse. »Ihre Sachen?«, fragte er, obwohl er das Portemonnaie aufgeschlagen hielt und in meinem Ausweis las.

»Ja, man hat sie mir abgenommen, bevor man mich in die Kabine schleppte.«

Nachdem ich alles wieder in den Taschen verstaut hatte, wollte ich wissen: »Und wie soll's jetzt mit mir weitergehen?«

»Das hängt vom Doktor ab. Unser Chef hat es ihm überlassen, was mit Ihnen geschieht.«

»Wie, keine Vernehmung, kein Protokoll?«, wunderte ich mich.

»Erst kommt das Medizinische, Ihre Gesundheit.« Der alte Arzt hob den Finger, als verkündete er gerade das elfte Gebot. »Alles andere muss warten. Sie haben eine ordentlichen Schwellung auf dem Kopf, dazu eine Platzwunde, die genäht werden muss. Wenn Sie mir versprechen, dass Sie gleich bei Ihrer Ankunft das Krankenhaus aufsuchen, lasse ich Sie zurück nach Eschwege. Man darf diese Dinge nicht auf die leichte Schulter nehmen. Da kann eine Gehirnerschütterung oder auch eine innere Blutung ...«

»Ich weiß Bescheid«, unterbrach ich ihn, »ich kenne die Gefahren. Ich bin Kollege.«

Verdutzt schaute er mich durch seine monströse Brille an. Das langsame Wiegen des Kopfes verriet seine Bedenken. »Kollege!? Das sind die schlimmsten. Die setzen sich über jede Anordnung hinweg und ignorieren alle Warnungen. Eigentlich müsste ich es mir von Ihnen schriftlich geben lassen, dass Sie den Chirurgen und den Neurologen aufsuchen.« Er winkte ab. »Auf der anderen Seite – Sie sind alt genug und kennen die Risiken. Fahren Sie in Gottes Namen. Aber Sie fahren nicht selbst, das ist das Einzige, worauf ich bestehe. Gibt es jemanden, der Sie abholt? Oder soll ich den Krankenwagen bestellen?«

Die Frage beantwortete sich im gleichen Moment, in dem sie der Arzt gestellt hatte. Drei Personen betraten den Raum, liebe Menschen, von denen ich mit Bestimmtheit wusste, dass sie mich unter größter Fürsorge wohlbehalten nach Eschwege zurückbringen würden.

Franziska flog mir an den Hals und drückte mich an sich. »Heinrich«, flüsterte sie liebevoll und hörte gar nicht auf, mich zu herzen. In ihren Augenwinkeln sah ich kleine Tränen. Kurzzeitig genoss ich ihre sorgende Zuneigung, wohl wissend, dass ich schon bald ein ganz anderes »Heinrich« zu hören bekommen würde.

Ich starrte die beiden anderen Neuankömmlinge an. »Wo kommt ihr denn her?«, stellte ich die obligate Frage des Überraschten.

Hauptkommissar Montag atmete tief durch. »Schön zu sehen, dass du noch lebst. Wir hatten schon mit dem Schlimmsten gerechnet.«

»Als die Nachricht kam, du seist bewusstlos aufgefunden worden, haben wir uns gewaltige Sorgen gemacht«, bekannte Oberkommissar Gunter Schröder. »Ist ja wohl verständlich, oder?«

Noch einmal presste mich Franziska an ihre Brust und hauchte mir ein zweites, noch immer liebevolles »Heinrich« ins Ohr. Über ihre Schulter hinweg erkundigte ich mich. »Aber wie konntet ihr so schnell hier sein? Seid ihr geflogen?«

»Die Meldung erreichte uns auf der Fahrt«, erklärte Gunter, »wir waren schon auf halbem Weg nach Großalmerode, fuhren gerade den Meißner hinunter, als wir von den hiesigen Kollegen über Handy informiert wurden.«

Ich verstand noch immer nicht. »Und warum wolltet ihr nach Großalmerode?«

»Schau mal auf die Uhr.« Franziska hielt mir ihr Handgelenk hin. Es war fast eins. »Kurz nach zwölf rief ich bei Charly an und fragte, ob du dich gemeldet hast. Als ich erfuhr, dass das nicht der Fall war, habe ich sofort gewusst, dass etwas nicht stimmte. Wenn du versprichst, bis Mittag die Polizei zu informieren, tust du das auch. Vor allem, weil du es auf dem Anrufbeantworter noch einmal ausdrücklich zugesagt hast. Diesbezüglich bist du die Zuverlässigkeit in Person. Ich habe dann Charly kurz erklärt, weshalb du heute nach Großalmerode gefahren bist, habe ihm von unserem gestrigen Gespräch mit Bruder Valentino erzählt, von dessen Verdacht, den du überprüfen wolltest. Den Ausschlag gegeben für unsere Fahrt hierher hat deine telefonische Ankündigung, du wolltest dich vor Ort von der Richtigkeit dieses Verdachts überzeugen. Das konnte doch nur heißen, dass du den Mörder aufsuchen würdest. Daraufhin hat sich Charly entschlossen, zusammen mit Gunter sofort an Ort und Stelle nach dem Rechten zu sehen. Ich habe natürlich darauf bestanden, mitzufahren.«

»Und wie richtig unsere Sorge war, das hat sich ja gezeigt«, brummte Charly, »die Wirklichkeit übertraf noch alles, was wir uns vorgestellt hatten.«

Kurze Zeit später saßen wir im Streifenwagen und fuhren zurück nach Eschwege. Franziska hatte sich auf dem Rücksitz eng an mich geschmiegt und hielt meinen Arm umklammert, als wollte sie mich nie mehr loslassen.

Vor unserer Abfahrt hatte der alte Arzt noch einmal eindringlich auf die Notwendigkeit einer gründlichen Untersuchung hingewiesen – Ermahnungen, die bei meiner Frau auf fruchtbaren Boden fielen. Nun war ich sicher, dass ich dem Aufsuchen des Krankenhauses nicht entkommen würde.

Das Polizeiliche war schon vorher durch das Autotelefonat geregelt worden. Die Eschweger Kripo, zuständig für den Mordfall Martin Jakob, übernahm die weiteren Ermittlungen und auch die Befragung des Beinaheopfers Heinrich Gerhard.

Mit Rücksicht auf meine gesundheitliche Beeinträchtigung, die ich immer wieder mal über ein leises Aufstöhnen in Erinnerung brachte, verzichteten die Kommissare – zumindest für heute – auf jede Art von Vorwürfen. Charly forderte mich lediglich auf, eine Kurzfassung des Vorgefallenen zu geben. Das Weitere könne man morgen in aller Ruhe in seinem Dienstzimmer besprechen.

Während des Berichtens durchlebte ich noch einmal das bewegte Geschehen dieses Morgens: Den Besuch bei Fritz Kellermann, das Telefonat mit dem Rechtsanwalt, und dann die Ereignisse auf Gut Harmsfeld. Ich merkte, wie mich das Reden immer mehr aufwühlte und schreckliche Bilder hochspülte, die zu verkraften ich noch nicht in der Lage war.

Franziska spürte meine zunehmende Erregung, fühlte das Zittern unter der Hand, die meinen Arm hielt.

»Morgen«, entschied sie laut, »morgen kannst du weitererzählen, für heute ist es genug.«

Die Tüte in meiner Hand war groß und bauchig. Sie enthielt all die gezuckerten Köstlichkeiten, die in den Augen der

Kommissare das Leben im wahrsten Sinne des Wortes versüßten: Mohnschnecken natürlich und Quarktaschen, aber auch Nussecken und cremegefüllte Plunderstückchen. Um mein ärztliches Gewissen wenigstens etwas zu beruhigen, hatte ich einige für Diabetiker geeignete Gebäckstückchen dazugekauft, ohne allerdings große Hoffnung zu haben, dass Gunter meine krankheitspräventive Offerte auch annehmen würde.

Heute gab es doppelten Anlass zu feiern. Der Fall war gelöst, die Mörder verhaftet, wir kamen nun zur abschließenden Besprechung zusammen, um noch letzte Ungereimtheiten zu klären.

Aber auch das feierten wir, meinen Geburtstag. Nicht, dass ich kalendarisch schon dran wäre, das war erst im Dezember der Fall. Doch mit meiner Errettung gestern war mir das Leben noch einmal geschenkt worden, ein Grund, dankbar und froh zu sein. Dass unsere Freude und Feierlaune nicht unbeschwert und ausgelassen sein würde, lag an dem Schatten, den der Tod des Freundes noch immer auf uns warf. Es war unmöglich, Martin aus den Gedanken zu verdrängen, vor allem, da wir über ihn und sein schreckliches Schicksal sprechen mussten.

Franziska begleitete mich zur Polzeidirektion. Sie war zu sehr in das Geschehen involviert, als dass sie sich abhalten ließe, an der vereinbarten Zusammenkunft teilzunehmen. Energisch schritt sie vor mir her die Stufen hinauf zum Eingang des quadratischen Gebäudes, in dem die Eschweger Polizei residierte. Ich war heute nicht in der Lage, ihrem Tempo zu folgen. Körperlich hatte ich das gestrige Erlebnis noch immer nicht verdaut. Meine Muskeln schmerzten bei jedem Schritt, von meinem Kopf ganz zu schweigen.

Genau auf diesen bezog sich Franziska, als sie vom

Treppenabsatz auf mich herunterblickte und feststellte: »Wie soll das werden? Du als protestantischer Pfarrer mit einer Mönchstonsur? Du wirst die Rolle ändern und einen katholischen Geistlichen aus dir machen müssen.«

Erschreckt hob ich die Hand und fuhr mir vorsichtig über die nackte Stelle. Die ärztliche Anordnung, das Wundgebiet zur Naht vorzubereiten, war wohl von dem Krankenpfleger etwas zu großzügig ausgelegt worden. Er hatte mich halbkahl rasiert.

»Ist es so schlimm?«, fragte ich und stieg schnell die Stufen hinauf, um meinen haarlosen Scheitel ihrem Blick zu entziehen. Ich wusste gut, auf was sie angespielt hatte – auf unsere Theaterrollen nämlich als evangelisches Pfarrerehepaar.

»Es könnte den erhöht sitzenden Zuschauern zu kritischen Überlegungen Anlass geben«, stichelte sie weiter.

Ich konterte. »Gut, spiele ich eben einen Katholiken. Aber dann muss ich dich natürlich als Ehefrau streichen und mir eine hübsche Haushälterin dazuschreiben. Ist dir das recht?«

»Untersteh dich! Wir lassen's doch lieber beim Alten. Irgendetwas Beanstandungswürdiges müssen wir schließlich den chronischen Nörglern anbieten – und wenn es deine Halbglatze ist.«

Lachend betraten wir das Polizeigebäude und stiegen die Treppe hinauf zum Dienstzimmer des Hauptkommissars.

Obwohl es noch vor der verabredeten Zeit war, fanden wir Charly und Gunter quasi schon in Startposition vor. Ein rundes Tischchen, wohl eigens für diese Besprechung organisiert, war an das Fenster gerückt. Vier Stühle waren darum platziert, von denen zwei die Kommissare besetzt hielten. Charly sah uns, ein Bein über das andere gelegt, lässig zurückgelehnt entgegen. Gunter hingegen hatte die Pose des braven Schuljungen eingenommen. Mit auf den Oberschenkeln liegenden Händen saß er aufrecht da, als warte er auf eine höhere Weisung. Vier Teller waren gedeckt, dazu vier Becher. Kaffee, Milch und Zucker standen bereit.

»Ich habe etwas mitgebracht – in alter Tradition«, verkündete ich und legte die Gebäckstückchen vor sie auf den Tisch. Dass sie nichts anderes von mir erwartet hatten, lag nach den getroffenen Vorbereitungen auf der Hand.

Charly löste als erster seine Sitzposition auf, Gunter folgte ihm unmittelbar. Beide beugten sich über die Tüte und sogen mit sichtbarem Behagen den daraus entströmenden Duft ein.

»Hhmm, das riecht gut«, entzückte sich der Oberkommissar und drehte die Tütenöffnung zu Charly hin. Das Knistern des Papiers verriet, dass sich sein Chef nicht zweimal bitten ließ, dieser stummen Aufforderung Folge zu leisten. Vom verschließenden Druck befreit, purzelten eine Mohnschnecke und ein Plunderstückchen auf die Tischoberfläche. Zwei Hände griffen danach und hoben die Teilchen zum Mund.

Inzwischen hatten Franziska und ich ebenfalls Platz genommen. Während wir uns die Kaffeebecher füllten, machte ich Gunter darauf aufmerksam, dass ich für ihn Diabetesstückchen mitgebracht hatte. »Das sind die ohne Füllung.«

»Bääh«, verzog der Angesprochene den vollen Mund, um dann mit wenig Überzeugung hinzuzufügen: »Vielleicht esse ich später noch eins.«

Charly erkundigte sich besorgt, wie es mir gehe.

»Alles in Ordnung«, beruhigte ich. »Mein Schädel hat gehalten, nichts ist gebrochen. Das bisschen Platzwunde ist nicht der Rede wert. Auch mein Nervenkostüm hat sich nach einer durchschlafenen Nacht wieder einigermaßen erholt. Ich bin jetzt durchaus in der Lage, sachlich über das gestrige Geschehen zu reden.«

»Kannst du dich denn noch an alles erinnern?«, wollte Gunter wissen. Sein prüfender Blick ähnelte dem eines Psychiaters, der seinen Patienten taxiert. »Ich meine – wegen des Schlages.«

»Ja, die Bilder sind noch alle da. Auch was gesprochen wurde, weiß ich noch fast wörtlich. Nichts von Erinnerungsverlust. Das war auch für den Neurologen ein Indiz, dass ich keine Gehirnerschütterung davongetragen habe.«

»Gut.« Charly erhob sich, angelte sich eine Nussecke aus der Tüte und setzte sich hinter seinen Schreibtisch. Die gemütliche Kaffeetafel war – zumindest vorübergehend – aufgehoben, der dienstliche Teil unseres Zusammentreffens hatte begonnen.

Der Hauptkommissar streckte mir den Arm wie ein Dirigent, der den Einsatz gab, entgegen. »Am besten, du erzählst uns jetzt noch einmal in allen Einzelheiten, was du gestern Morgen auf Gut Harmsfeld erlebt hast.« Er bückte sich zur Seite und öffnete eine Schreibtischschublade. »Ich lasse das Aufnahmegerät mitlaufen, dann brauche ich nicht mitzuschreiben. – Du hast doch nichts dagegen?«

»Nein, nein.« Was sollte ich dagegen haben. Schließlich war ich als Betroffener und Zeuge hier, nicht als Angeklagter, der jedes Wort abwägen musste, bevor er es äußerte. Der Hauptkommissar drückte auf den Startknopf und nickte mir zu, mit dem Erzählen zu beginnen.

Ich spürte, dass mir das Berichten heute, knapp vierundzwanzig Stunden nach den Ereignissen, wesentlich leichter fiel. Es war nicht so, dass ich hätte sagen können, es berührte mich nicht mehr. Immer wieder musste ich kleine Pausen einlegen, wenn die Erinnerungen, vor allem die schlimmen Minuten in der Traktorenkabine, mich allzusehr bedrängten. Was mich erstaunte, war, wie präzise ich das Gespräch mit dem Gutsherrn wiedergeben konnte.

Der Hauptkommissar unterbrach nur einmal, als er sich an Gunter wandte. »Kein Wunder, dass er aufgegeben hat – bei dem Geständnis.«

»Er rechnete nicht damit, dass Heiner mit dem Leben davonkommt«, gab Gunter zu bedenken.

»Ja, natürlich.« Mit einer Handbewegung forderte mich Charly zum Weiterreden auf.

Ich schilderte meine vergeblichen Versuche, den Gaseinstrom in das Fahrerhaus zu stoppen und aus der Kabine herauszukommen. »Das Letzte, was ich vor dem Bewusstloswerden wahrnahm, war eine Gestalt, die auf den Traktor zu kam. Ich glaubte, es sei der Mörder.«

»Nein«, klärte mich Gunter auf, »das war ein Polizist. Ich habe seinen Bericht gelesen. Als er sich dem Hanomag näherte, sah er dich im Führerhaus. Du bewegtest dich noch, brachst aber dann zusammen. Du musst also gerade in diesem Augenblick ohnmächtig geworden sein.«

»Du hast Glück gehabt, Heiner.« Noch immer war in Charlys Stimme kein Vorwurf. »Der Doktor sagt, wenn du nur ein paar Minuten später gerettet worden wärest, hätte es dein Ende sein können. Du hast es Frau von Harmsfeld und ihrem Anruf bei der Polizei zu verdanken, dass die Beamten rechtzeitig vor Ort waren.«

»Wie hat die Frau wissen können, was in der Scheune geschah?«

»Ganz einfach – sie hat es beobachtet.« Charly zog einen Hefter heran und schlug ihn auf. »Wir haben heute

Morgen die Vernehmungsprotokolle der Mordverdächtigen bekommen. Auch eine Abschrift der Befragung von Frau von Harmsfeld ist dabei.« Er zog ein Blatt heraus und studierte es.

»Sie hat dich, wie sie sagt, zum Traktorenschuppen geschickt. Du wolltest ihren Mann sprechen. Sie habe sofort ein ungutes Gefühl gehabt, als sie nach einiger Zeit wieder aus dem Fenster geschaut hatte und deinen Wagen noch immer draußen auf dem Hof stehen sah. Seit Martins Tod sei sie misstrauisch gewesen, habe sogar geargwöhnt, ihr Mann, vielleicht auch der Sohn, könnten bei dieser Geschichte ihre Hände im Spiel gehabt haben. Immerhin hatte Martin einige Tage vor seinem Auffinden im Grab das Gut aufgesucht und sich als Sohn Baldwins zu erkennen gegeben. Ihr seien die Konsequenzen hinsichtlich der Besitzrechte natürlich sofort klar gewesen. Ihren Mann habe die Nachricht dermaßen in Wut versetzt, dass er außer Kontrolle geraten sei. Von diesem Moment an habe sie ihm zugetraut, nicht vor einem Mord zurückzuschrecken, wenn er dadurch den Verlust des Hofes verhindern konnte.

Vielleicht war dies ja auch der Zeitpunkt, an dem ihr aufging, dass Baldwins Tod damals vor über vierzig Jahren ebenfalls ein Werk ihres Mannes gewesen sein könnte. Jedenfalls schlich sie zum Schuppen, um nach deinem Verbleib zu sehen und beobachtete, wie du bewusstlos in die Fahrerkabine geschleift wurdest. Sie reimte sich zusammen, was dort vorging – und alarmierte die Polizei.«

»Aber den eigenen Mann und Sohn der Justiz auszuliefern ...«, ereiferte sich Franziska. Ein solches Vorgehen war für sie, die liebende Ehefrau und Mutter, undenkbar.

»Es müssen eine Menge Demütigungen vorausgegangen sein, Kränkungen, die Frauen nur schwer verwinden.

Sie hatte wohl das Gefühl, einen Schlussstrich ziehen zu müssen. Und vor allem, so sagt sie, habe sie keinen weiteren Mord mehr zulassen wollen – also rief sie uns an.«

Das letzte Bild der grauhaarigen Frau kam mir in Erinnerung, wie sie gebeugt unter der Bürde dessen, was sie Mann und Sohn hatte antun müssen, die Scheune verließ. Mein Gott, welche Dinge müssen geschehen, um eine Mutter zu einer solchen Entscheidung zwingen zu können.

Charly klopfte auf die Akte. »Der Mordfall – oder vielmehr die beiden Mordfälle – sind in fast allen Einzelheiten geklärt.«

»Habt ihr ein Geständnis?«

»Ja. Dem Alten war schnell klar, dass er die Wahrheit nicht mehr verheimlichen konnte. Schließlich hat er sie dir gestern ja selbst anvertraut – in der irrigen Annahme, du könntest sie als Toter nicht weitererzählen. Das ist das Schöne bei diesen Adligen mit ihrem falschen Stolz – sie versuchen sich nicht in Ausflüchten. Wenn das Spiel verloren ist, stehen sie dafür ein. Früher haben sie sich eine Kugel durch den Kopf gejagt, heutzutage gehen sie hoch erhobenen Hauptes ins Gefängnis und zeigen, dass sie es nicht nötig haben, um Gnade zu betteln.« Der Hauptkommissar schnaubte mit der Verachtung des Bourgeois für die Dekadenz der Noblesse. »Jedenfalls haben sie gestanden, nahezu lückenlos. Lediglich bei der Frage, wer von den beiden, der Vater oder der Sohn, Martin erschlagen hat, besteht noch Unklarheit. Einer beschuldigt den anderen.«

»Ist Martin auf dem Friedhof ermordet worden?«

»Nein, er war schon tot, als sie ihn dorthin brachten. Das Ganze stellt sich so dar.« Charly überflog das Vernehmungsprotokoll, dann fasste er zusammen. »Martin hat, das scheint jetzt sicher, tatsächlich nichts anderes im Sinn gehabt, als den Ort des damaligen Geschehens und die Umstände kennenzulernen, von denen er gerade aus dem Brief seiner Mutter erfahren hatte. Dazu suchte er das Kloster auf und auch die nächsten Verwandten seines Vaters. Er muss sich der Vaterschaft Baldwins sicher gewesen sein. Wahrscheinlich hatte er auf Fotos, die er in der Klosterbibliothek gefunden hatte, Ähnlichkeiten mit den Gesichtszügen des Priors festgestellt und die richtigen Schlüsse daraus gezogen. Martins Auftauchen auf dem Gut muss ein entsetzlicher Schlag gewesen sein, vor allem für die direkt von der drohenden Enterbung betroffenen Ludwig von Harmsfeld und dessen ältesten Sohn Paul. Unter dem Versprechen, weitere Dokumente über den Vater heraussuchen zu wollen, hatten sich die beiden noch einmal für den Abend mit Martin auf dem Hof verabredet. Wie auch bei dir später, war die Traktorenscheune der Schauplatz des Verbrechens. Martin wurde dort hinterrücks mit einem Spaten erschlagen. Wer den tödlichen Hieb führte, ist im Moment hoch unklar – ich tippe darauf, dass das Ganze nicht anders abgelaufen ist als bei dir. Der Alte hat mit dem Opfer gesprochen, hat es abgelenkt, der Junge schlug zu. Vielleicht werden wir später bestätigt bekommen, dass es so war.

Dann hatte Ludwig die wahnwitzige Idee, den Toten in das Grab des eigenen Vaters zu legen. Der jahrelang aufgestaute Hass auf den Bruder entlud sich in dieser geradezu perversen Handlung. Durch die abseitige Lage des Grabmals war es nicht schwer, nach Einbruch der Dunkelheit unbemerkt eine Grube auszuheben und den Leichnam darin zu vergraben. Dort wäre er wahrscheinlich nie – und wenn doch, dann erst nach Jahren – entdeckt worden, hätte uns nicht die Exhumierung Baldwins zufällig auf ihn stoßen lassen.«

»Was ist mit Frau von Harmsfeld und dem jüngeren Bruder – waren die auf irgendeine Weise an der Sache beteiligt?«

»Wie es aussieht, nein. Die Frau hatte, wie wir gehört haben, einen bestimmten Verdacht – mehr auch nicht. Und der zweite Sohn Ralf lebt seit Jahren in den USA, hat kaum Verbindung mehr zu der Familie und dem Gut. Nein, dieses Verbrechen geht allein auf das Konto von Ludwig und Paul von Harmsfeld.« Charly senkte den Hefter. »Habgier, das primitivste aller Motive – deshalb musste Martin sterben.«

Während wir betroffen schwiegen, goss Franziska Kaffee nach. Eines wollte ich noch wissen. »Diese Traktorenkabine – die muss doch von langer Hand vorbereitet worden sein. Wer hat das gemacht? Und vor allem, für welchen Zweck wurde sie so umgebaut?«

»Das werden wir vielleicht nie richtig erfahren. Angeblich hat sie Ludwig für sich selbst so konstruiert. Falls mal ein Umstand eintreten sollte, der es notwendig macht, seinem Leben ein Ende zu setzen, wie er sagt.«

»Mein Gott«, entfuhr es Franziska, »dass ist ja wie bei den Nazigrößen, die immer eine Zyanidkapsel bei sich hatten – um sich aus dem Staub zu machen, wenn sie einmal für ihre Untaten zur Rechenschaft gezogen werden sollten.«

»So ungefähr. Er war ein leidenschaftlicher Bastler. Vielleicht hat ihm das den besonderen Kick gegeben, seine eigene Gaskammer zu bauen.«

»Und wenn die Kabine für jemand anderen bestimmt war? Zum Beispiel für seine Frau?«

»Das wäre durchaus möglich. Die Ehe war am Ende. Nach Jahren der Unterdrückung und Missachtung hatte Frau von Harmsfeld wohl angedeutet, ihn zu verlassen. Vielleicht wollte Ludwig das verhindern?« Charly hob die

Schultern. »Aber ihm das nachzuweisen, dürfte schwer bis unmöglich sein.«

Der Hauptkommissar nahm den Hefter wieder auf und sichtete die Seiten. Schließlich zog er ein Blatt heraus. »Die andere Sache, der Mord vor vierundvierzig Jahren, ist mit wenigen Worten abgehandelt. Tu mir den Gefallen, Gunter, erzähl du Franziska und Heiner, wie das damals war.« Er stand auf und reichte dem Oberkommissar das Vernehmungsprotokoll. »Ich bin schon ganz heiser vom Reden.«

Es dauerte eine Weile, bis Gunter sein angebissenes Kaffeestückchen auf den Kuchenteller gelegt und sich die schokoladenverklebten Finger an der Serviette abgewischt hatte. Mit Mühe kramte er aus der über dem breiten Brustkorb straff gespannten Hemdtasche eine Lesebrille hervor, putzte sie mit der gleichen Serviette, die auch die Schokoladenreste hatte aufnehmen müssen, und begann nach flüchtigem Studium des Textes mit dem Vortrag.

»Die Ausgangssituation im Jahr 1965 ist bekannt. Baldwin von Harmsfeld beschließt, ins Kloster zu gehen. Er beauftragt seinen jüngeren Bruder, die Bewirtschaftung des Gutes weiterzuführen. Das ist natürlich genau der Stoff, aus dem bei Ludwig Träume entstehen, Träume von der Übergabe des Hofes an ihn durch den älteren, jetzt ins Geistliche abgetauchten Bruder. Der aber denkt gar nicht daran, bleibt auch als Mönch und Prior Besitzer des Anwesens. Zunächst ist der Jüngere enttäuscht, später zornig, schließlich voller Hass. Und dann ergibt sich, an einem Märztag 1965, zufällig die unverhoffte Gelegenheit, diesem ungerechten Schicksal in die Parade zu fahren und es zurechtzubiegen.«

Vier, fünf Sekunden suhlte sich der Oberkommissar in seiner Formulierung, dann setzte er den Bericht fort: »Wir wissen, dass an jenem Abend das Kellergewölbe in folgender Reihenfolge betreten wurde: Erst ging Salme hinunter, um Wein zu holen. Ihr folgte Prior Baldwin, dem wiederum schlich Walter, der Novize, hinterher. Dann geschah das, was wir aus Salmes Brief und Bruder Valentinos Schilderung kennen. Der Abt verging sich an der jungen Frau, die schlug ihm den Krug auf den Kopf, Baldwin sank blutüberströmt auf die unterste Stufe der Treppe. Walter sah das alles von oben mit an und lief als erster aus dem Keller. Kurz darauf verließ auch Salme das Gewölbe. Zurück blieb der schwerverletzte Prior.«

Gunter blickte auf und überzeugte sich, dass wir das verstanden hatten. Als wir nickten, fuhr er fort: »Es war ein Zufall, so wie man ihm immer wieder mal begegnet. Man sieht etwas, hört etwas, stolpert unbeabsichtigt in eine Situation, die dem Leben plötzlich eine andere Wendung gibt. So war es auch hier. In ihrer Panik hatte Salme die Tür offenstehen lassen und die Kellerbeleuchtung nicht ausgeschaltet. Ludwig, der noch vor dem Abendessen ein paar Schritte in der milden Frühlingsluft machen wollte, bemerkte den Lichtschein. Neugierig geworden sah er nach, wer sich so kurz vor der Mahlzeit noch im Keller aufhielt. Er fand seinen Bruder auf der Treppe, in einer Blutlache, regungslos. Als er hinzutrat, erkannte er, dass Baldwin noch am Leben war. Das war der Augenblick, in dem das Schicksal an seine Tür klopfte.« Noch einmal senkte Gunter die Stimme, bevor er in rasantem Crescendo zum Höhepunkt seines Berichtes kam. »Es sieht wirklich so aus, als habe Ludwig damals ohne jeden Vorsatz den Keller betreten. Wie sollte er auch wissen, was er dort vorfinden würde. Erst im Angesicht seines schwerverletzten, wehrlosen Bruders, mit dem er sich plötzlich allein und unbeobachtet fand, muss ihm der Gedanke gekommen sein, ihn zu töten. Er ergriff einen der an der Gewölbewand aufgestapelten Ziegel und schlug ihn Baldwin auf den Schädel. Dann, nachdem er sich von seinem Tod überzeugt hatte, entfernte er sich unbemerkt aus dem Keller. Den Ziegel nahm er mit und verbarg ihn draußen unter Steinen.«

Gunters Rundblick zeigte, dass sein Bericht zu Ende war. Zufrieden legte er das Blatt auf den Schreibtisch zurück, zog sich seinen Stuhl heran und nahm wieder Platz.

Franziska war noch nicht überzeugt. »Das hat er so gestanden?«, fragte sie in den Raum.

»Ja«, nickte Charly, der noch immer an dem Rest seines Kaffeestückchens kaute. »Und es gibt aus meiner Sicht keinen Grund, ihm nicht zu glauben.«

»Aber die Polizei hat doch seinerzeit Baldwins Tod untersucht. War der Bruder dabei nie in Verdacht geraten? Immerhin hatte er ein Motiv.«

»Sein Alibi war unantastbar. Die Mönche bestätigten damals, dass er mit ihnen zusammen zu Abend gegessen habe. Ihnen war gar nicht aufgefallen, dass Ludwig sich erst einige Minuten nach ihnen an den Tisch gesetzt hatte. Als man Baldwins Verschwinden bemerkte, suchten alle zusammen nach ihm. Später dann bei der Befragung durch die Polizei waren sich die Mönche sicher, dass Ludwig den ganzen Abend mit ihnen verbracht hatte.«

Charly zog das Vernehmungsprotokoll zu sich heran und schob es zwischen die anderen Blätter des Hefters zurück. Dann schloss er den Deckel.

»Ich sage es ungern, Heiner, denn es könnte sein, dass du es als Ansporn für künftige Taten verstehst. Aber es geht kein Weg daran vorbei, dass wir die völlige Aufklärung der beiden Verbrechen dir und deiner Neugier verdanken.«

»Das stimmt so nicht«, hob ich die Hand zum Einwand.

»Erstens war die Neugier diesmal nicht die Haupttriebfeder, vielmehr war es die Sorge um den Freund, die mich veranlasste, ja geradezu zwang, immer tiefer in diese Geschichte einzudringen. Und zweitens – den entscheidenden Gedanken, der zur Lösung der Fälle führte, hatte primär nicht ich, sondern Bruder Valentino. Ich muss gestehen, dass ich zeitweise völlig auf dem Holzweg war, sogar ihn selbst und auch die anderen Mönche in Verdacht hatte, mit Martins Tod etwas zu tun zu haben. Valentino aber hat letztendlich die richtigen Schlussfolgerungen gezogen, ihm gehört in erster Linie die Anerkennung.«

»Deine Bescheidenheit in Ehren, Heiner. Aber was nützt die großartigste Idee, wenn es nicht Leute wie dich gäbe, die sie hartnäckig bis zur Klärung verfolgen. – Aber gut, schließe ich den Mönch in meine Danksagung mit ein.« Der Hauptkommissar richtete sich auf, seine Hände stützten sich an der Schreibtischkante ab.

Ich sah Franziska an. Wir ahnten, was jetzt kam. Auch Gunter schien die Absicht seines Chefs zu erraten. Wie er streckte er den Oberkörper und nahm die korrekte Haltung des strengen Polizeibeamten an.

Charly enttäuschte uns nicht. »Heiner«, hob er an, wobei er die Stimme erhöhte und den Blick bedeutungsvoll in mich hineinsenkte. Knapp fünf Minuten hörte ich mir an, wie leichtsinnig ich gehandelt hätte, als ich mich auf eigene Faust auf Mördersuche begeben hatte, wie verantwortungslos gegenüber Franziska und der restlichen Familie, das kommende Enkelkind eingeschlossen. Mindestens sechsmal führte Charly Dinge an, die nicht Angelegenheit von Laien, sondern Sache der Polizei waren. Genauso oft ermahnte er mich, zukünftig die Finger aus offiziellen Ermittlungen herauszuhalten. Ich hätte ja nun wahrhaftig am eigenen Leib erlebt, wie gefährlich das werden könnte.

Ich hielt seinem Blick stand, nickte und gab ihm das Gefühl, ich nähme seine Vorwürfe und Belehrungen ernst. Im Grunde hatte er ja Recht – es hätte auch schiefgehen können.

Als wir uns verabschiedeten, hielt Franziska die kleine Tüte mit den Diabetikerteilchen in der Hand, der Inhalt der großen war bis auf das letzte Kaffeestückchen gegessen.

Ich hatte schon die Türklinke gefasst, als Charly mit einem schnellen Schritt an mich herantrat, mich an den Schultern fasste und in sichtlicher Bewegung umarmte. Dann, als sei es ihm peinlich, löste er sich abrupt und wandte sich verlegen ab, bevor noch andere als ich das feuchte Schimmern in seinen Augen sahen.

Ich verstand ihn gut. Kurz war auch mir zum Heulen zumute. Wir hatten beide einen Freund verloren.

27

Die erstmalige urkundliche Erwähnung Oberhones vor 750 Jahren sollte am Sonntag in großem Stil und stattlichem, dem Ereignis angemessenem Gepräge und Aufwand gefeiert werden.

Das Dorf hatte sich zurechtgemacht, die Straßen waren gekehrt, die Kieswege gerecht. Man hatte die Gardinen gewaschen und die Fensterscheiben geputzt, hatte die Mülleimer in rechtem Winkel ausgerichtet und all das Gerümpel, das sonst auf dem Grundstück verteilt war, an einem nicht einsehbaren Platz hinter dem Haus zusammengetragen.

Trotz der frühen Jahreszeit – der Frühling war gerade zwei Wochen alt – sah man überall Blumen in den Gärten und in den Kästen auf den Fensterbänken. Die Buden und Stände für den stehenden Festzug waren errichtet, die letzten Verschönerungen getätigt, die Wagen des fahrenden Zuges standen bereit. Das Dorf hielt den Atem an vor dem großen Ereignis, das mit dem heutigen Abend seinen Anfang nahm.

Doch schon während der Woche, quasi als Vorspiel des Ganzen, hatte Oberhone eine Vielfalt von künstlerischen Aktivitäten präsentiert, die den eigentlichen Festlichkeiten vorangegangen waren oder, wenn man es anders sah, sie eingeleitet hatten. So wurden in einer zünftig blasiert mit Sekt, Lachs und Kaviar begangenen Vernissage die Werke der malenden Dorfbewohner vorgestellt. Auch den schreibenden Künstlern wurde Gelegenheit gegeben, im Rahmen einer Lesung ihre Gedanken, Gedichte oder Romane einem Publikum vorzutragen.

Unser Theater war ebenfalls in voller Aktion. Insgesamt dreimal hatten wir schon »Wie im Himmel« gespielt, morgen würden wir das Stück ein letztes Mal aufführen. Die Bedenken wegen des etwas ernsteren Sujets hatten sich als unbegründet erwiesen. Die Begeisterung war groß gewesen, das Publikum sehr beifallsfreudig – diesmal nicht auf die laute, lärmende Art, wie wir es oft nach einer deftigen Komödie erlebten. Der Applaus war eher ergriffen verhalten und nachdenklich ausgefallen. Die Reaktion hatte uns gezeigt, dass die Menschen verstanden hatten, warum gerade dieser Stoff von uns zum Jubiläum ausgesucht worden war. Die Botschaft von der Kraft und Stärke, die einer Dorfgemeinschaft aus dem gegenseitigen Verstehen, dem Vertrauen und der Toleranz erwächst, war angekommen, die Saat des Appells auf aufnahmebereiten Boden gefallen.

Die Aufführung am gestrigen Abend hatte eine Überraschung bereitgehalten, die mich und Franziska erfreut, ja geradezu beglückt hatte. Wie stets vor dem ersten Heben des Vorhangs hatte ich auch diesmal die Zuschauer im Namen des Kulturkreises begrüßt und einige kurze Erklärungen zum Ablauf des Abends gegeben. Dabei dauerte es immer eine ganze Weile, bis ich mich an das Licht der Scheinwerfer gewöhnt hatte. In den ersten Sekunden sprach ich ins Dunkle hinein, ehe ich das Publikum erkannte und einzelne Personen unterscheiden konnte. Ich weiß noch, wie ich gestern mitten im Satz innegehalten hatte, als mein Blick auf sechs Gestalten fiel, die, in braune Kutten gehüllt, links seitlich von mir in der ersten Reihe saßen.

»Bruder Valentino«, entfuhr es mir, als ich in das lächelnde Gesicht des kleinen Mannes schaute, der zusammen mit seinen Mitbrüdern der Theateraufführung beiwohnte. Die Aufmerksamkeit des Publikums wandte sich sofort den Männern zu, auf die mein Auge in freudigem Erstaunen gerichtet war. Man verrenkte sich die Hälse, um die Kuttenträger besser sehen zu können. Mit einer Handbewegung, die genausogut eine Segnung hätte sein können, forderte mich der Mönch zum Weiterreden auf. »Bitte, Herr Gerhard, lassen Sie sich durch uns nicht stören.«

Erst nach der Vorstellung erfuhr ich, dass die Klosterbrüder sich telefonisch bei Monika angemeldet und Plätze hatten reservieren lassen, sie aber gebeten hatten, nichts zu verraten, um mich zu überraschen.

An diesem Abend, als wir nach der Aufführung noch zusammensaßen, lehnte Valentino den Rotwein nicht ab. Er musste nicht fahren, Bruder Gernold fungierte als Chauffeur.

»Wie in alten Zeiten«, spielte ich auf unsere gemeinsamen Trinkstunden im Kloster an. Ich öffnete die zweite Flasche und goss ein. Wir stießen die Gläser aneinander und prosteten uns zu.

»Zum Wohl, Bruder Valentino.«

»Meine Freunde nannten mich immer Walter.«

»Und meine sagen Heiner zu mir.«

»Dann auf dein Wohl, Heiner.«

»Und auf deins, Walter.«

Dreimal hatte Bruder Gernold zum Aufbruch auffordern müssen, zweimal davon vergeblich. Erst als er beim letzten Mal energisch und laut geworden war, hatten sich die Fratres erhoben und von uns verabschiedet. Ich hatte sie bis zur Tür des Theaters gebracht und ihnen nachgeblickt, wie sie mit einer gewissen Unsicherheit im Schritt ihrem Kleinbus zugestrebt waren. In ihren weiten Kutten hatte ihr Gang etwas Leichtes, Gleitendes. Unwillkürlich hatte ich mich an Engel erinnert gefühlt, die in langen Gewändern schwerelos über den Boden schwebten. Verwundert war ich mir mit der Hand über die Augen gefahren. Was man nicht alles sah nach ein paar Glas Rotwein?

Heute also am Freitagabend wurden die Feierlichkeiten mit dem obligaten, unausweichlichen Festkommers eröffnet. Gerade mal ein dreiviertel Jahr war das nun her, dass ich ein solches Ereignis im Nachbarort Niederdünzebach miterlebt hatte. Auch dort war damals ein rundes Jubiläum gefeiert worden, mit einem offiziellen Abend, mit Festrede, Gratulationen und Ehrungen so wie heute hier.

Franziska wollte erst gar nicht mitkommen. Bei Susann, der Schwiegertochter, hatten die Wehen eingesetzt, leicht noch, ein Vorgeplänkel nur, aber dennoch ein unüberhörbares Alarmsignal vor allem für eine werdende Oma, die sofort von einer freudigen Unruhe und Erwartung ergriffen wurde. Matthias, der aufgeregte künftige Vater, hatte seine Frau mit der schon seit Wochen gepackten Tasche ins Krankenhaus begleitet. Es bestand also kein Grund, zu Hause zu sitzen und sich unnötige Gedanken zu machen.

»Es ist Susanns erstes Kind, das kann dauern«, versuchte ich meine Frau zum Mitgehen ins Festzelt zu bewegen.

»Ich weiß, war ja schließlich auch mal Erstgebärende. Aber trotzdem ...«

Dann aber sah sie ein, dass ihr ein bisschen Ablenkung guttun würde. Also begleitete sie mich.

Verwundert schaute ich mich um, als ich mit Franziska jetzt das Festzelt am Oberhöner Sportplatz betrat. Es war das reinste Déjà-vu-Erlebnis. Alle waren sie wieder da, der Bürgermeister, der Landrat, die Vertreter aus Politik, Wirtschaft und Kultur. Es war, als wäre keiner nach Hause gegangen nach dem Abend im letzten Jahr in Niederdünzebach, als hätte man das Zelt mitsamt seinem Inhalt, so wie es war, nach Oberhone transloziert. Die Anzüge der Prominenten, der Gastredner und Glückwunschüberbringer waren genauso uniform wie seinerzeit, die Worte der Grußbotschaften ähnlich nichtssagend und die Griffe in die Innentaschen der Jacketts von der gleichen zeremoniellen Wichtigkeit, mit der auch im Niederdünzebacher Zelt die Schecks und Geldumschläge hervorgezogen worden waren.

Wie damals war eine Bühne aufgebaut, auf der im Anschluss an den offiziellen Teil getanzt werden sollte. In die Mitte des gut einen Meter hohen Podestes war ein Rednerpult platziert. Drum herum hatte man Büsche und Blumenarrangements aufgestellt, um den würdevollen Charakter des Festaktes zu unterstreichen.

Der Höhepunkt des Abends stand bevor, alles wartete auf den Festredner. Das örtliche Organisationskomitee hatte keine Kosten gescheut. Ein namhafter Historiker mit zweifacher Doktorierung war gewonnen worden, um der Dorfbevölkerung den geschichtlichen Hintergrund ihres Jubiläums zu erläutern.

Ein Raunen ging durch die dichtbesetzten Bankreihen, als der Ortsvorsteher sich die Krawatte zurechtzog und feierlich den Geschichtswissenschaftler, Herrn Dr. Dr. Hilmar Moseberg, ankündigte.

Ich stieß Franziska an und zeigte auf die Person, die die Treppe zum Podium hinaufkletterte. Das, was mich beunruhigte, war nicht die Mühe, die der kleine Mann beim Erklimmen der hohen Stufen hatte, sondern der Stoß Papier, den er in den Händen hielt.

»Das will er doch nicht etwa alles vortragen?«, schwante mir Unheil.

Franziska zuckte die Schultern und ergab sich in das, was sie sowieso nicht ändern konnte.

In der ersten halben Stunde seiner Rede verbreitete sich der doppelte Doktor in geradezu erdrückender Detailverliebtheit, wie die Besiedlung Oberhones vor fünf-, vielleicht auch sechstausend Jahren ausgesehen haben mochte.

Die zweite halbe Stunde widmete der Gelehrte den Keramik- und Knochenfunden innerhalb der Gemarkung Oberhone. Er wusste viel, dieser Dr. Dr. Moseberg, aber das gerade war sein Problem – und wurde zusehends auch das Problem der Festgemeinde. Die zu Beginn des Vortrags noch erwartungsvoll zum Pult gehobenen Köpfe waren im Laufe der Rede mehr und mehr herabgesunken, einigen

Besuchern lag das Kinn bereits auf der Brust. Aber bisher wagte niemand aufzumucken. Solange die Honoratioren noch Aufmerksamkeit zeigten – oder sie zumindest geschickt heuchelten –, würde sich niemand die Blöße geben, sein Desinteresse oder, schlimmer noch, sein Nichtverstehen zu zeigen. Immerhin war eine Koryphäe vom universitären Olymp nach Oberhone hinuntergestiegen. Man war gut erzogen und wusste, wem man Respekt erweisen musste.

Ich rechnete nach und stellte mit Entsetzen fest, dass es noch Stunden dauern würde, bis der Historiker – vorausgesetzt, er behielt das gleiche Tempo bei – wenigstens bis anno 1260 gelangt sein würde, dem Jahr der urkundlichen Ersterwähnung. Wie lange er zum Erreichen der Neuzeit brauchen würde, daran wagte ich gar nicht zu denken.

Doch dann, Gott sei Dank und unerwartet, kam er auf die Entwicklung der Einwohnerzahl im Laufe der Jahrhunderte zu sprechen. Er schilderte die Seuchen, Hungersnöte und Kriege, die die Bevölkerung immer wieder dezimiert hatten, pries die Fruchtbarkeit der Oberhöner Frauen, denen es stets gelungen war, entstandene Lücken wieder aufzufüllen. Und tatsächlich, Dr. Dr. Hilmar Moseberg landete mit einem kühnen Zeitsprung in der Gegenwart, als er die aktuelle Einwohnerzahl des Dorfes von einem Zettel ablas: »Die Bevölkerung Oberhones beträgt nach neuestem Stand exakt 1169 Bewohner.«

In diesem Moment klingelte ein Handy neben mir. Der Redner stockte und sah in meine Richtung. Die Köpfe der Eingenickten fuhren auf und blickten verwirrt in die Runde, die der Ehrengäste und Organisatoren drehten sich teils amüsiert, teils indigniert zu dem Ort um, von dem das akustische Signal gekommen war. Ich erschrak, als mir bewusst wurde, dass genau an diesem Ort meine Frau saß.

Das Klingeln war inzwischen verstummt, Franziska hielt das Telefon am Ohr und lauschte. Dann, mit einem leisen Jubelschrei, sprang sie auf, kletterte auf die Bank und rief zur Bühne hinauf. »1169 – das stimmt nicht mehr.«

»Aber hier steht doch ...« Irritiert starrte der Historiker auf seinen Zettel. »Ich habe mir die aktuellen Zahlen erst heute Morgen besorgt.«

»Das mag heute Morgen ja auch noch richtig gewesen sein – aber jetzt sind wir 1170.«

Mit dem Überschwang, den ich an Franziska so liebte, stieg sie auf den Tisch und verkündete. »Seit einer Viertelstunde hat Oberhone einen Einwohner mehr, ein gerade geborenes Baby – und eine Oma, die vor Stolz und Freude schier aus den Nähten platzt.«

Beifall brandete auf, spontan und herzlich, das Dorf hieß seinen neuen Mitbürger, unseren Enkel, willkommen.

Voller Glück umschlang ich meine Frau und hob sie vom Tisch herunter. »Was ist es denn, ein Junge oder ein Mädchen?«, fragte ich und drückte sie an mich.

»Es ist ein Mädchen, eine kleine Franziska«, strahlte die große Franziska und küsste mich vor allen Leuten.